T0282966

La virgen sin cabeza

La virgen sin cabeza

Pilar Ruiz

Rocaeditorial

© 2023, Pilar Ruiz

Primera edición: febrero de 2023

© de esta edición: 2023, Roca Editorial de Libros, S.L.
Av. Marquès de l'Argentera 17, pral.
08003 Barcelona
actualidad@rocaeditorial.com
www.rocalibros.com

Impreso por Liberdúplex
Printed in Spain – Impreso en España

ISBN: 978-84-18870-28-6
Depósito legal: B 20496-2022

RE70286

PARTE 1

Una historia perversa

(Lucio Fulci, 1969)

1994. Valle de Campoo

Una bombilla sucia cuelga del techo, en la penumbra resuenan los mugidos de las vacas, impacientes.

Mar está ordeñando. Apoya la cabeza rubia en la tripa grande y cálida, blanca y negra, de la vaca. Un chorro de leche tintinea en el cubo metálico haciendo espuma.

Escucha los pasos entrando en la cuadra, el ruido de madera de las albarcas de su padre, pero ella no levanta la cabeza.

—Deja eso. Aquí fuera preguntan por ti —dijo el padre.

Soltó la teta de la vaca, apartó el cubo para que el animal no lo pateara y salió de la cuadra tras su padre. Ya anochecía y el verde del campo se fundía con el verde de los uniformes.

—Perdona, Sindo. Son cosas del trabajo… —se excusó el sargento.

—Nosotros también estamos trabajando. Así que no la tengáis mucho tiempo que tiene mejores cosas que hacer —contestó el padre y, dándole la espalda, siguió prado abajo con una pala al hombro.

El sargento de la Guardia Civil no replicó ni le pidió que se quedara. Conocía muy bien a los habitantes del valle porque se había criado con ellos. Esas formas entre retadoras y desconfiadas. Un guardia recién llegado podría pensar que hablar así a la autoridad convertía a cualquiera en sospechoso, pero el sargento sabía que ellos eran así con todo el mundo, no solo con los representantes de la ley. Se volvió hacia la chica, que los miraba fijo a él y al cabo con unos ojos muy grandes que le hacían cara de lechuza.

—¿Eres Mar Lanza Sainz?

La chica asintió sin abrir la boca.

—Responde sí o no —ordenó el guardia civil.

—Sí.

—¿Cuántos años tienes?

—Trece.

La niña miró al cabo, que escribía.

—¿Para qué es eso?

—No hagas caso, tú respóndeme a mí. ¿A qué instituto vas?

—Al Montesclaros.

—Eres compañera de clase de Nieves Lavín y Rosa Gómez, ¿verdad?

—Sí.

—Te vieron con ellas este sábado, en los jardines de Cupido, en Reinosa. ¿Qué hacíais allí?

—Habíamos quedado.

—¿Para qué?

—Para pasar el rato.

—¿A qué hora y cuánto tiempo estuviste con ellas?

—A las cinco quedamos. Luego se fueron. Serían las siete o así.

—¿A dónde fueron? ¿Te lo dijeron?

—Se fueron a Corrales. Al Anjanas.

—Es una discoteca —aclaró el cabo, sin levantar la vista del papel.

—¿Por qué no las acompañaste? —continuó el sargento.

La chica tardó un poco en responder.

—Es que…

—A ver, Mar. Dinos lo que pasó. Es importante.

—No fui con ellas porque no me gusta hacer autoestop.

—¿Así es como pensaban ir de Reinosa a Corrales de Buelna?

—Así van muchas veces. Ese día también.

—¿Tú lo viste?

—Claro. Fueron hasta la carretera.

—¿Tú dónde estabas?

—Yo me iba ya a la parada del autobús. Para volver a casa.

El sargento se dio cuenta de que miraba hacia el lugar por donde se había ido su padre. Quizá la niña le tenía miedo, pensó. Pero eso ahora no era importante.

—¿Qué más viste?

—Pues que se paraba un coche y se subían.

—¿Qué coche? ¿Cómo era?

—Un Seat Ibiza blanco.

El cabo levantó la cabeza del papel que rellenaba e intercambió una mirada con el sargento.

—Estás muy segura —dijo.

—Tengo buena memoria —contestó ella.

—¿No recordarás el número de la matrícula? —añadió el sargento.

La chica se mordió los labios como si hubiera sido cogida en falta.

—Eso… No. Pero era de aquí, llevaba la S.

—¿Y el coche? ¿Lo habías visto antes?

—Nunca.

—¿Pudiste ver si había alguien más dentro del coche aparte del conductor?

—Seguro que había otro en el asiento delantero porque, cuando el coche se paró, Nieves hablaba a esa ventanilla. Habría ahí alguien, se notaba. Estuvieron así, hablando un poco, y luego se subieron al Ibiza.

—¿Lo tienes todo? —preguntó el sargento a su compañero.

—Todo —respondió el cabo.

—¿Después de eso, has hablado con Rosi o con Nieves? —siguió el sargento.

—No.

—Pues nada, ya hemos terminado. Dile a tu padre que

igual os llaman para que vayas a declarar a Reinosa. Como
testigo. Esperemos que no haga falta, aunque eso depende de
tus amigas.

—*Pero ¿qué pasa?*

—*Pasa que esas niñas llevan tres días desaparecidas y pa-*
rece que eres la última persona que estuvo con ellas. Después
de esa tarde no se sabe más. Esperemos que aparezcan pronto,
que solo sea una trastada. Pero bueno, tú nos has ayudado
mucho.

—*Gracias —añadió el cabo, que cerró el cuaderno y se me-*
tió el bolígrafo en el bolsillo de la guerrera.

Los dos guardias se alejaban ladera abajo, hacia donde ha-
bían dejado aparcado el Patrol, pero Mar permanecía sin mo-
verse frente a la puerta de la cuadra. El sargento se detuvo en
el camino y se volvió hacia ella.

—*Eres una chica lista, Mar. Hiciste muy bien en no subir*
a ese coche.

12

1

Cuando entró en el edificio de la jefatura, algunas cabezas
se volvieron sorprendidas al verla pasar, pero nadie la saludó. Se había convertido en una apestada para todo el mundo.
Huían al verla, evitaban saludarla como si con solo una palabra
pudiera contagiarles. Solo unas pocas compañeras le habían
llamado para darle ánimos, disculpándose por no poder hacer
más. Era cierto: poco se podía hacer ya. O quizá sí, y por eso la
jefa le había citado en su despacho.

—Pasa.

Se fijó en la marcada arruga del entrecejo de Mari Ángeles
Sañudo, la comisaria jefe. Aquella mañana parecía grabada a
cincel en la roca de un acantilado oscuro y abrupto.

—¿Has visto esto?

Y tiró el periódico sobre la mesa.

—No leo prensa —contestó.

La prensa en general y los periodistas en particular le asqueaban.

—Pues deberías.

La inspectora Lanza cogió el periódico y leyó el titular.

DESAPARECIDO EL DIRECTOR DE CINE ANTONIO GALÁN

—Lo ha publicado hoy un periódico nacional. Y muy rápido, casi al tiempo de que nos llegara la denuncia, sin darnos tiempo a reaccionar. Nos han jodido bien.

La entradilla añadía:

El veterano cineasta se encontraba en Cantabria, en la grabación de su última película, cuando el martes pasado se ausentó del rodaje. Desde entonces no se conoce su paradero.

—Pero ¿de verdad no te has enterado? Si a estos del cine les han dado páginas y páginas en la prensa local —dijo, y abrió una carpeta. Nada de ordenador: en papel, a la antigua usanza. Entrevistas con el director, con los actores principales. Artículos sobre la importancia de invertir en cultura. Políticos haciéndose fotos con los integrantes de la película. Un reportaje con imágenes del rodaje.

La comisaria se había levantado de la silla para acercarse a la ventana. El despacho estaba en el piso alto del edificio de jefatura y desde allí se veía una banda azul pegada al cielo: el mar.

—Estos cachondos de periodistas ni saben hacer la o con un canuto, pero sale un listo y nos deja sin margen. Resulta que ya he tenido llamada de arriba, por lo visto el tal Galán tenía contactos. Pero eso no es lo peor. Lo peor es que cuando hay de por medio alguien famoso y atención mediática cualquier investigación puede convertirse en un circo.

La inspectora Lanza seguía leyendo:

13

Antonio Galán (Zaragoza, 1953) comienza el rodaje de su decimoquinta película, *La máscara de la luna roja*. Una historia de intriga y misterio con la que el veterano director espera sorprender al público.

El rostro fotografiado del desaparecido: un hombre mayor y de pelo cano, pero que transmitía energía y seguridad mientras clavaba los ojos en el objetivo de la cámara. Como si la retara.

—No me suena. Pero yo de estas cosas no tengo mucha idea. ¿Seguro que es famoso? —dijo Lanza.

—Bastante, según la prensa entendida. —La jefa había hecho los deberes, como siempre—. Pero vamos, estoy como tú. Porque el cine me gusta, pero el español…

—Supongo que la desaparición estará comprobada.

—Que el tío no aparece es seguro. El rodaje está parado desde hace cuarenta y ocho horas, eso me dijo una de la película que me llamó anoche personalmente, después de poner la denuncia. Se llama… —consultó sus apuntes y leyó en alto— Graciela de Diego. Jefa de Producción. Dijo estar a cargo de la organización del personal de la película y que habían buscado al director por todas partes además de llamar a la familia y a las amistades cercanas. Sin resultado. El hombre tampoco cogió ningún coche, no tenía carné.

—¿Dónde se le vio por última vez?

—En el rodaje, rodeado de gente. A menos de diez kilómetros de tu pueblo.

—Por eso me has llamado.

La jefa resopló.

—¿Tú qué crees?

—Pensé que quizá tenías novedades.

—¿Novedades de qué?

—De lo mío.

—Oficialmente sigues suspendida.

—¿Entonces?

—Entonces nada. Solo tienes que ir allí a echar un vistazo, darte una vuelta por la zona, hablar con la gente, buscar pistas, algún rastro. Nadie desaparece así como así. Es tu territorio, lo conoces y te conocen. Si un idiota madrileño se ha perdido en el monte, seguro que más de un paisano lo sabe, y si ha pasado otra cosa…, alguien podrá darte información. A ti te lo contarán. Como si fuera cosa tuya; ya sabes.

Claro que sabía. La jefa se saltaba el reglamento porque no se fiaba de nadie más que de ella en algunos asuntos. Con el foco de la prensa encima apreciaría más que nunca su discreción y su lealtad aunque ahora muchos la pusieran en duda. «Chivata», «traidora» y, por supuesto, «puta» eran los insultos más repetidos en el *mail* y en el WhatsApp. Pero aunque estuviera de su lado, hasta la Sañudo tenía que darse cuenta de que no podía hacer su trabajo como es debido si seguía suspendida. Ni siquiera llevaba placa.

—¿Y si me niego?

—No te pongas tonta, qué te vas a negar. Que nos conocemos. Y acuérdate de que si sigues aquí es porque me he jugado el culo por ti.

Sí que se conocían: la comisaria jefe había sido su profesora en la Academia de Ávila. Entonces Marián Sañudo era una simple inspectora experta en química que venía de los TEDAX. A pesar de los años que habían pasado desde entonces, seguía tratándola como si fuera una alumna. La aspereza con la que hablaba era una muestra de confianza; así era la Sañudo.

—Si los de la científica o la judicial te dan la tabarra o te sueltan que qué pintas allí, los mandas a hablar conmigo. Todo pasa por mí a partir de ahora. ¿Queda claro?

—Espera a que se me ocurra un nombre para esto. Algo así como… Ah, mira, ya sé: «Adjunta a la comisaria jefe». Suena bien, ¿eh?

Mar asintió y la jefa mostró su satisfacción relajando un poco el ceño. Marián apreciaba a su antigua alumna porque pensaba mucho y callaba más. Sin embargo, sabía que era buena hablando con otros, interrogando. Tenía olfato, coraje y era inteligente, aunque despistaran el cuerpo atlético, el carácter huraño y una carrera marcada por la fama de problemática. Mar Lanza había tenido mala suerte, eso era todo.

La inspectora salió del despacho sin despedirse, con aquellos modos taciturnos que otro jefe tomaría por insubordinación.

—Mar.

—¿Sí?

—Encuéntrale. Eso contará a tu favor.

2

Aunque la autovía a Castilla permanecía abierta, dos nevadas seguidas habían cerrado el valle por los puertos de Palombera y Sejos. Apenas cincuenta kilómetros separaban la costa cantábrica de la región interior, pero todo era distinto: el paisaje, el clima, la gente. Como si la nieve se tragara el mundo y vomitara otro, que conocía muy bien. Mar estaba de vuelta.

Bajó la ventanilla del coche para que el aire helado le acariciara la cara y reconoció ese frío seco tan distinto al de la costa. El sol se deslizaba por el perfil de las cumbres que llaman El Obispo Muerto lanzando destellos de hielo a la luz de la mañana, le pareció que los picos blancos la saludaban al verla llegar. Ahora sí que estaba muy cerca de casa. Abrió la guantera y se puso las gafas de sol: desde hacía años sufría de fotofobia. Un oculista le había dicho que aquella sensibilidad a la luz solar no tenía relación con ninguna lesión. Insistió en que la afección podía tener un origen psicológico y terminó recomendándole acudir a la consulta de un colega psiquiatra. Ella tiró la tarjeta a una papelera nada más salir a la calle.

Se desvió de la autovía y cruzó Reinosa. La capital del valle aparecía más silenciosa y fría de lo que recordaba, o eso le pareció. Pero no iba a detenerse a comprobarlo: siguió por la carretera comarcal en dirección a Fontibre, una nieve negruzca cubierta de hielo bordeaba las cunetas. Antes de llegar a Espinilla se topó con una pareja de la Guardia Civil. Aparcó en el arcén a pocos metros y los dos guardias se acercaron al coche.

—Buenos días. Soy del operativo —dijo Mar.

La ausencia de placa sí que daba frío, como si la hubieran dejado desnuda en medio de la nieve.

—Yo te conozco… Tú eres la hija de Sindo, *el Lobero*, la que es policía. Ya me enteré de lo de tu padre. Pues mi pésame, ¿eh?

—Gracias.

—Sargento Manuel Salcines, del puesto de Espinilla. Tu prima Mari Fe y yo íbamos juntos al cole.

Habría pasado más de una década desde la última vez que vio a aquel hombre, pero lo reconoció aunque estaba calvo y un poco obeso.

—Hombre, sí, me acuerdo de ti. ¿Qué tal vais?

—Pues ya ves, con el marrón. A ver si aparece el hombre este, que nos tienen locos en el cuartel. Por lo visto no es un cualquiera. Han montado un operativo del copón y todos aquí dando el callo.

Como si quisiera dar la razón a su compañero, el guardia más joven se alejó del coche y de la conversación para adelantarse unos metros en la carretera, apostándose en ella de forma bien visible para cualquiera que pasara por allí. Quizá quería demostrar a la inspectora de policía la diligencia de la Guardia Civil, verdadera guardiana de aquellas montañas.

—¿Vas para la casa donde están los del cine? Porque allá han ido todos menos los que estamos de vigilancia, no sea que pase el fulano por alguna carretera. Andando sería, porque no tiene carné de conducir. Pero eso ya lo sabrás, ¿no?

Mar asintió. El sargento Salcines era simpático. Y locuaz.

—¿No tenéis nada, entonces? —preguntó Mar.

—Qué va. Dicen que se ha perdido en el monte, no sería el primero que entra para no salir.

—¿Y el hotel, lo conoces? Antes no había ninguna casa rural en esta zona.

17

—Pues ahora está *plagao*, salen como setas. Esta es de las mejores y la han puesto a todo plan, con piscina y todo.

—Piscina, ¿aquí?

—Sí, cubierta… De lujo. En La Torre. Sabes dónde queda, ¿no? Se ve de lejos.

—Sí, claro.

Mar arrancó de nuevo el coche.

—Muchas gracias, sargento. Y buen servicio.

Los dos guardias se llevaron la mano a la teresiana.

3

La Torre de Isar se levantaba sobre una loma. El baluarte de los señores feudales del lugar, con el escudo de la casa de Nevares en su portalada, dominaba aquel paisaje desde el siglo XII. Justo detrás de la Torre surgía la masa verde de la sierra de Híjar, los bosques escalaban las alturas del collado de Somahoz y se perdían de vista hasta llegar a la vecina Palencia. Mar recordaba la Torre como una mole en ruinas, pero había cambiado mucho. Las dos casonas solariegas que la rodeaban lucían restauradas y convertidas en un complejo hostelero de turismo rural. Pero el espíritu de fortaleza seguía presente en esos muros de sillería sin apenas vanos ni solanas ni soportales; como un castillo.

Dejó el coche en el aparcamiento y se acercó al edificio principal. Antes de que entrara, un hombre salió a su encuentro.

—Perdone, pero el establecimiento está cerrado. En este momento no podemos admitir a ningún cliente.

—Soy del operativo. Adjunta a la comisaria…

No hizo falta usar el destino inventado por la jefa porque el hombre cortó:

—Ah, usted también.

Parecía abatido y no era de extrañar: un asunto como aquel era mala publicidad para su negocio.

—¿Tiene un momento? Me gustaría hacerle unas preguntas —dijo Mar.

—Ya le he contado todo a sus compañeros. Pero si no queda más remedio, venga a mi despacho.

En el *hall* ardía el fuego de una chimenea. No vio a nadie sentado en los sillones tapizados de granate ni en el trayecto hasta la oficina del director, ni en la escalera principal que llevaba al segundo piso. Chus Basieda no era el dueño del hotel, solo su director. Ya lo había comprobado: la Torre de Isar pertenecía a una sociedad que a su vez formaba parte del *holding* de una gran constructora, PERMASA.

—Solo tenemos alojada a la gente de la película. La productora nos llamó hace meses para reservar el hotel entero, porque el director no quería turistas alrededor que molestaran.

—¿Puede darme los nombres de todos los alojados?

Chus sacó de un cajón el listado con los nombres y DNI de cada uno de los miembros del rodaje que se alojaban en la Torre de Isar.

—Supongo que estarán todos aquí, en el hotel.

—No. Los actores se han ido a pasar el día a Santander. Desde que empezó el lío hemos estado todos más de veinticuatro horas sin salir de aquí, y después de que viniera la Guardia Civil a hacer su investigación se fueron esta mañana en un minibús.

—¿Y el personal?

—Contamos con un recepcionista, el jardinero y dos chicas que se turnan para limpiar. Aparte está la cocina, claro. Un chef y un auxiliar. La carta es pequeña pero cuidada; todo productos de la tierra. Como el hotel está muy aislado ofrecemos servicio de restaurante y cafetería todo el día. No es muy rentable, pero el hotel se vende como de lujo y eso hay que pagarlo.

Mar apuntaba en una libreta negra. «Jesús (Chus) Basieda. 45 a. 170 aprox., fuerte. Calvicie prematura.» Sin que su interlocutor lo supiera también estaba grabando su conversación con el móvil guardado en el bolsillo de la chaqueta mientras él se pasaba una mano nerviosa por la cabeza rapada en un gesto inconsciente.

—¿Dónde viven esos empleados?

—En Reinosa, solo yo vivo aquí. Chicos y chicas trabajadores. Con todo esto les he mandado a casa. Así que si alguien quiere comer que se baje a Fontibre o a Reinosa, que allí hay restaurantes, porque yo ya no puedo hacer más.

—¿Qué puede decirme de Antonio Galán?

—¿A qué se refiere?

—A si tuvo algún trato con él.

—Pues… La verdad es que apenas hemos tenido contacto. Y los empleados menos. Cada vez que necesitaba algo era su asistente quien nos llamaba para pedir esto o aquello.

—¿Caprichoso?

—Un poco. Pero vamos, los hemos tenido peores.

—¿Cree usted que es un hombre despistado? Quiero decir, capaz de perderse en el monte como cualquier turista.

La pregunta directa no le desconcertó y contestó sin dudar.

—No, qué va. No lo veo.

Se dio cuenta tarde de que quizá tendría que haber sido más cauto.

—Bueno, es una impresión. A simple vista se aprecia que estamos rodeados de bosques y montañas. Hasta osos hay. No digo que el hombre no pueda haber sufrido un accidente y lo encuentren tirado en una barranca, cualquiera sabe. Pero vamos, que de turista, nada, y de despistado, menos. Era un hombre de esos con mucha seguridad, todo el mundo le obedecía. Cómo diría yo… Imponía mucho. Hasta a mí, y eso que no le conocía de nada.

—¿Ha presenciado alguna discusión entre él y otra persona?

—Bueno… —Chus cogió aire antes de contestar. No le gustaba airear intimidades de los clientes—. Tuvo más de una pelotera. Con la asistente. Los gritos los oí desde mi habitación, y eso que estaban en el edificio de enfrente, en La Torrecilla. Los demás le obedecían como si fuese… Dios.

Mar anotó: «Gritos. Bronca. Asistente».

La intuición le decía que quizá nadie de la investigación conocía ese dato que acababa de regalarle Chus Basieda, un testigo más que fiable.

—¿Le importaría enseñarme la *suite* que ocupaba Galán y el resto del hotel?

Oyó un chirrido a su espalda y sintió la corriente de aire antes de la aparición.

—¿Se puede? Ah, está aquí.

Una mujer de melena rizada, cara redonda y jersey caro había abierto la puerta de la oficina sin llamar antes, disimulando la intromisión con una sonrisa forzada.

—Soy Graciela de Diego, me estaba buscando, ¿verdad?

—Inspectora Lanza.

—La esperaba. ¿Ha desayunado? ¿Quiere un café? Chus, ¿te importa traernos unos cafés al salón? Gracias.

4

La pequeña cafetería de la Torre de Isar ocupaba un saloncito cómodo y abrigado por otra chimenea que también soltaba chispas. El fuego espantaba el frío del otro lado de la cristalera, con vistas al jardín de la casona. Era difícil imaginar los colores de las rosas y las hortensias o el verde del césped bajo aquella capa helada que cubría todo, hasta los tímidos rayos de sol escapados de un muro de bruma gris. Había parado el viento y una neblina sutil y blanda se iba posando sobre la tierra. «Va a nevar», se dijo Mar.

La mujer que tenía sentada en frente o era muy nerviosa o estaba muy nerviosa. No significaba lo mismo. En cualquier caso, Graciela parecía a punto de derrumbarse por mucho que aparentase tenerlo todo bajo control. A la policía le pareció la típica subordinada que se esfuerza en parecer imprescindible cuando en realidad resulta incompetente. Sacó de nuevo su cuaderno.

—Ya he dicho muchas veces que Antonio Galán no ha podido desaparecer... porque sí. No dirigiendo una película. Es inusitado, cada hora que pasamos sin rodar perdemos mucho dinero, aquí hay desplazadas muchas personas, mucho material, tenemos espacios alquilados... No ha podido irse por su propia voluntad.

Golpeaba la taza de café con la cucharilla haciéndola tintinear con un tono agudo parecido al de su voz.

—¿Quiere decir que puede estar retenido en contra de su voluntad?

—Bueno... Tampoco... Antonio es un hombre de cierta edad, aunque tenga buena salud. Puede haber sufrido un accidente, un infarto, yo qué sé, algo que le impida volver.

—Si es así, seguro que el operativo de búsqueda dará con él. Pero si no ha sufrido un accidente, ¿por qué motivo podría haber sido retenido? Y, sobre todo, ¿por quién?

—No tengo ni la menor idea. Ya sé que me va a preguntar si tenía enemigos, pero yo eso no puedo saberlo, solo trabajo con él, soy una contratada, no amiga íntima. Lo que tienen que hacer es encontrarlo de una vez, porque esto nos perjudica muchísimo a todos.

Graciela seguía dando vueltas al café, pero no lo probaba. La inspectora anotó: «G de Diego. Más de cuarenta. Sudor, pupilas dilatadas».

—Dígame: ¿quiénes se alojaban aquí y cuál era su relación con el señor Galán?

—Estamos los jefes de equipo de la película. Yo y Tomás Satrústegui, el director de Fotografía; Flavio Vázquez, ayudante de Dirección, y Neus Andreu, directora de Arte. Y los actores principales.

—Olvida usted a la asistente personal del señor Galán. —La inspectora consultaba sus notas—. Me refiero a Patricia Mejías. Creo que ocupaba la *suite* contigua a la del director, en la casa anexa al hotel llamada La Torrecilla, mientras todos ustedes se alojaban aquí, en el edificio principal.

Graciela ahora sí probó el café. Con una mueca de disgusto.

—Bueno, eso fue una decisión del propio Galán. Quería tener cerca a su asistente.

—¿Por algún motivo en particular?

—No se lo pregunté. Eso son cosas de directores. Cada uno tiene sus costumbres.

—¿Y dónde está el resto de los trabajadores? Creo que una película necesita mucho personal.

—Aquí en exteriores estamos veinticinco personas dadas de alta. Los técnicos se quedan en el hotel Sejos de Reinosa, incluido el jefe de Sonido, Eladio Villa. Aunque le ofrecimos quedarse aquí, prefería estar con su gente.

—Entonces todos los que intervienen en la película se alojan por aquí, en la zona.

—No, qué va: hay muchos más que no están aquí, como el guionista, el montador... El músico o los técnicos de posproducción o de efectos digitales, esos no pisan un rodaje. Y los especialistas, los actores con pocas sesiones y la gente de efectos especiales se quedan únicamente los días necesarios para su intervención, que suele ser muy puntual. Pero no sé qué puede tener que ver...

—¿Ocurrió algo fuera de lo normal el día que desapareció el señor Galán?

La jefa de Producción de la película, que llevaba más de veinte años en el negocio y las había visto de todos los colores, estaba, sin embargo, desbordada. Un día nefasto: aún le estremecían los gritos que le había dado por teléfono el productor de la película, Armando Francés. Había montado en cólera por la filtración a la prensa y culpaba de ello a la ineptitud de su jefa de Producción.

—Ya no sé cuántas veces lo he contado, pero en fin... —siguió Graciela—. No pasó nada, fue un día de grabación como cualquier otro. Quizá más duro por el frío, pero eso es habitual en un rodaje. Vamos preparados. Estuvimos en el puente, aquí cerca. Cumplimos el horario previsto y al finalizar los jefes

23

de equipo tuvimos una reunión preparatoria del rodaje del día siguiente en la localización que correspondía para revisarla y luego volvimos todos al hotel.

—¿Estuvo presente en esa reunión el señor Galán?

—Eh… Sí, claro. Fue a la mañana siguiente cuando lo echamos de menos.

—¿Quién estaba encargado de traerle al hotel al finalizar el día de trabajo?

—Como siempre, su asistente, Patricia. En su coche, porque Galán no quería depender de los conductores de producción.

—¿Dónde puedo encontrar a esa señorita?

—Se fue a Reinosa aprovechando el minibús de los actores. Supongo que estará en el hotel Sejos con el resto del equipo. Esta tarde me pasaré por allí para tranquilizar los ánimos: todo el mundo está muy preocupado. Me gustaría que entendiera, inspectora Lanza, que suspender un rodaje es lo peor que puede suceder en este oficio. Algunos intérpretes y técnicos han rechazado otras ofertas de trabajo para hacer esta película. Cada día perdido supone pérdidas de miles de euros. Si por la razón que fuera Galán no pudiera finalizar esta película, sería un desastre, una ruina. Aunque eso depende del tipo de seguro que haya contratado Sirona. Quiero decir, la productora, Sirona Films. Pero rara vez los seguros cubren todas las pérdidas de una película… maldita.

5

Una película «maldita». Casi había podido notar el miedo de aquella mujer al pronunciar la palabra. Como si quebrantara una prohibición, un tabú. Debía de tener algún significado especial dentro de la jerga que utilizaban los de aquel oficio y la apuntó en su libreta.

Después de que Graciela se fuera camino de su habitación, seguramente con la intención de tomar un somnífero, Mar pidió a Chus que le mostrara las instalaciones del hotel. No podía entrar en las habitaciones ocupadas en ese momento, pero sí en la *suite* de La Torrecilla. Cruzaron el jardín por un sendero de lajas de piedra embarrado, hasta llegar a la instalación con una pequeña piscina cubierta que la imaginación de los paisanos había convertido en sinónimo de lujo inusitado. El sendero se bifurcaba hacia una coqueta casita de campo menos imponente que el edificio principal. Había sido convertida en dúplex pero los muros originales mostraban con rotundidad que formaban parte de la fortaleza medieval.

—¿La otra *suite* es igual a esta?

—Un poco más pequeña, no tiene jardín propio pero mantiene la misma estructura. Justo al otro lado de la casa.

—¿No están comunicadas?

—No, cada *suite* tiene su propia entrada, solo comparten un muro divisorio.

La habitación de Galán estaba limpia como una patena; quizás alguna persona del equipo había retirado todos los papeles, documentos y ordenador del director o quizás habían sido sus propios compañeros investigadores. Allí no iba a encontrar nada de utilidad. Chus la acompañó de vuelta hasta el *hall* y salió hacia el aparcamiento para coger el coche. Comenzaban a caer unos copos diminutos y apretados, casi invisibles. No se había equivocado; sabía muy bien cuándo y cómo nevaba o llovía o llegaba la tormenta en aquella tierra.

6

Regresó por la misma carretera hacia Reinosa y entró en la ciudad cruzando el puente sobre el Ebro. El río bajaba con un caudal considerable. Siempre le sorprendía la anchura y fuerza de un río que nacía a solo seis kilómetros de allí, por mucho que lo engordara el Híjar, el afluente que a la vez era origen, padre escondido del gran río. Solo tardó unos minutos en atravesar la avenida principal y llegar a la salida de la ciudad y la carretera antigua. Allí estaba el hotel Sejos. Y también su discoteca. Los catorce años, la primera noche de fiesta. El vestido blanco con cenefas rojas que a ella le parecía tan bonito y que según las demás niñas no lo era. Se rieron de su aspecto todas menos Nieves y Rosi. Ellas siempre la defendían. El recuerdo seguía ahí, pero sus caras, sus risas, sus voces hacía mucho tiempo que se habían borrado.

A diferencia de la vacía casa rural, el *hall* y la cafetería estaban llenos de gente en corrillos, pero no había bullicio y el tono de las conversaciones era grave. Junto a la puerta, un chico con dilatadores en las orejas y rastas recogidas en un moño tecleaba un móvil a velocidad de vértigo. No era difícil adivinar que pertenecía a la plantilla de la película.

—Por favor, ¿dónde puedo encontrar a Patricia Mejías?

Sin dejar de teclear a toda velocidad, levantó un momento la mirada para señalar a una mujer sentada a una de las mesas más apartada del resto, junto a la ventana.

Incluso envuelta en un plumífero y con cara de frío era una belleza extraordinaria. Cabellera pelirroja, piel blanquísima y enormes ojos azules. Frente a ella, estaba sentado un hombre. Al acercarse, la policía vio una cámara fotográfica de profesional sobre la mesa.

—Buenos días. ¿Patricia Mejías? Soy la inspectora Lanza y formo parte del operativo que investiga la desaparición del señor Galán. ¿Le importaría que le hiciera unas preguntas?

La mujer la miró con unos ojos grandes como faros de coche y una expresión tan vacía que Mar dudó de que entendiera su idioma: por su aspecto podía ser extranjera, irlandesa, por ejemplo. Antes de que lo comprobara, el hombre se adelantó.

—Patricia, esta señora es policía. Tienes que hablar con ella, ¿entiendes? —Una sonrisa amplia, pelo largo negro y mucho más alto que la inspectora, aunque esta no fuera una mujer baja, ni mucho menos. Se había levantado y extendía la mano al presentarse—. Eli Miller, foto fija de la película. Encantado de conocerla.

El apretón de una mano fuerte. Por lo visto se había equivocado al adjudicar nacionalidades, aunque aquel hombre hablaba castellano muy bien. Como si no fuera extranjero, de hecho. En cambio, la española de la cara de hada seguía mirándola en silencio como si se hubiera quedado congelada. Toda aquella gente que hacía películas resultaba desconcertante, pero no tanto como para impedirle registrar mentalmente lo que sospechaba: que ningún policía había interrogado a Patricia.

—Tienes que hablar con ella —repitió el hombre, y la chica pareció salir de su estupor.

—Pero yo… ¿Por qué? No sé nada… —dijo al fin con una vocecita casi inaudible.

—Aún no sabe lo que voy a preguntarle —contestó Mar.

—Será mejor que las deje a solas —dijo él.

—¡No! No te vayas…, por favor —suplicó la joven—. Puede quedarse, ¿verdad?

Si hubiera tenido su placa no le hubiera permitido esas niñerías.

—Si eso la tranquiliza…

—Gracias. —Patricia parecía a punto de estallar en llanto.

Esta vez no sacó el cuadernito por no inquietar aún más a la muchacha, pero activó el micrófono del móvil oculto en el bolsillo de la chaqueta.

—Creo que usted se aloja en La Torre de Isar, en una *suite* contigua a la del señor Galán, y como su asistente se ocupaba también de sus traslados. ¿Puede decirme si estuvo con él esa tarde después de la grabación? ¿Lo llevó en su coche?

—Sí… Fuimos juntos.

—Entonces es usted la última persona que le vio antes de su desaparición.

—No sé.

—Un testigo afirma que esa noche ustedes dos discutieron. ¿Por qué razón?

El hada miró aterrada a su acompañante.

—Tranquila —dijo él.

27

Ella se mordió los labios en un gesto infantil.

—Bueno, tenía un mal día, había discutido con el equipo. Y entonces se subió al coche y me habló de una manera horrible.

—¿Y eso era habitual? El maltrato verbal, quiero decir.

—Bueno, sí... No. Es que con Antonio, yo... Teníamos una relación.

No es que le costara creerlo, pero la chica tendría unos veinticinco años y Galán casi setenta. Tenía que oírselo decir.

—¿Qué tipo de relación? ¿Sexual?

Esta vez fue el acompañante quien la miró sorprendido; quizá la encontraba demasiado brusca. Pero no dijo nada. Patricia, tras dudar un poco, bajar la cabeza y coger aire, asintió.

—Entonces, ¿discutió con él por su relación personal?

—Es que... Antonio tiene un carácter difícil. No se portaba bien conmigo. Le dije que ya no quería seguir con él.

Miró a Eli, pero este no hizo ningún gesto. La inspectora se dio cuenta de que el rostro simpático podía transformarse con facilidad en una máscara de piedra.

—Es que es muy... autoritario —continuó Patricia—. Cuando se lo dije, que yo no podía seguir así porque me encontraba mal, me echó en cara que me estaba aprovechando de él porque yo no servía para nada y no pintaba nada en la película... Que solo estaba allí por él, para hacer lo que él quisiera...

—Para tener relaciones sexuales —aclaró Mar.

Contestaron por ella dos enormes lagrimones. Los ojos inmensos enmarcados por las pestañas mojadas, el rubor de las mejillas... Parecía imposible pero estaba aún más guapa. Su amigo le tendió un pañuelo blanco perfectamente planchado, hasta pudo ver la letra «E» bordada. ¿Aún quedaban en el planeta hombres que llevan pañuelos para enjugar las lágrimas a una mujer? Tuvo que mirarle con más atención. Rondaría los cuarenta años y el metro noventa de altura, quizá más. Si levantaba la cabeza y miraba alrededor, no le encontraría parecido con ninguno de los hombres presentes allí o en quinientos kilómetros a la redonda. Una especie exótica. Y aunque sus rasgos fueran irregulares —nariz grande, ojos demasiado rasgados— resultaba muy atractivo, como lo son los hombres que no son conscientes de ello. Eso de un solo vistazo, porque no podía distraerse. Patricia la miraba angustiada mientras sujetaba el pañuelo de su amigo como una dama del siglo pasado.

—Señorita Mejías, ¿cree que la discusión podría haberle… disgustado, quiero decir, como para salir de la casa rural sin avisar a nadie y perderse en el monte?

Patricia se sonó los mocos en el pañuelo y siguió pareciendo adorable.

—No sé. Pero creo que no. Estaba muy oscuro, no como para salir a pasear, quiero decir. Si quiere decir que por mi culpa… Cuando le dejé se estaba tomando una copa, se rio de mí… Yo no pensé… Espero que no le haya pasado nada y aparezca pronto, de verdad, no podría soportar que por mi culpa…

—Tú no eres responsable de lo que le haya pasado ni tienes la culpa de nada —dijo Eli.

No solo estaba consolando a su amiga, también enviando un mensaje a la policía.

—Creo que no me encuentro bien. ¿Puedo irme? —suplicó Patricia con un hilo de voz.

—Por supuesto. Gracias por su colaboración.

—Coge la llave de mi habitación —ofreció Eli—. Subes y descansas. Luego me llamas.

Patricia cogió la llave y salió a paso rápido. Su salvador era todo un caballero. Quizá demasiado. La inspectora Lanza tuvo la impresión de que pertenecía a un tipo masculino que había visto en otra parte, muy lejos de allí. Sí, eso era: parecía un soldado norteamericano. Los conocía bien. Si Eli llevara el pelo muy corto, sin esa melena oscura que le rozaba el cuello de la chaqueta, podría haber sido un marine. Ahora era él quien la miraba con atención, como si el ejemplar exótico fuera, en realidad, la policía. Sacó su libreta, inmejorable recurso para poder desviar la mente hacia terrenos más seguros.

—Perdone mi ignorancia, ¿podría explicarme qué es un foto fija? —preguntó.

Debió hacerle gracia la pregunta y sonrió de forma distinta.

—Perdón —se disculpó—. Debería haberme dado cuenta de que no tiene usted por qué saber ciertas cosas. Soy el fotógrafo de rodaje. Mi labor consiste en documentar con fotografías la realización de la película para publicidad, promoción... Esas cosas.

—Entonces usted no tiene que ver con... —Mar consultó sus notas—: ¿el director de Fotografía?

—No, no. Digamos que ese es un general y yo un simple soldado. —Al volver a sonreír, los ojos se le rasgaron más—. Porque, a pesar de lo que la gente crea, hacer cine tiene más que ver con la disciplina y la jerarquía militar que con la práctica artística.

Militares. ¿Por qué los mencionaba?

—Espero que me ayude a entender algunos aspectos de este asunto, señor Miller.

—Eli, por favor.

Hizo como que no había oído y continuó:

—Tengo entendido que el señor Galán no abandonaría su película así como así.

—Claro que no. Le había costado mucho que volvieran a confiar en él. A su edad no es fácil que te encarguen una película: en este oficio te jubilan muy rápido y él llevaba más de diez años sin rodar nada más que *spots* publicitarios. Tampoco era un consagrado. Digamos que ha tenido una carrera... polémica.

—¿A qué se refiere, señor Miller?

No iba a entrar en esa confianza del tuteo.

—A la trayectoria de Galán en el negocio del cine. Con menos de treinta años se convirtió en la joven promesa de la serie B, el chico de moda del cine de terror al estilo del *giallo*, pasando por el destape, claro. Puro cine de *exploitation*.

Estaba claro que Eli Miller podía hablar muy bien otros

idiomas además del español, pero resultaba más claro aún que su interlocutora no había entendido ni una palabra.

—Lo siento, inspectora… Quería decir que hacía un cine de terror sensacionalista, de argumentos rocambolescos con mujeres desnudas, sexo y asesinos en serie. Y sadismo, muertes truculentas y sangre a raudales.

Mar se dio cuenta de que jamás había visto una de aquellas películas y se alegró; debían de ser asquerosas. Elías Miller continuó hablando aunque ella no le había preguntado nada:

—Tenían mucho público y Galán aprovechó el momento: sus productores hicieron con él mucho dinero. Cuando se pasó aquella moda intentó hacer otro tipo de películas sin conseguir el mismo éxito ni de lejos, estaba demasiado encasillado. Aunque después rodó algunas comedias interesantes, lo suyo era el terror. Y cuando llegó otra generación, se le dio por muerto. Quiero decir… Por acabado. Lo paradójico es que fue precisamente esa nueva generación que había crecido con sus películas quien volvió a ponerlo de moda como director de culto, a pesar de que para mucha gente representa una época pasada que ni siquiera merece la pena recordar. Quizá le interese saber que nuestro hombre ni siquiera se apellida Galán, es un pseudónimo. Cosas de la época. Su nombre real es Antonio Martínez.

31

Ese dato sí que estaba en manos de la policía, sin embargo Mar guardó silencio: Eli estaba más que dispuesto a hablar y todo lo que contaba parecía interesante.

—Uno de esos figurones que no entiende que los tiempos han cambiado —continuaba el fotógrafo—. Sus modos, su forma de tratar a la gente, las exigencias y caprichos, en fin… Antes de su desaparición, hubo una reunión de dirección y producción que acabó a gritos. Por lo que cuentan, Galán tuvo una de sus típicas extravagancias que sentó muy mal al resto del equipo.

—¿Estuvo usted allí? ¿Lo presenció?

—No, esas reuniones son para jefes. Recuerde la jerarquía.

¿Que cómo lo sé? Un rodaje en exteriores es un centro de chismorreos como pocos. Al final todo se sabe, no hay intimidad.

—Entonces sabrá cuál fue la razón de esa discusión.

—Por lo visto Galán dijo que no quería rodar en la localización del día siguiente y se negaba a dar ninguna razón. Según él no servía, aunque producción afirma que antes había dado el visto bueno.

—Y eso ¿es grave?

—Mucho, porque supone perder un día de trabajo si no existe un *cover set*... —Eli captó de nuevo la cara de la inspectora y rectificó sobre la marcha—: Que es como llamamos a una localización alternativa, preparada desde el principio por si falla la principal. Pues en este caso no la había y además también se perdía el dinero del alquiler del espacio que Galán rechazaba. Creo que es un refugio de montaña. En fin, que la gente se calentó y si no llegaron a las manos fue de milagro.

Si hacía caso de lo que Miller decía, cualquier persona del rodaje podía tener motivos para odiar al director.

—Según lo que cuenta, Galán era una persona problemática.

—Bueno... Tampoco quiero que se haga una idea equivocada. Aunque le suene extraño, el mal ambiente con peleas o broncas no es tan raro en un rodaje. Hay un montón de grandes películas que se han hecho entre gente que se odiaba. Eso no lo ve la cámara. Pero es cierto que un rodaje puede convertirse en un infierno.

Película maldita, rodaje infernal, insultos, peleas... No todo era glamur en el mundo del cine.

—Sin embargo, hay algo que tengo que aclararle sobre el carácter de los directores de cine en general: si los demás artistas pueden ser narcisistas o egocéntricos, los directores de cine son, sobre todo, unos megalómanos. Piense en un faraón mandando construir una pirámide y tendrá su perfil psicológico.

La información de Miller encajaba perfectamente con lo que había averiguado del sujeto en cuestión por Chus Basieda y Graciela de Diego. Sin embargo, no era suficiente.

—No solo el quipo, también su amiga Patricia Mejías mantenía con Antonio Galán una relación, digamos, complicada. ¿Qué opina de ello?

El rostro volvió a convertirse en piedra.

—Opino que ella es muy joven y quizá se haya dejado deslumbrar por ese tipo de figura... paternal.

Quien trataba de forma paternal a la muchacha era el propio Miller, lo había presenciado. ¿Cuál era la relación entre ellos dos? Desde luego, al fotógrafo no le gustaba Galán y menos su relación con Patricia.

—¿Estaba usted presente esa tarde al terminar el rodaje? ¿Los vio irse juntos?

—Estaba, sí, pero no los vi. Imagine ese final de día de trabajo. Hay mucha gente, muchos coches, carpas, los camiones de cámara, vestuario y maquillaje, *catering* y grupo electrógeno, un lío. Ese día también vino un equipo de efectos especiales. Los rodajes en localizaciones exteriores son duros... Bueno, que todo el mundo tiene mucho trabajo y está a lo suyo, no pendiente de si alguien va o viene.

—¿Han rodado muchos días así?

—¿En exteriores? Desde que llegamos, para eso vinimos. Son varios lugares, todos en un radio de menos de cincuenta kilómetros. Aquí están. —Sacó una carpeta de la mochila colgada de la silla y tendió una copia impresa a la policía.

Una lista de lugares. Los conocía todos. La poza del Castillo, la estación de esquí, el refugio Tres Mares, el hotel La Corza Blanca, el castillo de Argüeso... Y los jardines de Cupido. El lugar desde donde las vio irse. Las niñas que nunca volvieron regresaron de golpe a su pensamiento como le había pasado antes, al ver la puerta de la vieja discoteca. El pasado estaba de vuelta como ella misma y se colaba por todos los resquicios, por agujeros como ratoneras.

—Muchas gracias, señor Miller; todo lo que me ha contado ha sido muy útil.

—Estoy a su disposición, llámeme si me necesita.

Y sin pedir permiso, cogió el cuadernito que estaba sobre la mesa y apuntó su teléfono en una de las hojas en blanco.

Mar se levantó y Eli Miller la imitó, para volver a tenderle la mano.

—Ha sido un placer conocerla, inspectora.

Esta vez el apretón duró un poco más, o esa fue su impresión.

7

La prensa local se hizo eco del suceso, también programas de televisión de ámbito nacional. Algunos políticos hambrientos de cámara se pasearon delante de ellas prometiendo imposibles, lo que se traducía en llamadas telefónicas apremiantes y reuniones tensas con los mandos policiales. Los temores de la comisaria jefe se habían cumplido punto por punto y el entrecejo se iba haciendo más profundo a medida que pasaban las horas, como pudo comprobar la inspectora Lanza al ponerle al corriente de sus pesquisas.

—La última persona que estuvo con Antonio Galán fue una joven ayudante. Su amante. Hablé con ella, esa noche discutieron, hay testigos. No negó nada. De hecho me contó más de lo que esperaba. Como que tras la discusión Galán habría bebido.

—Tiene sentido. Lo más seguro es que saliera del hotel de manera imprudente y bajo los efectos del alcohol. La opinión que compartimos todos es que ese hombre ha sufrido un desgraciado accidente a causa de su desconocimiento del terreno. Al final, un turista más, como los que suben a los Picos de Europa en bañador. ¿Estás de acuerdo? ¿O tienes algo relacionado con esa ayudante?

Mar había tenido tiempo de adelantarse a esas preguntas durante el viaje de vuelta desde el valle, también había comprobado la ficha de Patricia y no tenía antecedentes. De hecho apenas tenía currículum laboral, aunque era historiadora del arte con un máster en restauración.

—No. Está limpia. Lo único que parece claro es que Galán no se ha marchado de su propia película voluntariamente.

Marián suspiró: esa era la peor de las perspectivas. Ya había ocurrido otras veces; si el sujeto en cuestión había caído en una zona muy boscosa o abrupta podían pasar semanas o incluso meses antes de encontrarlo. Muerto, claro.

—Esperemos que con el helicóptero o los drones den pronto con él. De momento no hay rastro alguno. Nadie le ha visto pasar ni llegar a alguno de los pueblos de los alrededores.

—No conduce. En medio de la noche y andando no puede haber llegado muy lejos.

—Tiene que estar en el monte que rodea la casa rural, por eso vamos a ampliar la zona de búsqueda y poner todos los medios que hagan falta para encontrarle. Pero bueno, tú has cumplido.

Ahí finalizaba la misión que le había encargado, volvía al limbo de la suspensión. Y, sin embargo, había algo extraño en todo aquel asunto aunque no supiera el qué. Intentó espantar la intuición, el fantasma siempre presente a quien le gustaba llevar la contraria a su razón. Tenía que borrarla de su mente, o del lugar donde anidaran los presentimientos y las corazonadas.

8

El club de remo de La Maruca estaba tan próximo a la jefatura que llegó a los pocos minutos. En la pequeña capital todo estaba cerca, tanto que no le dio tiempo a terminarse la barrita energética que había abierto al subirse al coche. Aún la mordisqueaba al sacar del maletero la bolsa de deporte con el traje seco, el chaleco, los escarpines. Casi no hacía viento. Las nubes pegadas a la inmensidad gris. El ir y venir de las olas, su rumor o su bramar. El mar siempre igual y siempre distinto. Como el desierto.

A esa hora y con mal tiempo no había nadie en el casetón salvo Terio, el encargado. Le avisó de que no saliera a mar abierto y se quedara en la ría porque amenazaba temporal, esa misma noche habría galerna. Terio era un sabio adivino del tiempo atmosférico y su influencia en la tierra, el mar y las personas. Pescador prejubilado por una enfermedad reumática, en tiempos atlético remero de traineras, ahora se encargaba de cuidar las pertenencias comunales del club. Allí los equipos se compartían siguiendo el espíritu propio de los paisanos de La Maruca, especie de reducto rebelde a la exclusividad clasista de la cercana Santander. Mientras Mar se cambiaba, Terio sacó uno de los kayaks, el que sabía que más le gustaba a la policía. Mejor tener contenta a la autoridad.

—Tengo bien guardado eso, que lo sepas —dijo Terio.

Al poco de llegar Mar le había pedido que le hiciera el favor de guardar un paquete bajo llave. No dio ninguna explicación ni Terio preguntó nada, pero con aquella muestra de confianza se había ganado al viejo marinero. Siempre que la veía le daba el parte sobre el estado del paquete.

—Gracias. Cuídalo bien, ¿eh? —respondió Mar.

—Descuida, que está en buenas manos.

—Estaba nevando arriba, ¿sabes? —dijo ella.

Ese «arriba» era la montaña.

—Cómo, dime, dime… —suplicó Terio.

Información fresca sobre las condiciones meteorológicas de la región: era como darle una golosina.

—La nieve dura tendría medio metro y como cuatro o cinco días. Pero hoy por la mañana bajó un poco de niebla y caía cinarra.

—Ah, la cinarra… Una nieve que despista; como es pequeña no se le hace caso y luego pasa lo que pasa.

—¿Y qué pasa?

Mar le daba la oportunidad de lucir sus conocimientos al respecto.

—Pues que es la mensajera de las nevadonas y va delante avisando de que la cosa se va a poner peor… Como sale así, como gránulos, nadie le hace caso. Pero ya te digo que esta noche, allá arriba, van a tener un temporal de aúpa.

Si esa noche caía una gran nevada, el operativo desplegado para encontrar al director de cine desaparecido tendría que abandonar la búsqueda y todo se retrasaría.

Mar cargó el kayak y los remos y bajó hasta la punta de arena rodeada de rocas. La ría corría en calma a lo largo de sus dos kilómetros y medio. A pesar de los consejos de Terio, intentó salir a mar abierto. La ola que entraba por la estrecha bocana levantó la proa del kayak casi un metro; mejor quedarse al abrigo de la ría y ejercitar los músculos, una necesidad como beber o respirar. Si pasaba un par de días sin hacer algo de deporte volvían los demonios que la acosaban.

El remo se hundió con fuerza en el agua, el kayak voló sobre la ola y la espuma salada le salpicó la cara.

9

Llegó al apartamento cubierta de una capa de humedad y salitre. El agua caliente de la ducha arrastró la arena y la sal. Después de la ducha se frotó cada músculo con aceite hidratante y el espejo le devolvió el brillo de la piel desnuda; el tatuaje relució bajo el hombro derecho. Un recordatorio incómodo pero, por alguna extraña razón casi supersticiosa, no había tenido valor para quitárselo. Tampoco para enseñarlo. En invierno llevaba manga larga y en verano tenía el cuidado de cubrirlo con un apósito. Cuando le habían preguntado sobre ello, contestaba que tapaba una cicatriz. Pero no era verdad: el tatuaje era una herida que nunca había cerrado.

Envuelta en el albornoz y con una taza de café en la mano,

se sentó frente a la ventana que daba a la minúscula terraza. El pisito no era gran cosa, en lo único en lo que había insistido es en que tuviera vistas: al levantar la cabeza del ordenador veía el horizonte gris del océano.

«Déjalo. No hay caso. Ya aparecerá.» Había dicho Sañudo.

No podía evitarlo, no iba a dejarlo. Es más, quería hacerlo. Su padre hubiera dicho que Mar era una «calamega», una vaca terca.

Desplegó sobre la mesa todas las notas, documentos, fotos, recortes de prensa e informes policiales sobre la desaparición de Antonio Galán. Su foto, su descripción: «Varón, 68 años. 1,75 m de estatura, pelo cano, complexión fuerte, 85 kilos. La última vez que se le vio vestía botas de piel color marrón, pantalones de franela negros, jersey de cuello alto gris y chaqueta Barbour de color verde oliva».

Consultó las nuevas noticias publicadas: algunos digitales insinuaban que podría ser una maniobra publicitaria con la que el director y el productor buscarían «hacer ruido» para promocionar su película. No parecían tener pruebas de ello. En cualquier caso, resultaba verosímil que la filtración de la desaparición de Galán a un medio nacional partiera de un miembro de su equipo de rodaje, aunque fuera difícil entender quién podía tener interés en hacer público un hecho que, según Graciela de Diego, perjudicaba a la película. Pero divulgar un hecho escandaloso o secreto sobre personalidades conocidas podía hacer ganar mucho al divulgador. Ya fuera de manera directa —dinero— o indirecta: trato de favor, publicidad gratuita, intercambio de información… Lo sabía muy bien porque ese tipo de tráfico resultaba habitual entre periodistas y policías elevados a la categoría de «fuentes».

Activó las grabaciones del móvil y volvió a escuchar las conversaciones de esa misma mañana. Sonaron las voces del encargado del hotel de La Torre de Isar, Chus Basieda; la entrecortada y nerviosa de Graciela de Diego y la aún más vacilante de Patricia Mejías. También la de Eli Miller. Le gustaría volver a ver su sonrisa, pero se conformó con teclear su nombre en varios buscadores, también en el registro policial.

Elías Miller Álvarez de Lara, nacido el 21 de marzo de 1982, en Madrid. Fotorreportero, fotógrafo de moda, agencias internacionales contaban con sus servicios, artista visual con exposiciones en Miami, Ciudad de México, La Habana, París, Nueva York... Hasta ella misma, que no sabía nada de arte, se daba cuenta de que un currículum así parecía importante. Pero nada relacionado con el cine. ¿Qué pintaba en el rodaje de la película? Porque él mismo había dejado claro que su trabajo se limitaba al de simple «soldado». Debía de tener un interés específico para estar allí. Pero ¿cuál? Siguió indagando en la red. En una de las reseñas más antiguas lo encontró como Elías Miller Jr. ¿Júnior? Una corazonada: tecleó «Elías Miller» directamente en el gestor documental de la OTAN.

Premio. General del ejército de Estados Unidos, Kansas City, 1951-Denver, Colorado, 2010. Con destinos en medio mundo, entre ellos Torrejón, Madrid. No se había engañado: había algo militar en el sofisticado fotógrafo Eli Miller. Su padre. La parte española también era interesante. Marta Eugenia Álvarez de Lara pertenecía a una familia de rancio abolengo, como para que el enlace Miller-Álvarez de Lara apareciese en los ecos de sociedad de un *¡HOLA!* de la época. Una foto borrosa en blanco y negro de la niña bien casándose con el oficial americano. Esa unión explicaba algunas cosas del hombre que acababa de conocer.

Ya sabía quién era Miller y volvió atrás buscando incógnitas por despejar, por ejemplo, la filtración a los medios de la desaparición de Galán. Descartados Chus Basieda y sus empleados porque ninguno de ellos tendría interés en perjudicar a sus clientes, lo más probable es que saliera del equipo de cineastas. Y entre ellos, ¿quién mejor que un fotógrafo que nunca antes había trabajado en el cine pero sí para agencias y revistas? Había un pero —siempre hay un pero—: ¿qué ganaba Eli Miller con ello? ¿Necesitaba dinero? Ignoraba si una información como esa se pagaba bien, pero sospechaba que no. Quizá fuera una cuestión de amistades e influencias, hoy por ti, mañana por mí, como en cualquier otra profesión. Si estaba en lo cierto, aquel hombre no era de fiar. Pero su verborrea no parecía propia de quien se movía en el secreto. De todas maneras, que Miller hubiera dado o no el chivatazo a la prensa no influía en lo importante, es decir, el motivo por el que Galán tuvo la ocurrencia de salir del hotel en mitad de la noche. O la razón por la que alguien le obligara a hacerlo. Aunque no tuviera ninguna prueba, esa sospecha le rondaba de una manera difusa, indefinible. En cualquier caso, lo importante era reconstruir las horas previas a la desaparición de Galán. Esa era la única manera de relacionar su desaparición con el lugar a donde había ido a parar, ya fuera por accidente o no.

Repasó sus apuntes: durante el día de trabajo no ocurrió nada de particular. Fue después cuando el director provocó aquella discusión que le había ocultado Graciela de Diego, pero de la que hablaban tanto Miller como Patricia Mejías, contra quien Galán también descargó su ira. Cuando ella se fue, se quedó solo. Y a partir de ahí, nada.

Volvió a escuchar las grabaciones.

«… tenía un mal día, había discutido con el equipo. Y entonces se subió al coche y me habló de una manera horrible.»

«… dijo que no quería rodar en la localización del día siguiente y se negaba a dar ninguna razón. Según él no servía…»

Anotó en su cuaderno: «Motivo discusión, localización».

«… se perdía el dinero del alquiler del espacio que Galán rechazaba. Creo que es un refugio de montaña. En fin, que la gente se calentó y si no llegaron a las manos fue de milagro.»

Volvió a anotar: «Refugio. ¿Dónde?».

Dio un respingo al sentir la conocida sensación húmeda entre las piernas. Una mancha roja en el albornoz blanco: le acababa de bajar la regla.

10

Eli Miller esperaba en la puerta del hotel Sejos indiferente al viento que lanzaba chispas heladas. En dos zancadas llegó al coche en marcha y metió su corpachón en el asiento del copiloto con una agilidad sorprendente. Llevaba ropa y calzado perfectamente adecuados para soportar un frío polar. Sin duda, el fotógrafo había trabajado antes en condiciones tan rigurosas o más que las del valle de Campoo. Mar, en cambio, no tenía ropa así en el armario, mucho menos tiempo para comprar nada. Había salido de su casa a las ocho de la mañana. La noche anterior había llamado al fotógrafo tras buscar el número que él mismo había escrito en su libreta.

—Buenas noches, soy la inspectora Lanza.

—Sí… Ya lo sé. —Eli no pareció sorprenderse y eso le produjo un poco de resquemor. ¿Tan seguro estaba de que le llamaría?

—Necesito saber dónde está el lugar donde se produjo la discusión con Galán. Ese refugio donde no quería rodar.

—No recuerdo el nombre… Un momento, por favor.

Un vacío al otro lado de la línea mientras imaginó a Eli en su habitación de hotel, moviendo su largo cuerpo con una cadencia sinuosa, abriendo la carpeta donde estaba la lista de localizaciones. Un rumor al otro lado: ¿murmullos? ¿Una voz de mujer?

—¿Inspectora? Aquí lo tengo. Es el refugio del Pico Cornones. Estación de esquí de Alto Campoo.

—Lo conozco.

—Y hay algo más. Después de nuestra conversación de esta mañana, me picó la curiosidad y conseguí que Flavio, el ayudante de Dirección, me detallara lo que sucedió en el refugio.

—¿Estuvo presente?

—Sí, claro; era imprescindible su presencia porque el ayudante de Dirección es el verdadero jefe del rodaje y el encargado de organizar todo el tinglado.

Mar ya había perdido la cuenta del número de jefes que había en una película.

—Según Flavio la discusión no ocurrió nada más llegar. Galán estaba tranquilo y todo transcurría de forma habitual hasta que de pronto y sin venir a cuento se descompuso. Entonces acusó al equipo de querer acabar con él y de prepararle una encerrona, una trampa. Literalmente.

—¿Por qué reaccionaría así?

—No se sabe, nadie entendió lo que le ocurría. El ayudante dice que fue como si Galán hubiera visto un fantasma.

Durante unos segundos ninguno de los dos habló.

—Inspectora Lanza…, vas a ir allí, ¿verdad? —dijo Eli, rompiendo el silencio.

Insistió en acompañarla diciendo que podía ayudarla porque él conocía a Galán, sus manías y costumbres. También su cine.

—¿Su cine? ¿Eso es importante? —preguntó Mar.

—Para conocer a un creador, lo mejor es conocer su obra.

Había aceptado que la acompañara después de un breve tira y afloja solo porque le apetecía volver a ver a aquel hombre. Además, estaba desobedeciendo a la jefa, quien le había ordenado olvidar el asunto. Tampoco era ortodoxo aceptar la compañía de un ajeno al cuerpo, pero no estaba rompiendo ninguna regla porque oficialmente estaba suspendida. Simplemente, aprovechaba su baja forzosa para hacer una excursión a la montaña. Cómo y con quién estuviera durante su tiempo libre era cosa suya, y había elegido a aquel hombre sentado a su lado que le sonreía de aquella manera encantadora mientras se quitaba el gorro. La melena oscura le cayó sobre los hombros de la chaqueta. Mar aceleró de manera brusca y el coche salió a toda velocidad.

—¿Cómo está la carretera? —preguntó Eli.

—Hasta aquí bien. Limpia. Pero se pondrá peor.

El operativo de búsqueda del desaparecido se había suspendido por el mal tiempo. Si las previsiones acertaban y caía más de un metro de nieve en la zona, no iban a encontrar al supuestamente accidentado Galán hasta la primavera.

—La estación de esquí está cerrada por viento. De momento se puede llegar, pero avisan de que el temporal arrecia a partir del mediodía.

Eli echó una mirada de censura a la ropa de la policía, a sus botas baratas.

—¿Y así vestida vas a poder aguantar una tormenta de nieve?

La reacción le sorprendió.

—Vaya, inspectora… Es la primera vez que te veo sonreír.

11

A la altura de Proaño vieron las máquinas quitanieves preparadas para limpiar carreteras. Dejaron atrás la Lomba, la última aldea encaramada a la sierra de Híjar, y siguieron hacia la estación de esquí de Alto Campoo, Brañavieja para los lugareños. Muros de nieve y precipicios rodeaban las vueltas de la carretera cubierta de inesperadas capas de hielo gris. El viento arreciaba aún más allá arriba, una fiera nube de agujas de hielo les azotó la cara en cuanto salieron del coche. Mar sacó del bolsillo un viejo gorro de forro polar. No llevaba gafas de ventisca como su equipado compañero. Muy solícito, se las ofreció.

—No, gracias. Soy de aquí.

—O sea, que estás acostumbrada a este tiempo endiablado…

Mar no contestó y echó a andar hacia el hotel La Corza Blanca. Allí esperaba un hombre bajo y fuerte, con cara como de cuero viejo, quemada por el sol de alta montaña.

—Coño, Mar, cago en sos, menudo día has elegido para subir hasta aquí.

Dimas la saludó con el tono bronco típico de las montañas del norte antes de darle un abrazo. Hacía años que no se veían.

43

y precisamente por eso Mar lo apreció. Dimas estaba jubilado de Cantur, la empresa pública que gestionaba el complejo, pero seguía teniendo mano entre los compañeros para conseguir de la estación lo que quisiera. Conocía a Mar de toda la vida y fue él quien le enseñó a esquiar alquilando el equipo y colándola en los remontes sin forfait.

—A la niña le gusta hacer deporte, Sindo. Déjamela, que yo la subo.

—Qué deporte… Eso es cosa de vagos, tirar el dinero.

—No te va a costar nada.

Sindo aceptó porque era de alguien de confianza. Pascual, el hermano de Dimas, le alquilaba el camión cuando bajaba a vender las vacas al ferial de Torrelavega. Por eso y porque no le iba a costar nada, aceptó que Dimas se llevara a la niña a esquiar aunque fuera cosa de señoritos.

—Y este, ¿también es pasma? —preguntó señalando con un dedo a Eli Miller.

—No, soy fotógrafo —contestó el señalado. Y sacó una minicámara del bolsillo de la chaqueta para enseñarla.

—Una cámara bien chica para un tío tan grande. Oye, a mí me da igual. ¿A dónde tenéis que ir? —preguntó Dimas.

—Al refugio del Pico Cornones.

—Subir allá está ahora jodido. Los telesillas están parados por el viento. Y el refugio cerrado, creo que lo tenían alquilado para una película; no se hablaba de otra cosa aquí en la estación.

—Tú puedes hacerlos funcionar ahora, lo justo para que podamos llegar al refugio. La bajada la hacemos esquiando.

—El remonte solo *pa* ti, van a pensar que viene una princesa.

—Que piensen que soy policía.

Dimas se echó a reír con voz cascada de tabaco negro.

—Vale, vale… Si ya sé que eres la hostia de importante. Yo a mandar. Os subo en el cuatro por cuatro hasta el remonte de Tres Mares y allí ya os apañáis. Pero no andes con leches, ¿me oyes, Mar? Que si os pilla la ventisca de bajada, acabáis *despeñaos…* No se ve ya ni un cura en un montón de sal. A ver, vamos a por los esquís y las botas, que de eso no habéis traído, ¿a que no? Tú, el fotógrafo, ¿qué número tienes? Más de un cuarenta y cinco, cago en sos.

12

Ráfagas de viento cada vez más fuertes golpeaban a los dos únicos ocupantes del telesilla, uno junto al otro, dos manchas oscuras rompiendo la capa espesa y blanca como puré de patatas. No se veía nada a su alrededor, las pilonas que sostenían la instalación aparecían de repente como gigantes metálicos que chasqueaban al pasar el telesilla. La niebla se había tragado todo, las cosas y los sonidos. Solo se oía la voz de Eli *el Hablador.*

—Todo el mundo cree que Galán ha tenido un accidente en el monte y que anda por los alrededores del hotel, caído en una sima o en el fondo del río Híjar. Ayer los jefes de equipo nos reunieron a todos para decir que eso era lo que pensaba la policía. Y que, si no hay noticias, mañana mismo nos mandan a todos a casa.

—Los equipos de búsqueda no pueden trabajar con este temporal. Si hoy cae una nevada de las grandes, no lo encontrarán en semanas.

—Claro. Tiene mucho sentido… Por eso estamos aquí arriba, a merced de los elementos. Inspectora, aún no me has dicho qué esperas encontrar aquí, en el quinto infierno.

En vez de responder, Mar contestó con otra pregunta.

—¿Por qué querían rodar en un sitio tan alejado de todo y en medio de la nieve?

Un golpe de viento hizo balancearse la silla como un bote de remos en medio de una galerna y Eli se arrebujó en el plumífero. Se le estaba quedando la cara congelada y le entraban agujas de hielo en la boca.

—Tienes que leer el guion.

45

13

Veía delante de ella la espalda de Eli, dando suaves virajes apenas a tres metros. No podían separarse más si no querían perderse de vista uno del otro. «Tiene estilo esquiando.»

El fotógrafo se detuvo a media ladera y esperó a que Mar llegara hasta él.

—No veo nada. ¿Esta zona es peligrosa?

—Hay una caída grande antes de llegar al refugio.

—¿Puedes orientarte? Me parece imposible a pesar de tu GPS.

Señaló el aparato que Mar acababa de sacar de un bolsillo. No era un móvil, sino un dispositivo de alta precisión que podía señalar rutas, cotas y desniveles con altímetro barométrico y brújula incorporados.

—Sígueme —dijo ella.

Y se lanzó ladera abajo. Eli tuvo que darse prisa si no quería perderla entre la niebla. La temperatura bajaba aún más rápido, la visibilidad era cada vez peor y el hielo se estrellaba en las lentes de las gafas de ventisca. Intentó seguir el ritmo de la policía, pero en un solo viraje la perdió de vista. Tampoco distinguía las marcas de sus esquís sobre la nieve. Estaba solo en medio de la espesura blanca. Se detuvo y gritó, pero su voz rebotó contra aquel muro. Nadie le respondió. El refugio estaba solo a quinientos metros, Mar le había mostrado la localización en el GPS, así que tenía que estar ahí delante, en línea recta. Era absurdo, si luciera el sol lo vería perfectamente, pero no escondido tras aquella blancura que se le metía en los ojos y se fundía con la nieve que le rodeaba. Continuó descendiendo por la ladera aunque con precauciones, hasta que notó como la nieve se hundía bajo sus esquís.

Cayó lento, escurriéndose por el tajo oculto bajo la nieve. Soltó los bastones intentando aferrarse a las rocas que sobresalían del hielo hasta quedar allí colgado, sin saber si a sus pies se abría un abismo o si solo se había caído por un badén. No pensó y gritó. Mucho. Las agujas de hielo se le clavaron en la garganta. No supo cuánto tiempo pasó así, quizá solo cinco minutos eternos, hasta que una sombra salió del muro blanco y sintió un tirón en la manga de la chaqueta. La inspectora estaba a su lado, sin esquís, y tiraba de él para levantarlo. Se puso en pie con dificultad, se hundía en la nieve hasta la rodilla.

—¿Qué había ahí abajo? —acertó a decir cuando consiguió pisar una nieve más firme. En realidad prefería no saber si había estado a punto de despeñarse.

—Vamos, Miller; que no ha sido para tanto. Casi lo consigues: el refugio está aquí al lado.

14

La puerta estaba abierta, solo tuvieron que empujarla para entrar. Era extraño y puso en guardia a la policía, pero no dijo nada a su acompañante. Echó un vistazo desde el umbral, el interior casi a oscuras, apenas iluminado por la luz que se colaba entre las rendijas de las contraventanas exteriores. El edificio, con tejado de pizarra a dos aguas típico de alta montaña, tenía un interior más amplio de lo que parecía, con piedra vista en el suelo y vigas de madera. Una escalera subía al segundo piso, un dormitorio común con literas para albergar al mayor número de visitantes. Al fondo, una enorme chimenea apagada.

Eli abrió la contraventana más cercana a la puerta; Mar pudo ver algunas sillas y mesas para comer y una pequeña barra con cocina en un lateral. Dio dos pasos hacia la chimenea; Eli, todavía en el exterior, abrió otra contraventana y la luz gris de la tormenta cayó sobre un bulto en el suelo.

Frente a la chimenea había un cuerpo. Sin cabeza.

Un vacío sobre el suelo de lajas de piedra, la sangre congelada en un pequeño charco escarchado señalando la ausencia. Se agachó para verlo mejor. Observó el corte a la altura de la vértebra C2. La forma perfecta del hueso con los cuatro orificios circulares para el paso de los nervios y los vasos sanguíneos, el triángulo de la médula pastosa, blanca por la mielina, las arterias como tubos de un rojo negruzco, músculos y tendones cortados limpiamente. En cambio, los nervios aparecían algo deshilachados, quizás arrancados por un último tirón.

El cuerpo mutilado había sido un hombre vestido con una chaqueta Barbour, botas marrones, un jersey gris de cuello alto con cremallera y el pequeño jugador de polo bordado sobre el pecho.

—Reconozco ese jersey. La marca —dijo Eli a su espalda.

La policía cogió el móvil y marcó el número directo.

—Jefa, le he encontrado.

PARTE 2

Rojo Oscuro

(Dario Argento, 1975)

2008. *Provincia de Herat, Afganistán*

Tres vehículos blindados Linc avanzan por un camino pedregoso levantando nubes de polvo. Lucen en los laterales la bandera y España escrito en árabe. Desde el interior de uno de los carros blindados, la soldado Lanza mira a través de la ventanilla enrejada: un desierto montañoso y dorado sobre el que cae un sol de plomo.

La caravana del ejército español serpentea acercándose a una loma sobre la que se divisa una aldea arrasada, donde apenas quedan ya unos pocos muros de adobe que se funden con el perfil de la montaña.

Dentro del blindado resuena por el comunicador una voz, entrecortada por la radiofrecuencia.

—Equipo Águila, atención... Movimiento a las dos... Repito: movimiento a las dos...

Solo un segundo. El blindado explota en un estallido de fuego y humo que oscurece el sol. Se hace un silencio tan atronador como la explosión.

Lanza escucha su propia respiración, como si estuviera ahogándose en el mar, tiene que salir a la superficie y volver a respirar. Un rayo de sol la deslumbra. Hay gritos a su alrededor: están disparando desde las casas. Mar consigue que el aire llegue a los pulmones. No pensar, esperar órdenes. La nube de polvo se despeja: tras el vehículo volcado se parapetan los soldados.

Mar empuña su arma, el subfusil siempre limpio, prepara-
do, dispuesto para la orden que llega. La respuesta. Al dispa-
rar, el fusil de asalto se mueve como un animal vivo. Cientos
de balas impactan en los muros de la aldea.

A su espalda, desde el tercer blindado, escucha el tableteo
de la ametralladora pesada M2 respondiendo a los disparos
secos de los AK-47 del otro lado, que pasan silbando, impac-
tando en el metal de los blindados. Mar siente muy cerca uno
de esos silbidos que se estrella en la tierra levantando guija-
rros. Del segundo blindado sacan un lanzagranadas y comien-
zan a disparar «pepinos», como dice la tropa, reventando las
pocas chozas de barro que quedaban en pie.

El tiroteo desde la aldea cesa de repente.

—¡Alto el fuego! ¡Alto el fuego! —grita el comandante
con la voz ronca. Mar nota las gotas de sudor recorriéndole el
cuello y la espalda.

—¡Desplegaos, vamos, vamos, vamos…!

Se une al grupo que corre hacia los muros más cercanos de
la aldea. Sube la loma hundiendo las punteras de las botas en la
tierra que se deshace bajo sus pies.

Los soldados españoles se despliegan entre las ruinas del
pueblucho. Tras el primer muro, aparecen acribillados los
cuerpos de cuatro hombres que todavía sujetan sus armas con
fuerza, como si ni la muerte pudiera arrebatárselas.

—Estos ya no dan más guerra —dice alguien después de
inspeccionar los cadáveres.

La formación continúa atravesando lentamente la aldea
hasta llegar a una casucha reventada por las granadas. Hay
un bulto de ropa tirado en el suelo. No: es una mujer de ro-
dillas, apoyada en el muro con la cabeza caída sobre el pecho,
como si durmiera. Tapada con el burka parece una mancha
oscura estampada en el muro. El sargento se acerca apuntán-
dola con su arma. Le grita. La mujer no responde. Todos la ro-
dean, encañonándola. Mar ve cómo tiembla el cañón del arma de
su compañero más cercano. Mira su propio cañón: no tiembla, su

mano es firme. El sargento golpea el cuerpo con la culata del subfusil y la mujer cae de bruces sobre la tierra. Es un cadáver.

—¡Área despejada! —grita el sargento hacia la caravana de blindados.

Un soldado se asoma al otro lado del muro derruido donde se apoyaba la mujer.

—Aquí hay más muertos.

Junto al muro, tres cuerpos pequeños rotos, desbaratados por el impacto de las granadas. Son niños. Lanza ha visto moverse a uno de ellos, apenas una leve respiración que mueve el pecho arriba y abajo. Tira el subfusil y se arrodilla junto a la niña que tendrá unos diez años, lleva un vestido azul celeste que brilla bajo los cuajarones negros de sangre. Le hace maniobras de reanimación cardiopulmonar, golpea, respira dentro de ella.

—No sirve de nada, estaba agonizando —dice alguien a su espalda.

Mar no responde y sigue golpeando el pecho, tan pequeño que casi no parece humano.

—Está muerta. Déjala ya —repite el compañero.

Se acerca otro compañero.

—Lanza, déjala; hay que irse. Tenemos heridos.

Mar ni siquiera le mira, no responde, solo continúa intentando que la niña respire. El compañero llama a gritos al sargento, que se acerca corriendo.

—¿Qué pasa? Hay que regresar a la posición, está llegando el Chinook.

—La soldado Lanza, mi sargento.

—Pero ¿qué cojones...? Soldado, regrese a la posición —ordena a Lanza.

Mar se levanta cogiendo a la niña en brazos.

—¡Déjela, soldado! ¡Le ordeno que la deje!

Como Mar no obedece, el sargento forcejea con ella, pero es inútil: la mujer no suelta a la niña, los demás soldados se han quedado congelados mirando a su compañera.

53

—¡Ayudadme, coño!

Los dos soldados reaccionan y entre los tres consiguen arrancarle el cuerpo de la niña. El sargento la aparta a empujones mientras los compañeros se llevan la muñeca rota para dejarla al otro lado de las ruinas, junto al resto de los cadáveres.

—Soldado, regrese al blindado y aquí no ha pasado nada.

Lanza mira sus manos ensangrentadas, las mangas de su uniforme de campaña, manchas grises y pardas del camuflaje también salpicadas de un rojo muy oscuro, casi negro. Siente arena en la boca, en los ojos.

El comandante llama al sargento por el comunicador:

—Sargento, dos minutos para el Chinook. Dos bajas: piernas rotas y posible conmoción.

—¡Retirada! ¡¡¡Vamos!!! —grita el sargento.

Todos se dirigen hacia los blindados, pero ella no sigue a los demás hacia el caos, los gritos, el ruido del helicóptero que se acerca, las hélices levantando un remolino polvoriento. Echa a correr en dirección contraria a sus compañeros, a su unidad, a su ejército. Deja caer el arma y el casco. Debe seguir corriendo, no sabe cuánto ni hacia dónde, eso no importa. De pronto el suelo blando se hunde bajo sus pies. No puede seguir. Coge un puñado de arena y se frota las manos manchadas de sangre para limpiárselas, pero no se va, está metida dentro de la piel, muy profundo. Levanta la cabeza y mira alrededor: está sola frente a un desierto que parece no tener fin. El sol reverbera, la luz la deslumbra, la fulmina hasta sentir que le queman el cerebro, hasta dejarla ciega. Cierra los ojos.

54

1

Salieron de la cabaña sin tocar nada: la policía judicial y la científica se encargarían de todo, el caso estaba en manos de la jefa, aunque la tormenta ralentizaría la llegada de los equipos. Por un momento temieron tener que pasar la noche entera junto al cuerpo sin cabeza de Antonio Galán, pero Dimas fue en su rescate. Antes de que la cosa se pusiera peor, él y un compañero aparecieron en dos motonieves y bajaron a la estación en un suspiro. Mar no tuvo que soportar los juramentos de Dimas por su imprudencia: en cuanto le dijo que habían encontrado un cadáver, se calló como si él mismo estuviera muerto.

En cuanto llegaron a la estación y entraron en la cafetería de La Corza Blanca, Mar se fue directa al baño para cambiarse de támpax, esa operación odiosa y torpe sobre todo cuando llevas botas y mono de esquiar. Justo a tiempo, un minuto más y posiblemente lo hubiera manchado.

La sangre. No pudo evitar comparar el pequeño charco casi negro que rodeaba el trozo de carne mutilado con aquellas gotas que caían de su interior, de un rojo brillante, vivo. Solo un fino hilo de tiempo le separaba de un hombre que quizás hacía pocas horas estaba tan vivo como ella ahora.

Encontró a Eli tomando un café cargado con brandy.

—¿Habías visto algo así antes? —preguntó.

Mar no respondió y le dio un sorbo al café que había traído Dimas, ese ángel de la guarda de cara arrugada. El café ardía. Eli se contestó a sí mismo:

—Pues yo no.

No estaba interesada en una charla sobre experiencias traumáticas.

—Déjame ver las fotos —fue su contestación.

Le había pedido que fotografiara tanto el cadáver como el interior de la cabaña, advirtiéndole de que se moviera lo menos posible para así no destruir pruebas, y Eli había obedecido, por una vez, sin decir palabra.

Mar fue pasando las fotos en la pantalla digital. El cadáver mutilado se apreciaba de forma nítida y clara.

—Nunca he tenido un modelo tan difícil… A pesar de lo poco que se movía —dijo el fotógrafo intentando hacer un chiste.

55

Era lógico que intentara espantar el miedo de la manera que pudiese, pero Mar siguió concentrada en las imágenes y en los detalles del interior del refugio. Nada parecía fuera de lugar. Tampoco había rastro de que Galán hubiera mostrado resistencia. Todo lo contrario, estaba tumbado boca arriba con los brazos a los lados, colocado. No había ningún mueble desordenado ni caído. También estaban en su sitio los típicos cuadros con mapas y vistas de montañas, entre ellos uno, más pequeño, alejado y cortado por el encuadre, difícil de distinguir.

—¿Y esto?

—La foto enmarcada de una chica joven. En un plano medio corto. Espera, que lo amplío.

Seguía viéndose borroso y cortado, pero lograron entrever el retrato de una chica rubia y joven.

—Parece una foto de estudio, pero no estoy seguro —dijo Eli.

Desentonaba con la decoración espartana y el resto de los cuadros, pero nada más. Lo importante era que tanto el lugar como el estado del cuerpo parecían la obra de alguien no solo decidido, sino hábil y muy organizado. No era la primera vez que desmembraba un cuerpo, de eso estaba segura. ¿Había dejado un escenario? Mar tenía muchas preguntas y pocas respuestas. De pronto, tuvo una de esas certezas extrañas, la voz interior reclamaba atención.

—No está allí —dijo.

—¿Cómo?

—La cabeza. No la van a encontrar.

—Eso no puedes saberlo. No hemos registrado nada. Puede estar escondida, qué sé yo…, dentro de la chimenea, por ejemplo. Además, si al asesino se le ocurrió tirarla fuera de la cabaña, ahora estará bajo metro y medio de nieve.

—Sí, podría ser. Pero no. Esto solo tiene sentido si… Le odiaba mucho. Quiero decir, el asesino. A Galán. Me contaste que todo el equipo de rodaje le detestaba. Puede que entre ellos haya alguien capaz de odiarle tanto como para matarle.

—Imposible. No te digo que no a darle un par de hostias, tendrías una lista bien larga. Pero cortarle la cabeza…

—No es alguien que haya hecho esto tras un calentón. Lo ha preparado. Y ha dejado un mensaje.

—¿Cuál?

—No lo sé.

Dimas interrumpió la conversación.

—Mar… Ya está aquí la Guardia Civil. Preguntan por ti.

2

La placa estaba sobre la mesa, la luz le arrancó un destello. Marián Sañudo corrió el visillo de la ventana de su despacho y la placa dejó de brillar.

—¿Se levanta la suspensión? —preguntó Mar.

—Lo prometido es deuda. Que sepas que todo el mundo está contento contigo y no me ha costado recordar que te debían algo. Espero que también sirva para que se cansen los cabrones que tú y yo sabemos.

Marián lo sabía todo sobre el asunto en el que la inspectora se había visto envuelta y, desde el principio, se puso de su parte. Si Mar Lanza había denunciado unos hechos supuestamente delictivos cometidos por un compañero, es que esos hechos habían ocurrido. Y punto. Lo malo es que ese compañero era un superior y con cierto poder en uno de los sindicatos más retrógrados de la Policía Nacional. La presión contra Lanza que habían hecho el inspector jefe Alejo Garrido y su banda de cafres no había cesado siquiera cuando la principal interesada, una policía joven y novata, retiró la denuncia de acoso, agresión y abusos contra Garrido, dejando con el culo al aire a su única defensora, Mar Lanza. El acoso sexual se convirtió en acoso a secas, pero esta vez contra la inspectora. Marián confiaba en que todo aquello terminaría olvidándose y que, finalmente, no afectaría a la carrera de Mar. Ella misma pidió su traslado a Cantabria.

—Estás en el equipo del caso, pero tal y como están las cosas, prefiero que sigas a tu aire.

Una actuación conjunta de Guardia Civil y Policía Nacional suponía la coordinación de varios equipos y decenas de funcionarios. Sañudo no podría dar un paso sin consultar a los homólogos del cuerpo militar, además había que contar con los consabidos roces entre instituciones distintas, incluso disputas por laureles futuros. A la Benemérita ya le había sentado como un tiro que fuera la Policía Nacional quien encontrara en su feudo al desaparecido y, además, hecho pedazos. Para coronar la humillación, quien se llevaba el mérito era una inspectora fuera de servicio. Con sus propios compañeros la relación sería aún peor; por si fuera poca la fama que la precedía, Mar Lanza se había atrevido a pasar por encima de todo el mundo. No se lo iban a perdonar tan fácilmente.

—Y vas a mantenerme al tanto de lo que estás haciendo en todo momento. No quiero sorpresas, ¿vale?

—Claro. Pero necesitaré toda la información que saquen los demás.

—Eso dalo por hecho. Pero no te mezcles con ellos.

Marián Sañudo era muy inteligente: Lanza era su comodín, su verso libre. Que nadie supiera de sus pesquisas le daba una ventaja sobre todos los demás. La interesada no comentó en ningún momento que aquello de trabajar por cuenta propia, sin dar explicaciones a equipos ni compañeros, le gustaba aún más que a la jefa. Para algunas cosas ambas se entendían sin necesidad de hablar.

—Ya hemos dado aviso para que estén disponibles todos los que estuvieron en contacto con la víctima. Porque supongo que ahora volverás a interrogarlos.

Sobre todo a quienes habían compartido alojamiento con Galán en la Torre de Isar: los que no tuvieran una coartada firme se habían convertido en posibles sospechosos. El resto del equipo no se encontraba en la misma situación. Había una distancia de veinte kilómetros entre el hotel Sejos y la casona

de la Torre de Isar; cualquier cliente alojado en el hotelito rei-
nosano tenía que salir por delante de la recepción, lo que dificultaba escabullirse y llegar sin ser visto u oído a la casa rural.
Además, un amplio circuito de cámaras de vigilancia rodeaba
el Sejos, ubicado dentro de la zona urbana de Reinosa. Habría
que comprobarlo todo, pero los componentes del equipo que se
alojaron allí durante la noche de la desaparición y muerte del
director estaban, en principio, lejos de convertirse en sospechosos. Era el caso de Eli Miller. Un alivio, porque el fotógrafo se
había convertido en un aliado necesario, una especie de confidente al que no hacía falta pagar con fondos reservados.

—Por cierto, ya sé que es prematuro, pero ¿tienes alguna
idea? Tú estuviste allí, lo viste —preguntó la jefa.

—Tengo que seguir investigando al círculo de la víctima.
Por eso tengo una especie de… de informante entre los miembros del equipo de cine.

Era mejor contárselo a Marián, seguro que ya sospechaba
algo parecido.

—El hombre que estaba contigo cuando encontraste el cadáver…

—Sin él no lo hubiera conseguido.

No podía dejar de mirar la marca en la frente de la jefa: la
arruga parecía tener forma de interrogación.

—¿Tienes alguna idea? Venga, no te vas a cortar conmigo
ahora.

A la Sañudo no podía ocultarle sus intuiciones; de hecho,
y a su manera, las alentaba. Pero tampoco podía crearle falsas
expectativas.

—Creo que el asesino montó el escenario —contestó Mar.

—No lo mató allí, quieres decir…

La jefa suspiró: el caso del dichoso cineasta iba camino de
convertirse en uno de los peores dolores de muelas de su carrera.

—Creo que el criminal trasladó el cadáver desde otro lugar
hasta el refugio.

59

—Para eso se necesita logística. No es fácil llegar a un refugio de montaña en una estación de esquí con un metro de nieve y cargando un peso de casi noventa kilos.

—También conocía el terreno.

—Es alguien de la zona, entonces… Coincides con el resto de los equipos. Los de la judicial están peinando historiales criminales, y los Civiles van a ir a todos y cada uno de los pueblos del valle buscando a quien se ajuste a ese perfil delincuencial.

—¿Perfil? ¿Qué perfil?

—El del típico salvaje que pudo cruzarse en su camino.

—¿Un ataque sin motivo? Los crímenes con ensañamiento suelen estar premeditados.

—Ya, sí…, en general. Pero no podemos descartar que estemos delante de otro caso como el de los Ureña.

Los dos hermanos Ureña habían cometido una serie de crímenes espeluznantes a principios de los ochenta. Vivían aislados, en las cabañas que tenían desperdigadas por el monte, con las vacas. Con fama de ladrones de ganado y antecedentes por agresión sexual, la población local les rehuía y ellos bajaban a las aldeas solo para comprar lo indispensable. Y munición. Aunque la Guardia Civil los conocía como furtivos, hacía la vista gorda: osos y lobos aún eran considerados alimañas por la mayoría y apenas se aplicaba la ley. Hasta que los cazaron, los Ureña mataron a tiros a dos montañeros, supuestamente por espantarles presas, y se deshicieron de los cuerpos descuartizándolos y tirándolos a un río truchero. El tronco mutilado de uno de ellos apareció treinta kilómetros abajo del río Pas. Después se descubrió que también habían acabado con la vida de una pareja que hacía camping; sus cuerpos fueron encontrados hechos pedazos y enterrados en distintos lugares. Cuando los guardias fueron a por ellos los recibieron a tiro limpio, aunque acabaron sus días en la cárcel.

Para Mar, el autor del asesinato no podía tratarse de un salvaje como los Ureña, pero pasó por alto los prejuicios de su jefa y los de todas las secciones a cargo del caso. Además, si se equivocaban de objetivo, no le pisarían su propia investigación.

—A ver qué dice el análisis forense... Un descuartizamiento tan brutal tiene que dejar algún rastro —seguía diciendo la jefa.

—Quizá no. El culpable sabía muy bien cómo cortar una cabeza. Posiblemente no es la primera vez que lo hace —añadió Mar.

—¡Por fin una buena noticia! Porque eso da un perfil muy concreto: antecedentes y habilidades de matarife o de cazador. Así podremos estrechar el cerco. La putada es que no han encontrado la cabeza.

—Creo que no la van a encontrar.

—¿Quieres decir que se la llevó con él?

—Podría ser.

—Estamos ante un psicópata entonces. Eso es lo que dicen los de perfiles.

Mar no contestó.

—Bueno, ¿algo más? Porque tengo una reunión de esas que no me puedo saltar y está al caer el informe forense. En cuanto llegue te lo envío. Así que ya puedes ponerte las pilas. Ah, no se te olvide la placa, que te la has ganado.

—A la orden.

Mar cogió la placa de la mesa.

—Espera. También puedes recoger tu arma reglamentaria en la armería. Ya sabes.

—Ya sé.

—Mar, escucha. Esta vez puede que te haga falta. Espero que no, por supuesto. Pero puede que tengas que enfrentarte a alguien muy peligroso y, si eso ocurre, él sí que irá armado.

—Gracias por el aviso, jefa.

No iría a recoger la Heckler que le correspondía. Lanza era famosa en el cuerpo policial por muchas razones, también por no llevar encima ninguna arma de fuego.

61

3

La inspectora Lanza se reunió esa misma tarde con su confidente en una recóndita tasca de Reinosa. Eli Miller había podido salir del hotel después de prestar nuevamente declaración ante la Guardia Civil, desbordada al tener que interrogar a todas las personas que integraban el equipo de rodaje de la película: entre técnicos y proveedores locales más de treinta testigos de lo sucedido las horas previas a la desaparición y muerte de Galán. No les había servido de nada. Además, ese terreno estaba ya desbrozado por la inspectora Lanza, quien había comprobado el *checking* del hotel con la encargada y los recepcionistas, y revisado las cámaras de la calle: nadie había salido del hotel durante esa noche de helada. Los equipos encargados de la investigación estarían siendo muy presionados para tener resultados cuanto antes, más con la prensa ladrando desquiciada, porque del truculento asesinato del director de cine se habían hecho eco todos los medios de comunicación. Galán tenía amigos muy conocidos en el mundo de las artes y actores populares, algunos con ganas de foco y alcachofa, fueron invitados a tertulias televisivas para recordar al hombre fallecido y diseccionar su macabro final. Para echar más leña al fuego, políticos de pelaje lobuno dieron los habituales titulares sobre el aumento de la criminalidad y la falta de seguridad que sufría la ciudadanía.

La inspectora Lanza, al margen de todo aquello, volaba por el caso libre como un pájaro. La jefa acababa de reportarle el informe forense y todas sus sospechas se confirmaban: Galán había muerto una hora antes de que le cortaran la cabeza, posiblemente estrangulado a lazo, aunque el corte en el cuello dificultaba la verificación. Y desde luego, el autor o autores eran expertos en desmembrar cuerpos humanos o animales, porque el corte era limpio. Lo más interesante era el tipo de cuchillo utilizado, con una hoja de forma muy concreta que podría facilitar su identificación. De encontrarlo, claro.

No contó nada de ello a Miller cuando este preguntó por el estado de la investigación. Había quedado con él para que le suministrara información y no al revés, así que, sin responder a su pregunta, la policía se acercó a la barra, pidió un par de típicos blancos de solera y pagó en el momento.

—Quiero saber qué es una película maldita.

Esta vez, Eli no se sorprendió del tono imperativo. Los secos interrogatorios —no podía calificarlos de otra manera— de Mar le dejaban descolocado, aunque intentara no dejarlo traslucir. Esa batería inquisitorial y aquellos silencios hoscos, como si ya no estuviera delante de él, sino en un lugar lejano. A veces ni siquiera le respondía, la maleducada. Porque eso era, claro que sí, pero ¿qué se puede esperar de una mujer policía? Nunca había conocido a nadie como ella. Elías Miller júnior siempre había estado rodeado de mujeres educadas, sofisticadas, delicadas; madres, hijas y nietas de la clase privilegiada. La inspectora Lanza no se parecía a ninguna de ellas. El cuerpo atlético, tan alta, la melena lacia y rubia natural. Los ojos grises o verdes, duros, extraños. Su forma de andar, el paso elástico. Quizás un poco masculino para algunos. No sabía si esas eran las razones que le habían magnetizado o la adrenalina de encontrar un cadáver junto a ella. La intensidad de todo lo que la rodeaba quizá se le había subido a la cabeza, pero lo cierto es que no podía dejar de pensar en aquella mujer. Ni en que, seguramente, iba armada. Eso le había excitado como jamás le había ocurrido con nadie. Intentó no fantasear, apartar de su imaginación la imagen que le asaltaba una y otra vez: él arrancándole esa ropa barata y acariciándole su piel cálida hasta toparse con algo distinto, frío, duro, pesado. Un arma.

—¿Pasa algo?

—Perdona, estaba distraído. ¿Decías?

—Que me expliques qué es una película maldita.

—Vaya… Eso es que te has metido en Internet.

No solo. Mar recordaba el tono, el gesto de la responsable

de Producción, Graciela de Diego, al decir que la película que estaban rodando estaba maldita.

—Se trata de una leyenda que rodea las películas que sufren desastres, incendios, accidentes, crímenes, pérdidas inexplicables de copias, muertes repentinas de miembros del rodaje… Existen desde el cine mudo, como *La casa del horror*, de Tod Browning. Después ha habido muchas más: *La semilla del diablo*, *El exorcista*, *Poltergeist*. Algunas superan las maldiciones clásicas: en *La profecía*, el productor y otros miembros del rodaje casi mueren a causa de una bomba del IRA. En España es muy famosa *La campana del infierno*, de Claudio Guerín. Lo que tienen en común todas ellas…

—Ya —le interrumpió. Había que parar la cascada de información del cinéfilo pedante—. Esos accidentes serán casualidades o imprudencias, supongo.

—No había acabado. Quería decir que lo que tienen en común esas películas es que todas ellas son de terror. La maldición consistiría en el viejo castigo de los cuentos de hadas para quienes abren una puerta que debe permanecer cerrada. Porque todas esas pelis coinciden en su género.

—El terror.

—La película maldita siempre toca los mismos temas: crímenes, misterios, posesiones diabólicas o apariciones fantasmales.

No contestó, pero le asomó una sonrisa incrédula que a su interlocutor le pareció muy erótica.

—Ya veo que no eres partidaria del pensamiento mágico. Oye, oye…, que no es cosa mía, las leyendas son eso: leyendas. Te lo cuento porque me has preguntado. Y sí, quizás esta peli pase a engrosar el catálogo de películas malditas.

—Por el asesinato.

—Y porque cumple a la perfección la condición principal: ser de terror.

No había pensado en el argumento de la película de Galán ni que eso pudiera tener que ver con su muerte.

—¿De qué va la película?

—Te dije que tenías que leer el guion. Así que he hecho una copia para ti. —Y sacó de la mochila un taco de folios encuadernados en canutillo negro y tapa transparente que puso delante de Mar.

—*La máscara de la luna roja*. Una película de Antonio Galán —leyó ella.

—Un detalle para que tengas una pista más del inmenso ego de nuestro cadáver, tan mezquino como para quitar el nombre del guionista de la portada.

—Entonces, ¿quién es el autor?

—Santos Muro. Pero es un pseudónimo.

—¿Es que nadie en el cine usa su nombre real?

—Son los dos primeros apellidos de una guionista, Laura Santos Muro. Estuve rastreándola cuando me contrataron para la peli y encontré poca cosa. Santos Muro ha publicado un par de novelitas de misterio y también firmado los guiones de algunas series de la RAI, la tele italiana.

—Pero es española.

—Españolísima, pero, por lo poco que he sabido de ella, vivió mucho tiempo en Italia. Aunque ya debe de tener una edad, este sería su primer guion en España.

—¿La has visto en el rodaje?

—Otra regla no escrita del cine, inspectora, es que nadie quiere ver al guionista en el rodaje de su película.

—¿Por qué?

—Porque no pinta nada. Su trabajo terminó hace tiempo, y los directores y productores suelen hacer mil cambios en el original a su gusto y conveniencia sin contar con su opinión. Se trata de una presencia incómoda, como un triste fantasma del pasado.

Mar abrió el guion para echarle un vistazo y ya en la primera página se topó con unas siglas incomprensibles.

—No entiendo esto de «SEC. 1 Cafetería INT-DÍA».

—Se trata del encabezamiento de cada secuencia, en el que

65

se indica dónde y cuándo sucede la acción. En este caso significa que todo lo que vas a leer de esa secuencia sucede en el interior de una cafetería y con luz de día. Piensa que cada secuencia es una unidad de tiempo, lugar y acción. Cuando la acción cambia y ocurre en otro lugar se pasa a otra secuencia, como en la número dos, que ocurre en la calle. Mira: «SEC. 2 Calle EXT-DÍA».

—Calle, exterior y de día. Es fácil.

—Antes de nada tienes que saber que un guion no se escribe ni se lee como una novela. Solo es una herramienta dirigida exclusivamente a quienes tienen que hacer las películas, no al público en general. Por eso está escrito en un lenguaje casi, cómo lo diría…, codificado. Por ejemplo, no tiene estilo literario y el único tiempo verbal que se usa es el presente de indicativo. En un buen guion lo único que importa es que se entienda bien la acción, aquello que puede ser trasladado a imágenes. Nunca encontrarás nada novelesco como mostrar de manera mágica lo que piensan los personajes o las metáforas literarias. Solo hay descripciones casi telegráficas de gente que hace algo. Lo único importante es que esté muy claro lo que se ve, dónde y cuándo, y lo que dicen los personajes, los diálogos. Te aviso: a la mayoría de la gente, incluyendo a los que hacen las pelis, leer un guion les resulta aburridísimo.

Mar no era una gran lectora precisamente, y Eli no lo pintaba nada apetecible. Cogió el taco de páginas, pesaba. Lo volvió a dejar sobre la barra.

—Y el guion de esta película ¿está bien? ¿Te parece bueno?

—Podría salir algo interesante, desde luego. Está bien escrito, con todo lo que tiene que tener el género: atmósfera, misterio, tensión… La historia no es que sea muy original, pero no hay trucos baratos ni monstruos de CGI, que es lo que se lleva ahora.

—Espera. ¿CGI?

Cada vez lo ponía más difícil.

—Imágenes generadas por ordenador. Efectos especiales digitales, si prefieres. Qué… ¿No lo vas a leer?

—Creo que es mejor que me cuentes de qué va.

—¿El argumento?

—Eso es.

No se hizo de rogar, parecía estar deseando contárselo.

—Trata de un grupo de senderismo que se pierde en un bosque durante un fin de semana largo, de puente; el típico grupo diverso del cine de catástrofes. Sus integrantes son hombres y mujeres de distintas edades y condiciones sociales. Una de las chicas jóvenes, que se llama Ana, es la protagonista de la historia. Digamos que toda la película tiene su punto de vista. Es nueva, acaba de llegar, casi no conoce a nadie: igual que el público.

—Vale. ¿Y qué pasa?

—Pues que a pesar de que el viaje sucede en otoño, les sorprende una tormenta de nieve de camino al refugio al que se dirigían y tienen que variar su ruta, atravesando un bosque en el que comienzan a aparecer señales extrañas. Al principio cosas inquietantes nada más, como marcas inexplicables en los troncos de los árboles, hatillos vegetales con forma de hombre colgados de las ramas o en medio de un sendero, fuegos junto a menhires y dólmenes...

—En el valle de Campoo hay de eso.

—Claro, esa era una de las ventajas de venir a rodar aquí. Pero que sepas que la mayoría de los que aparecen en la peli se están replicando en decorados en Madrid. O estaban, porque no tengo idea de si la película se va a suspender. Todavía no nos han confirmado nada, creo que mañana habrá una decisión... Pero lo más seguro es que nos manden a todos a casa.

Hizo una pausa en la que esperó a que Mar hiciera algún comentario respecto a su marcha, pero la policía no abrió la boca.

—¿Por dónde iba? Ah, sí: las señales cada vez son más amenazadoras. Hasta que encuentran los restos de una vaca descuartizada en una especie de ritual macabro.

—¿Cómo de macabro?

—Casi tan macabro como lo que vimos tú y yo en el refugio. Pero la realidad siempre supera la ficción. Estoy pensando en que es paradójico que Galán haya muerto de forma tan truculenta, siendo él mismo un especialista en ficciones truculentas.

—Sigue con la historia.

—Pues después de encontrar al bicho muerto, en vez de dar media vuelta, que es lo que quieren hacer las mujeres del grupo, se impone el hombre más veterano, que va de líder y en realidad resulta un sobrado y un gilipollas. Esto provoca que choquen entre todos, los consabidos conflictos por el poder en una situación extrema. Además, ellos se burlan de los miedos supersticiosos de ellas. Hasta ahí lo típico. A todo esto, han ocurrido una serie de pequeños accidentes, cortes y caídas, llevan poca comida y hasta han bebido agua contaminada del río y algunos se han intoxicado. Todo parece una racha de mala suerte. Además, los GPS no funcionan y temen haberse perdido en el bosque. Mientras esto ocurre, Ana ha ocultado a los demás que desde que entraron en el bosque está teniendo extrañas visiones de unas mujeres con la cara pintada de rojo sangre que al principio parecen perseguirla y finalmente la avisan de que tiene una misión que cumplir. Son las responsables de las señales, claro. Una especie de habitantes míticas del bosque, como magas o chamanas, no queda claro. Lo que sí es evidente es que pertenecen a una religión antiquísima previa al cristianismo, adoradora de las fuerzas de la naturaleza y de un dios caníbal. Sí, muy *new age*, ya lo sé. Pero te aseguro que funciona: las apariciones son inquietantes y dan miedo. Hasta escritas dan yuyu. Hemos rodado un par de esas apariciones y las caracterizaciones eran muy buenas, especialmente la de una señora mayor que ponía los pelos de punta…

—Entendido. Sigue.

—Hay algo importante que quería decir antes de que me interrumpieras: además de esos elementos terroríficos, hay algo sutil y elegante en la historia, muy del cine de los setenta, y es que nunca se sabe si esas mujeres existen realmente o son imaginadas por Ana. Porque resulta que con unos pocos *flashbacks* nos enteramos de que la protagonista no está allí por casualidad: está buscando al violador y asesino de su amiga Andrea, asesinato del que la policía no tiene pistas. De hecho, otras mujeres del grupo hablan de la conmoción que supuso el suceso para ellas, algo así como un tema tabú. Desde entonces viven con el temor metido en el cuerpo. Ana cree que alguien que la conocía es su asesino y ha terminado en el grupo de senderismo, una de las aficiones favoritas de su amiga, buscando al hombre que la mató. Ha descubierto que, en una ocasión, su amiga Andrea se unió a ese grupo y su ruta de forma casual, y sospecha que su asesino puede ser uno de los senderistas.

—Me interesa.

—Ya lo imagino: te estás identificando con la protagonista y su búsqueda de un asesino, inspectora. En fin, todo esto ocurre hasta que Ana descubre que uno de los hombres podría ser el culpable, porque su mujer, que también va en el grupo, lleva un colgante de oro idéntico al que llevaba siempre Andrea, la chica muerta.

—Asesinada, no muerta. Es la víctima.

—Eso es. El detalle, pura trampa de guion, pero que funciona, es suficiente para que Ana crea que es el autor de la muerte de su amiga, que se llevó el colgante como trofeo y además se lo ha regalado a otra mujer que nada sabe en realidad de las andanzas de su marido. Pero nada nos asegura que el colgante sea único y que no pueda tratarse de otro idéntico, una casualidad. Entonces Ana cae en una loquísima espiral de violencia y acaba con quienes cree que cometieron el asesinato. Por el camino se lleva a algunos más que, sin ser responsables de nada, tienen la mala suerte de toparse con una especie de ménade furiosa y vengativa.

—¿Y cómo acaba la película? Supongo que la detendrá la policía.

—Pues no, señora. Eso sería… barato.

No entendía qué tenía de barato que la policía hiciera su trabajo, pero no replicó.

—La película queda abierta, con Ana huyendo perdida en el bosque. Se sobreentiende que pertenece a ese lugar, como las mujeres que inspiraron su venganza.

—Una de esas películas que acaban sin terminar. Las odio.

Eli rio, los ojos se le rasgaron aún más y enseñó una dentadura perfecta y blanca, muy norteamericana.

—Me encantaría ir al cine contigo.

¿Era una proposición? Mar la esquivó como pudo.

—Creo que tengo que ver las películas que dirigió Galán. ¿Todas son de este estilo?

—Sí... y no —contestó él—. Las que hizo en los años setenta y ochenta son de terror, pero mucho peores. El destape, ¿recuerdas? Porque lo más irónico es que Galán, con su currículum, estuviera ahora haciendo una película feminista.

—Feminista... ¿por qué?

Eli se echó a reír de nuevo.

—De verdad, inspectora, cómo sois los Cuerpos y Fuerzas de Seguridad del Estado. Si te parece poco feminista la historia de una justiciera escrita por una mujer...

Justiciera. Para Mar eso significaba que el personaje de Ana se tomaba la justicia por su mano para convertirse en asesina. Aunque tuviera motivos para su venganza, la ley debía perseguirla como lo que era, una criminal. Pero no iba a discutir sobre legalidad con el señor Miller. Además, había cosas más importantes que hacer: estaba citada en la Torre de Isar.

—¿Qué sabes de las personas que compartían alojamiento con Galán? Me refiero a los jefes de equipo y a los actores.

De nuevo esos saltos abruptos en la conversación. Pero Eli ya comenzaba a reconocer esa forma de comunicación peculiar.

—A Patricia ya la conoces. Con él también estaban los jefes de equipo... Tomás, el jefe de Foto, es quien casi le da de hostias a Galán en el refugio. Ya sabes, cuando se negó a rodar allí. Como todos los de su gremio, Tomás es un poco chulito: creen que llevar la cámara es haber inventado el cine. Pero la verdad es que es muy profesional, lleva lo menos quince pelis encima. El ayudante de Dirección, Flavio, es un buen tipo. Se ha comido todos los marrones de Galán sin decir ni mu. La directora artística, de Arte, Neus… Ni idea, esa va a lo suyo, pero su curro lo borda. Y Graciela, bueno, no tiene muchas luces, solo es una sicaria de Armando Francés, el productor, que tiene fama de ser más hijo de puta que el difunto Galán. Los actores… Esos no se enteran mucho de los intríngulis del rodaje; se pasan el día en el camión de maquillaje esperando a que les llamen. Mencía, la chica que hace de Ana, tiene encanto. Los demás son viejas glorias de los tiempos en los que Galán era una estrellita. Como Carlos Almonte, que fue un galán de aquella época y trabajó en algunas de sus pelis. ¿Te vale?

Mar había sacado su Moleskine hacía rato y tomaba notas.

—Vas a interrogarlos, claro.

—Señor Miller, no puedo contarle nada de una investigación en curso.

Cerró el cuaderno de tapas negras.

—¿A pesar de que sé más que la mayoría? Por ejemplo, cómo es de fotogénico un tío con el cuello rebanado y al que han robado la cabeza.

—Si no quieres meterte en un lío, ten la boca cerrada.

—¿Por quién me tomas? No voy a ir a contarlo por ahí.

—¿Seguro? ¿No fuiste tú quien filtró la desaparición de Galán a la prensa?

El golpe a traición le cogió desprevenido y casi lo tumba. Se había quedado tan pálido como al ver el cadáver descabezado. Y aún más mudo.

—No digas nada. A nadie. ¿Queda claro?

Le miraba a los ojos. Aquella mirada fría y amenazadora era una estaca afilada clavada en el pecho. Sintió vergüenza. Quizás había despreciado la inteligencia de esa mujer que salía del bar sin despedirse.

4

La nieve cubría los campos y las copas de los árboles que rodeaban la Torre de Isar. Una estampa bucólica, pero seguramente los allí confinados no tendrían ánimos para disfrutar del paisaje. Había avisado a Graciela de Diego de que haría una nueva visita al hotelito rural, esta vez para interrogar a todas y cada una de las personas que habían compartido las últimas horas de Galán en su mismo alojamiento.

Chus Basieda la recibió en la puerta.

—Están esperándola en el salón principal.

El nerviosismo y la frustración flotaban en el ambiente. Nadie se alegraba de tener allí a otra policía, llevaban días declarando ante todos los uniformados de la región, aunque al menos la inspectora iba vestida de civil. Graciela hizo las debidas presentaciones de los cuatro colaboradores principales del director —exceptuando al jefe de sonido, que se alojaba con los técnicos en el Sejos—, de la actriz principal y de los dos coprotagonistas. También estaba presente Patricia, la belleza nórdica.

—Y… bueno, creo que ya conoce a Patricia Mejías.

Era evidente que a Graciela de Diego le habían contado su encuentro previo en el hotel Sejos.

—¿Cómo está, Patricia? —sin inmutarse, Mar saludó a la novia-viuda de Galán y esta contestó con su tono suave e inaudible. Estaba aún más pálida y ojerosa y esta vez no lucía tan bella; sin duda, el asesinato de su pareja le había pasado factura.

La inspectora consultó sus notas: había apuntado el número de personajes que aparecían en el guion; eran seis y allí solo había dos actrices y un actor, así que preguntó por ello a Graciela.

—¿Dónde están los demás actores? Le avisé de que tenía que interrogar a todos.

La jefa de Producción contestó con suficiencia:

—Ni están aquí ni han estado nunca. Me explico: el reparto

no suele coincidir al completo. Ahora estábamos rodando escenas concretas de la protagonista y los otros dos personajes principales, también secuencias con figurantes que rodaron y se marcharon días antes de que Galán desapareciera. Los demás actores iban a llegar a medida que se les necesitara y para las escenas conjuntas. Así es como trabajamos normalmente en el cine. Usted, claro, no tiene por qué saberlo.

Ni las charlas intensivas de Eli Miller conseguían explicar todos y cada uno de los pormenores que rodeaban un rodaje. La inspectora no replicó la absurda pulla de Graciela y pidió a los presentes que fueran pasando de uno en uno por la sala de reuniones. El primero fue el director de Fotografía, Tomás Satrústegui, que se ofreció ante la desgana de los demás. Mar lo describió en su libreta como un hombre de unos cincuenta años, delgado, bajo y con una energía juvenil. Tenía un apretón de manos cálido y seguro y miraba a la cara.

—Señor Satrústegui, ¿tuvo usted una fuerte discusión con el señor Galán en el refugio de la estación de esquí?

Comenzó así, dejando claro que sabía lo que había pasado entre ellos. Pero eso no sorprendió al interesado; parecía que le daba igual que aquel suceso fuera conocido por la policía o no.

—Sí.

—¿Por qué razón?

—Galán rechazó rodar en esa localización sin dar una explicación lógica. Me pareció un capricho que afectaba directamente a mi trabajo y al de todos en la película. Nos obligaba a perder más de un día de trabajo. Y estallé. Tampoco era la primera vez que chocábamos.

—¿Cómo definiría su relación con él? Sin tener en cuenta esa discusión, por supuesto.

—No, si llevábamos discutiendo desde la preproducción. Pero siempre por motivos de trabajo, ¿eh? Nunca veíamos las cosas de la misma manera. Mire, yo no quería hacer esta película, pero me pilló en un hueco entre rodaje y rodaje, estaba muy bien pagado y el guion tiene posibilidades para que se

73

luzca un director de Fotografía… No sé si me entiende. Si le gusta el cine, lo entenderá.

—No especialmente.

—Bueno, pues da igual. El problema es que nunca me entendí con él. Es…, quiero decir, era, un tipo de director antiguo, pasado de moda y con una visión del cine ya superada. Tampoco es que fuera un hombre fácil, aunque yo también tengo mucho genio.

—¿No había entre ustedes nada personal?

—¿Personal? No, qué va. Apenas lo conocía. Fue Armando Francés, el productor, quien llevaba intentando contratarme desde que gané el Goya. Creo que me impuso y puede que fuera ese el origen de los problemas entre nosotros.

—¿Dónde estuvo usted la noche que desapareció Galán?

—Aquí, en el hotel. Hacía un frío de tres pares de pelotas.

—¿Solo?

—Cené con Neus. Luego echamos un polvo, o hicimos el amor, como prefiera apuntarlo. Se quedó a dormir en mi habitación hasta la mañana siguiente. No sé si se lo contará a usted porque está en medio de un divorcio y a las chicas les da más reparo contar estas cosas… A mí, la verdad, es que me da igual. En fin, que eso fue lo que hicimos.

Con esa sinceridad, estaba claro que si Tomás Satrústegui hubiera matado a Galán lo habría confesado en ese mismo instante. Y muy orgulloso, además. Neus Andreu, la directora artística —que no era una «chica», sino una mujer hecha y derecha con tres hijos—, confirmó su declaración. Flavio, el ayudante de Dirección, era mucho más joven que Satrústegui y sin embargo parecía mayor. Se le notaba cansado. Explicó que había cenado un bocadillo y una cerveza en su habitación, de la que no salió hasta el día siguiente. Estuvo trabajando hasta pasadas las tres de la mañana porque, aún con el rodaje parado, había muchísimos asuntos pendientes relacionados con la producción. Era fácil comprobarlo viendo su correo en el ordenador.

Después de él, pasó a la salita la actriz principal, Mencía

Rosas. La policía intentó imaginarla como Ana, su personaje; pero no pudo. Ni siquiera le pareció guapa, sino una chavalilla bajita y tímida, aunque con unos ojos oscuros enormes que le inundaban la cara. La joven aclaró que había cenado con la también actriz Mónica Triana, se quedaron hasta tarde bebiendo unas copas en el bar mientras hablaban de la pelea entre Galán y Satrústegui y de la relación entre el primero y Patricia Mejías, por la que sentían mucha pena porque la trataba fatal. Les dieron las tantas y al día siguiente se levantó con resaca. No vio nada extraño ni fuera ni dentro del hotelito.

Luego recibió a Mónica Triana. Tenía más de cuarenta años que intentaba pasar por veinte a fuerza de operaciones estéticas. Confirmó la declaración de Mencía, pero no solo.

—Es que estaba todo el mundo nervioso. El rodaje fue muy duro, tantas horas en el monte, y al lado del río donde pasamos mucho frío. Me quedé con la niña. Mencía quiero decir… Como es novata estaba asustada y había que tranquilizarla con todo lo de Antonio, que además le imponía mucho. Era muy exigente con ella. Bueno, con todo el mundo. Además, estaba lo de Patricia.

—¿A qué se refiere?

—Pues que sabíamos que maltrataba a Patricia de palabra y obra. Vamos, que le pegó una bofetada delante de todo el mundo. Desde entonces lo tengo cruzado. Lo que pasa es que una es muy profesional, por eso no me volví a Madrid. Aunque ahora no sé si tenía que haberme ido, me hubiera ahorrado estar metida en este desastre: eso de que no hay publicidad mala…

—¿Dijo algo Patricia Mejías de esa bofetada? ¿Habló usted con ella?

—No, qué va. Me hubiera metido en un lío. Con él. Con Antonio Galán, quiero decir. Al fin y al cabo era el director, el que manda. Antonio podía humillarte por cualquier cosa, era muy retorcido con todo el mundo, pero más con las actrices. Después de ver cómo trataba a su chica tuve que fumarme un par de porros, porque me dejó con los nervios de punta.

—¿Suele usted fumar drogas habitualmente?

Mónica se puso a la defensiva.

—Soy consumidora de hachís, pero eso no es un delito. Es mi derecho.

—Por supuesto. ¿Trajo esa sustancia con usted o la ha comprado aquí?

Dudó y Mar aprovechó la ocasión.

—Es mejor que diga la verdad.

La actriz era una mujer cuajada, pero la policía podía intimidar mucho.

—¿Quién se lo suministra?

—Chus.

—Se refiere al señor Basieda, el gerente del hotel.

Asintió.

—¿Hemos terminado? —preguntó, nerviosa.

—Un momento… Esa noche —consultó la libreta—, ¿oyeron o vieron algo extraño o fuera de lo común? Me refiero al resto de los compañeros, incluyendo a Galán.

—No. Estuvimos nosotras dos solas.

—Gracias, es todo. Por favor, al salir dígale al señor Almonte que pase.

Esperó, pero quien abrió la puerta fue Graciela, no el actor.

—Almonte está hablando por teléfono, acaba de recibir una llamada.

—En ese caso, quédese usted.

—Ya hablamos de lo que ocurrió aquel día…

—Por favor.

Graciela cerró la puerta y tomó asiento frente a la policía.

—Estuvo usted sola la noche que Antonio Galán desapareció, ¿verdad? Y no vio ni oyó nada.

—Tomé unas pastillas. Ansiolíticos.

Tal y como sospechaba, pero no le interesaba su problema de adicción.

—Me gustaría que me aclarara algunos aspectos relacionados con el señor Galán. Tengo entendido que era alguien de carácter difícil, a veces caprichoso. Incluso autoritario, pero no solo en el ámbito laboral, sino también en el personal.

—Nunca me ha interesado la vida personal de los compañeros de trabajo. He estado en muchos rodajes y siempre hay líos, rencillas… Lo mejor es ignorarlos. Y mientras la gente cumpla con su trabajo, no me meto.

—¿Sabía que Galán maltrataba a su pareja?

—Yo no he visto nada.

—¿Y a usted? ¿Le dio problemas? Tengo entendido que los caprichos de un director de cine pueden afectar al trabajo de todos en la película.

Había hecho los deberes.

—Nunca. Conozco cuál es mi lugar y tenía órdenes de no interferir en las decisiones que Galán tomaba. Porque, cuando quería algo fuera del plan de producción o más dinero para invertir en alguna secuencia o un material específico que no estaba previsto, no acudía a mí, sino directamente al productor.

—Armando Francés. Su jefe.

—Exacto. Entre los dos se entendían, eran amigos desde hace muchos años. Como comprenderá, no soy quién para cuestionar a quien me paga.

Una larga amistad… Posiblemente, el tal Armando Francés era quien mejor conocía a Galán y no todas aquellas personas que hacían su película. Ni siquiera Patricia Mejías, su novia. Tenía que hablar con el productor, él sí que podía saber quién tenía algo contra su amigo. Estaba cada vez más convencida de que el asesino era alguien que conocía al director, que se había relacionado con él de alguna manera. Lleno de odio al verse ofendido o perjudicado se había vengado de la manera más cruel. ¿Alguien de la misma profesión que su víctima? Esa era la pregunta. Cuestión distinta era que esa persona se encontrara entre los miembros de aquella película que Galán nunca acabaría.

Despidió a Graciela y cuando esta abrió la puerta apareció en el vano un Chus Basieda con aspecto atribulado.

—¿Puedo hablar con usted un momento, inspectora?

Mónica no había esperado mucho para revelar su desliz respecto a las actividades ilegales que llevaba a cabo. El hombre se quedó de pie frente a ella como si estuviera ya detenido. Quizá fuera la costumbre… Mar Lanza había cometido un pequeño error al no comprobar los antecedentes penales de Basieda.

—Vengo a ponerme a su disposición.

—Tranquilo; estoy investigando un asesinato, no el trapicheo de drogas. Pero hay algunas cosas que tenemos que aclarar.

—Lo que quiera. Pero entonces no saldrá de aquí, ¿verdad?

—Ya veremos. Depende de lo interesante que sea lo que me cuentes. Por ejemplo: quiero saber a quiénes vendes en este rodaje y qué tipo de sustancias consumen.

Cocaína, hachís, cristal, polvo de ángel… El catálogo era tan largo y variado como la lista de nombres que dio Basieda, entre ellos el propio Galán, Mónica Triana, Carlos Almonte y un número indeterminado de gente de la que solo conocía los nombres.

—Chavales jóvenes con ganas de fiesta, si fueran yonquis no podrían pegarse esas palizas de curro que se meten —decía el experto Chus.

Eli le había explicado en qué consistía esa especie de jerarquía militar del cine y Chus hablaba de los soldados rasos en los escalafones más bajos y sufridos del cine. Por cierto, el foto fija no estaba en esa lista; no confiaba en él pero al menos no se metía aquellas mierdas. Respecto a toda aquella información, descartó de inmediato la posibilidad de que el asesino fuera un yonqui lleno de ira: el corte que había decapitado a Galán estaba hecho por alguien con la cabeza muy fría. A pesar de lo que creyeran en la jefatura y los de perfiles.

—Vamos a lo importante. ¿De dónde sacas tanta chuchería? Este valle no es la selva colombiana.

—No me quedó más remedio, tengo muchas deudas y con el sueldo de aquí no llego ni a pagar los intereses. Le aseguro que yo había dejado esa vida hace años, me vi en un aprieto…

—Habíamos quedado en que lo que contaras tenía que ser interesante y esto no lo es. Responde de una vez: ¿quién es tu proveedor?

—No lo sé.

—Entonces vamos a llamar a la Guardia Civil, seguro que te ayudan a recuperar la memoria.

—Espere, espere… Le digo la verdad. Me la trae un conductor, distinto siempre, una vez al mes. No tengo más contacto que el administrador de PERMASA, el que me consiguió el trabajo aquí. Un colega de cuando trabajé en la Costa del Sol hará lo menos veinte años.

—O sea, que el colega es el proveedor. Nombre.

—Se llama Cabrera. Esto que le digo tiene que quedar aquí, porque si se entera me pone en la calle… O algo peor.

Hablaba en serio, tenía miedo.

—Vale, háblame de PERMASA.

—Es una inmobiliaria muy gorda que invierte en casas de lujo, pero seguro que deben de tener muchos más negocios. Incluso invierte en esta película, porque las facturas del alojamiento y los gastos de la gente que tienen aquí se ponen a nombre de Sirona Films, pero las envío a la dirección de PERMASA.

—¿Quién es el propietario de la empresa?

—El socio más conocido es Ernesto Herrán.

Sí que era conocido. Alta sociedad. Influencia. Contratos públicos. Clubes de fútbol. Amigos en la política, en la realeza. Llevaba tres décadas saliendo en las revistas del corazón por sus sonados divorcios y sus relaciones con chicas bellas y jovencísimas. Parecía imposible que su nombre hubiera salido en aquella conversación con un camello de poca monta.

—Ya ve que estoy colaborando. No puedo volver a la cárcel. Por favor.

No hacía falta comprobar los antecedentes de Basieda porque tenía madera de soplón: cualquier cosa antes que volver al talego.

—Hay otra cosa. Algo que sí que le puede servir en la investigación del asesinato. Pasó durante aquella noche y no se lo conté.

—Así que mentiste.

Basieda hizo como que no oía y continuó.

—Esa noche Galán hizo muchas llamadas de teléfono. Carlos, el actor, estaba con él y estuvo haciendo llamadas también.

—Vigilabas las llamadas de tus clientes.

—Bueno, en este negocio hay que tener cuidado; esos dos me compraban cocaína. No está de más ser prudente.

Aquel idiota tenía un concepto de la prudencia escaso y en modo diferido, pensó Mar. El sargento Salcines del cuartel de Espinilla estaría encantado de conocerle, pero no antes de que ella utilizara todo lo que le contara.

—Sigue.

—Al día siguiente, cuando Galán desapareció, Carlos recibió una llamada y fue a su habitación para registrarlo todo, también el ordenador. No sé lo que se llevó.

Posiblemente, también el móvil de Galán, que no había aparecido. La inspectora Lanza tenía suficiente.

—Busca al tal Carlos. Si pone como excusa otra llamadita de teléfono, le dices que venga aunque esté hablando con el papa.

Chus salió veloz y la inspectora esperó. Y esperó. Al cabo de diez minutos salió de la sala y fue hasta el *hall*, donde encontró a Chus Basieda discutiendo con Graciela.

—¿Qué pasa?

—Le he buscado por todas partes, pero se ha ido —contestó el gerente.

—¿Cómo? ¿Andando?

—Ayer no volvió en el minibús, trajo un coche de alquiler de Santander que ya no está en el aparcamiento.

Lanza tenía que avisar en jefatura para que dieran orden de búsqueda: Carlos Almonte era, ya sí, un sospechoso.

—Hay alguien que quiere hablar con usted —interrumpió Graciela. Tenía el móvil en la mano.

—No es el momento.

—Tiene que ver con todo esto. Hable con él. Por favor…
—insistió.

Mar cogió el móvil que la mujer le ofrecía.

—¿Quién es?

Al otro lado del aparato sonó una voz grave, pausada y tranquila.

—Soy Armando Francés, inspectora. Creo que está usted buscando a Carlos Almonte. Pues deje de hacerlo. Si necesita algo de él, póngase en contacto con mi despacho de abogados, Solana y asociados, que representa desde este momento al señor Almonte. ¿Ha quedado claro?

Y cortó la comunicación.

5

La Sañudo escuchó en silencio y le ordenó que lo dejara estar: tendrían que investigar la marcha intempestiva de Carlos Almonte por otras vías. Durante la conversación, Mar se guardó la información sobre el trapicheo de drogas y los vínculos entre la constructora PERMASA y la productora Sirona Films que le había dado Chus, el camello gerente del hotelito *boutique*. Además, a la jefa no le iba a hacer ninguna gracia la aparición en todo el asunto de un prestigioso empresario como Ernesto Herrán. Tampoco Lanza era novata y sabía hasta dónde se podía tirar del hilo. Sin pruebas contundentes no era prudente buscar las cosquillas a la gente poderosa.

Un extraño viento del noroeste intentaba agitar las ramas de los árboles cargadas de hielo sin conseguirlo. Sintió el frío húmedo reptando desde el suelo como si intentara atraparla; llevaba un rato hablando con la jefa en el exterior de la casa rural rodeada de nieve y se le habían mojado los pies: tenía que llevar la bota izquierda al zapatero para que le arreglara esa suela despegada.

Mar no se despidió de los habitantes de la casona, se dirigió directamente al aparcamiento de la casona rural para coger el coche. A su espalda sonó una suave voz que la llamaba.

—Inspectora… Espéreme, por favor…

Patricia arrastraba una pequeña *trolley*.

—¿Va a Reinosa? ¿Puede acercarme?

No la había interrogado, pero tampoco hacía falta: sabía mucho sobre aquella joven, quizá más de lo que ella misma hubiera querido contar. Al subir al coche, la joven estalló.

—No puedo más. Quiero volver a casa.

Un par de lágrimas le anegaron los ojos preciosos. Mar sacó unos pañuelos de papel de la guantera.

—Voy a Santander, puedo acercarle a la estación de trenes o al aeropuerto.

—Gracias… Pero quiero pasar por el Sejos para despedirme de Eli. —Se sonó los mocos.

—Parecen ustedes muy amigos.

No podía evitar querer saber más de la relación entre aquellos dos.

—Nos conocemos desde hace mucho. Mi hermano mayor y él fueron compañeros en el Liceo Francés —explicó.

«Señoritos», pensó Mar, la hija de Sindo *el Lobero*.

—Y coincidieron en este rodaje, supongo.

—Pues habíamos perdido contacto, pero cuando se enteró de mi relación con Antonio, me llamó. Le gusta mucho el cine desde siempre. Aunque me sorprendió que alguien con su prestigio quisiera estar en una película solo de foto fija. Pero a él le apetecía. No me costó nada pedirle a Antonio que le contratara, más tratándose de un fotógrafo muy reconocido.

Así que Patricia había recomendado al compañero de estudios de su hermano en la película de su novio muerto.

—Siento mucho lo que ha ocurrido, Patricia. ¿Llevaba mucho tiempo de relación con el señor Galán?

—Casi un año. Ya sé lo que dice la gente de él… Pero conmigo al principio no era así, se lo aseguro. Nos criticaban por la diferencia de edad, aunque eso no nos importaba. A mí siempre me han gustado los hombres mayores que yo, con la vida hecha, seguros de lo que quieren. No sé si me explico.

—Perfectamente.

—No paro de pensar en el pobre Antonio. Es tan brutal, tan injusto… Si puedo ayudar de alguna manera, cuente conmigo para lo que quiera, tiene mi teléfono, ¿verdad? Ojalá cojan a quien le hizo algo tan horrible. Todavía no me hago a la idea.

—Sí que puede ayudar. Dígame, ¿qué piensa de Carlos Almonte? Que se haya marchado de esta manera es muy grave.

—No sé cómo se le ha ocurrido, pero estos días estaba trastornado. De todas maneras es imposible que Carlos tenga algo que ver con la muerte de Antonio. «Somos amigos desde antes de que tú nacieras», me decía siempre. Cuando estaban los tres juntos, eran como una especie de… equipo en el que los demás no podíamos entrar.

—¿Los tres?

—Antonio, Carlos y el productor, Armando. La relación que tenían llamaba la atención. Como esos hermanos que en realidad no se llevan bien pero tampoco pueden separarse. Armando y Antonio rivalizaban sin parar. Carlos parecía el hermano pequeño y a veces los otros los tomaban el pelo o le humillaban. Y él parecía que no quería darse cuenta. Para mí era un poco patético, gente tan mayor comportándose así… Pero ya le digo que Carlos no sería capaz de hacerle nada malo a Antonio, de hecho creo que es la única persona que le quería de verdad. Cuando nos contaron lo que le había pasado a Antonio… Yo estaba como puede imaginar, pero él… Nunca he visto a nadie tan destrozado. Se puso fatal, una especie de ataque de pánico, Graciela tuvo que darle unos tranquilizantes, estuvimos a punto de llamar a emergencias para que lo llevaran a un hospital.

—Entonces, ¿por qué se le puede haber ocurrido huir de esta manera?

—No tengo ni idea, ya le digo que estaba muy afectado. Pero estoy segura de que no lo haría sin el permiso de Armando, al que tiene muchísimo respeto. Más incluso que el que tenía a Antonio.

Si aquello era cierto, el actor no tenía nada que ver con la muerte de su amigo. Y sin embargo… Pudo sentir la voz interior como una sensación física. La intuición se comunicaba con ella igual que la lluvia, la nieve o el frío. Y nada más escuchar a Patricia, un leve estremecimiento le recorrió la piel. Aquellos viejos amigos de Galán tenían que saber algo sobre su asesino, la persona que odiaba a su amigo tanto como para secuestrarle, estrangularle y cortarle la cabeza. Pero el muro de abogados levantado por el productor le impedía acercarse a cualquiera de los dos y menos aún entrevistarse con ellos.

Mar frenó de golpe antes de llegar a la puerta del hotel al verla rodeada de fotógrafos y cámaras de televisión. Había llegado la prensa. Patricia se encogió en el asiento, asustada.

—¿Y esta gente? No es posible…

—Me temo que sí. El asesinato ha montado un buen revuelo.

—Lo que me dijo antes… ¿Puede llevarme al aeropuerto, por favor?

PARTE 3

La mujer sin nombre

(Ladislao Vajda, 1950)

1986. Valle de Campoo, Cantabria

*M*ar tiene pesadillas. Sueña con los ojos amarillos de los lobos, que la quieren morder. Entonces se despierta, salta de la cama y se va al piso de abajo, a la cuadra, con las vacas. Sindo la encuentra por la mañana dormida sobre la paja, junto a una ternera.

La niña recuerda la noche en que su padre hizo una hoguera con ropa, muebles, cacharros. Hacía viento y el fuego echaba chispas que volaban a su alrededor como locas. Todo lo quemó. Poco antes habían salido del pueblo para instalarse arriba, en la cabaña donde vivieron los abuelos. Sindo arregló la cabaña con sus manos y se metió allí con su hija sin querer tratar con nadie. Solo dejaba acercarse a Aparecida. Era tan vieja que parecía tener mil años. Le traía avellanas a Mar y le enseñaba a partirlas con una piedra y decía cosas que ella no entendía, pero sabía que eran importantes.

—A ti te cuidan los trentis. ¿A que tú también los oyes? —decía Aparecida.

—¿Quiénes son, Aparecida?

—Chsss…, calla, que lo oyen todu. Pero no son malos. Cuidan a los niños que están solos y ayudan a encontrar las cosas perdidas. También a encontrar el camino a los que se pierden en el monte. A veces hablan con voces pequeñucas como ellos, tan pequeños que van volando encima de los abejorros. Pues eso: que les hagas caso.

Un día subieron del pueblo el cura y unas mujeres a pre-
guntar por qué la niña no iba al colegio, y el padre a punto
estuvo de sacar la escopeta del abuelo. Sindo el Viejo, el Lobero. *El alimañero más famoso del valle iba de pueblo en pueblo*
anunciando a los ganaderos y a los cazadores que nadie como
él para acabar con los animales salvajes que los acosaban. Lo-
bos, zorros, milanos, tasugos caían en sus trampas o a tiros,
porque tenía la puntería de un campeón. La prueba de las pie-
zas cobradas eran las orejas, rabos y garras que enseñaba en
el ayuntamiento para que le pagaran los premios que daba
la Junta de Extinción de Animales Dañinos. Era el que más
premios ganaba porque hasta al oso mataba. Una vez casi lo
mató a él.

—Tenía una cicatriz que le partía en dos así y así —conta-
ba su hija señalándose el pecho de lado a lado—. Pues Apare-
cida lo curó, no el médico de Reinosa.

A su familia todo el mundo les llamaba «los Loberos» por
el abuelo Sindo, que al final se había pegado un tiro con la es-
copeta con la que cazaba. La misma que tenía su padre.

El cura le dijo que dónde iba con eso, que iba a acabar mal
y que la niña no tenía culpa de lo que hubiera hecho la madre.
Después de cavilar, Sindo dejó que su hija fuera al colegio. El
primer día, Mar descubrió que era distinta a los otros niños,
porque la señalaban y se reían diciendo que no tenía madre.
Se enfrentó con ellos porque no era cobarde y a uno le dio una
patada que le hizo sangre. La maestra los separó y dijo que
Mar era una salvaje, como su padre y su abuelo.

Cuando volvió a casa, preguntó a Sindo.

—¿Por qué yo no tengo madre?

—Porque se la llevó el lobo —contestó él.

No preguntó más.

1

Palada a palada, la proa del kayak cortó en dos el agua verde y opaca. Cruzar el mar hasta romper la línea infinita del horizonte. En algún momento tendría que enfrentarse al rompecabezas. La solución estaba ahí, aunque ahora no la viera, como un barco hundido.

¿Un psicópata? ¿Como en el cine y la tele? ¿De verdad? La policía sostenía que el autor del asesinato respondía a ese perfil, pero jamás lo declararía públicamente. Estarían echando gasolina a un incendio. De momento, despachaban las preguntas de los medios con el consabido «no descartamos ninguna hipótesis», pero la frase de rigor no podía mantenerse indefinidamente. Marián Sañudo, los mandos, la prensa, todos lo sabían, pero no tenían ninguna pista fiable. Los expertos en perfiles habían definido al autor y todos los efectivos tenían orden de centrar la búsqueda en un varón de mediana edad, buen conocedor de la zona donde se halló el cadáver. Con posibles antecedentes de enfermedades mentales y condenas por asalto, agresión o abusos sexuales. De complexión fuerte, violento y tan decidido como para inmovilizar, estrangular y decapitar. También capaz de trasladar el cuerpo de su víctima montaña arriba en medio de una nevada sin ninguna finalidad más que la de probarse a sí mismo y humillar a la víctima, insistían los expertos. Respecto a la circunstancia de que esta fuera un conocido director de cine, se explicaba por ser un personaje que, posiblemente, había llamado la atención de su asesino con el revuelo del rodaje en el valle; ese tipo de criminales buscan sobre todo notoriedad y quién mejor que un famoso cineasta poco precavido para asegurarse de que su hazaña sería bien aireada por los medios de comunicación. Un patrón psicológico típico: el exhibicionismo y la absoluta sensación de impunidad. La desaparición de la cabeza estaría asumida dentro de ese patrón y no sería más que una prueba fehaciente de la naturaleza psicopática del autor.

Esto decía el informe que Marián le había enviado justo antes de que llegara a La Maruca desde el aeropuerto de Parayas, donde había dejado a Patricia Mejías. Lo había leído en el móvil sentada en una roca plana desgastada por las mareas. Y ahora remaba con todas sus fuerzas. Objetivo, remo, palada, respiración. Porque, aunque no tuviera nada concreto que ofrecer a la jefa y aunque los listos de perfiles estuvieran muy orgullosos de sus conclusiones, ella estaba segura de que no veían más que un reflejo distorsionado del asesino.

2

Isa esperaba en el pequeño paseo que rodeaba la playa rocosa, a esa hora y en día de labor casi desierto. Como no había contestado a sus mensajes quizás estuviese preocupada. Aunque lo más seguro es que quisiera enterarse de los pormenores del asesinato de Galán: la policía jubilada seguía teniendo corazón de investigadora.

—No me respondes a los mensajes, mira que eres descastada —dijo, asomada a la barandilla mientras Mar se acercaba arrastrando el kayak—. Vergüenza debería darte hacer venir hasta aquí a una señora mayor.

Pura ironía: a sus setenta años, Isabel estaba fresca como una lechuga y desplegaba una actividad que ya quisieran muchas de cuarenta. Siempre ocupada con planes de viajes y excursiones, su agenda estaba repleta de ciclos de cine en la Filmoteca, conferencias y conciertos, talleres de cocina, de micología o de pintura de pañuelos de seda; había formado un grupo de amigas con las que se lo pasaba bomba. Aunque no olvidaba sus años laborales: mujer pionera en los Cuerpos de Seguridad del Estado, de las primeras que se integraron en los años de la Transición, después de treinta años en el Cuerpo de Policía seguía teniendo buenos contactos y nada de lo que se cocía dentro de la jefatura se le escapaba. Tampoco fuera. Conocía a todo el mundo, también a Terio, a quien solo le faltaba hacerle reverencias, como si fuera la reina de Inglaterra. Seguro que fue él quien le informó de que Mar había salido a remar y de que la encontraría en la playa. Isabel Ramos conocía bien a Mar Lanza. Cuando necesitó marcharse a toda prisa de Madrid, allí estuvo Isa como un ancla. Incluso le había encontrado en tiempo récord el piso en el que vivía, después de regatear al propietario un alquiler muy razonable por ser temporada baja. Madre de dos hijos ya mayores que vivían y trabajaban fuera de España, Isa había creado un vínculo casi maternal con su joven colega, que ejercía de hija con un sentimiento de afecto profundo, aunque no lo demostrara.

—Me imagino que habrás estado muy liada con la investigación. Me ha dicho un pajarito que te han levantado la suspensión. Y más: que te has llevado los laureles…

Efectivamente, alguien de jefatura se había ido de la lengua, pero cómo no hacerlo con «la Ramos», como la conocían los policías más veteranos.

—Ya sabes que no puedo contarte mucho —protestó Mar.

—Cámbiate de ropa y sécate ese pelo, que hace un nordeste que deja tiesa. Te espero en El Ambigú y hablamos hasta donde puedas, no te voy a dar la lata.

A pesar del frío, la encontró sentada en la terraza de El Ambigú, un bar con forma de barco y vistas a la ría de San Pedro, tomando una cerveza y media ración de rabas. Isa sabía disfrutar de la vida. Como sus amigas, mujeres en su mayoría jubiladas como ella, liberadas de obligaciones familiares, viudas o divorciadas adictas a las actividades culturales, a las series de Netflix y HBO y lectoras empedernidas. Incluso habían formado una especie de tertulia en la que comentaban casos famosos puestos de moda por las series de *true crime* aprovechando que Isa era una autoridad en materia criminal.

—Cuéntame cómo diste con él, anda… —rogó, llena de curiosidad.

Mar no explicó sobre el hallazgo del cadáver mucho más

allá de lo ya publicado por la prensa, aunque confesó que estuvo acompañada por un miembro del rodaje. También relató las dificultades de llegar hasta el refugio de la estación de esquí en medio de una tormenta de nieve. Isa escuchó atentamente sin interrumpir.

—Lo pones muy fácil, pero yo sé lo que vales. Claro que este es un caso de los que hacen mucho ruido. Aquí nunca pasa nada y de repente un crimen así… Se arma, puedes imaginar la comidilla. Y encima con dimensión nacional, qué más quiere la gente… Ya están soltando unas tonterías que tiembla el mundo y a este paso va a ser más difícil desmontar la campaña de desinformación que encontrar al culpable.

Isa detestaba los bulos y el sensacionalismo mediático que pueden arruinar una investigación criminal, lo había sufrido en carne propia.

—¿Te cuento lo que piensan las chicas? Algunas creen en la hipótesis del loco peligroso. El comodín de siempre.

Así que los medios azuzaban de nuevo el viejo estigma de la enfermedad mental como explicación para un hecho criminal.

—Sin ningún tipo de argumentación ni prueba, pero es lo que machacan día sí día también los programas cotillas: que si mucha delincuencia, que si okupas y que si compres alarmas… Para alarmismo, el suyo. Pues a pesar de eso, la mayoría cree que de loco nada, que a ese señor lo mató alguien muy frío y con un motivo muy claro; o sea, lo que diría cualquiera sin necesidad de tener experiencia ni trabajo de campo. Tú y yo sabemos, porque lo hemos estudiado, que ese tipo de ensañamiento suele demostrar capacidad de estrategia y cálculo, y aunque el asesino sea un psicópata, y rasgos tiene, no me creo que matase a ese pobre hombre por casualidad. Lo tenía preparado.

Mar sintió algo de alivio: al menos alguien compartía su sensación. Pero no lo confesó. Sin embargo, mencionó el caso de los hermanos Ureña como posible patrón.

—Ah, sí, aquellos dos, claro que recuerdo los quebraderos

de cabeza que nos dieron: ¿De verdad están buscando a alguien así? No te puedo creer… Eso es pensar que los modos de vida en este país no han cambiado desde el año 83. Animales hay en todas partes, pero ya no pueden esconder sus fechorías como antes. Demasiada gente por todas partes, no te digo los fines de semana con los pueblos llenos de restaurantes y rodeados de urbanizaciones y de segundas viviendas. Y el que no tiene casita se va para el monte de excursión, de agroturismo o a hacer senderismo. Si hasta yo, que en la vida me dio por ahí, le he cogido el gusto a lo de andar por el campo y voy mucho con estas. Te digo que los Ureña, que se creían los dueños del monte, mataron a aquellos inocentes porque les espantaban las piezas de caza… Pues hoy tendrían que hacer una matanza que ni Hitler.

Mar respetaba muchísimo el sentido común y la experiencia de aquella compañera con la que casi siempre estaba de acuerdo.

—Pero seguro que tú has llegado a la misma conclusión por mucha cara de póker que pongas. Déjate guiar por tu olfato: ese instinto es lo mejor que tienes como policía. La prueba es que fuiste tú quien encontraste el cadáver. Nadie más. Y ahora dime: ¿estás cómoda en la casa nueva? ¿Seguro que no necesitas nada?

Ya se lo había dicho cien veces: Mar repitió que la casa estaba muy bien y que no necesitaba nada. Pero como Isa no se fiaba de que en plena investigación de asesinato comiera como Dios manda, sacó del bolso unos táperes. En el taller de cocina le habían salido unos canelones de langostinos con boletus para chuparse los dedos.

3

No era cuestión de contar detalles, ni a Isa ni a nadie. Muchas veces las investigaciones se atrancaban en pormenores que, por desgracia, vendían mucho entre la opinión pública. Como las características del cuchillo empleado por el asesino. El informe forense se detenía de forma concienzuda y con todo tipo de detalles técnicos: el corte en el cuello se había realizado con un instrumento provisto de una hoja con forma triangular, curva y de capacidad cortante, contundente y penetrante. Aunque no había aparecido, a través de las señales dejadas por el corte en los huesos de las vértebras se había podido identificar la forma y dimensiones del arma. Los expertos llegaban a la conclusión de que se trataba de un cuchillo de caza o de carnicero, un machete o incluso un sable, puesto que el tipo de hoja parecía antiguo. Pero ¿quién mataba a sablazos hoy en día?

El cadáver no mostraba ningún otro corte de carácter defensivo y los estudios bioquímicos de los bordes de la herida señalaban una maniobra *post mortem*. Estaba probado que la víctima murió por asfixia mecánica externa, es decir, estrangulada, aunque el corte en el cuello —justo allí donde apretaría el lazo— y la desaparición de la cabeza hacían imposible asegurarlo.

Escuchó el aviso de la campanita del horno: había puesto a calentar los canelones de Isa, pero siguió frente al ordenador.

La línea de contusión debida al grosor de la hoja y la fuerza empleada señalaba una extrema fuerza, por eso habían descartado desde el principio la autoría de una mujer. Se trataría de un varón muy fuerte y con pericia. El análisis forense continuaba con una montaña de datos técnicos que no ofrecían mucho más, salvo la constatación de que no había sufrido ninguna agresión sexual ni antes ni después de muerto y que en las últimas horas no había consumido más drogas —a pesar de la información suministrada por Basieda— que el alcohol. Faltaba un dato relevante: la mayoría de las víctimas que habían muerto debido a un ataque violento presentaban emisión de heces y orina como consecuencia del miedo extremo que habían padecido. Por lo visto no en el caso de Antonio Galán, a menos que tanto el cuerpo como la ropa que vestía hubieran sido lavados —eso también podían averiguarlo los forenses—. Sórdido, sí, pero daba una información importante: podía tratarse de una muerte rápida en la que la víctima no llegó a presentar oposición. Casi sin que se diese cuenta de lo que ocurría. Y eso llevaba a la idea de que el autor tenía que ser un profesional.

Mar anotó en su cuaderno la palabra «profesional» y al lado, entre interrogantes, más palabras: «¿Asesino a sueldo?», «¿Encargo?». Cogió aire. La posibilidad de que se tratara de un crimen vinculado a una organización estaba ahí. Conocía a agentes de la UCO, podía consultarles. De momento le pediría a la jefa que le pasara los extractos bancarios de las cuentas de Galán; el resto de los Cuerpos andaban en ello intentando descartar que fuera víctima de una extorsión.

Los canelones. Ahora estarían demasiado calientes, mejor dejar que se templaran dentro del horno.

Intentó cuadrar los datos del informe con su propia investigación. Según el gerente del hotel, la discusión entre Galán y Almonte ocurrió antes de las doce y media de la noche. Eli Miller y ella encontraron su cuerpo más de cuarenta y ocho horas después. El asesino había tenido mucho tiempo para matar a su víctima y trasladar el cuerpo de lugar. La autopsia ofrecía, como siempre, el dato más relevante: el director había muerto al menos veinte horas antes de que lo encontraran. Un intervalo amplio, pero no tanto como para no tener muy claro cómo llevar a cabo el crimen. De nuevo tuvo la sensación de que aquella muerte estaba planificada.

Era posible que el autor hubiera matado a Galán en el interior de la habitación de la casa rural para después cargar con el cuerpo —sí que era fuerte— y llevarlo hasta un coche. De hacerlo así, tenía que haber inmovilizado y estrangulado a Galán de manera sorpresiva ya que no había señales de lucha. Como tampoco había en los alrededores de la Torre de Isar ni una sola huella, rastro de pisadas o marcas de un cuerpo siendo arrastrado. Aunque la nieve caída esa misma mañana podía haber destruido esas pruebas.

«Piensa como él. Utiliza al enemigo para derrotar al enemigo.»

El intruso pudo dejar el coche cerca del camino que conducía a la Torre de Isar y acercarse dando un breve rodeo hasta llegar al pequeño edificio que albergaba las dos *suites* rodeando el jardín, sin ser visto por nadie en una noche oscura y heladora. ¿Cómo había logrado entrar? Aquí no quedaba más remedio que elucubrar. Patricia Mejías no recordaba que Antonio cerrara la puerta tras su agria discusión, solo había dicho que le dejó sirviéndose una copa. Chus Basieda, de lo más solícito con la inspectora Lanza porque no le quedaba más remedio, confirmó que el día anterior había llevado él mismo una botella de whisky escocés a petición de su cliente; esa botella y los vasos estaban en poder del equipo policial y no habían aportado ninguna información, solo se encontraron huellas del propio Galán. Pero también había estado con él Carlos Almonte, hablaron y llamaron por teléfono, había dicho el gerente. ¿Antes o después de que Patricia se marchara? No lo sabía. Sí había quedado comprobado que a Galán no le dio tiempo a acostarse porque, según la limpiadora, cuando entró por la mañana, encontró la cama hecha por ella desde el día anterior, la habitación limpia y sin señal de que Galán hubiera dormido allí.

Es decir, que, en el calor de la bronca con su novio, Patricia pudo dejar abierta por descuido la puerta de la *suite*, una habitación diáfana con escasos muebles y aspecto de *loft* de paredes de piedra y altos ventanales con vistas al bosque cercano. Con esa disposición arquitectónica, Antonio tendría que haberse tomado esa copa en el cuarto de baño para no ver la puerta abierta de par en par. Y teniendo en cuenta que esa noche el termómetro marcaba cinco grados bajo cero, muy acalorado tenía que estar para no notar el frío que entraba por una puerta que conducía directamente al exterior, es decir, al sendero empedrado que atravesaba el jardín.

Otra posibilidad: que la puerta quedara entreabierta justo al salir Patricia, y el asesino, que vigilaba fuera, aprovechara ese momento para colarse en la habitación sin que su ocupante se diera cuenta y atacarle de manera sorpresiva. Por supuesto, tampoco podía descartar la opción más obvia: el asesino llamó a la puerta y Galán abrió creyendo que la despechada Patricia volvía al redil para encontrarse con alguien que no era ella. Que no hubiera reaccionado al encontrarse a un extraño con malas intenciones —gritos, ruidos, señales de lucha, Patricia tendría que haber oído algo— llevaba sin duda a la hipótesis de que Galán conocía a su asesino y, lejos de sorprenderse por su presencia, le dejó entrar. ¿Dónde estaba en ese momento el actor Almonte? ¿Por qué fue al día siguiente a recoger las pertenencias del director? ¿Qué había en ese ordenador y ese móvil desaparecidos que se había llevado consigo? El amigo íntimo que según todos los presentes se tomó tan a pecho la noticia de la muerte de su colega que casi tuvieron que llevarlo al hospital era, según Basieda, la última persona que estuvo con Galán y no Patricia. «Es actor», pensó Mar, y quizá pudiera fingir un ataque de pánico. Pero ¿por qué haría algo así? Tenía que averiguar quién era Carlos Almonte.

Ahora sí que podía comer los canelones que, por supuesto, se habían quedado fríos y resecos.

97

4

Estaba ya en la cama cuando sonó el aviso de mensaje.

«Te debo una explicación. Y tengo noticias. ¿Podemos hablar? Por favor.»

Un bocazas. Pero Eli Miller seguía siendo una pieza necesaria si quería saber algunas cosas relacionadas con ese mundo al que tenía acceso. Además… No, mejor no pensar en ello y menos mientras respondía con una llamada.

—¿Qué noticias son esas? —dijo a modo de saludo. No le interesaban las explicaciones ni las disculpas del fotógrafo. Tenía que haber quedado claro desde el momento en que había buscado su colaboración sin importarle que fuera o no el responsable de la filtración.

—Inspectora… Mar. Gracias por llamar.

Siempre tan educado. Irritante.

—Creo que te interesará saber que esta tarde llegó el productor, Armando Francés. Nos dijeron que hoy tendríamos una reunión con Producción para explicarnos nuestra situación respecto a los contratos. Hay mal ambiente, como comprenderás. Pues de pronto y sin avisar, apareció el jefazo.

—Tengo que hablar con él. ¿Hasta cuándo se queda?

—Ni idea, pero aunque el rodaje esté parado la película no se cancela. Eso según el mismo Francés, que insistió en ello en la charla que nos dio. Algunos del equipo no confían nada en él, dicen que solo es una excusa para no tener que pagarnos los días que hemos estado sin rodar desde que desapareció Galán. Porque no sería la primera vez que Francés hace este tipo de jugarretas… Tiene unos abogados con fama de perros de presa.

—Y Carlos Almonte, ¿estaba con él?

—¿Almonte? Dicen que se fue a Madrid y no tiene fecha de regreso. Claro que eso lo decidirá el señor productor. Porque si es verdad lo que se dice nos mandan a casa por una semana, dos como máximo, mientras se soluciona el pequeño trámite de encontrar un nuevo director. O directora.

—Pero eso… ¿se puede hacer?

—Por supuesto, no es habitual porque tiene mala prensa; significa que esa producción ha tenido muchos problemas. Y quien suelta la pasta va a tener que soltar más.

—Quieres decir el productor.

—No, qué va. Ningún productor de verdad juega con su propio dinero, sino que lo busca en las televisiones, fondos de inversión, instituciones públicas, europeas, por ejemplo. Sitios así. Incluso en inversores privados. Por supuesto, Francés no ha venido hasta el culo del mundo para hablar con nosotros, sus esclavos, sino con el principal inversor de la película, que, sorpréndete, vive aquí, en la región.

—¿Quién es el tal inversor, lo sabes?

—No, pero puedo enterarme. Incluso…

Hubo un silencio al otro lado de la línea y Mar esperó a que Eli siguiera hablando.

—Incluso puedo vigilar a Francés.

—¿Por qué harías eso?

—Porque has dicho que quieres interrogarlo y tendrás buenas razones para hacerlo. Aún está aquí y, aunque no sé qué pretende hacer esta noche, te aseguro que no se quedará a dormir en el hotel Sejos. Está acostumbrado a hoteles de cinco estrellas.

—Estoy a setenta kilómetros. Tardaría por lo menos cuarenta minutos en llegar.

—Entonces si se mueve, ¿lo sigo?

Mar ya se había levantado, hablaba por el manos libres y se vestía con lo primero que encontró al abrir un armario demasiado grande para la poquísima ropa que había en su interior.

—¿Cómo vas a hacer eso?

—Es fácil: cojo el coche y sigo el suyo. ¿No lo hacéis así en la policía?

—¿Coche? No me habías dicho que tenías coche.

—Tengo una furgoneta. ¿Vas a desconfiar de mí por eso? Para alguien de mi profesión resulta imprescindible, llevamos mucho material y muy caro, ¿sabes? —contestó, impaciente.

El bolso grande, el cuaderno y un boli, móvil, cargador, llaves, támpax. Eran las nueve y media de la noche. Desde el coche llamaría a la jefa Sañudo para informarla y pedirle permiso, sobre todo por la afición a usar abogados del productor: no era cuestión de meterse en ningún lío más. Mientras se ponía el plumífero, pensó en que seguramente Francés se negaría en rotundo a responder sobre los motivos de la huida de Carlos Almonte y la razón por la que le protegía con tanto ahínco.

99

Pero si aquel hombre, con toda su soberbia, creía que Mar se había rendido, estaba muy equivocado.

Cerró la puerta de un golpe.

5

La Sañudo no puso pegas, solo le recomendó que no insistiera demasiado si el productor se mostraba reacio a contestar sus preguntas. No había que añadir a sus problemas a un montón de abogados sedientos de pleitos.

Mar condujo hacia la autovía con el móvil cargando, por si Eli llamaba. A esas horas, la carretera estaba despejada. Pisó el acelerador. No había recorrido ni veinte kilómetros cuando sonó el móvil.

—Francés está saliendo del hotel Sejos —dijo Eli.

—¿Qué coche lleva?

—Un Mercedes S-600. Gris metalizado, lujoso y con un chófer con pinta de gorila. O sea, que si lo pisa lo pierdo, porque llevo una Vito cargada con material fotográfico.

El utilitario Peugeot de Mar tampoco tenía nada que hacer contra el cochazo del productor.

—Salgo tras él...

—Espera, mira antes qué dirección lleva. Y ten cuidado; el chófer no puede darse cuenta de que le sigues, a estas horas no hay tráfico. Mantente a una distancia prudencial.

—¿De cuánta prudencia estamos hablando?

—Unos trescientos metros.

—Vale. Está saliendo en dirección al centro de Reinosa, no a la autovía hacia la meseta. Eso es que no vuelve a Madrid.

Mar no contestó, esperó mientras escuchaba el motor del coche de Eli. Durante unos minutos ninguno de los dos habló.

—Estamos saliendo de la ciudad —dijo Eli.

—¿Por dónde?

—Por la carretera que va a la montaña, la misma que recorrimos tú y yo cuando fuimos a la estación de esquí. Creo que se dirige a la Torre de Isar. Quizá tenga una reunión allí o vaya a recoger a Graciela para llevarla a Madrid, aunque tanta cortesía con una simple empleada me extrañaría.

—¿No es un poco tarde para tener una reunión? —preguntó Mar.

—Francés es así. Machaca a sus curritos porque él no duerme más que cuatro horas al día. O eso dice su leyenda. Hay infinidad de anécdotas sobre él, como que en la mesa de su despacho tiene un…

La voz de Eli se cortó de improviso. Una desconexión.

—Te he perdido —dijo.

Nadie respondió. Había mala cobertura en el valle de Campoo, como en la mayoría de los territorios en cuanto se salía de los núcleos urbanos. Esperó unos minutos y por fin la voz regresó al teléfono móvil.

—¿Mar? ¿Me oyes? Creo que se ha cortado.

—Ahora te oigo bien. Me hablabas de Armando Francés. Parece que sabes mucho de él; cuéntame más. ¿Vive en Madrid?

—En realidad no, allí solo tiene la oficina. Vive en un hotelazo en Sotogrande. Un personaje. De los pocos que han conseguido hacerse rico en el negocio del cine, aunque dicen las malas lenguas que está arruinado. Malas inversiones y peores socios, supongo.

—Puede que sea socio de una constructora llamada PERMASA, ¿te suena?

—Pues no tengo la menor idea, pero no me extrañaría. ¿Por qué?

—Nada, no importa.

—Tú nunca preguntas nada que no tenga importancia, inspectora. Un momento… Se ha detenido, veo el intermitente. A la derecha. Está en un cruce en un pueblo… Espinilla. Acaba de girar. Eso es que no va a la Torre de Isar. Estoy llegando al cruce, hay una señal: «Cabezón de la Sal, 77».

—Se va a meter en el puerto.

—¿Puerto? ¿Qué puerto?

—El puerto de Palombera. Cruza del valle de Campoo al de Cabuérniga, casi mil trescientos metros sobre el nivel del mar. Es de los primeros que se cierra en cuanto empieza a nevar… Pero no está cerrado, han pasado las máquinas, vi como subían la última vez que fui a la Torre de Isar. Desde la tormenta no ha vuelto a caer un copo.

—Pues en las cunetas hay por lo menos veinte centímetros.

—Arriba del puerto habrá medio metro, seguro.

—¿Podrías darme alguna buena noticia?

—Creí que tenías ganas de hacer de policía. No te estarás arrepintiendo, ¿verdad?

—Encima te cachondeas, cuando lo que tienes que hacer, inspectora, es pensar qué pretende este tío metiéndose por estos andurriales.

—Pues… Tiene que dirigirse a algún lugar concreto del valle vecino, desde luego no a Santander. Sería un recorrido sin sentido, una vuelta innecesaria.

—¿Hay pueblos en el puerto?

—Allí arriba no hay nada, ni pueblos ni casas, salvo mucha curva y mucha niebla. En verano también tudancas sueltas que a veces se meten en la carretera.

—Tudancas…, ¿qué es eso? Suena a animal mitológico.

—Son vacas de una raza de aquí, casi salvajes.

—Vaya plan. Coño, ya empezamos a subir y sí que hay curvas. Oye, ¿es muy largo el puerto?

—Cuarenta kilómetros de carretera estrecha de alta montaña que de noche y sin conocerla puede ser peligrosa.

—No me jodas…

—Yo ya he pasado Torrelavega, desde aquí estoy mucho más cerca que tú del valle de Cabuérniga.

—Y vas por la autovía, bien cómoda. En cambio, a mí me toca seguir al puto loco este por un camino de vacas.

—Es el trayecto más directo para llegar al valle vecino. Si sabes conducir. Ten cuidado, puede haber hielo arriba.

Eli resopló. Estaba enfadado consigo mismo, quizás eso de seguir a Francés fuera una mala idea. Incluso comenzó a pensar en lo que no debía, como que los ocupantes del Mercedes fueran los asesinos de Antonio Galán. Podían haberse dado cuenta de que una furgoneta los seguía desde Reinosa y estuvieran esperando el lugar más alejado del mundo para deshacerse de tan molesta compañía. Sería muy fácil para ese coche enorme bloquear la carretera y esperar a que la Vito llegara a su altura, el chófer —ese orangután— le sacaría a golpes de su vehículo o le metería unos cuantos tiros a través de la ventanilla, para luego tirar el cuerpo monte abajo, un bosque tan espeso y una ladera tan abrupta que hasta Mar tendría problemas para encontrar el cadáver... Otra posibilidad para librarse del perseguidor incómodo era detener disimuladamente el coche en una cuneta de las que conducían a pequeños senderos del bosque y dejar que la furgoneta les adelantara para poder ponerse detrás de ella. Un coche de esa potencia y dimensiones podía chocar contra otro vehículo sin sufrir un arañazo, hacerle perder el control para que chocara o se despeñara. «Has visto demasiadas pelis, colega», tuvo que decirse a sí mismo para espantar su imaginación.

103

Ya estaba casi arriba y, como predijo Mar, la niebla hizo su aparición, saliendo de la noche oscurísima como un fantasma desgarrado por las luces de la furgoneta.

—Pues sí: hay niebla. Al menos no parece que haya hielo. Oye, el chófer pisa el Mercedes que da gusto, lo voy a perder de vista...

—Tranquilo, no necesitas pegarte a su coche porque no puede desviarse a ningún lado. No hay más que una sola carretera hasta llegar al Parque Natural Saja-Besaya. Verás que empieza la bajada.

El desierto de oscuridad se precipitó hacia abajo bruscamente, la niebla desapareció casi por completo y surgieron árboles a un lado y otro de la carretera. Atravesaba un bosque de hayas que, despojadas de hojas, lanzaban miles de troncos y ramas peladas hacia lo alto y hacia el vehículo que pasaba por debajo. Un reflejo blanco le sobresaltó: una cascada lanzaba agua desde las rocas saledizas tan pegadas a la carretera que el agua había inundado el asfalto. El fotógrafo imaginó aquel paisaje de día y en verano o en otoño; debía de ser un espectáculo, pero ahora solo era una carreterucha endiablada que parecía no llevar a ninguna parte.

—¿Qué tal vas? —La voz de Mar le acompañaba—. ¿Los ves?

—Sí. Están lejos, pero alcanzo a ver la luz de sus faros. Van con las largas y llevan ahí una central eléctrica. Abajo veo luces, me parece que estamos llegando a la civilización. ¿Por dónde vas tú?

—Voy a vuestro encuentro.

«Un movimiento de pinza. Estrategia militar», pensó Eli.

—Ya he pasado Cabezón de la Sal y la carretera por aquí está prácticamente vacía, así que si se cruza conmigo lo identificaría perfectamente. Pero ahora no puedes perderlo de vista —siguió Mar.

—Hemos cruzado varios pueblos y seguimos carretera abajo. Lo veo. Ahora va más lento. Espera, voy a aminorar yo también…

La voz de Eli desapareció, pero la policía casi podía oír su respiración.

—Acaba de salir de la carretera principal —dijo—. No he visto ninguna señal, creo que se trata de un pequeño desvío, no sé a dónde va. Voy a llegar enseguida. Vale, lo veo. Está en la entrada a una finca rodeada por un muro enorme. Ha aparecido como de la nada, pero esta tapia tiene por lo menos cinco metros. Vaya: han abierto la verja metálica y el Mercedes está entrando. No puedo parar, ¿sigo adelante?

—Sí. Y aparca en el primer hueco que encuentres.

—¿Sabes dónde estoy?

—Creo que sí.

6

El palacio de Numabela se alzaba tras un muro impenetrable. «El edificio original fue construido a finales del siglo XVII siguiendo el estilo de casona tradicional montañesa, pero la intervención arquitectónica del arquitecto galés Somerset Austen en 1895 lo convirtió en un imponente palacio neogótico siguiendo la estética del llamado pintoresquismo inglés. La finca dispone de un jardín romántico, árboles centenarios, estanques artificiales, estatuas y una capilla de estilo grecorromano. También un laberinto vegetal de setos de laurel. El palacio fue residencia veraniega de Alfonso XIII, amigo de la infancia del duque de Trébedes, descendiente del marqués de Santillana, entonces propietario. Su hija, la marquesa María Fernanda Lasso de Mendoza, lo vendió en 1950 y desde entonces ha cambiado de manos en distintas ocasiones.»

—¿Quién es el propietario actual?

—Pues... Ninguna web lo aclara. Fíjate en las fotos: parece el palacio encantado de la Bella y la Bestia. Aunque en los cuentos no hay cámaras de seguridad.

Habían visto al menos dos cámaras vigilando la entrada al palacio, rodeado por un muro de piedra con más de cuatro metros de altura. Estaban en el coche de Mar, aparcado en un recodo de la carretera cerca del río: un paso de pescadores de salmones. Desde allí se podía vigilar muy bien la salida de la finca sin ser visto. La Vito de Eli había quedado aparcada a unos trescientos metros más adelante, entre dos casas que amenazaban ruina. No había ser viviente en unos cuantos kilómetros a la redonda y la noche lo inundaba todo. Solo las pequeñas farolas de estilo inglés que jalonaban el muro iluminaban a los dos ocupantes del coche aparcado.

—Tú eres de aquí, ¿no sabes quién puede vivir en este palacio? No pasa desapercibido, precisamente.

—Lo conozco solo por fuera, de pasar por la carretera. La verdad es que nunca me he preguntado de quién era. Pero será de alguien con mucho dinero. ¿Y qué necesita Francés? Recuerda lo que me dijiste sobre cómo se financiaba una película.

—Ya… Se supone que han cerrado la compra de la película con una plataforma de las gordas. Pero eso no sería suficiente y más después de la muerte de Galán. Aunque tengan contratado un seguro de imprevistos, están los días perdidos de rodaje. Piensa en el equipo: mucha gente tenía ya sus fechas de rodaje cerradas y no puede incumplir un contrato en otra producción… Los técnicos se pueden sustituir, pero si eso ocurre con los actores o actrices, hay que repetir planos o secuencias enteras. O sea, empezar de cero —explicó Eli.

—Creo que Francés se ha reunido con un socio. Un socio que demanda su presencia a altas horas de la noche. El inversor que no querría perder su dinero.

—Tiene sentido… La explicación de que alguien con el ego de Armando Francés tuviera que venir a estas horas y perdiendo el culo. Pero, amiga, siempre hay alguien más poderoso que tú.

Mar no podía contarle lo que sospechaba: que el propietario del palacio de Numabela fuera ese socio fantasma de la productora Sirona Films, el empresario Ernesto Herrán. De nuevo la voz, el olfato o la intuición le decía que tras aquel muro ocurría algo que tenía que ver con Galán el descabezado. De pronto, sin saber por qué, se acordó de Aparecida. Hacía años que no pensaba en la vieja curandera que conoció de niña y que le hablaba de unas voces de duendes que ella también escuchaba, aquellos pequeños *trentis* que ayudaban a encontrar las cosas olvidadas, perdidas o escondidas. ¿Era su manera de explicar las intuiciones? Pues si fueron los *trentis* los que le habían echado una mano para encontrar el cadáver de Antonio Galán, podían volver a ayudarla para encontrar su cabeza.

—¿Qué hacemos ahora? —preguntó Eli, sacándola de sus pensamientos.

—Esperar —contestó ella.

—¿Cuánto?

—Hasta que Francés salga de ahí.

—Lo más seguro es que se quede a dormir en ese palacio, como un rey. ¿Y nosotros tenemos que pasar aquí toda la noche?

—Puedes irte cuando quieras. Me has ayudado mucho.

—No, gracias, prefiero quedarme aquí hasta que se haga de día, antes que volver a Reinosa por esa carretera demencial. Aquí estamos fenomenal, en medio de ninguna parte y con un frío que pela. Si nos entra sed podemos ir al río a beber agua, jugándonos el tipo, porque a ver quién se mete entre esas zarzas. Y para cuestiones fisiológicas, aún peor.

¿«Cuestiones fisiológicas»? Casi se echó a reír. Vaya tío redicho. Además, ¿de qué se quejaba aquel hombre? Él podía orinar detrás de cualquier bardal mientras que ella tenía que agacharse y bajarse los pantalones, por no hablar del problema de cambiarse de támpax. Tenía su método, claro: las patrullas se comían muchas noches de espera y vigilancia a la intemperie. Sin contestar, Mar salió del coche. Abrió el maletero y sacó una manta térmica y una bolsa que llevó al coche. La abrió delante de él: dos botellas de agua, frutos secos y chocolatinas.

107

—¿Necesita algo más, caballero?

Lo dejó sin palabras. Durante un momento, solo se oyó el rasgar del envoltorio de la chocolatina.

—Inspectora, te debo una explicación.

—No hace falta.

—Por favor, escúchame. No quiero que desconfíes de mí. Es verdad que fui yo quien llamó a la prensa para contar que Galán había desaparecido. No podía imaginar que luego pasara… lo que pasó. Esa mañana, al faltar el director, cundió el pánico en el rodaje. Lo buscaron por todas partes y nada, pero eso ya lo sabes… Nos pidieron confidencialidad sobre lo que estaba ocurriendo y eso fue lo que me salté. Además, Patricia me contó lo que había pasado la noche anterior, la discusión que tuvieron. Y yo, bueno, tenía mis razones para contarlo.

Mar, sentada en el asiento del conductor, comía la chocolatina como si no le importara nada de lo que pudiera decir.

—Quería que Patricia reaccionara y se diera cuenta de que

estaba equivocada respecto a un tipo que maltrataba a todo el mundo, no solo a ella. Y tan mal profesional como para marcharse de su propia película. Porque eso es lo que creía en ese momento. Lo hice por ella, aunque sabía que si filtraba esa información estaba perjudicando la película. Pero si tengo que elegir entre una amiga y el cine, no dudo y elijo lo primero.

—Una amiga —contestó Mar sin mirarle y con la boca llena de galleta de chocolate—. A la que no veías desde hace años, a la que llamaste para pedirle trabajo cuando supiste que se había echado un novio que iba a dirigir una película. Señor Miller: creo que esto tiene poco que ver con la amistad.

Esperó a que Eli dijera algo, pero como no lo hizo, continuó.

—La verdad es que te acostabas con Patricia y no te gustaba su relación con Galán. Puede que hasta tuvieras celos de él.

Saltó como si le hubiera insultado.

—¿Celos yo? ¿De ese patán? ¿De un maltratador? Si ni siquiera me gustan sus películas… Menuda estupidez.

La policía acababa de arañar el frágil ego masculino, pero no hizo caso de sus quejas y siguió hablando.

—Imagino que la relación contigo ayudó a Patricia a dejar a Galán, precisamente porque tú la presionabas. Esa noche, la discusión, la bofetada, todo fue porque supo o se olió que se la estaba pegando con alguien. Patricia no confesó que eras tú con quien se acostaba, quizá porque se lo pediste o porque ella temía perjudicarte.

—¡Si ni siquiera se le levantaba, y eso que se atiborraba de viagra! —Eli ni siquiera la escuchaba, estaba demasiado ocupado en dejar claro que el hombre muerto no podía competir con él ni cuando estaba vivo.

—O sea, que te follabas a la novia del muerto. ¿Sabes lo que significa?

Hasta ese momento Eli no se había dado cuenta de que había caído en una trampa.

—¿Me consideras sospechoso de asesinato? ¿De verdad? Es eso, ¿no?

—¿Quieres una chocolatina? —dijo la policía, ofreciéndole una.

—Joder. No me lo puedo creer…

Mar volvió a dejar la chocolatina en la bolsa.

—Quizá me equivoque, pero creo que el asesino de Galán es alguien muy hábil que lleva planificando su crimen desde hace mucho tiempo. Y tú, aunque tuvieras motivos para odiarle, eres muy torpe, señor Miller.

A pesar de su tamaño, que le hacía moverse con dificultad dentro del cochecito de la policía, Eli Miller se sintió muy pequeño. Aquella mujer había conseguido destrozarlo con dos frases.

—Mira… Puede que me haya equivocado en todo, pero te aseguro que no odiaba a Galán. Tampoco estoy enamorado de Pat. Lo sabe. Es verdad, hacía mucho tiempo que no nos veíamos y me sorprendió encontrarla tan mal. Y…, bueno, se sentía sola y estaba triste.

—Y tú la consolaste.

—Por favor… —rogó él—. Ahora solo quiere dejar todo esto atrás. Ha vuelto a Madrid… Me llamó. Tú misma la llevaste al aeropuerto.

—La verdad es que lo entiendo. Si me pongo en tu lugar… Es muy guapa.

El comentario dejó aún más descolocado a Eli. Quizá la policía fuera lesbiana; en realidad no sabía nada de ella ni de sus gustos. Ahora que lo pensaba, no sería sorprendente. Puede que hubiera metido la pata aún más si cabe.

—También comprendo que no te gustara verla con un hombre como Galán —añadió Mar.

Mar bebió agua de la botella.

—¿Algo más?

—Sí. Lo que pasó en el refugio aquel día, antes de que encontráramos el cadáver. Cuando caí en ese barranco… No te dije nada en su momento porque no reaccioné, creo que estaba todavía cagado… Me salvaste la vida.

—Solo era una pendiente. Pero es normal que te asustaras, no conocías el terreno.

Mar quería quitarle importancia. Al perderse en la niebla, el fotógrafo estuvo a punto de caer en una cortada de decenas de metros. Quizá no le hubiera pasado nada salvo rodar cuesta abajo sobre nieve recién caída, pero eso, como siempre en alta montaña, no podía saberse.

Eli abrió una botella de agua y bebió media de un trago: la conversación le había dejado la boca seca. Mar se preguntó si ese hombre podía estar callado cinco minutos. No, imposible:

—Son las dos de la mañana. A parte de pasar aquí toda la noche, vigilando la puerta por si sale Francés, ¿tienes algún plan sobre qué hacer después? —preguntó.

—Intentar hablar con él. Si sale ahora me esquivará con facilidad. Pero con suerte pasará la noche dentro del palacio, así que pienso entrar en la casa en cuanto amanezca, antes de que se ponga en marcha: eso no lo esperará. Así que no te preocupes. Y como no quieres volver a tu hotel, será mejor que descanses. Yo vigilaré, estoy acostumbrada.

—¿No te importa? Entonces me voy a la furgoneta. Es más grande y allí puedo tumbarme.

La policía lo encontró muy razonable y Eli salió del coche. Lo vio alejarse encogido y cabizbajo.

7

Despertó a Eli a las siete de la mañana y rechazó su ofrecimiento de quedarse a vigilar mientras ella entraba en el palacio. No era necesario. El fotógrafo se despidió de manera escueta, arrancó su furgoneta y se perdió carretera arriba. Quizá no lo volvería a ver, pero intentó no pensar en ello: tenía mucho que hacer. Por ejemplo, contactar con la jefa. Antes de llamar al portalón del palacio de Numabela mandó un mensaje a Sañudo. La jefa respondió inmediatamente y Lanza tuvo que explicarle cómo y por qué había seguido los sospechosos movimientos nocturnos de Armando Francés.

Marián escuchó todo atentamente y después le informó de que la investigación había dado un giro imprevisto. Había aparecido un sospechoso más convincente que el actor Carlos Almonte y la Guardia Civil estaba convencida de encontrarse ante una pista fiable. Se trataba de un hombre con acento extranjero no identificado —quizá rumano, apuntaban— que hacía un mes fue visto junto al refugio del Pico Cornones, donde después encontrarían el cadáver. El sujeto estaba haciendo fotos cuando un responsable del refugio se acercó a él e intercambiaron unas palabras. Dijo ser aficionado a la fotografía y, aunque hablaba español, tenía acento de extranjero. La Guardia Civil buscó al individuo sospechoso entre los que habían alquilado material o comprado un forfait, lo que obliga a mostrar el DNI, y entre cientos de identidades encontraron una falsa: se trataba de un hombre fallecido hacía más de diez años. Eso había hecho saltar todas las alarmas. En ese momento trabajaban en un retrato robot creado a través de las descripciones de quienes vieron al sospechoso en la estación de esquí. También los lugares donde era probable que se hubiera alojado, restaurantes, hoteles y pensiones de la zona por si hubiera más testigos de su presencia en el valle. Por su parte la Policía Nacional acababa de conseguir una orden para acceder a las cuentas bancarias de Galán por si el crimen se tratara de un ajuste de cuentas, un caso de extorsión o venganza.

«Un profesional», pensó Mar. Recordó cómo había anotado la posibilidad en su cuaderno. La perfección del corte en el cuello de Galán bien podía ser obra de un sicario. En cambio, el robo de cabezas no encajaba con nada de aquello: que ella supiera, ninguna organización criminal utilizaba la decapitación como marca de la casa.

La existencia de ese sospechoso no entraba en contradicción con sus actuales pesquisas, más bien todo lo contrario. Y la jefa estaba de acuerdo con ella; detrás de aquel crimen podía haber una disputa por cuestiones económicas solucionada por la vía más expeditiva. Quizás afectaban directamente a Galán, pero no era descabellado pensar que también a los productores de la película. Mar explicó a la Sañudo que Armando Francés no solo se dedicaba al cine, sino que también era socio de compañías con intereses en negocios turísticos e inmobiliarios y que en el mundillo se rumoreaba que estaba arruinado. ¿Había contraído una deuda con alguien mucho más peligroso de lo que creía el soberbio productor? Ese alguien ¿estaba cobrando esa deuda impagada? Puede que le estuviera enviando un «aviso». Pero a la mafia solo le interesaba cobrar su parte, nunca hacer ruido. Si un cliente resultaba incómodo o mal pagador, prefería hacerlo desaparecer en ácido antes que cortarlo en rodajas; les gustaba la publicidad aún menos que a la policía.

Otra cuestión era la amenaza. No había que olvidar que el muerto era amigo íntimo de Armando Francés. Su llegada a altas horas al palacio de propiedad misteriosa no hacía más que reforzar la sospecha de que Francés se hallaba, cuando menos, en un aprieto.

Esta vez la jefa no le dijo «ten cuidado» al despedirse, sino que le dio autorización para interrogar de la forma que creyera más oportuna a quienes encontrara dentro de la casa. La Sañudo sabía coger el toro por los cuernos.

8

Lanza detuvo su coche frente a la verja de entrada; las dos cámaras la apuntaban como ametralladoras. A la altura del conductor había un poste con un timbre y un interfono. Pulsó el timbre.

—¿Qué desea? —Una voz masculina.

—Policía, buenos días.

La verja se abrió.

Nada más flanquear el muro apareció una casita de estilo

palaciego y, junto a ella, una especie de garita. Mar identificó a su ocupante como personal de seguridad, aunque no llevara uniforme ni distintivo alguno.

—Buenos días —repitió.

El hombre —cuarenta y cinco años, musculitos de gimnasio, cara despistada— se acercó muy solícito. Era obvio que respetaba a los verdaderos Cuerpos de Seguridad del Estado.

—¿En qué puedo ayudarla, agente?

—Inspectora Lanza. Policía Nacional.

Sacó la placa y el hombre casi se cuadró.

—Avisaré a la casa grande. ¿Desea hablar con alguien en particular?

—Sí, claro.

El tono cortante —no te metas en lo que no te llaman— y la inexpresividad policial descolocaron más al guardia.

—Todo recto por la avenida —señaló.

Un ancho paseo rodeado de árboles altísimos. En pleno invierno, parecían gigantes desnudos y muertos de frío. La finca se extendía en toda su inmensidad alrededor de la avenida: prados, bosquecillos y sobre una loma lo que parecía un templo griego o romano. Al fondo, en una perspectiva de escuadra y cartabón, aparecía el palacio, mucho más imponente de lo que había imaginado. Aunque no en el buen sentido. La inspectora Lanza no sabía nada de estilos arquitectónicos ni conocía la palabra «pastiche», pero aquel conjunto de torres y arcos puntiagudos le pareció raro y recargado. Y aunque la inspectora tampoco había visto muchas películas, sí que pudo reconocer un estilo: el del cine de terror. «¿Quién coño puede vivir ahí?»

El coche aplastó la grava que rodeaba el parterre frente a la escalinata principal. El edificio no era tan grande visto de cerca, pero eso no aliviaba la sensación de inquietud que transmitía.

Al pie de la escalinata esperaban dos hombres, identificó al más alto y fuerte como el chófer de Francés. Llevaba traje oscuro y gafas de sol a pesar del tiempo nublado. Posiblemente Eli tuviera razón y además de labores de chófer ejerciera las

113

de guardaespaldas. El otro sujeto tenía un aspecto y maneras muy distintas: corrió a abrirle la puerta del utilitario como si fuera una marquesa bajándose de una carroza. A Mar no le habían abierto la puerta del coche en la vida y, lejos de sentirse halagada, se puso aún más a la defensiva. Siempre desconfiaría de la gente servil.

—Señora… La esperan. Sígame, si tiene la bondad —dijo el criado. Sin responder una palabra, pasó delante del guardaespaldas como si fuera invisible y entró en la casa.

9

Atravesaron un salón de techos dorados y paredes cubiertas de cuadros, espejos, muebles lujosos. No había ni un lugar vacío: lámparas, relojes, jarrones, figuritas, todos los rincones estaban llenos de cachivaches. Las alfombras eran tan mullidas que pisarlas parecía un delito. Y estaban las esculturas. No hacía falta ser un experto para saber que la mayoría de aquellos dioses, diosas y bustos de emperadores eran antiguos y valiosos.

—Un momento.

—Dígame.

—¿Puede decirme dónde está el servicio?

—¿Perdón?

—Un baño.

Con la nariz respingona apuntando al techo, el sujeto la miraba como si fuera a robarle los cubiertos. Tuvo ganas de soltarle que llevaba toda la noche sin mear y tenía que cambiarse de támpax si no quería que le goteara sobre sus putas alfombras. Con lo mal que sale la sangre. El mayordomo —o lo que fuera— señaló una puerta pequeña bajo una cabeza de ciervo que clavó en Mar sus pupilas de canica como si también la desaprobara.

—Siga el pasillo y a la derecha encontrará un tocador de señoras.

Abrió la puerta y encontró un baño pequeño y antiguo; debía de ser el de las criadas. El váter también era una antigüedad, al menos tenía unas cuantas décadas. «Tocador de señoras, dice el tío… Eso sí que suena mal, so mamón», pensó mientras se cambiaba de támpax. Hizo pis y luego se lavó la cara y los dientes con un dedo. Al mirarse en el espejo se dio a sí misma una buena nota: «¿Qué pasa? Soy una policía haciendo su trabajo». Lo único que hizo para arreglarse fue recogerse el pelo con una goma que encontró rebuscando mucho en el bolso. Al salir vio al criado esperándola pacientemente junto a la puerta con la cabeza disecada y lo siguió caminando tras él como si la llevara a presencia de algún rey. Por fin se detuvo y abrió un ventanal que conducía a un largo corredor acristalado y lleno de plantas como un invernadero. Ni rastro de antigüedades ni esculturas, como si allí la casa descansara de sus propios tesoros. Al fondo, dos personas sentadas ante una mesa.

—La inspectora Lanza —anunció el mayordomo en voz alta. Casi hubo eco. Hizo un gesto a Mar, dándole permiso para acercarse a los presentes, y se fue por donde había venido.

La distancia entre la puerta y la mesa era casi un paseo, que Mar recorrió bajo la atenta mirada del hombre y la mujer. Ella estaba sentada en una moderna silla de ruedas. Tendría unos setenta años, aunque era difícil asegurarlo: estaba muy demacrada. Pelo blanco, rizado. Pantalón negro y una elegante chaqueta de punto con los cuellos y los puños rodeados de piel auténtica, quizá visón. Le quedaba grande, como si hubiera adelgazado de forma repentina. Y no parecía sorprendida en absoluto de su aparición, sino que la miraba con atención. Mar sintió que estaba siendo evaluada de la misma manera que ella hacía con cualquier testigo o sospechoso y pudo imaginar lo que pensaba: «Tendrá algo más de cuarenta años, pero parece más joven. Desarreglada, mal vestida, el bolso y los zapatos, desastrosos. Su forma de moverse es agresiva, brusca. Rubia, fuerte y alta. Posiblemente de origen montañés, porque es de aquí, no hay duda. Está a la defensiva no porque tenga algo contra mí, sino porque es su forma de reaccionar ante el lujo. Está fuera de su ámbito».

Lo que aquella mujer pensara no tenía importancia y sí que estuviera sentada junto a Armando Francés. Lo reconoció por los fotos y documentos relacionados con el caso de Galán.

Entre setenta y ochenta años, muy alto, fuerte, cargado de hombros. Con el pelo teñido y rostro moreno de rayos UVA o playa eterna, casi de color chocolate. Y bótox. Con el gesto crispado que le tensaba la cara aún más, Francés no podía o no quería disimular la indignación que le producía ver allí a la policía.

—Inspectora, ¿nos acompaña? Acabamos de empezar a desayunar —dijo la mujer—. ¿Le apetece un café? Sírvase usted misma, por favor, ahí tiene el bufet.

Señalaba una mesa larga en la que había cafeteras, platos, tazas y bandejas con huevos revueltos, jamón, cruasanes y otras delicias.

—Gracias, pero estoy de servicio —contestó. Llevaba diez horas sin comer nada caliente y tenía hambre, pero sabía mantener la disciplina.

—Como quiera. ¿A qué debemos su visita?

—He venido a hacerle unas preguntas al señor Armando Francés, aquí presente. Y a usted, si no tiene inconveniente.

—Claro, claro… Encantada de que me haga todas las preguntas que quiera. Y él también, ¿verdad, Armando?

El interpelado rugió.

—¡No tengo nada que decir!

—No te pongas así… La señora está haciendo su trabajo y como buenos ciudadanos es nuestro deber colaborar con ella. ¿Quiere sentarse o estar de servicio también se lo impide?

Mar no contestó, pero cogió una silla para sentarse frente a ellos y sacó del bolso su libreta negra. Francés resopló.

—Su nombre, por favor —preguntó, mirando a la mujer.

Ella sonrió antes de contestar, parecía que la situación le divertía.

—Laura Santos.

Esta vez Mar tuvo que hacer un enorme esfuerzo para que ninguno de los presentes notara su sorpresa.

—Creo que… Usted es… Quiero decir: la guionista de la película que rodaba el fallecido señor Galán.

—Me declaro completamente culpable de esa acusación. Aunque de momento escribir películas no es ningún crimen, ¿verdad? Perdone, estoy bromeando.

—Dirección, por favor. Es solo un trámite, pero necesario.

—Palacio de Numabela, carretera comarcal 280-C, Viaña.

Tenía que haberlo averiguado antes de llegar hasta aquí. Toda su teoría —el misterioso socio de Francés, las deudas, Herrán— se venía abajo. Posiblemente había interrumpido una simple reunión de trabajo, era habitual que un productor se reuniera con un guionista, eso le había explicado Eli Miller en sus clases aceleradas sobre el funcionamiento del mundo del cine.

—¿Le extraña? Puede que encuentre este caserón incómodo y ridículamente ostentoso. Mi marido y yo lo compramos hace tiempo. Un capricho, porque viajábamos mucho. Aunque, como ve, ahora solo viajo con la imaginación —dijo dando unos golpecitos en la silla de ruedas—. Pero seguramente no ha venido hasta aquí para hablar de mí. ¿O quizá sí?

—Formo parte del operativo policial que dirige la investigación del asesinato de Antonio Galán. Dígame, ¿lo conocía?

—Por supuesto. Los guionistas solemos trabajar con el director de la película que hemos escrito, aunque… no siempre. A veces no cuentan con nosotros para nada. En este caso, yo escribí *La máscara de la luna roja* para que la dirigiera Antonio Galán.

—¿Desde cuándo lo conocía?

—Ah, muchos años. Demasiados. Ahora somos unos viejos que alguna vez fuimos jóvenes. ¿Cuándo nos conocimos, Armando? ¿Te acuerdas? Fuiste tú quien me presentó a Antonio. Sería allá por el setenta…

—No me acuerdo.

—Te falla la memoria. Por mucho dinero que gastes para mantenerte joven, es una batalla perdida. El tiempo no se puede comprar.

La conversación se desviaba.

—Señora Santos, ¿conoce al actor Carlos Almonte?

—¿Charli? Claro. Formábamos un grupito muy divertido. Aquellas noches en Cerebro y Casa Gades, en Oliver… Charli fue muy amigo de Adolfo Marsillach y la Asquerino… Pero perdóneme, inspectora: usted no puede entender de lo que hablo, ocurrió antes de que naciera y la mayoría de esas personas han fallecido. Y esos lugares ya no existen.

—¿Sabe usted dónde se encuentra ahora el señor Almonte?

Si tan amigo era de Laura, Almonte podía haberse escondido en el palacio mientras evitaba a la policía.

—Ni la menor idea. Por aquí no ha venido, se lo aseguro —respondió la mujer, como si le leyera el pensamiento.

—Íbamos a interrogarlo tras el hallazgo del fallecido Antonio Galán, pero decidió marcharse y no prestar declaración. ¿Cree que tiene algo que ocultar?

—¡Ya le dije que Carlos no hablará con usted! Y si tiene alguna duda al respecto, llamaré de inmediato a mis abogados. No sabe dónde se está metiendo —soltó Francés.

—Espere. Enseguida estoy con usted —cortó Lanza—. Y creo que sus abogados le recomendarán que no debe amenazar a un funcionario de policía.

—¡Qué se ha creído! A mí nadie me habla así… Se acordará de esto.

—Cálmate, Armando —terció Laura.

Sin hacerle caso, Armando Francés se levantó indignado y salió dando enormes zancadas.

—Discúlpele, inspectora. Como comprenderá, todo este asunto del pobre Antonio le ha afectado mucho. Aunque… La verdad es que siempre ha sido así. Si puedo ayudarla en algo más, no dude en preguntarme. Me interesa todo lo que concierne a la muerte de Antonio.

—¿Tiene usted alguna sospecha sobre quién podría ser el autor de su muerte?

—He vivido muchos años fuera de España y no conozco los pormenores de su vida reciente, así que no podría decirle en qué líos andaba metido, ni con quién trataba. Desde luego, Charli no puede tener nada que ver con este crimen horrendo. Me refiero a Carlos Almonte. Adoraba a Antonio y estaba encantado con volver a trabajar con él. Además, era su oportunidad porque llevaba años sin hacer cine. Fue un hombre muy apuesto, la cámara le quería. Y eso es lo importante en pantalla, aunque no era un gran intérprete hizo muchas películas, también en Francia y en Italia. A punto estuvo de dar el salto a Hollywood, pero algo se torció, se quedó y luego fue pasando su momento. Los directores jóvenes ni le conocían. Por eso era tan importante para él hacer esta película. Tenía un papel de lucimiento, creía que le llevaría de nuevo a convertirse en una estrella.

—Entonces, ¿por qué no colabora con la investigación? Debería de ser uno de los principales interesados en encontrar al culpable.

Laura encogió los hombros huesudos y bebió de su taza de café. Mar se dio cuenta de que le temblaba el pulso: aquella mujer estaba muy enferma, era evidente.

—Carlos es una persona frágil, de carácter débil, y esto tiene que haberle afectado muchísimo. Ahora debe de estar muy deprimido, lo que le habrá llevado a refugiarse en Armando.

Tomó nota de lo que Laura decía; sus explicaciones tenían sentido.

—¿Y Antonio Galán? ¿Tenía enemigos?

—Querida, a cierta edad todos tenemos enemigos. Incluso usted.

Volvió a sonreír y a Mar le pareció que en su sonrisa había algo inquietante. ¿Sabía aquella mujer algo de su vida? ¿La había investigado? Pero no había ninguna razón para sospechar que la investigadora estuviera siendo investigada… Era solo su manera de hablar, al fin y al cabo, era escritora.

—Pero si de algo estoy segura es de que el autor de los hechos odiaba a Antonio de una manera tan intensa que llegó al punto de cometer un crimen, si me permite decirlo, con cierto grado de poesía. Gótica, por supuesto.

—Entonces, ¿qué pudo hacer Galán para que alguien le odiara tanto?

—Esa es la pregunta que debe usted despejar, inspectora. Pero si quiere mi opinión, lo único que puede llevarle hasta el asesino es su mismo odio. Siempre deja rastro, por mucho tiempo que pase. «El odio es el único sentimiento duradero que existe en la naturaleza», decía Madame de Staël. Hágale caso, era una mujer extraordinaria.

Pulsó un timbre sobre la mesa. Mar no escuchó nada, pero al momento apareció un hombre de unos sesenta años, pelo entrecano, bajo y fuerte. No parecía un enfermero ni un cuidador, más bien un campesino o un leñador.

—Ha sido un placer conocerla, inspectora Lanza —dijo Laura—. Estoy segura de que volveremos a vernos en otras circunstancias más… propicias.

El hombre empujó la silla fuera de la galería. El rostro demacrado y enfermo de Laura y su sonrisa irónica, aquel palacio, un decorado exagerado. Estaba deseando salir de allí y sin embargo, cuando intentó encontrar la salida, no lo logró. Recorrió un pasillo que le llevó a una salita y de allí a unas escaleras que subían al piso superior. Echó de menos la presencia del mayordomo cursi para que le mostrara el camino a la puerta de entrada, pero en el caserón no había nadie, como si de pronto hubiera quedado abandonado y sus verdaderos habitantes fueran sus tesoros. La mayoría de las salas estaban en penumbra, con las contraventanas cerradas.

Intentó orientarse regresando al invernadero y fue entonces cuando por fin se topó con el mayordomo, a quien no le hizo gracia encontrarla deambulando por sus dominios. Pero le indicó la salida y Mar salió al jardín que rodeaba el caserón, cruzando un camino jalonado de estatuas.

Antes de meterse en el coche y ya con la puerta abierta, tuvo el impulso de volverse a contemplar el palacio.

Una figura tras una de las ventanas superiores del torreón. Se apartó y desapareció tras las cortinas en cuanto la vio. Fueron fracciones de segundo, pero reconoció a la mujer joven, su cabellera pelirroja. Patricia Mejías.

121

PARTE 4

El ejército de las sombras

(Jean-Pierre Melville, 1969)

2010. Jefatura de policía, Santander, Cantabria

—*En España hay más de dos mil casos de desapariciones sin resolver. Tienes que saber que este es uno más para la mayoría, pero no para mí.*

Nadie más recordaba aquel caso o simplemente se negaban a hablar de él. Pero Isabel Ramos no había olvidado. Guardaba toda la documentación relativa al caso de las niñas de Reinosa, incluso la declaración que hizo Mar a la Guardia Civil. Por eso había accedido a reunirse con ella: Mar fue la testigo que los propios investigadores consideraban como más fiable. Luego le confesó que, al recibir su llamada, había sentido un pellizco de esperanza: quizás aquella niña, de pronto, había recordado algo importante que la llevaría a resolver el enigma. Pero no encontró una niña, sino una mujer que no tenía respuestas, solo preguntas.

—*Tu declaración fue fundamental. La única pista que teníamos era tu descripción del coche. Sirvió de mucho, más de lo que crees. Porque, no es por ponerme medallas, pero fui yo quien encontró la coincidencia con la denuncia de una mujer fechada un año antes de la desaparición de Nieves y Rosa. Ella también hacía autoestop para regresar a casa de un pueblo en fiestas y le paró un coche. Describió el mismo tipo de vehículo, pero como tú, no llegó a ver bien las caras a los ocupantes, porque algo le dio mala espina, «un pálpito», dijo,*

*y salió corriendo. Eso pasó a cincuenta kilómetros de donde
desaparecieron las niñas y la denunciante solo estaba segura
de que eran dos hombres, no pudo especificar de qué edad,
complexión, nada. Yo era joven y un poco inocente, o eso me
parece ahora. Llegué a creer que las encontraríamos en cuestión de días, a ellas y a quienes se las habían llevado. Luego
me di cuenta de que no y eso me desesperó.*

*La inspectora Lanza creía que en la investigación había
habido negligencias, pero Isabel Ramos no estaba de acuerdo.*

*—Es verdad que en aquellos tiempos no había protoco-
los como los modernos. Tampoco teníamos material ni ordenadores, todo era más chapucero, vamos. Nuestra investigación se criticó mucho, pero hicimos todo lo que pudimos
con lo poco que teníamos. Cuando encontraron a las chicas
de Alcàsser todo se paró. No había sitio para más muertes.
Y además, es triste decirlo pero es así, el que no encontrá-*
*ramos los cuerpos de Nieves y Rosa dejaba la sospecha de
que habían desaparecido por voluntad propia. Mucha gente
prefería pensar aquello, también los mandos, así era más
fácil que soportar la derrota. Ya, ya… Tú y yo sabemos que
no se fueron, que se las llevaron. Pero ahora estás de este
lado y sabes cómo funcionan las cosas: no había pruebas.
Quien lo hizo sabía bien lo que hacía, no dejó rastro, ni
una pista. No cometió un solo error. Estoy segura de que no
era la primera vez que actuaba y seguramente ha seguido
haciéndolo.*

*Isabel había pasado años, décadas, recordando aquel fraca-
so policial. Hasta que, como si fuera una señal, apareció ante
ella aquella niña que vio cómo se llevaban a Rosi y a Nieves.
Ahora era una mujer y policía, como ella.*

—Aquí está todo lo que tengo sobre el caso.

Cogió el archivador y lo puso en las manos de Mar Lanza.

1

Una imagen fugaz en una ventana. Como un fantasma.

Podía equivocarse y que se tratara de otra persona, alguien que se le parecía. Pero no; había visto lo que había visto. Era Patricia Mejías, estaba segura. No tenía sentido. Ella misma la había llevado al aeropuerto y Eli le había dicho que recibió su llamada desde Madrid. Eso significaba que la joven ayudante había mentido a Eli o que este le había mentido y seguía protegiendo a Patricia. Pero ¿de qué? Ahora confiaba aún menos en él. Sin embargo, le necesitaba.

Llovía cuando llegó a La Maruca, pero iba a salir a remar de todos modos. Era tan temprano que el club estaba cerrado y no encontró a Terio, quien, como encargado, era el único que tenía llaves del casetón donde se guardaban los equipos. Pero sabía dónde encontrarlo: en el *baruco* de Lin, en la misma ría de San Pedro.

Al verla entrar, el mismo Lin, que atendía la barra, clavó en ella sus ojos azules, tan claros que parecían de hielo, y dijo lo bastante alto como para que Mar lo oyera:

—Ahí viene tu amiga, la *jodía* pasma.

La aludida hizo como que no oía y se sentó en la barra junto a Terio. Los dos únicos parroquianos volvieron la cabeza, echaron una mirada y siguieron a lo suyo.

Donde Lin se comía bien y barato, pero había que pagar un suplemento: aguantar los modos faltones y caprichosos de su dueño, famoso por su antipatía hasta tal punto que algunos clientes lo apodaban «El Maltratador». A pesar de llevar en el negocio de la hostelería desde que era un chaval, tenía a gala servir con una mueca de desprecio, no hacer reservas «ni aunque lo pida el puto rey» y cerrar o abrir cuando le salía de los mismísimos. A Mar no le molestaba la actitud desafiante del hostelero, todo lo contrario: le resultaba familiar. Además, sabía que por mucha mala cara que pusiera y muchos juramentos que soltara jamás haría nada malo a nadie y menos a ella.

Confiaba más en la brusquedad de Lin que en la amabilidad de un extraño.

—Menuda cara traes, peor que la de este, que ya es decir —dijo Terio señalando a su primo.

—Vete a tomar por culo —contestó él—. Policía, ¿vas a tomar algo o qué?

—Un café con leche.

—Un café, un café… —salió gruñendo, como si hubiera pedido un imposible.

—Mucho curro, ¿eh? Menudo *fregao* tenéis —dijo Terio. en voz baja, cosa extraña en él, porque hablaba a gritos como todos los marineros. Trabajar en la mar les dejaba un poco sordos—. Andarás en lo del muerto ese… No se habla de otra cosa. A ver si cogéis pronto al hijoputa, porque no da tranquilidad saber que anda suelto por aquí un tío que colecciona cabezas, que parece cosa de película, no me jodas.

Como respuesta, Mar miró fijamente la foto amarillenta de la trainera que había colgada en la pared de enfrente y Terio, que de tonto no tenía un pelo, cambió de tema.

—Entonces, ¿vas a salir con el día que hace?

—Eso pensaba.

—Lo tuyo sí es afición…

—¿Qué tal está hoy la mar?

—Tranquila. Y por la lluvia no te preocupes: va a despejar, como siempre antes de empeorar.

Volvió Lin y puso delante de Mar un café, pan y un plato de delicias de mero recién fritas.

—Oye, que yo no he pedido nada…

—Déjate de hostias, que paga este. —Y el dueño señaló con una mueca a su primo.

—Hombre, claro. Hay que alimentar a la autoridad. —Terio le daba la razón.

—No tienes por qué invitarme. De verdad —insistió la policía.

—No me jodas; vas a ir a pescar al asesino ese con el estómago vacío. Te comes el mero y santas pascuas.

—Calla tú, que a la de Reinosa no le gusta el mero. Sabrán *na* estos de la montaña… —desafió Lin.

La frontera invisible que partía en dos el mundo. Los unidos al mar frente a los atados a la tierra. Todo eso cabía en la pulla que había soltado Lin. Mar se metió un jugoso trozo de pescado en la boca, dorado y sin aceite mirando a los dos hombres.

—No me va a gustar. Es el rey. Y este está buenísimo, Lin.

—A ver. Si te llamas Mar. Y de la Mar el mero. Ya es raro que una campurriana se llame Mar, ¿eh? —Terio echó una risotada.

Así se había empeñado en llamarla su madre. Estrella del Mar, *Stella Maris*, la virgen del Mar. La mujer extraña en el valle porque venía de la costa, la que tuvo una hija con un hombre de la montaña y luego huyó del valle, del hombre y de la hija. La madre que le puso el nombre había cruzado el mar para no volver.

129

2

La ducha. Su cuerpo desnudo y el tatuaje reflejado en el espejo. Siguió con un dedo la línea de tinta que teñía la piel de azul grisáceo. Pensó en el cuchillo que había utilizado el criminal desconocido. ¿Sería parecido al que llevaba tatuado? Eso abría otra posibilidad: que fuera un exmilitar. Seguramente los de perfiles ya lo habrían contemplado, no era incompatible con la reciente información sobre el hombre extranjero que había visitado el refugio donde encontraron al director asesinado. Existían unas cuantas órdenes de busca y captura de excombatientes serbios, rusos, ucranianos y chechenos que operaban en España. Se les relacionaba con crímenes de todo tipo, incluyendo el asesinato por encargo. Tampoco convenía descartar a los nacionales como el llamado «Rambo gallego», un exlegionario que había sobrevivido mucho tiempo escondido en el monte después de escapar de la cárcel. En el caso de Galán, la Guardia Civil aseguraba haber peinado la montaña sin encontrar rastro de ninguna persona. Y la pista del cuchillo no era tal, porque si no se encontraba el arma homicida todo quedaba en suposiciones.

Sobre la mesa había libretas, carpetas y archivadores. Contrastaba con el austero apartamento: si no hubiera sido por esa mesa y el corcho en la pared para pinchar fotos y notas, cualquiera hubiera pensado que nadie vivía en él. La austeridad en la que se había criado y la disciplina militar hacían que Mar Lanza estuviera cómoda en espacios reducidos y despojados de cualquier adorno. Necesitaba muy poco y solo daba importancia al orden y la limpieza; hasta seguía haciendo la cama con la perfección que exigía la revista de un sargento, lo mismo que el armario en el que guardaba su escasísima provisión de ropa y calzado.

Con el mismo orden tenía organizadas sus anotaciones. La última que había escrito era un nombre en mayúsculas y con interrogaciones: «¿PATRICIA?».

No iba a pasar por alto su presencia en el palacio de Numabela. Tampoco la relación que tuviera la novia de Galán con la guionista Laura Santos, sin olvidar que allí había ido también Armando Francés.

De nuevo la intuición le susurraba que el asesinato de Galán estaba relacionado con su profesión, el cine. Cómo y de qué manera, aún no lo sabía, pero que su novia apareciera por sorpresa en el no menos sorprendente caserón de la guionista el mismo día en que llegaba el productor de la película no podía ser una coincidencia. ¿Qué había llevado a Patricia hasta allí? ¿Por qué le había pedido que la llevara al aeropuerto si lo que pretendía era ir al palacio? ¿Le había mentido? ¿Por qué?

Para saber más sobre ella no le quedaba más remedio que acudir a Eli Miller, pero este había reconocido que se acostaba con ella y, aunque jurase que el asunto entre ellos no tenía importancia, el fotógrafo quedaba anulado como fuente de información fiable. Al menos respecto a la bella pelirroja. Después de interrogarla por primera vez, comprobó que no solo no tenía antecedentes, sino que apenas tenía currículum, salvo la licenciatura y el máster en Historia del Arte. Y si no recordaba mal, un empleo como becaria en una galería de arte de Madrid. Sacó la ficha que había elaborado sobre ella de la carpeta correspondiente.

Patricia Mejías había trabajado en la Galería Gascuña a las órdenes de Jacobo Toledano, galerista, tasador y marchante de arte. Fue fácil encontrar información sobre él: se dedicaba a las subastas tanto en España como en el extranjero. Aparecía relacionado con nombres como Durán, Gagosian, que no le decían nada, pero parecían de mucho postín. Comprobó que se trataba de galerías importantes que facturaban millones de euros en arte. El tal Toledano aparecía retratado en varias publicaciones especializadas: debía de ser alguien en aquel universo. Por tanto, Patricia se había relacionado bien. Un comienzo prometedor para una carrera que, sin embargo, había abandonado por acompañar a su novio director de cine a un rodaje, una actividad muy alejada del trabajo en una galería de arte. Aunque puede que la explicación fuera muy sencilla: el amor era así de absurdo. Pero estaba también su relación con Laura Santos, tan estrecha como para visitarla en su casa tras la muerte de Galán. Por alguna razón, había intentado ocultar esa visita a la policía. Y había que tener en cuenta la sorprendente aparición de Laura. Nadie le había hablado de aquella mujer, mucho menos que viviera cerca de los lugares donde se rodaba la película y se alojaba el equipo. Por tanto, cerca del lugar donde había aparecido el cadáver de su director. Nadie había buscado ni interrogado a Laura Santos como participante de la película, de eso estaba segura. Por lo visto no contaba como parte del gremio de peliculeros, salvo para la persona que le había puesto su guion delante de los ojos. En cuanto

131

pensó en él, sonó el móvil. La conexión le hizo estremecerse: no soportaba las casualidades.

—Hola.

—Inspectora. ¿Cómo estás? —Su voz sonó al otro lado del terminal.

—Bien.

—Me alegro.

Al otro lado hubo uno de esos silencios que tanto incomodaban a Eli. Se defendió de él llenándolo con su verborrea.

—Espero que sacaras algo en claro de la noche en vela delante de ese palacio. No, tranquila, que no te voy a preguntar por tu investigación. ¿Ves? No soy tan torpe como crees y he aprendido la lección. Te llamaba porque creo que te interesará saber que la película se retoma. El mismo Armando Francés se ha encargado de anunciar que volvemos a rodar, aunque creo que del guion se caen o reagrupan unas cuantas secuencias de exteriores. Después se grabará en decorados otras dos semanas en Madrid, como estaba previsto. Por cierto: conoces al nuevo director.

—¿Quién es?

—Te lo cuento cuando nos veamos. Tengo algo para ti.

—Estoy trabajando.

—Esto también es trabajo. Estoy en Santander. ¿Dónde nos vemos?

3

Quedaron en un recoleto bar de Soto de la Marina, cerca de la casa de la policía. Sofás, mesas bajas, un billar y una barra en la que servían hamburguesas y pitas. Lo rodeaba un jardín con árboles frutales que se llenaba de gente que volvía de la playa las tardes de verano. Ahora, en pleno invierno, el jardín estaba vacío y dentro del bar recalaban en él algunos surfistas con sus mechas rubias y chaquetas de lana tipo Kurt Cobain.

Un aroma a costo se colaba desde el grupito sentado al otro lado del bar.

—Si supieran que tienen al lado a la policía… —dijo Eli, dando un sorbo al botellín de cerveza—. Qué sitio más alternativo. No te pega nada.

«Sabrás tú lo que me pega o no», pensó Mar, y cortó:

—Sigue.

—Pues eso, que aunque ya había rumores de que la película continuaba, nos sorprendió a todos la rapidez con que Francés solucionó la crisis. Claro que con dinero sobre la mesa todo es más fácil. Quien se lo haya prestado debe de tener mucha confianza en él y en la película. O quizá no le haya quedado más remedio. Yo no me fiaría de Francés, es un pirata. Pero eso no parece haberle importado a Flavio, dicen que no tardó ni cinco minutos en decirle que sí.

El ayudante de Dirección, Flavio Vázquez, era el nuevo director de la película.

—Tiene ganas de hacer cosas distintas con la peli y Tomás Satrústegui está encantado con él, porque le favorece: el equipo de fotografía manda mucho y Tomás va a hacer lo que le dé la gana. Ningún director novel puede imponerse a alguien tan premiado y con tanta experiencia como Tomás. Flavio soporta mucha presión, esto supone una oportunidad para él que no quiere desaprovechar, pero no quisiera estar en su pellejo. Si normalmente es un regalo que te pidan dirigir, en este caso no pasa de caramelo envenenado, porque firmará los créditos a medias con el fallecido Antonio Galán y todo el mundo sabe cómo ha conseguido el puesto. Sustituir a un muerto, asesinado además, no es la mejor manera de comenzar una carrera como director.

—Entonces la película continúa como si nada.

—Bueno, como si nada… Esto es el mundo del espectáculo: *the show must go on.*

Un inglés perfecto. Claro: era norteamericano, lo había olvidado. Un individuo curioso, este Miller.

133

—Vuelve prácticamente toda la plantilla, hay pocos cambios. De entre los jefes de equipo solo se ha caído Neus, la directora artística. Hay un poco de lío en ese departamento, pero supongo que lo solventarán. Conmigo siguen contando y Tomás me ha dado más trabajo: tengo que fotografiar paisajes de la zona para el set en Madrid porque quiere cambiar algunos decorados. O sea, que, a partir de ahora, además de encargarme de la foto fija también colaboro con el equipo de dirección artística.

Si le dejaba se pondría a hablar de sí mismo. No había quedado con él para eso y Mar fue al grano:

—¿También vuelve al rodaje Carlos Almonte?

Tenía que conseguir hablar con él. No tanto por su absurda fuga, que tendría mucho que ver con la personalidad insegura del actor, sino porque, posiblemente, se había llevado el móvil y el ordenador de Galán por encargo de su amigo Armando, el productor. Por qué y para qué era lo que Mar quería aclarar.

—Sí, vuelven Almonte y los demás actores y actrices.

La policía abrió otro frente:

—¿Patricia también?

—¿Patricia? No lo creo. Muerto Galán, y perdona que lo diga de forma tan brusca, no sé qué podría pintar en la peli. En realidad ella solo estaba ahí acompañándole y todo el mundo sabía por qué. De hecho, su presencia producía una especie de incomodidad, incluso antipatía. La consideraban como un capricho más del difunto. Eso de llevarse a la novia y darle un puesto cuando no sabe nada de rodajes… Sentó mal. Patricia también estaba deprimida por eso, porque algunos la hacían sentirse como una intrusa.

—Pero fue la propia Patricia la que aceptó una situación así, ¿no? Porque ella no tiene nada que ver con el cine. Trabajaba en una galería de arte.

—Sí. Ya veo que la has investigado. ¿A mí también?

Mar permaneció en silencio mirando fijamente el botellín que tenía frente a ella y la pregunta de Eli se perdió en algún rincón del bar.

—La familia Mejías siempre ha estado vinculada al mundo del arte —siguió Eli, con paciencia—. Una de sus tías es la dueña de una galería importante y sus padres tienen una colección muy buena. También su hermano Miguel, que me ha comprado algunas fotos. Somos amigos desde el colegio.

Ese hermano mayor era el vínculo entre Patricia y Eli, recordó Mar.

—Dijiste que no habías tenido relación con ella desde hacía años. Tú te dedicas al arte y ella también. ¿Seguro que no coincidisteis nunca antes del rodaje?

—¿Otra vez me preguntas por Patricia? Creí que había dejado claro lo que había entre nosotros.

Estaba claro que hablar sobre ella le resultaba incómodo, más después de aquella conversación en el coche a las puertas del palacio de Numabela.

—El mundo del arte es un poco más grande de lo que supones, inspectora. Pat trabajaba en una galería que se dedica a conseguir piezas para subastas y tasaciones particulares. Sobre todo de arte antiguo, su especialidad. Mi trabajo no tiene nada que ver con eso: se llama arte contemporáneo. Además, como me has investigado, sabrás que viajo mucho. No hemos coincidido.

—Tú también dejaste tu trabajo como artista para apuntarte a una película. Qué casualidad.

Estuvo a punto de añadir que no creía en las casualidades, pero se lo guardó.

—¿Eso también te parece sospechoso? ¿Qué es lo que quieres saber? Porque es mucho más sencillo de lo que crees. Miguel me contó que su hermana se había enrollado con un director de cine, y yo… Yo necesitaba hacer algo distinto y el cine siempre me ha gustado mucho. En la fotografía había llegado a un punto muerto. No, seguro que no lo entiendes. Había algo que… que ya no encontraba mi lugar, me había quedado sin nada que decir. Pero ¿qué coño hago dándote explicaciones? ¿Quieres que te hable de qué es una crisis creativa? Mira, es mi vida, para qué hablar más, porque no creo que te interese lo más mínimo.

Se levantó bruscamente y fue hacia la barra a pedir otra cerveza. Mar se dio cuenta de que, sin querer, había sacado a la luz algo que le resultaba doloroso. A veces ocurría cuando interrogaba, no era su intención, pero tampoco podía evitarlo. Eli volvió a sentarse frente a ella con un gesto crispado impropio de él, por lo que Mar decidió cambiar de tema.

—Descubrí algo en el palacio de Numabela.

La confidencia hizo que Eli cambiara el gesto dolido a repentinamente interesado. No era rencoroso y eso le gustó. Porque seguía gustándole. Cada vez más, aunque hiciera todo lo posible por disimularlo.

—Su dueña es Laura Santos.

—¿La guionista?

—Sí. Estaba allí. Con Armando Francés.

Decidió guardarse la información sobre la presencia de su amiga Patricia Mejías. Respecto a todo lo que tuviera que ver con ella, seguía desconfiando de Miller.

—Una guionista viviendo como una reina… Esto sí que es excepcional. —Estaba sorprendido—. Pues nadie en el rodaje tiene ni idea de que la Santos viva por aquí cerca y menos en un palacio, y esas cosas siempre son un secreto a voces. ¿Y dices que Francés estaba allí? Pudo ir a consultarle algo urgente sobre la película; después de lo ocurrido seguramente habrá que hacer cambios en el guion, sobre todo si suprimen secuencias para abaratar el rodaje en exteriores. ¿Hablaste con ella?

—Sí.

Eli se revolvió en el asiento. A veces aquella mujer resultaba agotadora.

—¿Es que no me vas a contar nada más? No quiero que me digas nada sobre el caso de asesinato; solo tengo curiosidad por el personaje de Laura y más ahora que sé que es la dueña de ese palacio. Supongo que será una millonaria heredera de una gran fortuna, porque desde luego no ha podido pagarse ese casoplón trabajando de guionista ni aunque hubiera currado en Hollywood. Dime algo, anda. ¿Cómo es? ¿Qué te pareció?

—Una mujer mayor, muy enferma. Con problemas de movilidad: va en silla de ruedas.

—Ah. Curioso, no me la imaginaba así. Su historia tiene una especie de energía, cómo te diría…, juvenil. Y un espíritu muy contemporáneo, escrita por alguien que conoce muy bien lo que se cuece en los gustos del público y las modas actuales. Que está en el mundo, vamos, y no aislada de él.

—Me pareció muy inteligente y con mucha seguridad en sí misma. Conoce a Francés, a Galán y a Almonte desde que todos eran jóvenes, habló de fiestas y lugares a los que acudían juntos, incluso de gente en común que debe de ser famosa aunque a mí no me sonaba de nada.

—Interesante. Me hubiera gustado estar ahí. ¿Contó algo relacionado con la película o de su trabajo como guionista?

—¿Por qué lo preguntas?

—Por saber más sobre cómo consiguió llevar al cine su historia. Santos comienza a firmar como guionista hace relativamente poco y en dos series italianas, no en España. Una vocación tardía, algo muy excepcional en este negocio. Nadie empieza a esas edades.

—Dijiste que el guion estaba bien.

—Sí… Pero un guionista también es un técnico y ya te conté que es necesario conocer muy bien el lenguaje de las imágenes, una habilidad que lleva tiempo, estudio y experiencia. Además, que confíen en ti para escribir una película es más difícil aún: un juguete demasiado caro para hacer experimentos. Al final terminan trabajando siempre los mismos, un pequeño y restringido grupo, sobre todo en el cine comercial. En el cine de autor la cosa cambia; la mayoría de los directores firman su propio guion y eligen a sus coguionistas si les apetece tenerlos. Galán no era un autor en sentido estricto, aunque firmó algunos guiones en los setenta. Sus películas eran más bien obra de un productor como Armando Francés, quien elige al guionista o encarga el guion sobre una idea. En el caso de *La máscara de la luna roja*, fue él quien llamó a Galán y posiblemente quien encargó el guion a Santos, eso no lo sé. O puede que leyese el guion original, le gustara y decidiera producirlo. De todas maneras siempre ha metido la mano en todo: en el guion, la dirección, la fotografía y la elección de reparto. Un productor de la vieja escuela, que siempre tuvo olfato. Y Laura Santos tendría acceso directo a él gracias a su amistad de años.

—Es viuda. Quizá fuera su vínculo con Galán, Francés y Almonte.

Eli ya tenía su móvil entre las manos y tecleaba con furor.

—No te canses… Ya lo intenté. No encontré ninguna biografía de Laura Santos. No hay un solo dato sobre ella y menos sobre el marido —avisó Mar.

—¿Y de Santos Muro, su pseudónimo?

—Nada aparte de los títulos de esas novelas de misterio de las que me hablaste. La editorial que las publicaba ni siquiera existe ya.

Eli dejó el móvil sobre la mesa.

—Pues es rarísimo. La mayoría de los escritores, por pequeña que sea su obra, intentan hacerse la mayor publicidad posible. Es más, si no estás en las redes sociales o en algún medio de comunicación de colaborador o tertuliano, no eres nadie.

—Puede que Laura sea distinta a ellos y no quiera ser alguien. Desde luego no parece necesitar el dinero.

—¿Ni el reconocimiento? Tú no conoces a muchos escritores, ¿verdad, inspectora?

No, claro que no conocía a ningún escritor. Pero las voces pequeñas y ruidosas como moscas que revoleteaban a su alrededor le habían avisado de que Laura Santos no se parecía a nadie.

—Dijiste que tenías algo para mí.

Eli se echó a reír.

—Eres la leche… Solo te falta preguntar qué hay de lo mío. Ya veo qué es lo que te interesa de mí.

«Me interesan algunas cosas más de ti. Sobre todo si sigues

sonriéndome así», pensó Mar. Eli sacó de la chaqueta una cajita negra y la puso sobre la mesa.

—¿Qué es? —preguntó Mar sin tocarlo.

—Lo tuyo no es la tecnología, inspectora. Dentro de esta caja tan pequeña que, por cierto, se llama Box TV y se puede conectar a cualquier dispositivo con salida HDMI, está toda la filmografía de Galán. Ha costado porque algunas de sus películas se han perdido en el laberinto de las películas descatalogadas. No pongas esa cara de sorpresa… ¿Esperabas otra cosa? Has olvidado nuestra conversación: si quieres conocer a un creador tienes que ver su obra, ¿recuerdas? Aviso: por muy mala que sea. Y aunque no creo que lo mataran por *La navaja del Destripador*, su tercera película, la verdad es que provoca instintos homicidas en cualquier cinéfilo. Al menos en este que tienes delante.

Tenía razón: había olvidado por completo a la víctima, un error habitual a medida que avanza cualquier investigación. Aunque revisar las películas del muerto pudiera aportar poco, no tenía nada que perder. De momento, aparte de simples sospechas, no había encontrado nada sustancial sobre los motivos por los que Galán tuvo una muerte tan terrible.

—Vamos a tu casa —dijo Eli.

No se lo esperaba.

—¿Qué?

—Que si quieres verlas tendrás que hacerlo conmigo. No me voy a desprender de un objeto tan valioso y dejarlo en manos extrañas. No es que desconfíe de ti, inspectora, pero a donde van mis películas, voy yo. Y que sepas que no veo cine con cualquiera.

Coqueteando otra vez. O eso parecía.

—¿Por qué no?

Estaba siguiéndole el juego; no debía, pero lo hizo.

—Porque es una actividad demasiado importante. Reclama intimidad y complicidad. Desde los doce años voy al cine solo y sin compañía de otros. Nunca he entendido a la gente que tiene una cita con alguien que no conoce de nada y queda para ir al cine. ¿Y si no comparte tus gustos? ¿Y si no entiende el lenguaje cinematográfico? Por muchas ganas que le pongas, un desencuentro así arruina cualquier interés de otro tipo. Pero contigo haré una excepción.

—¿Por qué?

—Digamos que tengo curiosidad por ver tu reacción. ¿Contenta?

Y sin darle tiempo de protestar, fue a la barra y pidió la cuenta.

4

Durante el breve trayecto desde el bar hasta el edificio de apartamentos, con la furgoneta del fotógrafo detrás de su coche, Mar tuvo tiempo de arrepentirse mil veces.

Película. A oscuras. Un sofá muy pequeño. Demasiado cerca. «Que nos conocemos y tienes tú mucho peligro, moza», se dijo a sí misma.

Ya la había cagado más veces por dejarse llevar por ese «peligro». Con compañeros del ejército y superiores. Con colegas policías, como el impresentable de Alejo Garrido. Y luego estaba Jaime y aquella historia tan tóxica que había terminado antes de empezar. Él decía haberse llevado la peor parte: emigrar a Bruselas, dejarlo todo llevándose con él a su familia. ¿Huyendo de ella? Porque la mayoría de sus errores estaban casados o eran impresentables o las dos cosas juntas. No conseguía entenderlo. Solo buscaba un contacto fácil, sin ataduras, sin problemas; eran ellos los que terminaban buscándolos donde no tenía que haberlos, empezaban los dramas, los celos, las acusaciones. Y después los reproches y los insultos, la mala fama. Puta. ¿Cuántas veces se lo habían llamado? Podía controlar su vida y sus emociones, todo menos ese fuego que la hacía desaparecer convirtiéndola en carne, piel, deseo. Liberándola. En el fondo, ¿qué había de malo? Nadie le había dicho nunca que hiciera esto o dejara de hacer aquello, ni siquiera Sindo. La primera vez que supo de ese peligro fue con aquel chaval del instituto que también estaba en el equipo de atletismo, cuando dejó que la besara y le tocara las tetas en el vestuario. Al día siguiente él se lo contó a todo el mundo, la señalaron aún más y lo que había hecho, tan inocente, se corrió por los pueblos del valle: la hija de Sindo *el Lobero* era tan puta como la madre. Quizá fuera eso, la única herencia de una madre que escapó con otro. Pero si lo creyó en algún momento, ya no. Solo ella era responsable de sus actos. Y sabía que no iba a dejar de caer en el peligro, porque le gustaba, porque sabía que no hacía daño a nadie y porque durante ese momento era libre.

Habían llegado y Eli Miller acababa de aparcar a su lado. Al menos él no era compañero, no estaba casado y no parecía sentirse culpable de nada; pertenecía a un mundo muy distinto, cuando acabara la película se marcharía y nunca más volvería a verlo. Era perfecto.

—Ahí enfrente, en el número 35 —le dijo.

Él esperó a que pasara delante y la siguió.

141

5

Antes de llegar a la puerta del apartamento notó algo. De nuevo las voces o la experiencia, quién sabe, pero un estremecimiento le recorrió de arriba abajo, y se detuvo en el pasillo, a unos pocos metros de la puerta.

—¿Pasa algo? —preguntó Eli, deteniéndose también.

Mar se llevó un dedo a los labios y con un gesto le indicó que no se moviera. Caminó lentamente hasta la puerta. Aparentemente cerrada, pero estaba reventada. Abrió empujándola suavemente y encendió la luz. Lo primero que vio fueron las manchas blancas en el suelo como copos de nieve: trozos del relleno de los cojines del sofá. Inmediatamente supo lo que se habían llevado. Casi no le hacía falta ir a la mesa donde tenía el ordenador y los documentos del caso, porque no encontraría nada: era lo único que tenía de valor en esa casa. Y el intruso lo sabía. Todo el apartamento estaba patas arriba, pero los demás destrozos no eran más que un aviso. La próxima vez no se limitarían a rajarle el colchón, a pisotearle la ropa o a romperle todas las bragas y sujetadores uno por uno, como habían hecho ahora.

El ataque tenía una intención clara, formaba parte de una estrategia. Pero el responsable ignoraba que con Mar Lanza no servía de nada. Cuanto más la agredían, más fuerte se hacía, como si la violencia la alimentara. En situaciones de riesgo o peligro real, reaccionaba de manera distinta a quienes la rodeaban. Mientras los demás se bloqueaban ella sentía que el aire, el tiempo, los objetos, las personas se ralentizaban a su alrededor. Ese mundo congelado le daba ventaja a su percepción y era cuando podía ver, oír, tocar de forma mucho más intensa. Entonces actuaba con decisión y rapidez. Siempre había reaccionado así, desde que tenía uso de razón: cuando en el colegio humillaban a la niña que olía a vaca o recibía un golpe intencionado jugando al baloncesto o le escondían las zapatillas de correr para que no pudiera competir. También después, bajo las balas de un francotirador o con bombas cayendo a su alrededor, se le afilaba la conciencia y a la vez le inundaba una extraña tranquilidad que le hacía el pulso más firme, la respiración más pausada, la visión más clara, la mente más rápida. «No duda. Tiene temple y sangre fría», dijeron sus superiores. Pero ella ni siquiera podía ponerle un nombre. Solo una vez había perdido ese don, lo recordaba con una nitidez escalofriante. O eso le dijeron, pero en el fondo de su corazón sabía que no era así. Todo lo contrario: estaba convencida de que era ella quien tenía razón y todos los demás estaban equivocados. Había seguido viendo y sintiendo con total claridad, por mucho que hablaran de bloqueo y estrés postraumático. No podía compartirlo; dejó el ejército porque ya no respetaba ni a sus superiores ni a sus compañeros. Si no podían ver y sentir como ella, nunca serían buenos soldados. Ya no podía confiar en ellos.

Se volvió hacia Eli, que se había quedado junto a la puerta, paralizado.

—Vamos a tener que dejar las películas para otro día.

6

Entró en la jefatura y dos compañeros la saludaron al pasar. Algo había cambiado.

—Claro que ha cambiado —explicó la Sañudo. Habían subido a la terraza para hablar mientras se fumaba un cigarro. Hacía quince años que lo había dejado, pero la presión por el caso de Galán le había llevado a recaer en el vicio—. Todo el mundo se ha enterado de que han entrado en tu casa y eso ha hecho cambiar las tornas. Al menos entre algunos. Dime, ¿qué crees que ha pasado? —A Marián le salía el humo por la nariz y la boca a la vez. Parecía una chimenea.

—No estoy segura. Pero todo apunta a una dirección.

—Claro: tiene que ver con la movida en Madrid. Pero el hijoputa de Garrido y sus matones nunca habían pasado de amenazas más o menos gordas y conseguir que todo Dios te hiciera el vacío. Es raro que haya elegido lanzarse a esta escalada de hijoputismo precisamente ahora.

—Porque ya no estoy suspendida. Se ha llevado un jarro de agua fría. Pensará que si me aprieta un poco más me rendiré. Lo que ha pretendido siempre es que acabe renunciando. Pues en vez de eso entro en una investigación en la que quiere estar todo el mundo y donde he sido yo quien ha encontrado a la víctima antes de que lo hicieran los demás. ¿No crees que eso puede haber sido el detonante?

—Ya… Lo de que te lleves menciones le tiene que haber jodido.

—Trataba de machacarme y ya ves cómo le está saliendo… Lo que ha hecho al entrar en mi casa es demostrar su desesperación.

—Puede ser. Pero no me cuadran los tiempos, ya te lo digo.

143

Que te presionara así antes de que Sonia renunciara a ir a juicio tenía sentido, pero ¿ahora? Me parece una burrada.

—Pero si ya sabes que Garrido es un burro.

—Maldito sea el día que se te cruzó en el camino, cago en sus muertos.

La jefa se encendió otro piti con la chusta del anterior. Menos mal que no tenía ni idea de que la inquina de Garrido hacia Mar se debía no solo a su denuncia, sino a que viniera de una tía con la que había follado. No lo había utilizado porque su mujer pertenecía a los Legionarios de Cristo y ella nunca le hubiera perdonado sus andanzas sexuales con medio departamento.

—Puto Garrido —escupió la Sañudo.

Le odiaba, pero ni siquiera ella podía hacer nada contra Alejo Garrido. Era inspector jefe y estaba blindado por conexiones políticas y medios de comunicación al ser portavoz de un sindicato policial. Su currículum como policía estaba lejos de ser brillante aunque se adornara con medallas y reconocimientos otorgados por políticos de su cuerda. Era implacable y quienes se habían atrevido a enfrentarse a él habían acabado mal.

—Lo que más me mosquea es que se hayan llevado toda la documentación relativa al caso de Galán —continuó la jefa, soplando el humo del tabaco hacia el cielo gris.

Desde allí se veía el mar con su línea de luz pegada al horizonte. Mar sabía que hoy despejaría, pero como Terio le había avisado, para empeorar: pasado mañana estaba prevista la llegada de otro frente desde Irlanda que amenazaba galerna. Hacía veintitrés días que todo el país sufría un tiempo infernal, pero ya nadie hablaba de cambio climático: tenían un asesinato como tema principal.

—No creerás que quien haya matado a Galán tiene algo que ver con esto. Porque no van a dar abasto si tienen que allanar todos los domicilios del personal que está investigando —dijo Mar.

—¿Y si buscaban algo? Me refiero a algo que solo puedas tener tú.

—Todavía no tengo nada concreto. Tampoco saqué mucha

información de mi visita al palacio de Numabela: Francés se negó a hablar conmigo y la posible pista relacionando a Carlos Almonte con el crimen es muy débil. Es verdad que fue extraño ver allí a la novia de Galán, porque yo misma la llevé al aeropuerto para que cogiera un avión con destino a Madrid, pero podría tener fácil explicación: quizá cambió de opinión y prefirió quedarse con los amigos de su novio muerto, que estarían preocupados por ella. Tiene pánico a toparse con la prensa y se sentirá más segura en el palacio. Es una fortaleza.

—No me hables de la prensa, todo el día las teles dando por culo con lo del psicópata suelto. Y ya empiezan a culparnos por no detener a cada loco que haya en la región.

—¿Y la pista del extranjero visto en la estación de esquí?

—Ni rastro. Un fantasma.

—Eso no significa que no sea una pista. La posibilidad de que se trate de un sicario tendría mucho que ver con eso, porque un aficionado siempre comete errores. En cambio, un profesional sabe cómo dejarlo todo limpio para luego desaparecer. El que tuviera un documento de identidad falso es un dato muy relevante.

—Si estoy de acuerdo contigo, pero necesitamos ponerle una cara y un nombre, sin eso es como si no existiera. Por otro lado, las cuentas de Galán están limpias; no parece que se metiera en ningún lío y eso ha hecho que se debilite la opción del crimen organizado.

No le había hablado de Armando Francés y sus posibles negocios con el empresario Herrán, pero la Sañudo era muy lista. Listísima.

—Volviendo a lo de tu casa… ¿No le habrás tocado los huevos a alguien?

—¿Por qué lo dices?

—Porque te conozco. Y eso me lleva a algo que quería preguntarte: ¿te suena un comisario retirado llamado Castillo?

—No. ¿Quién es?

—Ayer recibí el aviso de un amigo de Madrid, no te voy a decir el nombre porque no necesitas saberlo, pero es alguien de mi absoluta confianza. Me contó que este Castillo le había preguntado si conocía a una inspectora recién destinada a Cantabria que estaba investigando el caso del asesinato de Antonio Galán. Quería saberlo todo de ti. ¿De verdad no le conoces?

—No me suena de nada.

—Pues grábatelo en la memoria. Pepe Castillo se dedica a la seguridad. Trabaja para grandes empresas, pero sigue teniendo contactos en el Cuerpo. Es un mítico de la lucha antiterrorista, le dieron mil medallas, un tío respetadísimo en algunos círculos. En otros, no tanto.

—Tú sí que lo conoces.

—No personalmente, pero he oído hablar mucho de él. En ciertos ámbitos se le considera un tipo oscuro. Dicen que empezó muy joven en la Brigada Político-Social dando hostias a los antifranquistas; vamos, como la mayoría de los jubiletas de la policía. Lo gordo sería lo que hace ahora. Maneja mucha pasta con la que compra una red de colaboradores dentro de la Policía Nacional, las autonómicas, la Guardia Civil y el CNI. Tendría contactos con jueces, periodistas… y hasta con los servicios secretos de Casa Real.

—Y todo eso, ¿para hacer qué?

—Por lo visto se dedica a trabajos especiales.

—¿Cómo de especiales?

—Alcantarillado, ya sabes… Desaparición de pruebas, compra de testigos, falsificación de documentos oficiales, retraso de trámites. Incluso espionaje y extorsión. Cualquier actividad para proteger a sus clientes cuando tienen problemas. Si la mitad de lo que dicen es cierto, estaríamos hablando de un bicho de tomo y lomo. Por eso mi amigo quiso que yo lo supiera y por eso yo te lo cuento a ti.

—Pues si ese tal Castillo quiere algo, que me llame.

—A veces pareces tonta, coño.

—Si te he entendido, crees que puede estar detrás de quienes entraron en mi piso.

—No han robado nada de valor salvo tu trabajo, que es confidencial, con información importante sobre personas relacionadas con un crimen. La puerta estaba reventada con limpieza, no en plan chapuza ni con el método del *bumping* de las bandas de croatas y búlgaros, a esos los tenemos fichados a todos. Así que tú me dirás.

—Pues digo que soy poca cosa para alguien que se mueve con gente tan importante. A ese Castillo le han informado mal.

—¿Y no te parece mucha casualidad que pregunte por ti y a los dos días te entren en casa?

Marián Sañudo tampoco creía en las casualidades.

—Lo único que te pido es que tengas cuidado de no pisar ningún callo. Solo faltaría, como si no tuvieras suficientes enemigos… Quiero que sigas en el caso y que no me venga nadie de arriba, con tal amiguito aquí o allá, que me obligue a ponerte a patrullar.

De todas las personas que Mar conocía y que incluso desconocía, como ese excomisario Castillo, solo había una de la que sabía con certeza que deseaba sacarla del caso porque se lo había dicho a la cara. Era fácil recordar sus palabras: «Se acordará de esto». Cuando le contestó que estaba amenazando a una funcionaria de la policía, se había marchado de mala manera. Esa persona que posiblemente había ordenado ocultar pruebas —los dispositivos de Galán— y que había propiciado la fuga de Almonte para que no declarase como testigo. La misma de la que se decía que estaba arruinada pero que había conseguido una inyección de dinero en tiempo récord.

—Habéis investigado las cuentas de Galán, pero no las de Armando Francés, el productor.

—Apuntado —dijo lanzando la colilla del cigarro por la barandilla haciendo palanca con dos dedos y sin mirar si alguien pasaba por debajo.

—Una cosa, Mar. La cosa se está poniendo fea. Creo que deberías considerar llevar tu arma reglamentaria. Insisto porque… Bueno, que no me gusta nada que andes por ahí a pelo. ¿Me entiendes? Pues eso.

7

Isa estaba esperándola en el portal de la casa, enterada de que habían entrado en su apartamento en cuanto se corrió la voz por el departamento de policía al que había pertenecido. Ya se había encargado de hablar con el propietario y con el seguro. También había querido traer a la señora de la limpieza que llevaba más de veinte años yendo a arreglarle la casa, pero Mar insistió en que prefería recoger ella misma. Entonces Isa se había presentado cargada con una bolsa llena de productos de limpieza y ahora frotaba el suelo con la fregona, mientras Mar metía todo lo destrozado en bolsas de basura y ponía lavadoras.

Isa estaba muy callada, demasiado. Hasta que no pudo más, soltó la fregona, que cayó al suelo, y soltó:

—¿Qué está pasando? Tú no me has contado toda la verdad…

¿Por dónde empezar? No podía contarle que había estado liada con Alejo Garrido y no porque se avergonzara de ello, sino porque la preocuparía aún más. Qué estupidez haberse enrollado con aquel cafre. Coincidieron en el gimnasio que estaba abierto las veinticuatro horas, a las tantas de la noche, cuando no había nadie. Ni siquiera coquetearon, solo se habían encontrado en un pasillo estrecho al salir de la sala de pesas, se miraron y fue evidente lo que quería él y lo que quería ella también. «La vikinga», la llamaba. En ese momento parecía una buena idea, una forma fácil de espantar la sombra de Jaime con todo su drama a cuestas. Acababa de irse a Bruselas con un buen puesto en la OTAN gracias a su padre, que era general en la reserva. Desde entonces no había vuelto a saber nada de él. Y mucho mejor: eso estaba acabado. Garrido, ese sí que era una lacra. Como no estaba mal, iba por el mundo hecho un conquistador creyendo que cualquier mujer a su alrededor formaba parte de un harén a su entera disposición. Entraba a las tías con bromitas, insinuaciones, toqueteos y haciéndose el encontradizo. Si ellas le ignoraban empezaban las llamadas y el acoso. Después, las burlas o las amenazas más o menos veladas, continuadas por una corte de amiguetes afiliados a su sindicato. Y, por último, las represalias: quejas, *mobbing*, aperturas de expedientes, traslados forzosos. Un infierno. Todas lo sabían en el Cuerpo y lo esquivaban como podían, pero Mar nunca había prestado oído a rumores y su carácter reservado tampoco ayudaba a que alguien compartiera confidencias con ella. Su historia con Garrido solo había sido un encuentro casual y dos polvos salvajes en el vestuario de un gimnasio; no le dio más importancia y lo olvidó rápidamente. Él tampoco era tonto y se dio cuenta de que la vikinga había perdido interés. Como ya había conseguido lo que quería, la dejó en paz. Además, lo que le ponía cachondo de verdad era que se le resistieran; por eso Mar no era su tipo favorito de presa. Sí lo era Sonia Jiménez, una inspectora que estaba bajo su mando directo. Fue Mar quien la llevó al hospital después de la agresión. Ocurrió durante la fiesta de Fin de Año que se celebraba en un complejo hotelero cerca de Toledo. A las cuatro de la mañana todo el mundo estaba borracho, Sonia también. Se sintió mal. Garrido había aprovechado un momento en que se quedó sola junto a las piscinas a donde había ido para tomar el aire y la siguió. Mar la encontró en el baño, vomitando, veinte minutos después. No quería decir quién había sido. La llevó al hospital más cercano, le dieron un parte de lesiones. Mar se quedó con ella y, al salir, Sonia confesó que Garrido la había violado después de acosarla durante meses. Y estaba dispuesta a denunciar a su agresor. Mar acudió a Asuntos Internos para acusar al inspector jefe de delito contra la integridad moral, acoso, agresión sexual y prevalimiento del cargo. Quiso testificar y dijeron que evaluarían la situación, que harían un informe, pero nadie movió un dedo. No se volvió a saber de la denuncia, salvo que la había promovido la inspectora Lanza. Garrido tenía las manos libres y atacó, Sonia se echó atrás y Mar quedó en su punto de mira.

—¿Esto también viene de Garrido? —preguntó Isa. Sabía algo, pero, como bien suponía, no todo.

—No lo sé, Isa. No tengo ninguna prueba.

—Y por culpa de esa chica…

—No le eches la culpa a Sonia. Ella es la víctima. Lleva desde entonces de baja con tratamiento psiquiátrico y está tramitando la excedencia.

—Pero si hubiera sido valiente y le hubiese denunciado no estarías tú así. Te dejó con el culo al aire y por eso has tenido que cambiar de destino cuando tenías una carrera en la UNIPOL que se ha ido al garete. Te han enterrado en este pueblo y encima siguen haciéndote la vida imposible… ¡Es que no hay derecho!

Era la primera vez que le oía hablar mal de su lugar de origen; nunca lo hubiera sospechado. A diferencia de la jefa, Isabel jamás levantaba la voz ni soltaba juramentos, pero el enfado de la Sañudo no era nada comparado con el suyo; reaccionaba con una ferocidad de leona que defiende a su cachorro.

—Tú sabes que aquí estoy bien. No te preocupes tanto, anda… —contestó Mar, intentando calmarla.

¿Estaba llorando? ¿La misma Isabel que nunca perdía los nervios? La abrazó. No recordaba la última vez que se había abrazado así a nadie. Sentir el cuerpo de Isa entre sus brazos, su fragilidad, la conmovieron más que sus lágrimas.

—¿Estás mejor? —dijo por fin, intentando soltarse de ese abrazo maternal. No era cuestión de que las dos se vinieran abajo.

—Perdona, lo que menos necesitas ahora es aguantar tonterías de vieja —se disculpó Isa, intentando recobrar esa compostura que nunca perdía—. No sé, me da miedo que te pase algo. Me debo estar ablandando, pero es que esto que ha pasado me da tanta rabia… —Se dejó caer en el sofá.

—¿Te traigo un vaso de agua? —preguntó Mar.

—No, ya voy yo. Tú vete a sacar la ropa de la lavadora, anda, que ya ha terminado.

8

Entró en el club de remo. Terio, sentado en una tumbona de playa, miraba su móvil —seguramente partes meteorológicos— mientras fumaba uno de sus cigarros de tabaco negro. El humo espeso y maloliente llenaba el local cerrado.

—Coño, inspectora. Qué susto me has *dao*. No te he oído entrar.

—Vengo a recoger aquello que traje.

—A mandar —respondió Terio.

Fue hasta la parte de atrás del casetón donde se guardaba el material, sacó una llave del bolsillo y abrió un taquillón. Dentro había un paquete rectangular y voluminoso envuelto en plástico y bien cerrado con cinta americana. Pesaba.

—Aquí lo tienes, tal y como me lo diste. Ya te dije que conmigo estaría a buen recaudo.

—Gracias.

—¿Quieres abrirlo?

—Pásame un cúter.

Terio estaba deseando saber qué había estado guardando con tanto cuidado, pero le dio el cúter y salió afuera sin decir esta boca es mía, una muestra de discreción que Mar agradeció.

Hasta que no lo viera con sus propios ojos y comprobara que todo estaba bien no se quedaría tranquila. Rajó la cinta americana, pero cuando fue a abrir el paquete comenzaron a temblarle las manos. No le había pasado desde lo de Herat. Tenía que controlarse. Cogió el paquete todavía cerrado y salió. A unos metros del casetón, Terio fumaba otro pitillo.

—Me marcho ya.

—Sin problema. Ya sabes que para lo que quieras aquí estoy —contestó él.

Mar dejó el paquete en el asiento del copiloto sin atreverse a abrirlo. Su presencia pesaba como una losa. Le daba más miedo que las amenazas y los ataques de Garrido, mucho más que entraran en su casa o le robaran la documentación de un caso.

151

Incluso más que un asesino cortador de cabezas o que alguien acabase con su carrera en la policía. Ese paquete contenía sus peores pesadillas, las que la acompañaban desde que era niña y las nuevas. También escondía dentro una promesa incumplida que la perseguía allí donde fuera. Y sin embargo no podía separarse de él: se alegraba de haber tomado la decisión de dejarlo en manos de Terio porque no hubiera podido soportar que los intrusos se lo llevaran. Puso una mano sobre el paquete como si fuera un animal vivo y nervioso que tenía que amansar o la atacaría. Estuvo así casi un minuto, después arrancó el coche.

Eran unos pocos kilómetros por la carretera estrecha y vieja que bordeaba el mar y los acantilados hasta llegar a uno de los miradores de la Costa Quebrada. Salió del coche: el helado viento del norte convirtió su melena en un látigo que le azotaba la cara y tuvo que recogerse el pelo. Se asomó al acantilado, las puntas de los pies en el extremo donde la tierra se acababa. Las olas bramaban y su espuma se estrellaba contra los colmillos de roca indiferentes a los zarpazos del agua y del viento.

El contenido de aquel paquete era lo único que le pertenecía de verdad.

Volvió al coche y arrancó el plástico. Allí estaba el archivador de Isa con toda la documentación del caso de las niñas desaparecidas en Reinosa. Nieves. Rosi. Guardaba también algo que no estaba escrito: la promesa de encontrarlas. Y junto a ellas, pegado con cinta de carrocero sobre la tapa del archivador, brillaba a la luz de la tarde el cuchillo idéntico al que llevaba tatuado sobre la piel. Pasó un dedo por el acero y sintió su frío. Lo despegó, lo cogió y sintió que se adaptaba como un molde a su mano. El animal la reconocía. La jefa podía estar tranquila, ya no iría desarmada. Aunque, como siempre, lo haría a su manera.

Anochecía. La luz del faro de Cabo Mayor apareció de pronto y volvió a perderse en el mar.

9

Desde la carretera se distinguía el ajetreo; coches, camiones y una caravana estaban aparcados en un repecho. La Guardia Civil impedía al acceso al lugar de los vehículos que no pertenecieran al rodaje. La teresiana y la cara redonda del sargento Salcines se acercaron a la ventanilla del coche.

—Anda, la inspectora. Buenas, paisana.

—Muy buenas, Salcines. ¿Y esto? Menudo despliegue.

—Madre mía, la que han *liao*. Hasta cables han *tirao* de ese camión que dicen que es para sacar electricidad. No me lo imaginaba yo así esto del cine.

—Parece más difícil hacerlo que verlo, ¿eh? —contestó Mar.

—A mí ya se me ha *olvidao* qué es ir al cine, con dos niños todo el día en casa viendo las de dibujos, que me las sé ya de memoria. A ver si tengo suerte y puedo ir a ver esta. Lo mismo nos sacan, ¿te imaginas? —se reía.

Aparcó junto al Patrol de la Benemérita.

—Están allá abajo. No tiene pérdida: hay más gente que en la guerra —señaló el guardia.

En cuanto se metió en la pista que cruzaba el bosque, sintió como un golpe el olor a tierra fría y a vegetación congelada. Respiró hondo para que el aire que la rodeaba le llenara el cuerpo y la sangre. Estaba donde tenía que estar, el bosque le pertenecía y ella a él, capaz de echar raíces en la tierra convertida en uno de los robles albares que la rodeaban. Tan fuerte como ellos.

Habían montado el campamento en un claro del bosque salpicado de neveros. Alrededor crecían laureles, acebos, avellanos, enebros, robles, chopos cubiertos de muérdago. En el centro del claro se levantaba una gran tienda de campaña de la que entraba y salía gente con bocadillos y vasos de papel con líquidos humeantes. Decenas de personas pululaban a su alrededor, abrigadas como si estuvieran en el Everest. Se cruzó

153

con gente cargada con focos y otros elementos que no reconoció y varios chicos y chicas con *walkie-talkies*, una de ellas le preguntó a dónde iba. Enseñó la placa.

—¿Quiere ver a alguien en concreto? Le puedo indicar —dijo la jovencita sin impresionarse.

—A Carlos Almonte.

—Pues está en el set y va a rodar ahora, tendrá que esperar si no le importa.

En ese momento, un dron les pasó a un par de metros de la cabeza, pero la chica ni se dignó a mirarlo. Se oían voces por todas partes. Tomás Satrústegui daba órdenes a un equipo que extendía una tela reflectante entre los árboles, vigilados por una mujer que indicaba cómo colgarla para no dañar los troncos. Un par de chicos pasaron a su lado corriendo como si les fuera la vida en ello, mientras que otro hombre permanecía tranquilísimo, apoyado en una vara larga con una especie de peluche en su extremo y dando mordiscos a un bocata como si lo que hacían los demás no tuviera nada que ver con él. Dos mujeres pasaron justo al lado de Mar cargando con un montón de objetos, una mochila llena hasta los topes cayó al suelo, Mar ayudó a recogerla y descubrió que no pesaba nada: debía de estar rellena de papel o algodón. Un enorme foco se encendió e iluminó el bosque negro hasta arrancarle un destello verde de pleno verano. El rayo de luz le golpeó en los ojos como si quemara. Su fotofobia la obligó a buscar un sitio más umbrío a donde no llegara la luz de los focos.

Todo aquel barullo le parecía tan extraño como un sueño, pero ahora entendía mejor todas las cosas que le había contado Eli. No le veía; con toda aquella gente de por medio era complicado a pesar de que no pasaba desapercibido. El fotógrafo le había enviado un mensaje al día siguiente de su noche fallida, pero había estado demasiado ocupada como para responder.

Fue acercándose hasta el extremo del claro, justo en el borde del bosque, donde vio a Flavio, el nuevo director, dentro de una especie de campamento secundario con sillas de tijera, maletas negras, dos mesas bajas con aparatos, ordenadores, monitores de vídeo. Y delante de todo ello, la cámara, sobre un trípode alto, apuntando hacia el bosque como un pequeño cañón cargado y a punto de disparar. Había un montón de personas a su alrededor como si quisieran proteger aquella máquina de alguna amenaza invisible. Vio a Eli a la vez que él a ella. Levantó una mano para saludar y Mar también, como si se reflejaran uno en el otro. En tres zancadas, subió hacia el repecho donde estaba la policía.

—Veo que estás bien. Me alegro.

Eli tuvo que morderse la lengua para no preguntar por el allanamiento, por no contestar a su mensaje ni avisarle de que se presentaría en el rodaje. Había aprendido a tratar a aquella mujer, era mejor no hacerle demasiadas preguntas o gruñiría como un animal salvaje antes de dar un salto y perderse en la espesura. Le ofreció tomar un café caliente en la tienda del *catering*, pero Mar lo rechazó. Ni siquiera debía sentir aquel frío de hielo: estaba en su hábitat.

—Has tenido suerte, inspectora; vas a ver cómo se rueda un plano. Verdadera lotería, porque llevamos aquí desde las siete de la mañana y no hemos tirado ni el primero. Lo típico: Flavio deja que Tomás se luzca, cosa que no le dejaba hacer Galán, y eso supone perder mucho tiempo preparando la iluminación. Ha costado un huevo meter esa cantidad de focos entre tanta maleza. Están allí y allá arriba. ¿Los ves? Pues hasta ahí se han metido los eléctricos; han salido llenos de arañazos y heridas de tanta rama y tanto zarzal. Y cuidado, que no se puede tocar ni una hoja: esto es paraje protegido. Bueno, qué te voy a contar si eres de aquí.

La verborrea de Eli que antes le irritaba ahora le resultó casi agradable. Incluso familiar.

—He venido a hablar con Almonte.

—Me lo he imaginado. No ibas a venir a verme a mí.

De nuevo ese jugueteo que producía cosquillas. Pero no era el momento.

155

—No veo a Armando Francés —dijo.

—Nadie le ha visto, puede que haya vuelto a Madrid. Además, no suele acercarse a los rodajes a no ser que haya algún problema. Otra característica de la vieja escuela.

La ausencia del productor no era un problema para Lanza, todo lo contrario: así no podría impedir que interrogara a su amigo Almonte.

—¿Dónde está Almonte?

—No tengas prisa. Lo primero que se aprende en un rodaje es a esperar.

Una voz gritó.

—¡Vamos a rodar!

—Esa es la nueva ayudante de Dirección. Parece que solo da voces, pero es quien tiene que controlar todo el tinglado.

—¡Avisad a los actores! —gritó de nuevo la ayudante, como dándole la razón.

—Te tengo que dejar —dijo Eli. Y se alejó hacia el grupo donde estaba la cámara. Mar se dio cuenta de que todo el equipo se había colocado tras ella, como si hubiera una línea marcada en el suelo. De nuevo tuvo la sensación de que aquel objeto era un arma dispuesta a disparar y le recordó a lo que hacían en combate con los lanzagranadas.

Los actores pasaron a su lado. El hombre alto y de pelo entrecano que destacaba por ser mayor que el resto tenía que ser Carlos Almonte. Tras él iba Mencía Rosas, la protagonista, con un maquillaje muy aparatoso, como si se hubiera pasado las palmas de las manos manchadas de sangre sobre la cara. Flavio se acercó a Mencía para comprobar la pintura mientras la maquilladora le hacía pequeños retoques donde él le indicaba. Vio como Eli se acercaba y fotografiaba el momento. Luego se acercó Tomás para inspeccionar esa cara muy de cerca a través de una maquinita que llevaba colgando del cuello. Los demás observaban con atención. Todo el mundo seguía una especie de ritual que desde fuera parecía tener sentido únicamente para los seguidores de aquella religión.

Llegó más personal, debían de ser de vestuario porque ayudaron a los dos intérpretes a quitarse los plumíferos y se apartaron también tras la cámara. Almonte, que llevaba ropa y botas de montaña, se quedó en jersey, que aparecía manchado y roto por varios sitios. Mencía llevaba una especie de capa de piel de lobo y también le habían maquillado de rojo los brazos, las piernas y parte del cuerpo que quedaba a la vista. A pesar del frío, Mencía apenas iba cubierta, aunque al menos le habían dejado las botas. La joven actriz corrió e hizo ejercicio para calentar; estaba delgada pero fibrosa. Mar podía calcular las horas de gimnasio que esa chica se metía en el cuerpo y eran muchas.

Otro equipo terminaba de despejar el comienzo del claro junto al bosque y colocaba ramas falsas; Flavio explicaba al actor cómo moverse entre ellas y Almonte asentía. Junto a otros dos miembros del equipo que llevaban *walkies* acompañó a los dos actores hasta la entrada del bosque, dio unas últimas indicaciones y dejó que entraran en él hasta que ya no se vio a ninguno. El director se sentó frente a la mesa con el monitor de vídeo y se colocó los cascos. El operador, subido a una especie de plataforma para llegar al visor, agarró la cámara amoldando su cuerpo hasta formar parte de ella.

—¡Silencio, vamos a rodar! —gritó la ayudante.

Otros miembros del equipo repitieron la orden y los silencios llegaron hasta el lugar donde se encontraba Mar y no hubo nadie que no obedeciera. El ejército se había detenido. Inmóvil, casi sin respirar, oculto tras el silencio.

—¡Prevenidos! —volvió a gritar la ayudante—. ¿Sonido?

—¡Graba! —contestó quien debía de ser el encargado de ello, sentado frente a la mesa cubierta de aparatos.

El chaval de las rastas con el que había hablado en el hotel Sejos apareció delante de la cámara con una claqueta.

—¡¡Secuencia ochenta y seis, plano cinco, toma uno!!

El chack de la claqueta se debió oír en todo el valle.

—Cuadro —dijo el operador de cámara.

—¡Diez y acción! —gritó Flavio, mirando el monitor.

A su lado, la ayudante repitió la orden por su *walkie*: seguramente se dirigía a los auxiliares que estaban con el actor y la actriz en el interior del bosque.

Diez segundos después Carlos salía corriendo del bosque. Miraba a su espalda. Puede que se creyera a salvo en el claro porque se dejaba caer de rodillas, sin aliento, como si estuviera agotado. Unos segundos después, salía del bosque la mujer con el rostro teñido de sangre. Se acercaba, estaba cada vez más cerca, pero él no la veía. Estaba a su espalda.

Desde la distancia, Mar vio algo brillar en su mano. Un machete o un cuchillo, no podía asegurarlo.

—¡¡Corta!! —gritó Flavio.

Como si fuera una palabra mágica, el ejército que había permanecido callado y quieto, congelado, se puso en movimiento como si formara parte de un solo cuerpo.

10

Repitieron el momento más de una decena de veces aunque Mar no encontró ninguna diferencia entre ellas, salvo en las ocasiones en que habían cortado antes de que acabara la acción porque el hombre que llevaba la cámara o el mismo director así lo decidieron. Posiblemente había algo que no les convencía, algo que Mar no podía apreciar.

Tanta repetición le pareció tediosa y cargante, y le sorprendía que el equipo de rodaje actuara sin que le afectara lo más mínimo: incluso repetía las acciones en sincronía con la de la cámara. Entre toma y toma un equipo se ocupaba de reconstruir las ramas y arbustos falsos que hubieran movido o aplastado los actores para dejarlos exactamente igual que al principio. Los de vestuario abrigaban a Mencía y a Almonte con los plumíferos que tenían a mano, y dos chicas les retocaban el maquillaje y el peinado mientras que otro chico les traía botellas de agua. Todo se hacía rápido, hablando poco, y volvían a empezar, como si se hubieran quedado atrapados en un bucle temporal. Flavio apenas se movía de su lugar y Satrústegui iba de aquí a allá mirando a través de su misterioso aparatejo —luego se enteró por Eli de que se llamaba fotómetro—. Más lejos, al otro lado del claro, un grupo de gente montaba un tinglado con barras como si fuera un mecano. Hacían ruido, pero se detenían en cuanto la ayudante demandaba silencio.

Mar estaba deseando que aquello acabara por fin, cuando esa misma ayudante de dirección soltó: «¡Paramos quince minutos!». El equipo se dispersó por el claro ocupando la tienda de *catering*. No había quitado los ojos de encima a Carlos Almonte; estaba abandonando el lugar de rodaje acompañado por una ayudante de Producción, la misma a la que había enseñado su placa. Subían la pendiente boscosa en dirección a la zona de vehículos y se metieron en la caravana. A distancia prudencial, Mar observó a la ayudante dar media vuelta y volver al set de rodaje. En cuanto la perdió de vista, se acercó a la caravana y llamó a la puerta.

159

—Está abierto —contestó Almonte desde el interior.

Mar entró. El fondo del vehículo estaba ocupado por un pequeño sofá y en los laterales había dos burros con ropa colgada. Delante, como si fuera un camerino, una mesa corrida llena de objetos diversos: vasos, botellas de agua, maletín de maquillaje y ejemplares del guion, el espejo rodeado de luces y dos sillas. En una de ellas se sentaba Carlos Almonte. Apenas lanzó una mirada al espejo en el que se reflejaba la mujer que acababa de entrar. Estaba subrayando el guion con un rotulador rojo.

—Perdona, no te conozco. Como ahora ha entrado gente nueva... ¿Es que Flavio tiene alguna nota para mí?

Mar sacó la placa.

—Inspectora Lanza.

Carlos levantó la cabeza para mirar con más atención el reflejo. Sin mostrarse sorprendido ni temeroso, se volvió lentamente para mirarla a la cara.

—¿En qué puedo ayudarla, inspectora? —Tenía una voz profunda y bien modulada.

Aunque avejentado, su rostro era delicado, agradable.

—Me gustaría que respondiera a unas preguntas, ya que no pude hacerlo en su momento, a causa de su marcha, tan repentina.

—Por supuesto, estoy a su disposición. Nunca he tenido ningún problema con la policía, siempre he colaborado con ella.

¿Siempre había colaborado con la policía? ¿Cuántas veces y por qué razón? Tenía que repasar los antecedentes penales del señor Almonte.

—Me explicaré. Entonces yo no estaba en condiciones de hacer declaraciones —continuó—. Antonio era muy amigo mío y cuando supe que había muerto me puse muy mal, casi me dio un infarto.

No había sido un infarto, sino un ataque de pánico, Mar lo tenía bien especificado en sus notas. Pero quizá todo fuera una pantomima y no hubiera ni lo uno ni lo otro.

—Pero luego se recuperó.

—Sí, pero me quedé muy débil. Estuvieron a punto de llevarme a urgencias, si no lo hicieron es porque la casa rural donde nos alojamos está muy aislada. Aunque eso me dijeron, porque yo no recuerdo nada, llegué a perder la consciencia.

—Pero seguro que recuerda que fue a Santander a alquilar un coche y, justo la mañana que me presenté para interrogarles en la Torre de Isar, usted decidió marcharse a Madrid. ¿Conducía usted?

—Sí… Bueno. Es que conducir me relaja. Sufro mucho de ansiedad, ¿sabe? Puedo enseñarle partes médicos: nada más llegar a Madrid, mi médico me aconsejó seguir un tratamiento de aislamiento y no ver ni hablar con nadie si quería recuperarme pronto y poder trabajar. Puede llamarle si quiere, se llama Manuel del Pino y es un especialista muy reputado. Corroborará todo lo que le digo.

Ahora parecía muy tranquilo, seguro que gracias a alguna

medicación ansiolítica que, sin embargo, no le impedía trabajar. O quizás era la ayuda para poder hacerlo.

—También siguió los consejos de un despacho de abogados.

Sostuvo la mirada a la policía sin pestañear.

—La asesoría legal está incluida en mi contrato con Sirona Films para esta película, también puede comprobarlo con el departamento de Producción o mi representante.

Armando Francés había dejado claro que lanzaría a sus abogados contra la policía si se acercaba al actor. Pero no podía reprocharles nada ni a uno ni a otro. Carlos había aprendido el guion al pie de la letra y ahora lo interpretaba para la inspectora Lanza. Pero mentía. Muy bien, además. Debía de ser buen actor, aunque no fuera tan famoso como a él le gustaría. Laura Santos le había explicado que Almonte estuvo apartado de la profesión mucho tiempo y por eso estaba tan interesado en hacer aquella película, para recuperar fama y renombre.

—Usted y Antonio Galán eran muy amigos, ¿verdad?

—Mucho. Desde que éramos jóvenes. Empezamos en esto juntos. Hemos compartido tanto… Más de media vida. Para mí ha sido peor que perder a un hermano.

Parecía emocionado: la voz quebrada, los ojos cargados de lágrimas, pero sin que le cayera ni una sola. ¿Estaba interpretando? Carraspeó y bebió de la botella de agua que tenía sobre la mesa.

—Perdone, pero todavía me resulta muy difícil hablar de todo lo que ha pasado. Me comprende, ¿verdad? —continuó el actor.

—Perfectamente. Y usted debe comprender que estoy aquí investigando un caso de asesinato. Así que le seguiré haciendo preguntas sobre ello.

Si mostrando emoción contenida y soltando frasecitas pretendía que Mar se diera por satisfecha, había fracasado.

—Usted fue una de las últimas personas que vieron a Galán vivo. ¿De qué hablaron?

—De cuestiones del rodaje. Yo intenté tranquilizarlo, porque Antonio había tenido una mala jornada y estaba muy nervioso: esta película era muy importante para él y quería que saliera bien por encima de todo.

—Creo que estaba disgustado porque había discutido con Tomás, el director de Fotografía. Llegaron a las manos. Y después con su novia, Patricia Mejías. ¿Tenía un carácter violento?

—No, en absoluto. Pero para que te respeten en esta profesión hay que tener cierto… genio.

—Y no tenía enemigos.

—Por supuesto que no. Siempre hay envidias, disputas… Lo normal. Pero estamos hablando de alguien muy querido, admirado y respetado en nuestra profesión, eso que le quede claro.

Mar no podía esperar otra opinión del amigo íntimo.

—Hay varios testigos que los vieron juntos la noche de la desaparición manteniendo una larga conversación y haciendo llamadas desde el teléfono móvil. ¿A quién llamaron?

Esta vez Carlos tuvo que disimular mejor: no esperaba que la policía supiera tanto.

—Sí, bueno… A Armando, quiero decir, al productor. Es quien tiene que saber las cosas que pasan en el rodaje, los problemas.

—Me refiero a las discrepancias con Satrústegui, el director de Fotografía. Y en algún momento entre esa noche y los días en que Galán estuvo desaparecido, usted se llevó el móvil y el ordenador portátil de la habitación de su amigo —atacó la inspectora.

—Yo… espere… ¿Cómo dice? —contestó, ya a la defensiva.

—Lo que ha oído. ¿Se lo encargó también Armando Francés?

Carlos se recuperó de inmediato y volvió a mostrarse sereno y confiado.

—La productora Sirona Films es la responsable de todo el equipamiento técnico en propiedad o alquilado. Incluyendo los móviles y ordenadores que usa el director. Tienen valor, cuestan dinero.

—No los entregaron a la policía.

—Eso no es cosa mía. Yo entré a por esos objetos porque me lo pidió el productor personalmente, por ser íntimo amigo y persona allegada, tanto de Antonio como del propio Armando. Después lo entregué sin mirar nada, no tengo ni idea de cómo usar esos chismes.

—¿A quién lo entregó?

—Al departamento de Producción. Son quienes se encargan de custodiar todos los equipos, pregunte a la jefa de Producción, Graciela. Está en la casa rural, donde tiene instalado su despacho durante el rodaje en exteriores.

—¿Quiere decir que esos terminales están en la Torre de Isar?

—No tengo ni idea. Producción puede haberlos enviado a Madrid o quizá reutilizarlos en el rodaje. Como comprenderá, ya no es cosa mía.

Mar se había quedado sin preguntas para él, aunque quizá tuviera que hacerle otra visita a Graciela de Diego, pero mucho se temía que lo que hubiera en los terminales desaparecidos había pasado a mejor vida casi a la vez que el mismo Galán.

Un suave golpe en la puerta y la auxiliar asomó la cabeza.

—Carlos, cinco minutos.

Reconoció a la policía.

—Ah, perdón…

—¿Me disculpa, inspectora? Tengo que volver al trabajo. —Y con tono dramático, Carlos añadió—: Pero quedo a su disposición para lo que necesite: nadie puede tener más interés que yo en que se esclarezca este asunto. Antonio se merece descansar en paz y que su verdugo pague su culpa.

Se levantó y salió de la caravana con un gesto digno, casi grandilocuente, como si tras él cayera un telón imaginario.

11

—¡Mar!

Eli corría entre los árboles. Subía hacia ella sujetando con una mano las dos cámaras que llevaba colgando del cuello, para que no se golpearan.

—¿Te ibas sin despedirte? —dijo, sin aliento. Debía haber corrido hasta allí desde el fondo del claro. Sudaba y unos mechones de melena se le habían pegado a la cara por culpa de la carrera. Mar los hubiera apartado con una caricia, pero en vez de eso contestó cortante.

—No quería molestar. Estás muy ocupado.

—¿Qué te ha parecido tu primer rodaje?

—No estoy segura. Interesante y a la vez aburrido.

—Lo has definido perfectamente. Pero tú no has venido a ver cómo se hacen las películas. ¿Conseguiste hablar con Almonte?

—Sí. Pero no ha servido de mucho.

Eli dudó antes de volver a hablar. Miró a las copas de los árboles. Cogió aire.

—Tú y yo tenemos algo pendiente.

De nuevo el pellizco en el estómago. La conversación juguetona y los dobles sentidos que rodeaban el sexo le resultaban enigmáticos. Era incapaz de comprender por qué tenía que ser tan difícil mostrar el deseo de llevar a alguien a la cama. O al asiento de un coche o a la ducha de un gimnasio.

—Las películas, ¿recuerdas?

—Ah.

—¿En tu casa? A no ser que no hayas vuelto después de que entraran allí. Tiene que haber sido un mal trago.

—No fue para tanto.

Eli se echó a reír.

—Inspectora, eres… Bueno, me dejas sin palabras.

—Lo dudo.

A pesar de ser tan alto, Mar podía mirarle a los ojos al estar los dos en la pendiente escarpada, rodeados de troncos de árboles desnudos. Ella arriba, él más abajo. Eli levantó una de las cámaras. El objetivo oscuro apuntó hacia ella. Mar, instintivamente, se llevó una mano a la cara.

—No. Siempre salgo mal.

—Eso es porque no estaba yo al otro lado de la cámara —dijo Eli.

Disparó.

PARTE 5

Retorno al pasado

(Jacques Tourneur, 1947)

2007. Escuela de la Policía Nacional en Ávila, Castilla y León

—¿*Lanza?*

—*A sus órdenes.*

Marián Sañudo, profesora de Métodos y Técnicas de Investigación, se acercó a la mujer que respondía por ese nombre. La alumna saludó en posición de firmes. Era atlética, alta y rubia, con el pelo recogido en una cola de caballo.

—*Tus marcas y tus calificaciones son excelentes. En el profesorado estamos impresionados. Así que explícame: ¿qué es eso de que no quieres hacer los ejercicios de tiro? Has pedido un permiso especial para no coger un arma.*

Parecía una contradicción. Todos en la Escuela sabían que había ingresado en la Escala Básica de la Policía a través de la cuota reservada para exmilitares: un máximo del veinte por ciento de las plazas para profesionales que llevaran cinco años de servicio, como especificaba el artículo 20 de la Ley de Tropa y Marinería. Aunque se les exigía pasar la misma oposición que a todo el mundo, en el Cuerpo Nacional de Policía no querían «Rambos»; consideraban esa cuota prácticamente intrusismo laboral y se instaba a los aspirantes a optar por la Guardia Civil.

—*Comprendo que si tienes mucho nivel pueda aburrirte competir con compañeros más novatos, pero siempre viene bien hacer prácticas. Además están las calificaciones: no po-*

demos hacer una excepción contigo, ¿entiendes? —dijo la instructora Sañudo.

Desde que llegó a la academia, Mar Lanza había demostrado excelente preparación física, buena disposición, bri-
llantez en todas las asignaturas y disciplina. Hasta ahora.
A Sañudo le habían encargado que hiciera entrar en razón a
aquella aspirante tan terca con la consabida frasecita: «Como
tú también eres mujer, seguro que os entendéis mejor». Una
vez más, tuvo que pasar por alto el machismo de sus compañeros porque le interesaba esa alumna. Su expediente militar
decía que venía de los MOE, con el nivel de exigencia que eso
significaba. Solo con sus marcas en las pruebas de tiro de combate y precisión, podría haber sido campeona olímpica. Luego,
Afganistán. Y ahora negándose a disparar. ¿A qué se debía?

La Sañudo la miró con el ceño fruncido.

—Pasaste el examen psicológico, ¿verdad?

Mar asintió.

—Puedes ser una gran policía, Lanza, de verdad. Pero aunque esto no sea tan duro como el ejército, tienes que obedecer
algunas normas.

No pestañeaba y miraba al frente como si la profesora no
estuviera allí. La Sañudo empezó a perder la paciencia con
aquella mula.

—¿Has pensado cómo vas a defenderte si alguien te ata-
ca? Aquí no estamos en Afganistán, pero también tendrás
que enfrentarte con enemigos armados. ¿O crees que te van a
respetar por tu cara bonita? Se está poniendo en cuestión tu
capacidad.

—Puedo defenderme. Si me da permiso, se lo demuestro.

Fueron al campo de tiro. A esa hora no había entrenamiento, estaban solas.

Desarmada y bajo la atenta mirada de la instructora, Mar
se colocó a unos diez metros de una de las dianas, marcada
con una silueta humana sobre fondo blanco. Llevó la mano a
la bota y un destello metálico brilló en su mano.

170

Dio un paso adelante. De pronto, un solo movimiento: el cuchillo voló y se clavó en el centro mismo de la figura recortada. Todo había sucedido tan rápido que Marián estaba atónita. Mar se acercó a la diana con paso tranquilo, arrancó el arma y regresó hacia ella.

—No puedes ir por ahí con eso —dijo la profesora.

—Solo para situaciones de riesgo, como dice usted.

Le tendió el cuchillo y Marián lo reconoció. Boinas verdes.

—Es legal —añadió Mar—. Además, tengo permiso de caza desde los quince. En mi familia es tradición.

—¿A qué se dedican?

—Ganaderos. En la zona había muchos zorros y lobos que atacaban el ganado.

En el ejército no habían tenido que enseñar mucho a la hija y nieta de los Loberos. Sañudo arqueó las cejas al imaginar a aquella mujer tan alta, rubia y guapa enfrentada a un lobo con solo un cuchillo en la mano. Una diosa tranquila y feroz como una Diana Cazadora. Sin miedo a nada salvo, quizás, al ser humano, como los animales salvajes.

—Está bien, pero esto tiene que quedar entre nosotras.

Había decidido llevar a aquella mujer a hacer prácticas en su propia unidad en cuanto acabara el periodo de formación. Y quien pretendiera impedirlo tendría que pasar por encima de su cadáver.

171

1

El mal tiempo solo había dado una tregua y ahora volvía a atacar. Terio había acertado en su predicción, nunca se equivocaba.

La jefa la esperaba de nuevo en la azotea del edificio, a pesar de que llovía a cántaros. El paraguas grande y de topos naranja que llevaba la Sañudo se veía desde lejos como una baliza, pero no podía impedir que la lluvia racheada se colara por todas partes. Mar se echó la capucha del plumífero por la cabeza.

—Pero, jefa, ¿qué haces aquí con la que está cayendo?

Marián tiró el pitillo mojado al suelo con rabia.

—¿Qué crees tú? No quiero que se entere ni Dios de esta conversación. Ya no me fío de nadie. Y menos de algunos de allá abajo.

—Entonces la cosa está mal.

—¿Mal? Esta mañana me llegó el informe con la lista de sociedades del tal Armando Francés. Y ha salido el Gordo.

Mar se escondió más bajo la capucha: se le estaba mojando la cara.

—Alfonso Herrán —dijo la jefa—. Nada menos, joder. Tú esto lo sabías y no me has avisado. Me la has metido doblada.

—No tenía la seguridad ni la prueba de que el tal Herrán fuera socio de Francés. Solo que podía estar vinculado a él a través de su productora, Sirona, y una empresa inmobiliaria que sería la propietaria del hotel *boutique* de la Torre de Isar, en Campoo.

—Vamos, que lo sospechabas. ¿A que sí?

Tuvo que asentir. La cara de cabreo de la Sañudo era indescriptible.

—Ahora cuadra todo, ¿sabes? Todo. El aviso de mi colega de Madrid, que entraran en tu casa para llevarse los papeles de tu investigación, el interés de Castillo por ti.

—Jefe de seguridad de…

—Alfonso Herrán. Te digo que nos ha caído el Gordo.

—No tenía ni idea.

—Pues lleva años trabajando para él. Imagino que desde antes de jubilarse, conociendo al pájaro. Y eso significa que a partir de ahora no podemos confiar en ninguno de los nuestros. Cualquier compañero puede ser un topo de Castillo. ¿Vas a decirme de una vez por todas qué coño estás haciendo para que ese tipejo tenga tanto interés en tu investigación?

—Te he contado todo lo que sé.

—¿Es posible que se hayan llevado algo de tu casa que hable directamente de Herrán o de sus empresas?

—Nada. Te lo aseguro.

No lo había mencionado en sus notas porque no hacía falta: el nombre era de los que no se olvidan.

—¿Y las cuentas de Francés? —preguntó Mar.

—Como bien te dijeron, está arruinado. Tiene deudas hasta con el panadero, el tío ese. Pero claro, hablamos de sus negocios declarados. Conociendo estos percales, lo más seguro es que tenga sus cosillas en sociedades interpuestas y paraísos fiscales donde Hacienda no pueda meter mano.

—Nosotros no podemos hacer nada contra delitos económicos; eso es cosa de la UCO.

—¿Me lo dices o me lo cuentas? Un callejón sin salida, porque la UCO no tendrá ninguna gana de meter mano en los negocios de Herrán: es un pez demasiado grande. Qué digo pez…, cachalote.

La Sañudo intentaba encender otro cigarro luchando contra el viento y el aguacero.

—¿Estás pensando lo mismo que yo? —preguntó Mar.

Sañudo suspiró.

—Me temo que sí. Mierda.

—Quien asesinara a Galán quería perjudicar también a su amigo, el productor de la película. No sabemos quiénes son sus enemigos, pero tienen que ser muchos si sus negocios ruinosos han dejado damnificados por el camino. Y ya ves que no incluyo a Herrán ni a su matón, Castillo. De nuevo llegamos a la teoría del encargo.

—Y a la pista del sicario. Pero la Guardia Civil no encontró ni rastro del hombre del DNI falso.

—Quizá no buscaron donde debían.

2

Llamó a Dimas para avisarle de que subía a la estación. Estaba de nuevo cerrada, esta vez a causa del viento que esa noche había llegado a los cien kilómetros por hora. Además la lluvia y el vendaval se habían llevado por delante la nieve de la mitad de las pistas, y solo quedaban operativas las mantenidas con cañones. A pesar de la larga ola de frío y nieve que sufrían este año, el modelo de turismo de nieve en España tenía sus días contados y todos los interesados lo sabían.

—Menudo panorama. Esto se acaba —se lamentó Dimas.

Se consideraba a sí mismo un bicho raro y eso le unía más a la niña callada y tímida, a la que le gustaba hacer deporte y que se había ido al ejército huyendo de su padre. Había visto cómo Sindo se deterioraba cada vez más encerrado en sí mismo y en aquella cabaña. Cuando enfermó no lo contó a nadie ni acudió al médico. Murió solo. Dimas avisó a la hija, entonces destinada en Afganistán. Mar no volvió para el funeral y le pidió que se hiciera cargo de todo. Él vendió las vacas y la casa quedó allí: no tenía valor. ¿Quién iba a querer vivir en una aldea perdida en el monte en la que apenas quedaban cuatro viejos? Cuando ellos murieran sería otro pueblo muerto más. Mar le dijo a Dimas que su hermano ganadero podía utilizar las tierras de su padre: los cuatro prados en cuesta, separados por kilómetros, la cabaña y la cuadra. Al menos que le sirvieran a alguien.

Echaron a andar hacia el hotel La Corza.

—Esto se acaba —repitió Dimas mirando las montaña—. Mi hermano se jubila el mes que viene. Te lo cuento porque, como tampoco tiene quién herede el negocio, la cuadra y los *praus* de tu padre se van a quedar abandonados. Y dudo mucho que encuentres otro que los mantenga: lo de las vacas está de capa caída —dijo Dimas.

—Desde que tengo uso de razón vengo oyendo lo mismo.

—Llevas mucho tiempo fuera, ahora es mucho peor. Y no solo por el abandono de los jóvenes, que yo lo entiendo, ¿por qué crees que nunca quise dedicarme a la ganadería? Ahora contra las macrogranjas no se puede competir. Nos estamos cargando todo, ¿tú has visto este tiempo? Lo nunca visto y

mira que tengo años... Me callo, porque me cabreo. Qué...
¿Has traído la foto esa?

—Es un retrato robot. —Mar sacó el móvil y se lo mostró.

—Lo que sea. —Echó un vistazo—. Chica, como ni me lo
crucé, a saber si se parece o no. ¿Y dices que dio un nombre
falso?

—Eso cree la Benemérita.

—A ver lo que te cuentan estos. Pero ya sabes cómo somos
los de aquí, más *cerraos* que una almeja y *desconfiaos* de toda
autoridad.

Julio y Fermín esperaban sentados a una mesa de la cafetería del hotel. El primero era uno de los operarios que estaban
al pie de los remontes encargados de vigilar las colas y de ayudar al público a subir al telesilla. Al ver a un hombre mayor y
solo, se acercó para sujetar la silla y le cogió del brazo. El hombre
se soltó con brusquedad y dijo algo que no entendió, porque
era extranjero. Fermín era el encargado de mantenimiento del
refugio, lo limpiaba y cuidaba para el uso de los socios. Julio
tendría unos treinta, era bajito y su nariz larga le hacía cara de
pájaro. En cambio, Fermín estaría a punto de jubilarse. Dimas
avisó antes de entrar:

—Ten cuidado con Fermín. Es de los que se cree que la estación es suya solo porque lleva aquí mucho tiempo.

Mar pensó que ese reproche también podrían hacérselo al
mismo Dimas.

—Un tío espinoso. Por lo que sea no le gusta que fisguen en
sus cosas. A los *picolos* los trató a patadas y ellos achantaron.
Como aquí todos se conocen a saber qué pleitos tendrá con
ellos.

Podía ser interesante preguntarle al sargento Salcines por
el tal Fermín. Los guardias civiles eran tan paisanos del lugar
donde se establecían como el que más y a veces no les interesaba ponerse a mal con un vecino. La Policía Nacional, en cambio,
no tenía vínculos con nadie: si Salcines tenía alguna información, Mar podría hacerse cargo de ella de manera discreta.

—Inspectora Mar Lanza, buenos días.

Los dos hombres le echaron una mirada y murmuraron un saludo.

—Me gustaría hacerles unas preguntas sobre el extranjero que vieron por aquí. ¿Saben que se le considera sospechoso de asesinato?

Prefería empezar fuerte. Si iban a callar algo, mejor que supieran las consecuencias.

—Como le dije aquí a Dimas, ya les conté todo a los civiles. Yo no tengo nada que esconder, ¿eh? Yo hablo con todo el mundo —soltó Fermín.

Era evidente que no le gustaba la presencia de la policía. Mar les enseñó el retrato robot.

—¿Lo reconocen?

Julio hizo un gesto despectivo.

—Puede ser él. Pero tenía más pinta de… Cómo lo diría… Más viejo. Ahí parece como joven. Y más bajo.

Era imposible saber si era alto o bajo en un retrato de rostro, pero Mar lo apuntó en su cuaderno negro. Fermín terció:

—Parecía bajo. Pero no lo era, no: lo que pasa es que tenía la espalda ancha y los brazos fuertes. Tampoco gordo. Pero bajo, no.

Mar siguió apuntando, Julio hizo como que no oía a Fermín y siguió:

—Rondará los setenta. Igual no llegaba, porque se le veía en buena forma, fuerte y con pinta de… Cómo diría… De currante.

—¿Por qué dice eso?

—No sé… Es una impresión. Aquí viene mucho pijo de Santander y de Bilbao, y para nada tenía esa pinta. Llevaba un equipo normalito, nada que llamara la atención. Pero es que tampoco tenía pinta de esquiador. La cara que han pintado ahí, como que le falta… Vamos, que parece gordo y de eso nada. Yo creo que le molestó que le tocara y me soltó algo en su idioma. Me quedé un poco *parao*, pero como estamos de cara al público estoy hecho a todo. Luego se me olvidó, porque tampoco es que tuviera una pinta rara: si no hubiera sido por el acento, yo hubiera dicho que era de algún pueblo de aquí o de otro valle.

Fermín terció de nuevo para corregirle:

—O asturiano. —Y soltó una risilla sarcástica.

—Ese acento, ¿de qué país podría venir? ¿Le sonaba?

—Cuando me preguntaron, después de lo que les contó Fermín —Julio le cedía el protagonismo—, dije que me sonaba como el de la gente del Este. Parecido al de Rodica, la camarera de aquí, del hotel. Tú sabes quién, Dimas —dijo Julio.

—Es rumana —explicó Dimas.

—De rumano nada —soltó Fermín—. Era italiano.

—¿Por qué está seguro? —preguntó la policía.

—Porque no soy un paleto. Yo he *viajao*.

—Y eso ¿no se lo dijo a los civiles?

—Claro que se lo dije, pero entonces empezaron a preguntarme tonterías y a buscarme las vueltas. Que si de qué sabía yo de dónde era, que si le conocía, que si no sería amigo mío o alguien a quien quiero enredar. Me marearon y les mandé a la mierda.

—Ya ve que a mí sí que me interesa todo lo que pueda recordar y no voy a poner en duda su intención de colaborar —contestó Mar—. Usted es la única persona que pudo ver al sospechoso con claridad y quien más tiempo habló con ese individuo. Le agradeceré mucho su aportación a esta investigación. Yo, personalmente.

Dimas estaba sorprendido. Mar estaba insinuando que, fueran cuales fueran los problemas en el pasado de Fermín con las autoridades, contaba con su ayuda personal. Y usaba un tono conciliador que nunca le había oído antes, pero era idéntico al que usaba su padre cuando bajaba al ferial a vender o comprar una vaca. Sindo se volvía otro: halagaba y prometía, todo mieles, sobre todo cuando quería engañar al comprador o al vendedor para sacarle los cuartos. La misma técnica funcionó con Fermín.

—Pues… Digo lo que vi, tal cual. Conozco a todo el mundo echándole una mirada y este no era un turista. Ese día había

177

gente, mucho movimiento en la estación, y creyó que nadie se daría cuenta de lo que hacía.

—¿Qué hizo?

—Subió las escaleras de la entrada del refugio y con el móvil hizo fotos de la puerta y de la cerradura. Raro de la hostia, con perdón. No me había visto y, cuando le paré, me di cuenta de que el tipo tenía una cara y una mirada atravesada que me dio mala espina. Entonces soltó aquello de que era fotógrafo y yo le dije que muy bien sin creérmelo, pero me puse delante tapando la puerta para que se diera cuenta de que no soy tonto. El tío cogió los esquís y se fue por donde había venido. No esquiaba bien, además, se le notaba que no tenía costumbre.

Señalando el cuaderno de Mar insistió:

—Y era italiano. Apúntelo.

—Apuntado. Y, ahora, ¿podríamos acercarnos al refugio?

3

En el exterior del edificio, Mar repasó todos los movimientos del sospechoso en el encuentro con el testigo. Midió los metros entre ellos, los ángulos de visión y el tiempo desde que el encargado vio por primera vez al sospechoso hasta que se fue, menos de cinco minutos.

—Entonces usted se detuvo aquí…

—De tú mejor, que ya hay confianza —contestó él.

—Muy bien. Entonces te quedaste a esta altura.

—Me paré y me quedé mirándolo, y al verme se guardó el móvil. Como si le hubiese pillado en falta. Me acerqué más y le pregunté: «¿Puedo ayudarle en algo?». Contestó que no, que gracias. Ahí ya me di cuenta de que era de fuera. Entonces me acerqué más y le pregunté: «¿Busca a alguien?». Pero claro, ya con un tono de «no me toques los cojones».

—¿Por qué desconfiaste de ese tipo? ¿Es que han robado algo en el refugio?

—Noooo… ¿Qué van a robar aquí? Alguna vez han entrado por la fuerza y hecho destrozos, en plan vandalismo. Los pijitos que vienen en grupos y la arman en la estación, montan bronca en los apartamentos, en los hoteles. Algunos suben borrachos a esquiar. Yo he *sacao* a más de uno de la cola del remonte a sopapo limpio. Por eso me contrataron los socios de vigilante. Aparte del presidente, solo yo tengo llaves y siempre estoy a mano porque vivo en la misma estación. No tienen más que llamarme y abro y cierro a su gusto.

Mar apuntaba.

—Le preguntaste que si buscaba a alguien. ¿Qué contestó ese hombre?

—Contestó que no. Y como me lo quedé mirando dijo: «Me gusta el sitio. Soy fotógrafo». Y ahí pillé que era italiano. Tenía ese canturreo como suave que tienen ellos. Estuve trabajando de joven en un restaurante italiano en Benidorm. Mucho he visto.

Puede que se equivocara, pero Fermín estaba convencido de todo lo que decía. Hablaba con aplomo y seguridad. Tampoco parecía impresionado por la mancha de sangre que el corte en el cuello de Galán había dejado sobre el suelo de madera de la cabaña.

—Todavía no me dejan limpiarlo. Dicen que por si tienen que volver a mirar más cosas. Que yo creo que es mentira y lo que quieren es joder. Los socios están que trinan… El sitio va a quedarse toda la vida con el sambenito de que aquí mataron a uno.

Mar volvió a sacar fotos del espacio y los muebles, esta vez con su propio móvil, aunque no tuvieran la calidad de las de Eli. Pero le pareció necesario porque algunas cosas estaban movidas de sitio y otras faltaban, aunque no fue capaz de decir cuáles. Tendría que comparar sus fotos con las que hizo el fotógrafo. El viento golpeaba las contraventanas; Fermín las aseguró.

—El tiempo se está poniendo feo otra vez. Será mejor que

179

bajemos. Entonces, ¿tú eres hija de Sindo? Muy duro tu padre. Y tu abuelo, no digamos. De esa raza ya no quedan.

4

Pasó el resto del día en la oficina de la jefatura organizando sus nuevas notas e intentando reconstruir toda la documentación que le habían robado de su casa: seguía teniendo su cuadernito, siempre lo llevaba en el bolso. Luego pasó lo transcrito a la cuenta de correo de la jefa Sañudo. Estaban de acuerdo en que después de lo ocurrido no podía dejar ninguna información relevante en un ordenador usado por toda la plantilla de la policía. El PC de Sañudo no estaba conectado a la red de la institución.

El móvil vibró. Eli enviaba un mensaje. «Inspectora, mañana es sábado. ¿Noche de cine?»

Apartó el móvil sin contestar; no podía distraerse. Tocaba volver al principio: el hallazgo del cadáver, el extranjero sospechoso, las circunstancias del rodaje de Antonio Galán, las personas de su entorno como Armando Francés y sus vínculos con Alfonso Herrán, Patricia Mejías y Carlos Almonte. ¿En qué y cómo se conectaban? Estaba convencida de que todos ellos estaban relacionados, pero faltaba al menos una pieza para que pudiera dar sentido a esa conexión. Con una sola se conformaría.

Volvió a la nota sobre el actor en su cuaderno negro. Durante su conversación con él había escrito: «Antecedentes». Pasó una hora buscando entre las fichas policiales pero no encontró nada de nada sobre Carlos Almonte. Estaba limpio. Sin embargo, estaba segura de lo que había dicho: «siempre he colaborado». Colaborar ¿en qué? Tenía que haber algo de él. Repasó su filmografía: entre 1978 y 1985 no había trabajado en ninguna película, tampoco en ninguna obra teatral. Siete años de sequía laboral eran muchos. Recordó que varias personas le habían insinuado que Almonte había abandonado la profesión, primero Eli, luego la misma Laura Santos. Quizá tuvo problemas de salud, él mismo había hablado de ello, lo reconocía. Hasta le había dado el nombre de su médico: Manuel del Pino, médico psiquiatra. No le costó encontrarlo por ser miembro de la junta directiva de la Sociedad Española de Psiquiatría, invitado habitual en congresos y autor de artículos en revistas especializadas. Pero la actualidad del sujeto no le interesaba: buscó dónde ejercía Del Pino y quiénes eran sus pacientes hacía cuarenta años. Concretamente, del 78 al 85. Quizá se equivocara, pero Almonte bien podría recibir su ayuda médica desde hacía décadas.

Encontró que en 1977 el doctor Del Pino, entonces joven médico recién licenciado, había comenzado a trabajar en el sanatorio psiquiátrico Doctor Esquerdo de Madrid. Estuvo allí más de una década, coincidiendo con los años en que Almonte desapareció del mapa. ¿Estuvo Almonte ingresado en esa clínica? Solo era una hipótesis pero podía explorarla. Tenía que ponerse en contacto con la directora del sanatorio, Victoria Freire.

La atendió de inmediato, en cuanto su secretario le dijo que llamaba una inspectora de la Policía Nacional.

—Doctora Freire, ¿en qué puedo ayudarla?

La inspectora Lanza explicó que se encontraba investigando un caso de homicidio en primer grado y entre los sospechosos se encontraba un hombre que posiblemente estuvo en el Esquerdo a finales de los años setenta y principios de los ochenta.

—Posiblemente era paciente del doctor Manuel del Pino.

—Ah, sí. Don Manuel es una eminencia, tenemos el honor de que se formara aquí. Sabe que los datos de nuestros pacientes están altamente protegidos, ¿verdad? Lo que me pide es un tanto… irregular.

—De momento solo necesito averiguar si este hombre estuvo aquí ingresado, no su historia clínica, por eso no he solicitado una orden judicial.

—Por supuesto, estoy a su disposición. Para cualquier otro dato, la necesitará —insistió Freire.

—Gracias. El paciente sería Carlos Almonte, nacido en Salamanca en 1947. Habría estado ingresado entre 1978 y 1985 o 1986.

—Un registro antiguo... Hace años le hubiera dicho que era una tarea imposible por falta de personal. Piense que llevamos en activo desde el año 1877. Pero nuestro archivo fue ordenado y digitalizado hace poco. Si está aquí no dude de que lo encontraremos.

Almonte ocultaba algo, porque aunque no tuviera antecedentes su biografía estaba llena de lagunas. No era trigo limpio. Cosa distinta era vincularlo al otro sospechoso, el hombre extranjero que podría haberse encargado del asesinato. El italiano, según Fermín. Y el profesional, según la propia Mar.

Este caso era frío, blando y viscoso: en cuanto apretaba se le escurría entre las manos como un calamar. Y tenía muchos tentáculos. Por ejemplo, ¿qué pintaba en todo aquello Patricia Mejías?

Era tarde, estaba cansada, no podía pensar con claridad. Pero tenía que esperar a que todo el mundo se fuera a casa: no quería fisgones mientras escaneaba y digitalizaba los documentos que Isa había recabado durante años del caso de las niñas desaparecidas.

Estaba sobre la mesa. Llena de declaraciones, fotos, recortes de periódicos, atestados policiales, mapas de lugares donde se habían buscado los cuerpos inútilmente, referencias a otros casos similares en otros lugares de España, perfiles de agresores sexuales, interrogatorios. Todo lo relacionado con ese archivador le provocaba pesadillas. Digitalizarlo había sido idea de Isa: «No puedes ir cargando con eso por ahí, con el miedo que tienes a perderlo». Ya que no podía guardarlo en casa ni dejar nada en la oficina lo subiría a la nube. No es que fuera la panacea, pero de momento sí más práctico y seguro. Aunque ¿para qué? Estaba segura de que a estas alturas no habría nadie interesado en unas desapariciones ocurridas hacía treinta años. Un caso sin solución cerrado por un juez. Olvidado.

5

Salió de la jefatura sobre las doce y media de la noche. En el exterior no había un alma, parecía que el viento del norte hubiera barrido a todos los seres vivos sobre la Tierra. El hielo del Ártico se derretía y enviaba al sur su ira en forma de borrasca gigantesca.

Hacía poco que había dejado de llover y la humedad helada impregnaba el aire, subía desde el suelo y se enroscaba en el cuerpo. No era noche para estar en la calle. Tenía que volver a aquel piso que en realidad no era su casa, sino un lugar de paso, como tantos otros en los que había vivido. Salvo la cabaña de Sindo, todos los demás habían sido campamentos temporales en una vida nómada. De pronto echó de menos la montaña, el valle, la casuca aquella tan pobre y rodeada de verde, la cuadra con la bombilla sucia, las vacas mugiendo para que las ordeñaran. Un espejismo. Nada de todo eso existía más allá de sus recuerdos.

Sintió la presencia como la descarga de un relámpago. Alguien la seguía.

Estaba a unos doscientos cincuenta metros de su coche. Lo había aparcado fuera del recinto porque cuando llegó de la estación de esquí, al mediodía, todas las plazas estaban ocupadas. Y quien la seguía lo sabía, porque no se hubiera atrevido a acercarse a un edificio siempre vigilado y rodeado de cámaras como el de la jefatura. Puede que llevaran días vigilándola, quizá desde antes de que forzaran el piso. Si esperaban una circunstancia propicia para atacar, era esta.

Tenía que atravesar dos calles desiertas barridas por un viento que bramaba. No apretó el paso pero, disimuladamente, fue acercándose al edificio más cercano, había visto al pasar que tenía un portal amplio y retranqueado, un buen lugar donde tener la espalda cubierta. Pero para llegar a él tenía que desviarse un poco del camino lógico que conducía al coche; si su perseguidor la vigilaba desde su llegada, comprendería que la perseguida ya estaba alerta. Tenía que actuar rápido, adelantarse.

Al llegar a la altura del edificio dio un giro rápido, imprevisto. Corrió varios metros y al llegar al portal pegó la espalda a la puerta acristalada y quedó oculta por la oscuridad. Su perseguidor solo encontraría una sombra negra donde antes había visto a la mujer caminando, el pelo rubio brillando bajo la luz de la farola. Ahora el sorprendido sería él. Quizá se había detenido, puede que estuviera buscándola.

Se inclinó con cuidado y levantó la pernera del pantalón. Tocó con la punta de los dedos la tobillera, siguió bajando hasta deslizarlos por el mango del cuchillo. No hacía falta mirar, estaba ahí. Esperando. Lo sacó de un tirón suave. El viento arreció, solo se oía su ulular amenazador. Esperó. El cuchillo bien sujeto en su mano derecha. Dispuesto. Durante unos minutos no pasó nada, solo escuchó su respiración pausada, controlada, adiestrada. Adelantándose mentalmente a los posibles movimientos de su atacante.

No muy lejos sonó un motor y se encendieron los faros de un vehículo, lanzando una franja amarilla sobre la calle que le hizo pegarse aún más a la puerta del portal. Cuando oyó que arrancaba y salía a toda velocidad, corrió fuera del portal, pero solo alcanzó a ver el coche oscuro que aceleraba hasta perderse al doblar la primera rotonda. No distinguió la matrícula.

6

Cuando Eli entró por segunda vez en el piso de Mar, encontró un apartamento que no parecía haber sufrido ningún asalto. Vacío, limpio, sin ningún detalle personal, con las paredes desnudas y vacías. Como un piso piloto. Y helado, porque carecía de calefacción. Ahora comprendía mejor la resistencia al frío de la inspectora: vivía en una nevera.

El foto fija de *La máscara de la luna roja* había tenido todo el día libre. Como todos los sábados estaba previsto trabajar media jornada, pero el rodaje fue suspendido por mal tiempo: el claro en medio del bosque se había convertido en un charco enfangado por culpa de la lluvia y las previsiones avisaban de bajadas a temperaturas extremas, quizá tormentas de nieve.

—Creía que la película transcurría durante el invierno y por eso venía bien la nieve —dijo Mar al escucharlo.

—Sí y no. El cine es una mentira, inspectora: prefiere lo falso a lo verdadero. ¿Sabes lo que es la noche americana?

—Ni idea.

—Pues un efecto fotográfico para hacer pasar el pleno día por noche. El cine es un arte que le ha declarado la guerra a la realidad y todo fenómeno natural, sea nieve o lluvia, incluso sol radiante, puede convertirse en el enemigo de un rodaje.

—¿Por qué?

—Porque no se puede controlar.

¿Controlar la naturaleza? Esos peliculeros se creían dioses, pensó Mar.

185

—He traído cervezas y refrescos, ¿dónde está la cocina?

Mar le indicó. Al abrir el frigorífico, el fotógrafo lo encontró tan desnudo como las paredes del piso: un brik de leche y dos tomates mustios.

—Ya veo que lo tuyo no es la cocina, inspectora.

El cacharro borboteando en el fogón de la cabaña, las patatas guisadas con berzas, un trozo de tocino o de chorizo, un pedazo de queso. Con suerte, huevos y tortos de maíz. De postre, miel o las manzanas ácidas que se daban en la zona; algunas temporadas salían tan malas que solo servían para dar de comer a los chones. Y luego, como un premio, la chocolatina que le compraba cuando bajaban a vender las vacas al ferial de Torrelavega. Así la había criado Sindo. Por eso no le había costado acostumbrarse al rancho del cuartel y en Madrid comía en restaurantes baratos, de menú. No era exigente.

—Si tienes hambre podemos pedir una pizza —ofreció Mar.

Una anfitriona que en realidad no lo era.

—Ya veremos. Venga, que tenemos mucho trabajo por delante —contestó Eli.

Mar obedeció y fue a sentarse frente al televisor. Eli se dio cuenta de que esa noche le permitía convertirse en una especie de oficial al mando.

Conectó la TV Box al televisor, un modelo barato pero al menos reciente. Sobre una pequeñísima mesita de centro, Mar había colocado su cuaderno negro y un bolígrafo como una alumna aplicada. Él se sentó a su lado y, aunque el sofá de dos plazas era demasiado bajo y sus piernas demasiado largas, logró acomodarse: estaba acostumbrado a que la mayoría de las casas no estuvieran diseñadas para alguien de su tamaño.

—Vamos allá. Empezaremos por *La tumba de la novia*, del año 1974, su primera película, y luego seguimos con las demás.

—¿Tú has visto alguna?

—Muy por encima. Antonio Galán no es mi director favorito, precisamente.

—Y esta, ¿de qué va?

—Calle, inspectora, preste atención porque va a empezar la sesión.

Apagó la luz de la lámpara de pie que tenía cerca de su lado del sofá.

—¿Es necesario? Esto no es un cine —se quejó Mar.

—Precisamente por eso.

7

La tumba de la novia le pareció confusa y un poco cursi, pero al menos era corta: duraba ochenta y cinco minutos. En ella aparecía Carlos Almonte joven y muy guapo.

Un drama del siglo xix situado en un caserón que le recordó un poco al de Laura Santos. La noche antes de la boda de una pareja muy enamorada —él era Almonte—, la novia aparece muerta. El novio cae en una profunda depresión que le lleva a intentar suicidarse. La hermana pequeña de la novia vuelve de un internado para el funeral y jura encontrar al asesino. Después de muchos parlamentos y una persecución por el cementerio donde la novia está enterrada, la hermana descubre que su padrastro, segundo marido de su madre —también muerta en extrañas circunstancias—, en vez de amable y comprensivo, es un asesino ambicioso y sin escrúpulos que pretende quedarse con la herencia de las dos hermanas, asesinándolas. El novio muere defendiendo a la hermana de su novia, de la que también se ha enamorado un poquito, y al final el asesino cae por la ventana de una torre empujado por la muchacha. Cuando cree que el malvado se ha desnucado, el tipo, todo ensangrentado, vuelve para matarla hasta que los campesinos del lugar, alertados por los gritos de la muchacha, lo encuentran y atraviesan con sus horcas, haciendo justicia.

Le pareció una película que se había quedado antigua. Las actrices daban muchos gritos y ponían demasiada cara de susto, la sangre era demasiado roja y falsa, y la historia avanzaba a trompicones. Reconoció que Almonte no lo hacía mal, o quizás es que se había fijado en él más que en el resto del reparto, completamente desconocido para ella.

—Después de esta película Almonte se convirtió en el galán de moda, hizo muchas otras películas, también en Francia. Y hasta grabó dos discos.

—Entonces también Galán tuvo éxito.

—Relativamente. Los directores en esa época no eran ni siquiera conocidos. Almonte fue quien se hizo más famoso, habitual de las revistas del corazón donde contaban cotilleos sobre sus sucesivas novias y rumores de matrimonio. Te he traído unas cuantas capturas de portadas de revistas donde aparece. Galán tuvo mucho más éxito con su segunda película: todavía está considerada un hito del cine de terror español. Es la que vamos a ver ahora.

Mar suspiró. Esperaba no quedarse dormida porque con la anterior había dado un par de cabezadas. ¿Este hombre pensa-

187

ba pasarse toda la noche viendo películas? Pidieron la pizza y comenzaron a ver *Piel de plata*, del año 1976. En los títulos de crédito apareció de nuevo el nombre de Carlos Almonte, pero no solo: Armando Francés Producciones Cinematográficas.

—Francés. No me has avisado...

—Se me pasó. Debe de ser la primera peli en la que aparece acreditado como productor. Había hecho otras como simple jefe de Producción, en esta ya es el productor. Y le hizo rico.

Los títulos continuaron: el guion lo firmaban a medias Armando Francés y Antonio Galán, que aparecía también como responsable de la dirección.

8

Una mujer muy bella, joven y rubia, con aspecto inocente, vaga por las calles de una ciudad. No recuerda nada de su vida, ni tan siquiera su nombre. Se desmaya en plena calle y, en el hospital, un médico —de nuevo Carlos Almonte— y su esposa enfermera se interesan por su caso de amnesia y la llevan con ellos a un chalecito en una urbanización de lujo. El médico y la enfermera —también una belleza, pero morena— viven bien, su casa es grande y agradable, la invitada tiene su propia habitación. La pareja intenta ayudarla a recordar su pasado, sin éxito: ella cae en terribles ataques, se queda catatónica o vaga de noche por el jardín, sonámbula y medio desnuda. La mujer misteriosa seduce a la pareja —o la pareja la seduce a ella— y se montan un trío con muchas escenas de sexo y muchos desnudos de los tres. Aquellas escenitas calientes no ayudaban a concentrarse en el argumento, sino a pensar en el hombre que tenía al lado, muy atento a los detalles fílmicos que a ella se le escapaban.

Tuvieron que parar la película porque trajeron la pizza, mala y fría. Mar se la tragó como si nada mientras que Eli echaba de menos su napolitano favorito.

—La protagonista… ¿No te suena? —dijo, mientras intentaba pasar aquel cartón a base de cerveza.

La policía negó con la boca llena de pizza.

—A esa rubia la he visto antes, estoy seguro. Cuando veo una cara no la olvido.

—La habrás visto en otra película. ¿Cómo se llamaba?

—Vera Leoni. Pero el nombre no me dice nada y no recuerdo ninguna película más en la que haya trabajado.

Eli cogió el móvil y tecleó el nombre.

—Pues sale en la Wikipedia: «Vera Leoni (Túnez, 1956-Madrid, 1978), nombre artístico de María Asunción García Padilla, fue una actriz española. Debutó en *Las envenenadoras* (González Calero, 1969) con quince años y desde entonces interpretó una docena de películas, la mayoría del género de terror y del destape, siendo la más famosa de ellas *Piel de plata* (Antonio Galán, 1976). Falleció a la edad de veintidós años…».

—Por eso no te sonaba, murió jovencísima.

—Espera, que sigue: «en circunstancias todavía no aclaradas, tras precipitarse del balcón del octavo piso de su domicilio en el paseo de la Castellana, en Madrid. La investigación policial resolvió en un primer momento que se trataba de un suicidio. El dictamen fue rechazado por familiares y amigos, quienes afirmaron que estaba embarazada y muy ilusionada con la idea de ser madre. La familia de Leoni denunció que durante el transcurso de la investigación hubo negligencias. La policía rectificó, afirmando que la actriz fue víctima de un accidente fortuito al fallar una barandilla del balcón, aunque se demostró que tal circunstancia resultaba improbable y las pruebas periciales no fueron conclusivas al respecto. El caso terminó cerrado sin resolver».

Los dos se quedaron en silencio.

—¿Seguimos viendo la película?

—Sí, claro.

Ahora tenía mucho más interés por ella.

189

La mujer misteriosa interpretada por Vera comienza a ver la imagen de un hombre extraño y aterrador en la calle, en la ventana, hasta en el espejo de su habitación. También escucha su risa tenebrosa y su voz, que le avisa de que está en peligro. Las apariciones repentinas y la música estridente sobresaltaron a Mar: una sensación molesta y desagradable.

—No entiendo cómo a la gente le gustan estas cosas… —dijo en alto.

—Ssssh… —Eli le mandó callar y eso también la molestó.

La protagonista comienza a obsesionarse con las apariciones del hombre horrible, pero teme contarlo a la pareja con la que convive. A la vez, la madre de él, una señora dominante que va muy enjoyada y siente antipatía por la mujer sin nombre, se entromete en la convivencia del trío, mueve sus hilos en la cúpula policial y descubre que estuvo implicada en la muerte de su familia cuando era niña: fue la única superviviente del ataque de un maníaco. Se lo cuenta a su hijo para que la eche de la casa. Y también aparece un joven extranjero que la busca y dice ser su marido. Explica que sufrieron un accidente de automóvil en el que ella conducía —hay un *flashback* en el que se ve el accidente—. Ella quedó amnésica tras el choque, en el que murieron todos los ocupantes del otro vehículo, una familia con niños. Cuenta que está obsesionada con una maldición que la persigue, esa es la razón de que huyera y que haya bloqueado su identidad y sus recuerdos. Pero la muchacha no reconoce al joven y rechaza irse con él. El médico empieza a sentirse incómodo con la extraña. Influido por su madre, quiere que se marche. En cambio su mujer la defiende, impidiendo que la madre y su hijo médico la internen en un psiquiátrico. Ella escucha escondida toda la conversación y el hombre del espejo la avisa de que esa familia quiere verla muerta. La pareja discute por causa de la joven amnésica, y el médico, deseando alejarse de ella, logra convencer a su esposa y juntos se van de fin de semana a la finca de la madre, que tiene mucho dinero y ha organizado una montería. No la invitan: él dice que nece-

LA VIRGEN SIN CABEZA

sitan estar solos. Pero la chica se presenta en la finca diciendo que es amiga de la familia, coge una escopeta y va tras ellos. En plena montería los invitados disparan y cazan ciervos; la mujer sin nombre aprovecha esa circunstancia para matar a tiros a la madre y al médico, acribillándolos. También está a punto de disparar a la enfermera, pero al final no lo hace y las dos se van juntas. La película termina con ellas cogiendo un coche y huyendo a toda velocidad, hasta que en la carretera aparece un ciervo de improviso y el coche vuelca. Se ve a la enfermera muerta con el cuello cortado por el parabrisas y ensangrentada, pero no a la chica sin nombre.

Eli se levantó y encendió la luz.

—¿Qué te ha parecido? —preguntó.

—Uf. No sabría qué decirte.

Mientras veía a aquella mujer preciosa en la película como si todavía estuviera viva, no había podido quitarse de la cabeza su muerte trágica.

—*Piel de plata* es la primera película española en la que aparecían tres personas en la misma cama y también el primer beso lésbico del cine en este país. Muy por detrás en el tiempo que otros países más democráticos, claro. Hasta hacía nada la censura en las pantallas era feroz. Gracias a la democracia, Almonte tiene el honor de haber sido el segundo culo masculino visto en España después del de Patxi Andión. Cosas de la Transición. ¿Te das cuenta de que esta película tiene muchísimo que ver con la historia de *La máscara de la luna roja*?

—¿Tú crees? No me lo parece.

—Te estás dejando engañar por el decorado y la época. Olvida eso y fíjate en la historia y el personaje principal: una mujer lo suficientemente trastornada como para ver visiones y oír voces que la llevan a cometer un crimen. Igual que la protagonista de *La máscara de la luna roja*, aunque ocurra hoy en día y no haya de por medio ni tríos ni suegras. ¿Lo ves ahora?

—Bueno, un poco sí. Pero solo un poco.

—Pues para mí está clarísimo.

191

A Mar no le interesaba mucho el argumento, pero sí su protagonista. Fue a coger el portátil.

—Quiero saber más sobre Vera.

Sorprendente: había muchas noticias sobre ella, además de portadas de revistas de la época.

«Carlos Almonte y Vera Leoni en el estreno de *Piel de plata*.»

En la foto aparecía retratado Carlos Almonte, abrazado a Vera Leoni y a la chica morena que interpretaba el papel de enfermera en la película. Pero a ella no la nombraban más que de pasada.

—¿Cómo se llamaba la otra actriz?

—Laura Palermo.

—Pues sobre ella no hay casi nada. Una actriz de poca monta, no aparece ni su verdadero nombre porque ese «Palermo» me suena también a invención. En cambio Vera era mucho más conocida, decenas de fotos de ella aparecen en cuanto te metes en Internet. Sigue teniendo fans. ¿Me oyes?

Eli miró a Mar: no le escuchaba, con la mirada colocada en un punto fijo de la pared.

—¿Qué pasa?

—La he visto. Y tú también. Por eso te acordabas de ella —respondió.

—¿Cuándo?

—La pregunta es dónde.

Eli reflexionó unos segundos y luego se volvió hacia ella de un salto, como si le hubieran tocado con un hierro al rojo vivo.

—No puede ser… ¿En el refugio? —acertó a decir.

—El retrato en la pared. La mujer rubia. Tenemos tus fotos y también las que hice ayer.

—¿Fuiste allí otra vez? Qué pregunta más tonta, claro que fuiste. ¿Viste la fotografía?

—Eso es lo que vamos a comprobar.

Mar buscó en su móvil las fotos hechas el día anterior cuando estuvo en el refugio junto a Fermín, el encargado. Eli

mostró las que hizo el día en que encontraron el cadáver decapitado del director de cine.

—El mapa con los picos de la estación y su altitud... Las dos
panorámicas desde el refugio... Aquí lo tengo. Estaba en la pared
del fondo en el lado izquierdo mirando desde la chimenea. Com-
parada con los otros cuadros y fotografías no era muy grande,
unos treinta por veinticinco, quizá menos... ¿Lo encuentras?

—Un momento. Aquí tengo la pared del fondo. Esta otra es
de la de la derecha. Mira: la pared izquierda y luego la chimenea. No hay nada.

Mar lo comprobó varias veces, Eli observaba las imágenes
en silencio.

—Se lo han llevado —dijo Mar.

—¿Por qué? —preguntó Eli.

—Para responder eso tendríamos que averiguar quién se
lo llevó. O mejor aún: quién lo puso allí. Fuiste tú quien me
hizo caer en lo extraña que era la fotografía de una mujer en
ese lugar.

—Es verdad, desentonaba con el resto de la decoración, por
llamarla de alguna manera.

—Pero desde que nosotros estuvimos allí, el refugio ha
estado precintado por la Guardia Civil. Nadie más ha podido
entrar.

—El extraño caso del retrato desaparecido de una casa cerrada. ¿Estás segura de que no se lo llevaron tus compañeros?
¿La científica?

—Tengo acceso a todas las pruebas y objetos que recogieron
en el refugio, repasé el inventario y ningún cuadro estaba allí
ni aparecía en ningún registro, eso significa que quien haya...

—Un momento —interrumpió Eli—. Recuerda para qué
estaba preparado el refugio antes de que apareciera allí el
muerto.

—El rodaje —contestó Mar.

—Exacto: un decorado natural, un set. Lo que significa que
alguien del rodaje puso la foto allí. Y es muy fácil averiguar

193

quién, no tengo más que preguntar a alguien del equipo de dirección artística. Ellos son quienes se encargan de preparar el decorado siguiendo las indicaciones de su jefe. O jefa. En ese momento la responsable de todo el atrezo que se pudiera trasladar al refugio era Neus Andreu, quien tiene problemas de fechas y va a dejar a su equipo volar solo, mientras ella se incorpora a una serie de televisión.

Mar apuntaba en su cuadernito negro sin parar.

—¿Ha dejado la película por una serie de la tele? —preguntó—. ¿No será una excusa para quitarse de en medio?

—No, para nada. Es de lo más creíble. Cualquier técnico gana más en una serie que en una película. Supone trabajo asegurado durante mucho más tiempo, a veces años, que el que ofrece el cine.

—Tienes razón. Estuve con Neus, hablé con ella. Puede que me equivoque, pero no creo que tenga nada que ver con esto. No forma parte del círculo de Galán ni por edad ni por amistad. Y quien haya hecho esto tiene que tener mucha relación con él, además de motivos para querer perjudicarle.

—Cierto, no tenía mucha relación con él. Su trato era estrictamente profesional, nunca comía en la mesa de Galán, sino con su equipo. Además, en la guerra entre Tomás Satrústegui y Antonio Galán, ella siempre evitó tomar parte, sin buscarse problemas.

Mar calló que Tomás y Neus tenían un lío y a ella no le convenía que se supiera. Se quedó en silencio de nuevo mirando a un punto fijo de la pared, tan quieta como una estatua.

—La bronca. El día antes de la desaparición. Tomás declaró que Galán se negó a rodar en ese lugar. Fue lo que provocó su pelea. —Mar pensaba en voz alta—. Nadie se explica por qué reaccionó de esa manera. Todo ocurrió cuando vio algo que no le gustó y acusó a los presentes de querer arruinarle la película. Solo hay una explicación a esa reacción, que Tomás y también Patricia definieron como histérica. La foto de Vera.

Eli hacía rato que se había levantado del sofá y daba vueltas por la estrecha salita como un enorme animal encerrado en una jaula demasiado pequeña. La quietud de Mar le ponía aún más nervioso.

—¿Quién puso en el refugio la foto de Vera Leoni? Al fin y al cabo, una actriz que no ha pasado a la historia más que por una muerte trágica. ¿Quién? Yo te lo digo: alguien que sabe que había protagonizado la mejor película de Galán. Cualquier cinéfilo, vamos. Y en el rodaje hay unos cuantos… Incluso un fan de la chica, que de todo hay entre esa gente y más con los jóvenes y bonitos cadáveres a lo James Dean. Lo que no entiendo es por qué a un director le puede molestar que alguien haga esa especie de homenaje a la actriz de su película.

—Quien puso la foto allí no pretendía hacer ningún homenaje. Quería provocar a Galán. Y lo consiguió —respondió Mar.

—Vaya, inspectora. Espero que me des las gracias.

—¿Por qué?

—Si no hubiera sido porque me empeñé en ver las pelis de Galán, nunca hubieras encontrado a Vera Leoni, pinte lo que pinte en esta historia. Esta me la debes: «*Quid pro quo, Clarice*».

—¿Qué? No te entiendo.

—Joder. ¿Es que ni siquiera has visto *El silencio de los corderos*?

Hizo un gesto de impaciencia.

—Está bien. Gracias. Me has ayudado. Mucho —reconoció.

—Ahora di: «Sin ti no lo hubiera conseguido, Eli».

—Venga, no te pases.

Eli rio y se dejó caer en el sofá junto a ella. Con estilo. La miró con la cabeza reclinada sobre el respaldo del sofá. Ahora parecía relajado y a gusto. Quizá le tranquilizaba que reconocieran sus logros.

—Lo que no logro entender es qué tiene que ver Vera Leoni, su muerte y la película que rodaron con que a Galán le cortaran la cabeza —dijo—. Pero la historia es muy buena. Merece llevarse al cine.

Mar le miró fijamente.

—¿Quieres follar?

Su cara. El cambio de expresión. Ya no estaba relajado. Había visto muchas veces antes esa reacción. ¿Por qué a tantos hombres les parecía tan extraña esa pregunta? Provocaba desconcierto y sorpresa. Hasta miedo. Y sin embargo era la pregunta más fácil de responder del mundo.

—Si no te gusto no pasa nada —añadió la policía.

—No... No es eso. Quiero decir, claro que me gustas. Mucho. Pero es que no sé, creía que era yo quien no te gustaba a ti.

Era contradictorio. Inseguro. Narcisista. Como todos. Mar sintió su aliento entrecortado tan cerca que podía respirarlo.

—Pero estás aquí, y yo no te pedí que vinieras —dijo.

—No hacía falta. Pero eso ya lo sabes —contestó él.

Por fin respondía con valentía. La verdad. Eso era un sí. Mar pasó la mano por aquella melena que caía sobre el sofá feo y barato del piso alquilado: había estado deseando hacerlo desde la primera vez que le vio aquella mañana en el hotel Sejos.

9

No saber nada, solo olvidarse de sí misma y perderse en la piel ajena, dejarse abrazar hasta casi no poder respirar, meterse dentro de ese otro cuerpo tan vivo. Podía escuchar los latidos de su corazón, la sangre bombeando como si ese corazón y esa sangre fueran los suyos. Fugaz, inmediato, el momento sin antes ni después. Ya no había casos que resolver porque fuera de esa cama, más allá de las sábanas arrugadas, nada existía. No había violencia ni asesinos ni cabezas perdidas ni bellas mujeres muertas, tampoco pesadillas. Solo ese hombre que la miraba tumbado a su lado, sobre la cama revuelta.

No hablar, no explicar, no pensar. Él lo había aceptado, también lo había compartido. Todo estaba claro, tan desnudo como ellos dos. Pasaron horas así, sin dejarse, sin dejarlo, sin cansarse uno del otro hasta que un hilo de luz se coló por la persiana bajada. No habían dormido en toda la noche. Mar tenía los ojos cerrados pero no dormía, seguía la respiración de ese hombre con la cabeza apoyada en su pecho. El aire entraba y salía de sus pulmones. Su corazón latía. Eli le acariciaba el brazo.

—Reconozco que me sorprendió cuando lo vi… —dijo Eli. Seguía con un dedo las líneas del tatuaje—. Un sobresalto continuo. Contigo nunca me aburro, inspectora. Desde que te conozco mi vida se ha convertido en un deporte de riesgo. Adrenalina en vena. Y el tatuaje… Ufff.

—Te gusta.

Sabía que sí, pero quería oírselo decir. Porque sabía muy bien cuando un hombre se excitaba; así que el bueno de Eli, el niño bien, culto y sofisticado, se había vuelto loco al ver su tatuaje. Curioso. Nada es lo que parece y menos en el sexo.

—Sé lo que significa —dijo.

Sí, sabía que no era un simple dibujo, una imagen bonita, un lema poético. No. El suyo no pretendía ser bonito ni decorativo. Todo lo contrario: era una marca fea y dolorosa como la que se hace al ganado, una cicatriz. Un recordatorio de algo que nunca se podría comprender del todo y quizá también un castigo autoimpuesto. Una señal para reconocerse en lo bueno y en lo malo.

—Pasé la infancia en unas cuantas bases militares, de aquí para allá —explicó él.

Ella enredó los dedos en su pelo y solo ese breve contacto la hizo temblar de la cabeza a los pies. Las sensaciones siempre por delante de las palabras, más importantes.

—No te lo vas a creer, pero mi padre llegó a general.

Mar ya lo sabía pero no hizo ningún comentario. ¿Para qué?

—Le decepcionó que no siguiera la carrera militar y rompiera una tradición familiar que se remontaba al siglo pasado. West Point, ya sabes. Un bisabuelo murió en la Gran Guerra y uno de mis tíos en Vietnam. Pero en realidad mi padre no me

197

culpaba a mí, sino a mi madre. Estuvieron muy enamorados, pero ella no aguantaba aquella vida. Cuando se divorciaron ella volvió a España, escapó llevándome con ella. Estuve en medio de una guerra que duró años.

¿Qué guerra? ¿Por qué hablaba de guerra? ¿Qué le importaba la historia de su familia? El encantador Eli Miller perdía mucho encanto en cuanto abría la boca para hablar de sí mismo.

—Pensé que llevarías pistola y lo que llevas es un cuchillo tatuado —siguió él, que volvió a acariciar el dibujo sobre la piel, pero ella ya no sintió nada.

—No me gustan las armas de fuego. Ni quienes las llevan.

—Me cuesta creer eso viniendo de un soldado, inspectora.

Mar no pensaba contar su vida ni dar explicaciones a ese hombre solo porque se hubieran acostado una noche. Una buena noche. Pero ahora era otro día.

—Es tarde. Tengo que trabajar.

Una seca invitación a que se marchara.

—¿En domingo?

Sin responder, se levantó de la cama, entró en el baño y cerró la puerta tras ella.

10

Todos los domingos a primera hora de la mañana la expolicía Isabel Ramos salía a andar a buen paso y recorría el trecho desde el centro de la ciudad hasta las playas del Sardinero. Si hacía buen tiempo, llevaba el traje de baño para darse un chapuzón. En esta ocasión no se podía pensar en un baño; no llovía, pero el viento del norte seguía soplando y la sensación de frío era mucho mayor que la que marcaba el termómetro. Mar la llamó y quedaron en encontrarse a la altura de la curva de la Magdalena, en la estatua del poeta, periodista y marino José del Río Sainz, más conocido en la ciudad como el Botas.

La policía jubilada era una hemeroteca criminal, de hecho

presumía de ello y por eso cosechaba tantos éxitos entre aquellas amigas suyas aficionadas a leer y hablar sobre crímenes inventados o reales. Los casos sin resolver siempre fueron los favoritos de Isa, su especialidad. Como la desaparición de las niñas Rosi y Nieves. Porque le había tocado de cerca, pero también porque el misterio era enemigo personal de Isabel Ramos.

Por supuesto que recordaba el caso de Vera Leoni. Entonces era muy joven, pero ya le interesaba la criminología y revisaba todos los sucesos de los que informaba la prensa.

—Esa chica era una habitual de la prensa del corazón, las revistas la sacaban con gente famosa: artistas, políticos y millonarios. La *jet set* que se decía entonces. Una belleza impresionante. Yo creo que ya no hay mujeres así de guapas, al menos yo no las veo ni en el cine. Aunque si viviera habría que verla ahora: operada hasta el colodrillo o como otras bellezas de esa época que cayeron en la droga, hechas un despojo.

—¿Drogas?

—Solo eran rumores. Se llegó a decir que era chica de alterne en algunos sitios de prostitución de lujo, cuyos clientes eran hombres importantes o famosos. También los propios proxenetas. Entonces se habló de un prostíbulo que podría pertenecer a Paco Martínez Soria. Sí, hija… Aquí no se salva nadie. Pero eso tenía pinta de bulo. De hecho, lo que salió a raíz de su muerte fue todo en plan sensacionalista. Sobre todo en la revista *Interviú*, donde había posado desnuda en la portada.

—No he visto esa portada…

—¿No está colgada en Internet? Pues mira que es raro. Tías desnudas y porno, eso es lo que más éxito tiene. Oye, vamos a sentarnos, que la clase de pilates del viernes me ha dejado baldada. En buena hora, oye.

Fueron a sentarse en uno de los bancos que miraban al Cantábrico como hacía la estatua del poeta del mar.

—Sigue con lo de las drogas. ¿Era una adicta?

—Eso no quedó claro. Si es que se dijo de todo y más. Algunos plumillas la relacionaron con un narcotraficante cono-

199

cido, espera, ¿el Griego? No, el Turco. Un alias, claro, no me preguntes por el nombre que ni pajolera idea. No se perdía una fiesta en Marbella, siempre rodeado de gente guapa y a la moda. Sin esconderse, qué va: salía en las revistas como uno de los ricos famosos del momento. Después se supo que fue uno de los que introdujeron la heroína que arrasó a media juventud a principios de los años noventa. Una joya. Pero de altos vuelos: también se relacionaba con traficantes de armas como un tal Khashoggi. Ese sí que tenía, además de millones, contactos con gobiernos, príncipes y casas reales. Pero acabó en la cárcel si mal no recuerdo… Todo esto que te cuento es de los tiempos de la polka y hablo de memoria, así que tendría que darle una vuelta.

—¿Qué más recuerdas?

—Pues que la muerte de esa chica fue muy polémica. En un primer momento la policía afirmó que se había suicidado y después que había caído de la terraza de su casa por accidente. La familia de la chica se negó a creer ninguna de las dos versiones y la prensa se hizo eco. Hubo revuelo, ya te digo, con mil teorías: que si la mafia, que si era la amante de un personajazo que quería sacársela de encima, que si patatín y que si patatán.

—¿Podemos saber quién estaba al mando de la investigación?

—Va a ser como hacer arqueología, pero puedo soltar carrete a ver quién pica. Estoy pensando en un compañero que estaba entonces destinado en Madrid. Viene a veranear todos los años a San Vicente de la Barquera y hemos formado allí un buen grupito. Le daré un toque para saber quién llevó el caso, seguro que se acuerda por haber alguien famoso de por medio, y si es una actriz joven y guapa, pues con más razón. Pero esto ¿qué tiene que ver con el caso del director asesinado?

—En principio nada. Y sin embargo, puede que mucho.

Isa sabía que no debía seguir preguntando; si estuviera en activo ella hubiera contestado de la misma manera.

—Quien sí tiene que ver con Galán y la película que estaba rodando es la propietaria de un palacio a unos kilómetros de Castañeda. Numabela se llama.

—¿Ese que es de estilo inglés? Se parece un montón a este —señaló. Bajo el cielo gris, rodeado del verde de los pinos y con el mar embravecido a sus pies, se divisaba el Palacio de la Magdalena.

—Pues Laura Santos, su dueña, es la guionista de la película de Galán. Tendrá unos setenta o setenta y cinco pero parece mayor porque está enferma, con problemas de movilidad. Tú que conoces a todo el mundo, no me digas que no te suena.

—No, no, ni idea.

—¿Y alguien de la zona que nos cuente más sobre ella? Cualquier información será bienvenida, ya sabes.

Una frase hecha, pero que Isa entendió de inmediato. En jerga policial significaba que la investigadora no tenía nada sobre ese personaje. Ni bueno ni malo ni regular: nada.

—Pues tienes suerte porque mi amiga Feli tiene una casa en Pomaluengo, cerquísima. Pero si la conoces… El día que nos encontramos a la salida de la librería Gil, en los soportales, iba con Feli.

Era imposible acordarse de toda la gente que Isa conocía.

—Pero amiguísima, ya te digo… Muy simpática. La voy a llamar ahora mismo.

Sacó el móvil y marcó.

—¿Laura Santos has dicho? Feli sabrá algo de ella. Porque en los pueblos todo se sabe.

Los pueblos. Todo el mundo conoce la vida de los otros y, si no es así, rellena los huecos con inventos o medias verdades. Una de las razones de que la gente se marchara de los pueblos de la llamada España vaciada, al menos en su caso.

—Hola, Feli, guapa, ¿te pillo mal? Mira… Te voy a preguntar una cosa. Pero esto tiene que quedar entre nosotras y en plan confidencial… ¡No! ¡Qué dices! —se rio—. Yo estoy jubilada y muy bien jubilada: no vuelvo a trabajar ni aunque me paguen el oro y el moro… Que no… Escúchame, anda… Oye…

Tapó con la mano el micrófono del móvil.

—Lo que habla esta mujer.

201

Volvió a destaparlo. Feli seguía hablando y tuvo que interrumpirla.

—Mira, Feli: escúchame bien. Lo que quiero es que me digas si conoces a la dueña del palacio de Numabela, ese tan impresionante.

Conectó el manos libres para que Mar pudiera oír lo que su amiga Feli tenía que decir. Mar sacó del bolso su cuaderno negro.

—… de unos marqueses que lo vendieron porque lo tenían hecho una ruina y llegaron ellos, la señora y el marido. Unos millonarios, porque para comprar aquello y meter el dinero que costaba el arreglo, imagina. Lo han dejado que da gloria verlo, pero claro, de lejos, porque estos son unos señorones de los que no se juntan con nadie. Para más inri llenaron de cámaras las tapias, que en los pueblos sentó como un tiro porque era como llamarnos ladrones a todos. Al final a la gente se le olvidó porque dieron trabajo por la zona, todos los albañiles, los jardineros, los de los oficios, la constructora, los cogieron de aquí y ya todo dios contento porque con buena polla bien se folla…

Isa puso los ojos en blanco y susurró a Mar:

—Tiene una lengua…

—… Y luego él se murió. Eso dicen, porque aquí en el pueblo no se le enterró. Normal, porque el señor era italiano. Un hombre mayor, como de ochenta o más, pero todavía con pintón. Cuando estaba en el palacio bajaba al pueblo a oír misa y era muy comentado que su mujer no le acompañaba nunca. También que se llevaban muchos años, lo menos veinte. Él siempre andaba de cháchara con el cura, don Iván. Que le sacó unos cuartos, creo que arregló el altar mayor con una donación de este señor.

Mar escribió: «Cura don Iván. Donación iglesia».

—¿Cómo se llamaba el italiano? —preguntó Isa.

—Don Stefano, sí. El apellido era… Ay, espera.

A gritos, se dirigió a alguien que estaba con ella.

—¡Pepe! ¿Tú te acuerdas de cómo se apellidaba don Stefano, el del palacio?

El tal Pepe respondió algo que no se oyó y Feli volvió a dirigirse a su amiga al otro lado del teléfono.

—Stefano Gaspar. ¿Qué?

Pepe volvía a decir algo.

—Que Gaspar no: Gaspari. Hija, para los idiomas soy fatal.

—¿Y ella? ¿La conoces?

—Ella salía muy poco del palacio, solo se dejaba ver en las ferias y las romerías. Yo una vez la vi en Cabezón, en la Pasá del Tudanco. Llamaba la atención, muy estilosa, se notaba que había sido muy guapa. Un tipazo. Y le gustaba comprar productos típicos: cuando la veían aparecer los de los quesos, la miel y los sobaos, se frotaban las manos porque se llevaba medio puesto.

—Es española, ¿no?

—Sí, ella sí. Cuando él se murió, ella ya no salió más de la casona. Ahora dicen que está fatal, un cáncer. Y como no tienen hijos pues ya está la gente haciendo cábalas de qué va a pasar con el palacio, de si se va a quedar otra vez ahí tirado o tendrán herederos o si lo comprará alguien. ¿Qué? ¿Te vale? Porque si quieres…

Isa cortó el manos libres.

—Sí, mujer: esta semana nos vemos en las clases de pintura de seda… Sin falta. Gracias, guapa… Pero sin falta, adiós, adiós —se despidió.

Mar seguía apuntando.

—Ya ves cuánta información. ¿Has desayunado? Me están llamando unos churros con chocolate.

—No puedo. Tengo que ir a misa.

Isa se echó a reír.

—¡Esta sí que es buena!

11

El cura don Iván atendía cinco parroquias más de los valles pasiegos. Los domingos daba misa de doce en la colegiata de la

Santa Cruz, pero Mar llegó antes y encontró la capilla cerrada a cal y canto, así que dio un paseo rodeando el edificio medieval. La belleza austera del antiguo monasterio destacaba en el entorno cuidado de una gran explanada que facilitaba la vista del monumento a los visitantes. Pues a pesar de eso, no invitaba al bullicio turístico. No había nadie.

La piedra milenaria vibraba bajo unos tímidos rayos de sol de invierno. Le produjo la misma sensación que contemplar el océano desde un frágil kayak. Tuvo que acercarse y tocar los sillares que soportaban la lluvia y el sol de siglos sin perturbarse. La piedra estaba fría, como el agua del mar. No hacía falta saber de arte para apreciar la perfección del trabajo con que habían levantado aquel edificio. A Mar le hubiera gustado tener la mitad de convicción y confianza de quienes habían levantado aquel templo. Aunque no pudiera compartir su fe: todo lo que había visto y experimentado en su vida era incompatible con la idea de un ser divino. Además, Sindo no iba nunca a la iglesia. Como mucha gente de los valles, desconfiaba de los curas, según él solo querían meter miedo a las beatas para sacarles los cuartos. «El único dios en el que creo es don Manuel, el veterinario», decía. Puede que Sindo no fuera nunca al médico —también desconfiaba de ellos— pero sus vacas siempre estuvieron cuidadas como joyas.

Quizá no hubiera más dioses que aquellos antiguos canteros que lanzaban un mensaje cifrado en un código secreto. Se fijó en uno de los canecillos. ¿Era lo que parecía? Sí: la figura de un hombre que sostenía en las manos un pene más grande que él. El primer toque de la campana avisando a misa la sobresaltó. Al dar la vuelta al edificio vio una pequeña furgoneta aparcada al lado de su utilitario: debía de ser del cura.

Entró en la colegiata vacía y sus pasos firmes resonaron en las losas de piedra, en las columnas y los muros. Quien caminaba así dentro de un templo no era, desde luego, una fiel cristiana. Don Iván apareció desde detrás de un arco junto al altar. Con la casulla blanca, muy sencilla, parecía un monje de la época del monasterio, como un fantasma salido de un sepulcro. Pero Mar no tenía miedo a los fantasmas.

—Buenos días. Ha llegado usted pronto, falta un cuarto de hora para la misa —dijo el cura. Mar se acercó y el sacerdote se dio cuenta de que no era ninguna de sus parroquianas y lo que era más extraño, tampoco una turista.

—Buenos días. Inspectora Lanza, Policía Nacional.

Don Iván no tendría ni cincuenta años, aunque parecía mucho más viejo porque estaba calvo y pasado de kilos. Además, el uniforme que vestía le echaba siglos encima.

—¿En qué puedo ayudarla?

El tono había cambiado de amable a alerta. Estaba claro que era un soldado, aunque de un ejército muy particular.

—Me gustaría hacerle algunas preguntas sobre uno de sus parroquianos.

—Vaya, espero que ninguno se haya metido en algún lío. Pero si se trata de alguien de menos de sesenta años, no voy a poder decirle nada. Estos pueblos están muy avejentados y los pocos jóvenes que hay ni aparecen por aquí.

—Se trata de una persona ya fallecida. Stefano Gaspari.

—Bueno... No tengo mucho tiempo, pero... Venga por aquí.

Le siguió hasta la sacristía. El cura le ofreció una silla que parecía tener más años que la colegiata.

—¿Puede decirme cuándo y cómo lo conoció y qué relación tenía con él?

—Sí, por supuesto. Hará quince años ya. El señor Gaspari era un buen cristiano, muy creyente. En Italia siguen teniendo fe, más que en este país. Porque era italiano, eso ya lo sabrá.

—Pero no era un creyente como la mayoría.

Feli había mencionado el arreglo de un altar, pero puede que hubiera más donaciones y Mar jugó su carta.

—Creo que donó una gran cantidad de dinero a su parroquia.

Al escuchar aquello, se revolvió, incómodo. Mar había acer-

205

tado; la opacidad de los dineros de la Iglesia era una evidencia con tanto peso como las piedras de sillería que sostenían los muros de la colegiata. Cualquier donante puede rechazar la desgravación legal, en cuyo caso los obispos no tienen la obligación de informar a Hacienda sobre la cuantía o procedencia de esa donación. Entre los muchos privilegios de la Iglesia católica estaba el de poder blanquear dinero negro.

—Eso… No sé qué problema puede haber cuando este señor murió hace varios años. No soy ningún experto, es decir, que si hubiera cometido alguna irregularidad no me compete a mí señalarla, sino al obispado… —balbuceó.

—No me interesan los asuntos económicos de la Iglesia, eso es cosa de la unidad de delitos financieros. Investigo un homicidio.

La policía hablaba muy claro: la amenaza no era tal, sino un «No vamos a jodernos mutuamente, ¿verdad?». Y el cura pareció entenderlo muy bien.

—Lo que quiero es que me diga todo lo que sepa de ese hombre, Gaspari.

—Todo lo que no esté sujeto a secreto de confesión. No puedo traicionar mis votos.

—Era su confesor, entonces.

Le clavó una mirada fría y retadora y el cura desvió los ojos hasta el suelo al asentir, en un gesto hipócrita. Aquel tipo era una serpiente. «Qué razón tenía mi padre», pensó Mar.

—¿Dónde nació Gaspari? —preguntó.

El toque de campana volvió a sonar, la segunda llamada, el aviso para los fieles. El cura escondió las manos en las mangas.

—Creo que en un pueblecito calabrés muy devoto de san Miguel y de la virgen de la Montaña. Llevaba siempre con él unas medallitas. Aunque viajó mucho, le gustaba España desde siempre y pasó mucho tiempo aquí, incluso antes de casarse. También tenía una casa en la Costa del Sol.

—¿Por qué vinieron precisamente a este lugar?

—Por su esposa española, ella tenía abuelos pasiegos. Le

gustaba la zona y se encapricharon del palacio porque los dos eran aficionados al arte y a la arquitectura. Coleccionistas de los que saben apreciar los monumentos.

—Ella nunca acudía a misa, ¿verdad?

—No. Pero él toleraba que no compartiera sus creencias.

—¿Cómo era la relación entre ellos?

—Muy buena, se querían mucho.

—¿A pesar de la diferencia de edad?

—No creo que fuera un problema para él, al revés. Hablaba de su mujer con gran cariño y admiración, siempre decía que era una mujer muy inteligente, excepcional. A pesar de su pasado.

—¿A qué se refiere?

—Cuando la conoció era actriz. Eso a él no le gustaba, porque ese mundillo, para un creyente… Ya sabe. Después de casarse ella dejó esa profesión y creo que se hizo escritora.

Laura Santos, ¿actriz? ¿Por qué nadie lo sabía? ¿Por qué no había aparecido ese dato en ninguna de sus pesquisas? Hizo un esfuerzo para concentrarse de nuevo en interrogar al cura.

—Gaspari era muy rico. ¿Sabe a qué se dedicaba?

—A los negocios.

—¿Qué tipo de negocios?

—No…, no lo sé.

Estaba mintiendo. Aquel curita iba a ir de cabeza al infierno.

—¿Sabe con quién hacía negocios aquí en España?

—No, por supuesto. Hablábamos de otras cosas.

—¿Qué cosas?

—Personales. Cuando le conocí, el señor Gaspari tenía más de ochenta años y sabía que la muerte le rondaba. En sus últimos años de vida quiso acercarse a Jesucristo porque, como todos, era un pecador. Pero siempre se le recordará como un benefactor. Fue muy generoso con el pueblo y la gente de aquí.

—Y con la Iglesia. Quizá con esas cuantiosas donaciones, Gaspari quería ponerse a bien con Dios, ¿no? ¿Tanto había pecado?

De nuevo aparecía en la conversación el dinero que compraba salvaciones exprés.

—Stefano Gaspari no tenía el alma tranquila. Pero ¿quién la tiene hoy en día? Espero que haya encontrado la paz en Dios.

Se santiguó. La campana de la torre recordó con su tercer toque que la misa iba a comenzar.

PARTE 6

La montaña del dios caníbal

(Sergio Martino, 1978)

1998. Valle de Campoo, Cantabria

*L*as niñas nunca aparecieron. Nadie volvió a saber de ellas. Tampoco hubo más noticias de los sospechosos del coche blanco que había señalado su amiga, la que no subió al coche aquella tarde. Durante años, corrieron rumores por los valles y pueblos con las teorías más peregrinas: que si las habían secuestrado para extorsionar al padre de Rosi, que tenía dinero; que si una de ellas estaba embarazada y por vergüenza no quería volver a su casa o si habían sido captadas por una red de prostitución que las habría llevado a América Latina. El caso apareció en varios programas de televisión y hubo llamadas desde toda España: habían sido vistas en una casa okupa en Madrid; en Benidorm de fiesta; en Mallorca mendigando en la calle. La realidad es que no había ni una sola pista fiable, nunca la hubo. Se hablaba mucho pero no de lo que en verdad importaba, lo que aterraba a muchas familias de la zona: el miedo a que un secuestrador de niñas campara a sus anchas sin que las autoridades pudieran evitarlo.

Los padres de Nieves fueron a ver a Mar. Desesperados, pensaban que había ocultado algo a la policía para proteger a sus amigas. Creyendo en la teoría de que las dos niñas se habían escapado por propia voluntad, acusaron a Mar de encubrirlas con su silencio. La madre le suplicó llorando que contara lo que supiera por muy malo que fuera, prometiendo que no se enfadaría con Nieves. Solo quería saber que estaba bien. No creyeron a Mar cuando les insistió en que no había sabido nada de ellas desde la noche en que se subieron al coche blanco. Desde aquel día se presentaron de improviso, ya fuera en la aldea o en la cabaña de Sindo, para exigir a Mar que dijera la verdad. Ella se sumió en un silencio que les pareció aún más sospechoso. Un día llegaron con una periodista y un cámara y Sindo terminó echando a todos con cajas destempladas. Aquello trajo consecuencias: muchos insinuaban que aquel hombre, que siempre había tenido un carácter fuerte y mala fama, podía tener algo que ver con la desaparición de las niñas. Que incluso podría ser el culpable y su hija le estaría encubriendo. A partir de entonces no se relacionaron con la gente, salvo con unas pocas personas.

Durante aquel tiempo nadie se preocupó por la adolescente que había perdido a sus amigas. No hubo profesores ni psicólogos ni asistentes sociales preocupados por la niña solitaria cada vez más encerrada en sí misma. Todo el mundo estaba demasiado conmocionado como para darse cuenta de que existía una tercera víctima de aquel crimen, la figura desgarbada y silenciosa de Mar les recordaba lo que deseaban olvidar. Nunca había sido fácil para ella hacer amigas, solo lo fueron Nieves y Rosi. Las miradas esquivas, las respuestas secas la acusaban de tener algo que ver con aquella desgracia.

Volvió a dormir con las vacas, como hacía de niña cuando tenía miedo de los lobos. Las vacas no hablaban, miraban con sus ojos grandes y suaves sin maldad. Más y más introvertida, se volcó en el deporte. Destacaba, allí encontró el respeto que le faltaba fuera. Había corrido por los montes toda su vida, desde niña, cuando llevaba a las vacas a pastar, cuando iba al colegio, distancias de kilómetros de cuestas empinadas y escabrosas, siempre corriendo. Hasta en albarcas podía correr. Cada vez más rápido, como si huyera de algo.

Gracias a Dimas, que la federó, ganó el campeonato regional de atletismo infantil. Le ofrecieron correr en la competición nacional, pero Sindo no la dejó ir: había mucho trabajo en la casa con las vacas. Creció y se hizo más fuerte. La gente olvidó a las niñas desparecidas. Pero no Mar Lanza. A veces hubiera querido desaparecer con ellas. Nunca se lo dijo a nadie, pero contaba los días, las semanas y los meses que le faltaban para ser mayor de edad y salir de allí, irse a otro lugar, aunque no supiera cómo ni a dónde.

—¿Has pensado qué vas a hacer cuando termines el bachillerato? —le preguntó aquel hombre después de que ganara de nuevo el campeonato regional. Iba acompañado por Dimas.

Mar, sudorosa aún, se encogió de hombros. Solo podía pensar en su marca.

—Podrías ingresar en el ejército. Es un trabajo para gente a la que le gusta la acción. Se te daría bien. Me llamo Arturo y soy oficial. Cuando quieras avisas a Dimas, que me llame. Quedamos y te explico.

Estaba allí acompañando a su hijo, que también competía. Luego Mar se enteró de que hacía montañismo con Dimas y habían hablado de ella.

—Si te haces guardia civil, hazte cuenta de que no soy tu padre —dijo Sindo al enterarse de sus planes.

—No solo están ellos. Hay más cuerpos armados —contestó ella.

El padre nunca aceptó que se marchara, aunque tampoco le rogó que se quedara. Ni siquiera el día que hizo la maleta.

—Si te vas, ¿qué va a ser de las vacas cuando yo falte? —dijo, desde el quicio de la puerta, sin acercarse. Después la miró de una forma extraña, como si no la reconociera. Ya no la veía a ella, sino a una sombra: la de la mujer que le abandonó. Fue el primer indicio de que aquella cabeza se iba perdiendo en una confusión que iría a más y de la que ya no saldría.

Mar se fue sin mirar atrás.

213

1

Arrancó el coche dejando atrás la colegiata y salió a la autovía. Una nube color panza de burra anunciaba otra tormenta. Era fácil perder la cuenta, pero llevaban más de veintisiete días de mal tiempo en todo el país. Nevadas, tormentas eléctricas, riadas, inundaciones se sucedían un día tras otro.

La inspectora Lanza tardó pocos kilómetros en darse cuenta de que un coche la seguía. No podía identificarlo como el que vio al salir de la jefatura. Este era un Audi A8 color gris oscuro. Disminuyó la velocidad y el Audi hizo lo mismo. Aceleró y el otro también lo hizo. Se mantenía a una distancia constante que le impedía distinguir la matrícula. «Sabe hacer un seguimiento. Lo ha hecho más veces.»

Al llegar al cruce de Torrelavega salió de la autovía hacia la carretera vieja, de tráfico más lento: al disminuir la velocidad permitida, podría dejar que se acercara hasta ver la matrícula. Ahí estaba de nuevo: el Audi se había desviado igual que ella, se mantenía a una distancia de tres automóviles, pero distinguió la matrícula. Ahora podría identificar al propietario.

Marcó el número de la jefa, comunicaba. Vería la llamada perdida y respondería: aunque fuera domingo para ella estaba siempre disponible. Le dejó un mensaje pidiéndole que investigase la licencia de la matrícula de un coche en la base de datos. La jefa ya era la única persona dentro del cuerpo a quien podía pedirle esa clase de cosas.

Cambió el recorrido, dio unas cuantas vueltas hasta que perdió al Audi de vista. Posiblemente, su perseguidor había entendido el mensaje. Tenía que ser Garrido. ¿Tan lejos llegaba su odio? Se estaba tomando demasiadas molestias, pero había personas así. El subcomisario había demostrado que no iba a renunciar a su verdadero objetivo: echarla de la policía. Nada le detendría, lo había conseguido otras veces, con otras mujeres que terminaron rindiéndose. Pero la inspectora Lanza no era como las demás y esta no era la primera guerra en la que combatía.

Detuvo el coche junto a una de las urbanizaciones que crecían como hongos a pocos kilómetros de la capital. No había nadie, el perseguidor se había cansado. O quizás esperaba una ocasión mejor.

Volvió a llamar a la jefa y esta vez lo cogió.

—Lo de la matrícula: estoy en ello. ¿Desde dónde te ha seguido?

—Desde la colegiata de Castañeda. Creo que he logrado despistarlo o se ha cansado de dar vueltas. Ahora estoy parada cerca de Liencres.

—¿Y a santo de qué has ido a la colegiata?

—A ver al párroco. Fue el confesor de Stefano Gaspari, el marido italiano de Laura Santos.

—Los curas son duros de roer. ¿Qué le has sacado?

—Que el tal Gaspari era un católico muy generoso con la Iglesia, a la que hacía donaciones millonarias. Y que Laura, antes de meterse a escribir películas, fue actriz, algo que nadie me había dicho y que parece mantener en secreto.

—Bueno, avergonzarse de las tonterías juveniles no es delito. ¿Crees que oculta algo más?

—Todavía no lo sé. Lo único que sabemos seguro es que un asesino profesional mató al director de cine. Que un testigo fiable afirma que el sospechoso que visitó el refugio dando una identidad falsa era italiano. Y sabemos que el marido de Laura Santos, la guionista de la película de Galán, era también italiano.

—O sea, que estás convencida de que en esa coincidencia hay algo más.

—Sí. Dos italianos son muchos para una sola historia, ¿no crees?

—Demasiados, sí. Y si hay crimen organizado de por medio, dos son multitud. ¿Qué piensas de la Santos? ¿Está limpia?

—Su pasado es difícil de rastrear. El pseudónimo, lo de mantenerse en el anonimato aunque se dedique a actividades públicas... Lo que sí está comprobado es que antes de conver-

215

tirse en viuda millonaria fue amiga de Galán y del actor Carlos Almonte. Y también del productor Armando Francés: recuerda que lo encontré en su casa. Todos están relacionados entre sí, todos se conocen desde hace años, todos están en la misma película.

—¿Y Alfonso Herrán? ¿Salió su nombre?

—No. Es una pieza suelta en todo esto. Nada hace pensar que Laura Santos tenga que ver con él. Este crimen parece más cerca del mundo del cine que de los negocios.

—Mejor, ya te dije que no es recomendable seguir por ahí. No me apetece nada que Castillo siga moviendo sus tentáculos para proteger a su cliente de vete a saber qué. Aunque yo también tengo mano. Ese cabrón ya estará enterado de que tiene que dejarte en paz. Porque si fue él o alguien mandado por él, me da igual, quien haya robado información de una investigación en curso se está pasando de la raya. Todo tiene un límite.

Mar no preguntó cómo iba a conseguir parar los pies a aquella rata de cloaca, pero estaba claro que la Sañudo también tenía contactos, sin ellos no hubiera podido llegar tan lejos en la Policía Nacional.

—Bueno, a lo nuestro: ¿qué piensas hacer con todo eso?

—Seguir. Hay algo sucio en el pasado de Antonio Galán. Algo relacionado con otra muerte misteriosa: la de Vera Leoni, una actriz que trabajó en una de sus películas de los años setenta.

—¿Qué le pasó?

—No se sabe si fue un accidente o un suicidio, pero murió al precipitarse desde un octavo piso. El caso se cerró en falso, sin conclusiones.

El silencio de Marián al otro lado del teléfono fue elocuente. Si la inspectora Lanza tenía un punto débil, era el de los casos sin resolver. Mejor dicho: uno muy concreto. Nunca habían hablado de ello, pero la Sañudo conocía su obsesión por la desaparición de las niñas de Reinosa. La comprendía, pero no podía compartirla. La obsesión no solo podía llegar a ser paralizante para un policía, también solía llevar a conclusiones precipitadas y provocar errores peligrosos, como buscar un culpable costase lo que costase y por encima de la legalidad con tal de no volver con las manos vacías. Mar notó la desconfianza al otro lado del teléfono, por eso insistió:

—El día antes de la muerte del director alguien le envió una especie de mensaje en forma de fotografía. Un retrato de Vera Leoni, la mujer fallecida.

—¿Tienes la foto?

—La original ha desaparecido, pero hicimos fotografías del escenario y está ahí, se ve perfectamente. He podido identificarla gracias a eso.

—Una foto de una foto… En fin, tú verás.

Sabía que a la jefa había que darle hechos, no conjeturas.

—Es extraño que la foto de Vera Leoni apareciera en el refugio donde se iba a rodar una escena. No pertenecía a los objetos del lugar ni a la decoración de la película. Alguien ajeno la puso ahí con una intención concreta, quizá como un aviso o una amenaza que…

—Espera —interrumpió la jefa—. Acaba de llegarme la identificación de la matrícula del coche fantasma: es un coche incautado. Comprado en subasta a nombre de Solmyt, S. L., dedicada a la «consultoría empresarial», de la que no hay registros de actividad.

Las dos mujeres se quedaron en silencio.

—Huele que apesta —dijo por fin la Sañudo.

—Hay algo más… —añadió Mar.

—Joder, ¿más?

—También me siguieron anoche al salir de la jefatura. Y había un coche que no logré ver bien, pero puede que fuera el mismo.

—Garrido.

—Eso creo.

—Tal y como están las cosas, casi lo prefiero… Sería el mal menor —contestó la jefa—. Confío en que sabrás manejar ese asunto. Por mucho que te presione y aunque te haga la vida

217

imposible, no puedes permitir que ese gilipollas te condicione. Tienes un caso y eso es más importante que todo lo demás.

—Entendido, jefa.

—Vete a casa y descansa, anda.

2

Retomó el camino en dirección a Santander, no hacia su casa, sino al club de remo. Pero el mal tiempo arreciaba y se había puesto difícil sacar el kayak.

—Ya lo siento, pero hoy no sales. Si con este tiempo hasta la flota deja de salir a faenar... Estarán contentos los pececitos —dijo Terio mientras cerraba el portón—. Vas a tener que acostumbrarte a hacer deporte de interior, jugar al *squash* o alguna cosa de esas de pijos. Dicen que es el cambio climático, pero yo qué sé. Me voy donde Lin, allí me encuentras para todo lo que no sea sacar una embarcación.

Mar no podía dejar de hacer deporte, estaba enganchada a esa droga. Cuando algo le impedía tomar su dosis diaria sabía que el mono le pasaría factura. Insomnio, pesadillas, nerviosismo, angustia, sobre todo cuando algo la preocupaba o la obsesionaba. Como ahora.

El temporal había barrido de la costa a la gente que solía hacer el dominguero, pasear con los perros o los niños. No había nadie a la vista, a esa hora todo el mundo estaría de sobremesa en los restaurantes de los alrededores como el de Lin o sesteando en sus casas, asustados por las olas y el viento que la galerna estrellaba contra la costa. Decidió dar una caminata a buen ritmo aunque sin correr: no llevaba calzado adecuado y ya no tenía los doce años con los que corría monte abajo con las albarcas puestas, y sí varias lesiones provocadas por la práctica deportiva y las pruebas extenuantes en el ejército. Roturas, esguinces, luxaciones... Nada grave. La máquina nunca le había fallado, pero ahora se daba cuenta de que la había forzado hasta pasar el límite y debía cuidarla mejor si no quería quedarse sin ella. Y en contradicción, la necesidad cada vez más acuciante de descargar la tensión con el ejercicio físico.

Conocía bien la ruta: llegaría hasta Cabo Mayor para luego regresar al aparcamiento de La Maruca, donde dejó aparcado el coche. Estrechos senderos costeros que bordeaban los acantilados de punta a punta. El rumor del mar se le metió dentro del cuerpo hasta llenarle por completo: caminar y sentir el viento en la cara la apaciguó. Apenas se cruzó con nadie, salvo con unos chavales con mochilas y una señora muy pintona que caminaba tan rápido como ella; también debía de ser adicta al deporte.

Había llegado al cabo, veía ya el faro blanco cuando la señal de mensaje hizo vibrar el móvil que llevaba en el bolsillo del plumífero. Eli. Había estado esquivando la tentación, pero ahí estaba de nuevo. Puede que solo quisiera repetir y hubiera estado de acuerdo en eso, pero ¿y si buscaba algo más? No importaba: en cuanto acabara el rodaje se marcharía para no volver. Abrió el mensaje.

«Inspectora, tienes que ver esto», decía. Nada más. Y llevaba un *link* a una web que se anunciaba con el título de «Oda Malsana a la Española».

Buscó un sitio al abrigo del viento y del fragor del mar, se sentó en una roca y abrió el mensaje.

Se trataba de una página de fans de cine de terror español que compartían fotos de actores y actrices, viejos carteles, vídeos homenajes, entrevistas y cortes de películas. El vídeo que había enviado Eli iba acompañado de un montón de comentarios: «Una de las mejores secuencias del terror de los años ochenta», «Mítica», «*Giallo* brutal», «Sangre a raudales o cuando el cine era cine», «Lo más salvaje del cine de Antonio Galán».

¿Galán?

El decapitador de vírgenes, se llamaba la película. En realidad, *Il decapitatore delle vergine*, porque había sido filmada en Italia con actores y equipo italianos. Pero el director era el español Antonio Galán. Abrió el vídeo. Apenas podía oír el audio por culpa del viento, pero no hacía ninguna falta para entender lo que ocurría en la película, hasta el título era un *spoiler* en toda regla.

Un hombre con el rostro oculto bajo una máscara veneciana muy elaborada —*il pulcinella rosso*, según los comentarios de los fans— arrastra de la melena a una mujer rubia, muy joven y medio desnuda porque lleva rotas la camisa y la falda. Ella grita y se debate terriblemente, pero cuando ve que él saca un cuchillo —de aspecto extraño, antiguo— se queda paralizada, inmóvil. El enmascarado le hace un corte en el cuello muy lentamente, la sangre sale a borbotones de la herida, ella intenta hablar pero se ahoga en su propia sangre. El corte se hace más y más profundo, la imagen se recrea en el interior de ese cuello cortado como si el cuchillo fuera la misma cámara, hasta que el asesino logra separar la cabeza del cuerpo. Después, arroja el cadáver decapitado a un canal veneciano y se lleva la cabeza, que gotea sangre sobre las losas de piedra.

Quien había rodado aquella escena jugaba con el placer de ver el miedo deformando el rostro de una mujer. El detalle con que se mostraba el corte en el cuello proyectaba un odio encarnizado hacia un cuerpo joven y bello. Aquellas imágenes subrayaban la fragilidad de la mujer, su impotencia ante la agresión. Detrás de la mentira de la ficción estaría un público deseoso de regodearse en lo truculento, quizá buscando ver reflejada una superioridad física, una supuesta hombría, quizás huyendo de una sexualidad que sentía culpable o simplemente buscando placer en el sufrimiento de otros dividiendo al mundo entre víctimas y victimarios. Con las mujeres como víctimas perfectas, tanto en la ficción como en la realidad.

Hacía mucho tiempo que Mar Lanza había decidido no formar parte del grupo de las víctimas. Desde el primer día en el colegio, cuando pegó a aquel niño que se reía de la hija salvaje del Lobero, la que no tenía madre. Sobre todo después de que

Nieves y Rosi fueran secuestradas. Si de niña solo le había movido la supervivencia, después descubrió que podía dar un paso más: si no podía ser amada, la temerían, pero nunca quedaría a merced de un agresor. Y las imágenes de la película le daban la razón.

Volvió a revisar la escena. Posiblemente, esa película y otras parecidas no eran las culpables de la violencia que se ejercía cada día, solo reflejaban una fantasía que muchos deseaban y muy pocos se atrevían a realizar. Esos eran sus verdaderos enemigos. Pero no podía entender la admiración de aquellos fans. ¿Eran sádicos? Además de mal hecha —se notaba muchísimo que la sangre y la cabeza cortada eran de pega— toda la escena era profundamente asquerosa y cruel. Y tan macabra que rozaba el ridículo. Era evidente que Eli no le había enviado aquel vídeo para que apreciara las dotes como director de Galán, sino porque aquel asesinato de cine era muy similar al ocurrido en la realidad. Y eso cambiaba la naturaleza del crimen y también del criminal. ¿Se enfrentaba a un imitador? Por supuesto, había estudiado los casos famosos de los asesinos en serie por imitación, los *copycats* y el efecto Werther, pero ellos basaban sus crímenes en la imitación de un *modus operandi* de asesinos reales, no ficticios.

Buscó asesinatos reales basados en películas y sí que existían: sociópatas que habrían cometido sus delitos inspirados en películas de terror como *Scream* y *Saw*, incluso en el personaje del Joker de *Batman*. Todos los casos habían ocurrido en Estados Unidos, al parecer un país más proclive que otros a este tipo de criminales quizá por la influencia del cine en su sociedad: Hollywood fabricaba estrellas desde hacía más de un siglo. Pero quizás alguien hubiera importado ese tipo de psicosis, el deseo de hacer realidad la ficción. ¿Era el asesino un fan desquiciado de Vera Leoni? ¿Había copiado su crimen de una película de Antonio Galán?

3

Lo vio desde lejos, en el aparcamiento. El inspector jefe Garrido fumaba un cigarrillo apoyado en su coche. Mar siguió caminando hacia él.

—No pongas esa cara. ¿No te alegras de verme, vikinga?

—Aparta de mi coche. No quiero que lo manches.

Él dio dos pasos rápidos hasta llegar junto a ella, Mar vio el vaho saliendo de su boca.

—Si crees que puedes ir por ahí jodiéndolo todo, haciendo lo que te salga del coño, lo llevas claro. Te vas a arrepentir, hija de puta.

Sintió la rabia recorrerle el cuerpo, la descarga de adrenalina. Pero no debía enfrentarse a él. Le esquivó intentando abrir la puerta del coche, pero Garrido la sujetó del brazo impidiéndoselo y cerró la puerta de una patada.

—No me toques.

—Eso te gustaría... Como aquella vez, ¿verdad? Ahora te follas al fotógrafo ese, no puedes estar sin una polla, cómo te gustan, ¿eh? A ti sí. A la otra guarra no; claro, claro...

Le empujó para separarse, pero se zafó, la acorraló con todo el peso de su cuerpo aplastándola contra el coche y una garra le apretó el cuello.

Acercó el cigarrillo a su cara hasta que sintió el calor en la piel. Imaginó el dolor de la quemadura en la mejilla para poder soportarlo, mientras pensaba en cómo librarse del cuerpo grande y pesado del hombre. Si conseguía empujarlo hacia atrás podría sacar el cuchillo que llevaba bajo la pernera del pantalón.

De un manotazo, consiguió hacer volar lejos el cigarro encendido y él respondió apretándole el cuello con las dos manos; comenzó a faltarle el aire. Sintió su cuchillo pegado a la pierna como si quemase, él no esperaría que fuera armada. Deseó con todas sus fuerzas ver su cara de sorpresa al clavarle el cuchillo, hundirlo en su corazón, los ojos desorbitados mientras caía a sus pies.

Pero no hizo ningún movimiento. Sin resistirse, dejó caer las manos a los lados del cuerpo y le miró sin pestañear. No podía hablar, la garra se lo impedía, pero los ojos verdes dijeron muy claro: «Te voy a matar».

El hombre entendió aquel lenguaje mudo. No era una simple amenaza: esa mujer podía matar; Garrido sabía que lo había hecho antes. Y eso le hizo dudar. Fueron solo segundos pero durante ese momento permanecieron quietos como estatuas, si alguien los hubiera visto desde lejos podría pensar que se trataba de una pareja de amantes abrazados y congelados bajo el cielo gris.

La duda rompió la cuerda invisible que les ataba. El policía la soltó separándose con rapidez. Era ágil.

—Esta vez lo tienes muy jodido, zorra. Has tocado los huevos a quien no debías.

Con movimientos muy lentos y sin quitarle la vista de encima, Mar se metió en el coche y arrancó. Vigiló su reflejo en el retrovisor hasta que al doblar el recodo de la carretera el hombre salió del espejo.

Condujo de manera mecánica, sin pensar en lo que hacía. Sin ver las señales ni los otros vehículos, los edificios, la carretera. La nube gris desplomada sobre todas las cosas y sobre ella misma. Le costaba tragar, tenía la garganta inflamada y le dolía el cuello. Garrido la había agredido a plena luz del día, muy lejos de Madrid, donde tenía su puesto. Estaba segura de que era él quien la había seguido cuando salió de la jefatura a medianoche, al atacarla ahora se arriesgaba a que alguien hubiera visto todo desde una ventana, desde cualquier restaurante, pero eso no le había detenido. Significaba que se sentía protegido. Impune.

La rabia y el dolor en la garganta le hicieron dar arcadas.

4

Observó en el espejo el interior de la garganta hinchada y la marca roja de los dedos alrededor del cuello y en el brazo.

Bebió un sorbo de agua y casi gritó: era como tragar un alambre de espino. Se puso alrededor del cuello una bolsa de hielo envuelta en un trapo para bajar la inflamación.

No le daba miedo Garrido. Imaginó a unos hombres tan violentos como él atacando a dos niñas, no a una mujer entrenada para defenderse. Rosi y Nieves intentando escapar, intentando huir, al final atrapadas por los ocupantes del coche blanco. Comenzó a temblar de forma incontrolada. No le ocurría desde el ataque en Herat. La noche la ahogaba, la angustia crecía. Agotada, cayó en un duermevela infectado de pesadillas y fantasmas, de dolor de garganta y fiebre.

Está delante de la tumba de su padre. Nunca ha estado allí. El cementerio del pueblo, tan pequeño, los muros caídos. El abandono.

«¿Qué va a ser de las vacas?»

Siega el verde bajo sus pies con el dalle, chusss, chusss, la hoja se desliza y corta mucho, hay que tener cuidado para no darse en un pie. Cuando el dalle se desafila viene Sindo y el toque de la piedra de afilar sobre el metal resuena en cada rincón del valle.

«Tú vales para el ejército.»

La sangre en sus manos, el cuerpo pequeño, el rostro moreno, como dormido. El viento le mete arena en la boca, mastica cristales pequeños. El desierto delante y detrás, está sola, corre, se hunde en la arena, está caliente.

El calor espeso y tranquilo de las vacas, su olor a animal sucio y vivo, a estiércol y a leche.

«Tengo que ordeñarlas, llevan las ubres a reventar, están sufriendo.»

La teta suave y rosada entre las manos. El chorro tintinea golpeando el cubo. Está en la nave de ordeño del ferial de ganado en Torrelavega, la curva del techo inmenso que deja pasar una luz blanca y blanda como de leche. Un fragor de berridos y mugidos rebotan en el hormigón quemado por los orines. Ordeña sentada en su banqueta, que ha traído de casa. La perola llena hay que llevarla hasta el camión. «Es una niña, no va a poder», dice alguien, y Sindo contesta: «Ella puede».

La hierba está húmeda, ladra el perro viejo que se llama Rey. Lleva las albarcas nuevas que le ha hecho Sindo, conoce el oficio de albarquero desde niño.

«Hola, Mar.» Es Rosi. «¿Llevas un vestido nuevo?» Está también Nieves, entran en la discoteca del hotel Sejos. Chisco le da unos besos mojados y torpes y le toca las tetas por encima del vestido. Están escondidos en el baño y huele a meados. Oye a Rosi llamándola, se separa de Chisco de un empujón, le grita algo.

«Vente, no seas tonta.»

«Si llego tarde mi padre me mata.»

«Hacemos autoestop cada fin de semana, así vamos y volvemos y nadie se entera de que hemos ido a otro pueblo.»

«Es que es muy tarde ya, si voy no llego a ordeñar las vacas.»

«Pero, chica, ni que estuvieras en la cárcel. Pasa de él.»

«Mi madre es una pesada, igual o peor, qué te crees. Pero a mí me da igual, yo voy a bajar igual y si no es en tren, en coche.»

«Mira, ese está parando.»

«¿Cuál? ¿Ese blanco? ¿Los conoces?»

«¡Eh, el del coche! ¡Que vamos! Corre, Nieves.»

«¿Vienes, Mar?»

«Que no, que no puedo.»

«Tú te lo pierdes.»

Ellas ríen, siempre ríen en sus sueños. Y luego se quedan mudas, las llama y no vienen. No pueden hablar.

Deslizó la mano bajo la almohada y acarició el frío de la hoja de acero. Su contacto la tranquilizó y pudo dormir por fin.

5

El lunes a primera hora de la mañana, recibió una llamada de Victoria Freire, directora del psiquiátrico Doctor Esquerdo,

para confirmar que el paciente Carlos Almonte estuvo ingresado en el sanatorio desde el 13 de noviembre de 1978 hasta el 27
de marzo de 1983. En tono seco, añadió que había consultado
con el abogado de la empresa y si requería más información del
sanatorio necesitaría una orden judicial. La inspectora Lanza
le dio las gracias sin hacer comentarios. Tenía lo que buscaba:
Almonte había recibido tratamiento por una enfermedad mental justo después de la muerte de Vera, si además sufría una
adicción a las drogas, podía ser comprensible. Pero se jactaba
de haber colaborado con la policía. ¿Por qué? ¿Qué quería decir
con eso?

También tenía preguntas para Laura Santos, la actriz re-
convertida en guionista esporádica y millonaria a tiempo completo. Ella sabría más sobre lo vivido por todo aquel grupito
de jóvenes cineastas durante aquellos años lejanos; puede que
también sobre Vera. ¿La conoció? Charli, como le llamaba Laura, era entonces novio de Vera, así que no sería extraño que
hubieran coincidido si ambas pertenecían al mismo círculo de
amistades y de profesión.

Más complicado era encontrar un vínculo entre los dos italianos que aparecían en las notas de su cuaderno negro. Por
un lado, el sospechoso identificado en la estación de esquí con
identidad falsa y que estuvo merodeando alrededor del refugio
donde después había aparecido el cadáver decapitado de Galán. Por otro, el marido italiano de Laura. Negocios, eso había
dicho el cura don Iván, que le habían hecho rico. La primera
búsqueda no dio resultado: no encontró nada relacionado con
el difunto Gaspari. Debía de haber sido muy discreto, incluso
lo seguía siendo después de muerto. Al menos en las webs en
español. Lanza no hablaba italiano pero podía traducir un texto
escrito usando Google Translate. Buscó su nombre en páginas
italianas. «*Stefano Gaspari. Ativittà commerciale.*» Al fin dio
con algo y era muy fácil de entender, aunque estuviera en otro
idioma. Gaspari aparecía nombrado y fotografiado en varios
mítines de la Democracia Cristiana durante el año 1992. Can-

didato al Senado italiano. Por lo visto no ganó, porque no aparecía ningún senador apellidado Gaspari.

La inspectora poco o nada sabía de política, mucho menos de la italiana, pero la información sobre ese partido sí que era abundante: le cayó encima una avalancha periodística donde las palabras «corrupción» y «mafia» se repetían una y otra vez. La histórica Democracia Cristiana había desaparecido como partido poco después de que Gaspari intentara llegar a senador.

El revuelo la obligó a levantar la cabeza del ordenador. La Sañudo entraba en la sala principal rodeada de gente, entre ellos un par de encorbatados que no parecían policías, sino cargos políticos de la Consejería y de la Delegación del Gobierno.

—Les veo ahora mismo en la sala de juntas.

Esquivó a todo el mundo y se llevó a Mar hacia uno de los pasillos. Sañudo estaba pálida y con el entrecejo más que fruncido, enmarañado. Habló en voz baja.

—Hace media hora han encontrado un coche de alta gama abandonado en el bosque del Saja. La Guardia Civil cree que se trata del vehículo de Armando Francés. Vete para allá y me cuentas qué coño está pasando.

6

Caía una lluvia torrencial sobre la carretera que bordeaba el bosque del Saja en dirección al puerto de Palombera. En el mapa, el parque natural del Saja-Besaya era una mancha verde extendida por siete municipios, más de doscientos kilómetros cuadrados en el suroeste de la región. Hayas, robles, tejos albergaban todavía a una fauna salvaje: en otoño en los bosques resonaba el bramar de la berrea de los ciervos, allí cazaban los lobos y más arriba, a dos mil metros, reinaba el oso.

Los Patrol de la Guardia Civil le señalaron el camino; la pista forestal se veía desde la carretera, incluso pudo distinguir el Mercedes entre los árboles desnudos por el invierno. Aparcó donde pudo y subió hacia allí. A pesar de la capucha del plumífero las rachas de lluvia traicionera le mojaron la cara.

Lo identificó al momento: era el coche de Armando Francés y estaba rodeado por un cerco de investigadores en busca de pruebas. La Guardia Civil había desplegado toda su fuerza. La búsqueda se llevaba a cabo bajo un aguacero tan intenso que hacía correr riachuelos bajo los pies, que se hundían en una amalgama de barro, musgo y hojas.

El juez de guardia había llegado ya, y eso era mala señal. Si estaba allí es que le habían avisado para levantar un cadáver. Los secretarios se cobijaban bajo unos paraguas grandes, tipo golf, pero tampoco les servía de mucho y se hundían al caminar en el barrizal.

Lanza enseñó su placa al llegar al primer control y se quedó detrás de todo el despliegue, discretamente, para no interferir. Allí encontró al sargento Salcines, calado hasta los huesos.

—Vaya, Salcines, ¿tan mal pinta?

—Peor, paisana.

—No hace falta que me digas nada si no quieres, ¿eh? Que ya me imagino cómo estará el patio y no quiero líos con la Benemérita.

Al encontrar la inspectora Lanza el cadáver del director de cine, la Policía Nacional se había llevado un mérito que hubiera correspondido a la Guardia Civil. A veces la competencia era feroz.

—Mira, a mí no me duelen prendas, me la suda que seas poli; el que es bueno es bueno y tú lo hiciste mejor. Mi enhorabuena.

—Gracias, hombre.

—Ya habrás visto al señor juez, así que te lo cuento: hemos encontrado al chófer estrangulado. Agustín Llorente, treinta y cinco años, natural de Granada. Llevaba encima la documentación.

—¿Dónde?

—A pocos metros del Mercedes. Parece que le echaron un

lazo por detrás, de improviso, aunque es pronto para decirlo. Todo es raro de cojones.

—El cadáver, ¿tiene la cabeza?

—Coño, la tenía puesta cuando levantaron el cadáver hará treinta minutos.

—¿Quién encontró el coche?

—Uno de aquí que pasa todos los días. Vio un cochazo en un sitio bien raro, metido bosque arriba, y nos avisó al momento. Serían como las ocho de la mañana.

Mar apuntaba los datos: la lluvia mojaba el papel y emborronaba la tinta del boli.

—Papel… A la antigua usanza. Yo no me hallo metiéndolo todo en el móvil, como hacen los jóvenes.

—Oye, Salcines. ¿Conoces a Fermín Cossío? ¿Sabes quién te digo?

—¿El de la estación de esquí? No voy a saber.

—Lo interrogasteis sobre el sospechoso que vio merodeando por la estación; el que enseñó un carné falso. ¿Qué tenéis vosotros con el tal Fermín?

—Aquí ya sabes que nos conocemos todos y de años. Y claro, pues pasan cosas. Fermín nos tiene ojeriza porque hace años trabajó en unas obras de reforma de la casa cuartel de Espinilla y dice que el comandante le dejó dinero a deber. Tuvo cuatro palabras con él, denunció, perdió y desde entonces echa pestes contra la Guardia Civil. El día que fuimos a preguntarle por el sospechoso ese del carné falso, se puso chulo en cuanto nos vio llegar.

—¿Nada más?

—Nada de nada. Otra cosa es que se invente historietas, que el tío tiene mucha imaginación.

Salcines ponía en duda la palabra del único testigo que abonaba la teoría del sicario italiano. Pero tampoco podía fiarse del todo de la explicación —un tanto interesada— del guardia, sobre todo si existía entre ellos la típica rencilla de los pueblos. Como los guardias eran también del lugar, no estaban al mar-

229

gen de acabar en pleitos. Por eso en aquella región había más despachos de abogados que olas en el mar.

—Dicen que esto tiene que ver con lo del peliculero asesinado. Es lo que se rumorea.

—El coche pertenece al del productor de la película y el muerto es su chófer.

—O sea, que sí, ¿verdad?

Antes de que la inspectora pudiera contestar, llamaron a Salcines, que se fue corriendo cuesta arriba. Se oyeron ladridos: los perros de la Unidad Canina corrían entre los árboles seguidos por sus adiestradores.

Mar aprovechó para hacer una llamada a la Sañudo, que lo cogió inmediatamente.

—Un momento —dijo. Seguramente estaba en plena reunión, pero su prioridad era lo que le contara Lanza, que estaba en el terreno.

—¿Cómo van? —preguntó.

—De momento solo ha aparecido el chófer. Estrangulado. No lo dicen, pero seguro que con la misma técnica del lazo. Como Galán.

—Esto se está poniendo jodido. Pero que muy jodido.

—Oye, sobre el chófer. Se llamaba Agustín Llorente, me lo acaba de confirmar la Guardia Civil, que tiene su documentación. Creo que también podría ser guardaespaldas porque tenía pinta de eso, si es el mismo tipo que vi acompañando a Francés en casa de Laura Santos.

—Apuntado, en cinco minutos te buscan todo lo que haya sobre el tal Llorente.

Ahora sí que habría muchos funcionarios pendientes de cualquier orden de la jefa. Todas las demás investigaciones se habrían parado: la maquinaria se lanzaba en una sola dirección.

—Voy a estar metida en reuniones. Nos mensajeamos en cuanto haya novedades.

Sañudo cortó sin esperar respuesta. Las novedades, como ella decía, no podían ser más que la confirmación de la muerte de Armando Francés. Eso en el mejor de los casos. En el peor, una desaparición como la de su amigo Galán y más búsqueda.

—Inspectora…

Bajo un paraguas que chorreaba agua, estaba Graciela de Diego. Se acercó a Mar como si fuera una tabla de salvación.

—¿Me recuerda?

—Sí, claro, Graciela. ¿Cómo es que está aquí?

—Me avisaron enseguida, fui yo quien les confirmó que habían encontrado el coche de Armando. Como está a nombre de la productora…

—¿Se encuentra bien? Esto puede ser largo. Y duro.

—Me siento obligada. Soy la persona más allegada.

—¿Lo sabe alguien más?

—No, nadie.

Después de recibir la llamada de la Guardia Civil, Graciela salió de la oficina de producción en La Torre de Isar sin contar a nadie del equipo lo que ocurría, aunque al saber de la aparición del coche de Francés abandonado en un monte, se temió lo peor.

—Espero que a Armando no le haya pasado nada, no quiero ni pensarlo… Tendría que llamar a su hija mayor, la otra está fuera de España, en Miami, creo.

Mar había revisado la historia personal de Francés: su primera mujer, una sofisticada aristócrata francesa, era la madre de sus dos hijas. El matrimonio duró poco. Después, infinidad de novias de papel cuché y otra esposa, una cantante muy famosa con la que había acabado en un divorcio sonado y ella de plató en plató contando miserias.

—Y este sitio, Dios mío…

Graciela miró alrededor como si cada tronco de árbol ocultara una amenaza. Aquel bosque debía de ser para ella el peor de los lugares donde morir. La jefa de Producción estaba conmocionada, hecha una sopa y temblando de frío. Un buen momento para sacarle información.

—¿Sabe de dónde venía y a dónde se dirigía su jefe?

—Volvía a Madrid. Estos días se quedó en casa de una amiga.

—Laura Santos, la guionista.

—Eso es. ¿Ha hablado usted con ella?

—Sí. Por cierto, nadie me habló de la existencia de esta mujer ni de que su residencia estuviera tan cercana al rodaje. Tampoco después de la muerte de Antonio Galán, cuando pedí el listado de todos los miembros de la película. ¿Por qué tanto secreto?

—Laura está enferma y no quiere publicidad. Además, los guionistas no se consideran equipo de rodaje. Por eso no le hablé de ella. Armando se alojó en la finca de Laura y ayer decidió irse porque tenía reuniones en Madrid y como el rodaje estaba ya encarrilado…

El móvil le avisó en el bolsillo, era un brevísimo mensaje de la jefa: «Chófer es policía en excedencia», describía en el chat.

Se oyeron gritos, los perros ladraron. Un guardia bajó corriendo a hablar con el juez y ambos echaron a andar monte arriba cruzándose con varios grupos de búsqueda que ya bajaban, entre ellos, Salcines. Todos muy serios y silenciosos: Mar intuyó lo que significaba. Los perros estaban bajando también.

—¿Qué pasa? —preguntó Graciela al ver tanto movimiento.

—Será mejor que vaya a su coche y me espere allí. Iré en cuanto tenga noticias —contestó la policía.

Tiritando —quizá no a causa del frío, sino del miedo— Graciela comenzó a bajar el desnivel esquivando ramas y con cuidado de no resbalar en el barro. En cuanto se alejó, Mar se acercó a Salcines. No tuvo que preguntarle, él mismo se lo dijo.

—Arriba hay un muerto, los perros han dado con él. Esta vez no puedes ponerte la medalla, paisana: lo hemos encontrado nosotros.

—¿Y la cabeza?

Salcines hizo un gesto muy claro.

—La están buscando. He visto el cuerpo de lejos y no he querido ni acercarme, que ya estoy muy mayor para estas mierdas.

—¿Dónde estaba? ¿Han encontrado algo con él?

—Debajo de un árbol, un tejo, en concreto. Pero sin esconder, ni se han molestado. Y a simple vista no parece que haya nada, pero están peinando la zona.

Esta vez el criminal no había dejado un escenario como en el refugio. Por alguna razón, no había podido llevarlo a cabo como tenía planeado.

—¿Cómo sabéis que se trata de Armando Francés?

—Porque no le han quitado la cartera, solo la cabeza. Y te aseguro que en la Benemérita, si sabemos algo, es comprobar documentaciones —contestó Salcines, con sorna.

Al diferenciar entre sus víctimas, el asesino había dejado una pista importante: matar al productor tenía un significado, fuera el que fuera. En cambio, la muerte de su chófer-guardaespaldas-expolicía no significaba nada. Por eso no le había cercenado la cabeza. Ese hombre había tenido la mala fortuna de acompañar al verdadero objetivo, que no era otro que Armando Francés. Su asesinato rimaba de forma tétrica con el de su amigo Galán, así que el primer crimen no podía considerarse un hecho aislado. Por tanto, no había allí nada fortuito, el autor de ambos crímenes seguía un plan. Era lo único claro en aquella historia, porque el resto seguía tan embarrado como el suelo que pisaba.

233

7

La ambulancia salió con los cuerpos de las dos víctimas en dirección al Instituto de Medicina Forense —donde permanecía también el de Galán— y la investigación quedó a la espera de los resultados de las autopsias. Todo apuntaba a que el crimen de Francés repetía el de Galán.

No hacía falta quedarse bajo la lluvia, Mar ya tenía todo lo que quería. De momento. Bajó hacia la carretera y buscó entre los varios vehículos aparcados: tenía que dar a Graciela de Diego la noticia de la muerte violenta de su jefe.

—Estoy más tranquila de lo que esperaba. Quizá me había hecho a la idea… No sé —explicó a la policía.

Las dos mujeres estaban dentro de una de las minivans de producción que Graciela había usado para desplazarse desde la casa rural. Seguía con el abrigo puesto y la calefacción a todo trapo, pero se quejaba de que no conseguía entrar en calor. Mar sabía que aquella mujer se encontraba en estado de *shock* emocional que al cabo de unas horas podría convertirse en un estrés agudo. Como era adicta a los tranquilizantes, seguro que ya llevaba en el cuerpo una buena ración: en cuanto empezara a notar síntomas se automedicaría con una dosis extra que la dejaría KO. Pero en ese momento parecía pensar solo en la película.

—Todo el mundo está trabajando sin saber que nuestro productor ha muerto. Y ahora soy la única responsable… No me queda más remedio que anunciar el fin del rodaje, despedir a todo el mundo, organizar las cuentas, hacer frente a los pagos y cerrar la producción… Ay, señor…

La máscara de la luna roja nunca vería la luz: se había convertido en una película maldita, quizá la más maldita de la historia del cine.

—La película está acabada, hay que ser realistas; sin Armando resulta imposible continuar —cayó en la cuenta—. Dios mío, ¿dónde tengo la cabeza? Tengo que avisar a sus hijas, no estaría bien que se enteraran por la prensa…

Rebuscó el móvil en el bolso, no lo encontraba, su nerviosismo iba en aumento.

Tenía razón: la noticia correría como la pólvora. Asesino en serie. Cineastas como víctimas. El mundo del espectáculo y la cultura conmovido. Y después, críticas a la actuación policial por su inoperancia tras el primer crimen y su incapacidad para evitar los siguientes.

—¿Dónde se está rodando hoy? —preguntó a Graciela.

—Estaban previstas unas secuencias en una aldea del valle, pero con esta lluvia habrán parado.

—Está muy nerviosa, es mejor que no conduzca. Deje aquí la furgoneta: yo la llevaré hasta esa aldea.

—Ah… Muchas gracias. Es raro, pero tenerla a usted cerca me da como… tranquilidad.

Aunque intentara controlarse, Graciela estaba aterrada. Puede que temiera ser la siguiente víctima de un asesino dispuesto a acabar con la vida de todos los peliculeros que se habían atrevido a violar un territorio sagrado del que era dueño y guardián.

—¿Qué pueblo es?

—Mazaruelo. ¿Lo conoce?

8

Su pueblo. El lugar del que había escapado cuando cumplió los dieciocho años. No había regresado desde entonces.

Disimuló como pudo la incredulidad. De nuevo la casualidad le daba una bofetada. Casi dudó en poner una excusa a Graciela para no tener que llevarla allí, pero ya no podía echarse atrás, además era cierto que aquella mujer no estaba en condiciones de conducir un coche. Y tenía una buena razón para presentarse en el rodaje justo en el momento en que se anunciara la muerte violenta del productor de la película. Esa razón se llamaba Carlos Almonte.

—Nada, imposible: Bárbara comunica…

Mientras Graciela intentaba hablar con la hija mayor de Armando Francés para darle la terrible noticia, dejó atrás la carretera sinuosa que salía del puerto y al llegar al cruce de Espinilla torció a la derecha en dirección a Mazaruelo. Graciela consiguió por fin que la hija le cogiera el teléfono. Le temblaba la voz.

—Tu padre ha fallecido. Lo siento muchísimo… Algo terrible…

Llegaban al desvío, la señal decía «Mazaruelo, 2». Una subida de carretera comarcal hasta el pueblo escondido, encaramado en el monte.

—Iba a Madrid en coche… No, no ha sido un accidente. Es que ya sabrás lo de Antonio Galán… Eso, un homicidio —siguió Graciela.

A pesar del tiempo transcurrido, reconoció cada curva, cada árbol pegado a la carretera.

—No lo sé todavía… No me han dicho nada, están investigando. Ahora está en manos de la policía. En cuanto sepa algo más te aviso… Sí, cuenta con ello… Claro. En cuanto salte la noticia… Sí, por eso te lo digo… La prensa estará a la puerta de tu casa…

Las eras. Al otro lado, el pequeño cementerio.

—¿El funeral? No sé. Habrá que esperar a lo que diga el forense… Supongo… Cálmate… No me grites, que yo también estoy muy nerviosa, me lo estoy comiendo todo yo sola y es que no puedo más… —Graciela se echó a llorar y al otro lado cortaron la llamada.

Llegaron a Mazaruelo. La carretera atravesaba la aldea apiñada alrededor de la iglesia. Siguió hasta llegar a la fuente que marcaba el límite del pueblo con el monte. Tenía una extraña forma de túmulo o de zigurat rodeado por un abrevadero para el ganado. Había jugado alrededor de esa fuente toda su infancia. Allí estaban los del cine; se veían focos y habían colocado unas carpas que ocupaban la plaza alrededor de la fuente. Mar detuvo el coche.

—¿Por qué eligieron este pueblo? ¿Tiene algo especial? —preguntó.

—No… Bueno, sí: tiene un panorama espléndido, está casi metido en el monte. Y creo que a dirección artística le gustó mucho la fuente para rodar una escena en la que los protagonistas se detenían a descansar en un pueblo abandonado, con casas derruidas. Ahí al lado hay unas cuantas.

Casas derruidas. Desde allí, Mar podía ver el tejado hundido de la suya, alejada, casi metida en el monte.

—Vamos allá —Graciela se daba ánimos antes de salir del coche y correr bajo la lluvia hasta una de las carpas.

Mar esperó dentro del coche vigilando la caravana de Carlos Almonte. Seguramente estaría allí. Él era la verdadera razón de su presencia: si ocurría lo que suponía tras la noticia que iba a dar Graciela, lo encontraría más que dispuesto a hablar con la policía. Vio gente corriendo de un lado para otro: se estaban reuniendo bajo la carpa más grande, alrededor de Graciela. Una auxiliar fue a avisar a la caravana, de ella bajaron las actrices y, tras ellas, Almonte, que se dirigió también hacia la carpa.

Unos golpecitos en la ventanilla la obligaron a apartar la mirada de la caravana. Era Eli. Bajó la ventanilla.

—Abre, inspectora, no me dejes bajo esta lluvia.

—Vas a perderte la noticia.

—Prefiero que me la cuentes tú. Aunque por la cara de Graciela, me la imagino. ¿Abres o no?

Eli metió su corpachón en el coche con esfuerzo.

—¿Qué ha pasado?

—Francés... Asesinado de la misma forma que Galán. Y con él a su guardaespaldas y conductor, aunque ese no ha perdido la cabeza. No te cuento nada que no vaya a publicarse dentro de unas horas.

Eli resopló y se sacudió la lluvia de la melena, algunas gotitas salpicaron en la cara a Mar.

—¿Te llegó mi mensaje? No respondiste.

Había olvidado hacerlo por culpa de Garrido, pero eso no iba a contárselo.

—He tenido mucho lío. Ya sabes.

Se fijó en el cuello de Mar. A pesar de llevar el pelo suelto, sobre la piel blanca que había besado hasta cansarse, lucían unas escandalosas marcas moradas.

—¿Y eso? —señaló—. No habré sido yo, ¿verdad?

Casi le dieron ganas de reír: Eli era un amante mucho más que competente, casi virtuoso, pero no violento.

—Tranquilo, ha sido un accidente... Casero.

Eli decidió no preguntar más. Había que mantener una prudente distancia si no quería asustarla. Porque tenía que ser miedo, quizá de sí misma, lo que la hacía comportarse como un animal agresivo y asustadizo en cuanto alguien mostraba interés por ella. Y él tenía mucho interés. Una atracción quizá morbosa: peligro, muertes, asesinos, misterio. El vértigo, el subidón enganchaban como una droga dura, pero no solo era eso. No podía quitarse de la cabeza la ternura inesperada de aquella mujer cuando besaba y abrazaba, cuando el animal salvaje se dejaba acariciar la piel suave y respondía con una entrega absoluta. Como si fuera a morir mañana.

—La película que me enviaste…

—*El decapitador de vírgenes.*

—Vi lo suficiente para saber que es la historia de un asesino en serie que mata a muchachas…

Hablaba con la atención puesta en la carpa en donde se había reunido el equipo para escuchar lo que Graciela tenía que comunicar y donde se encontraba Carlos Almonte.

—Vírgenes. La obsesión del asesino.

—¿Cuántas?

—No recuerdo si mata a cuatro o cinco. Al final en estas pelis pierdes la cuenta.

—¿Se descubre al asesino?

—*Il pulcinella rosso.* Al final una de las chicas logra escapar y ahogarlo en medio de la laguna veneciana, pasándole varias veces por encima con la hélice de su barquito. Pero no es una peli de descubrir al asesino, sino de meterse en su mente. Desde el principio lo conocemos: es un joven estudiante veneciano que tiene fama de bueno y caritativo. Vive con su madre, que es muy católica, apostólica y romana. Un cliché, desde luego, pero hay que tener en cuenta la época y que es una coproducción italo-española, países católicos. No se ahorra la crítica política.

Mar no había visto crítica por ningún lado, pero seguramente Eli tuviera razón; era el experto.

—Demuestra que estoy buscando a un imitador. Pero no de un asesino real, sino uno de ficción. Ahora sé más sobre él.

238

—Se trata de alguien inteligente y sofisticado. Tan aficiona-do al cine como para obsesionarse con él. Alguien que conoce muy bien las películas de Antonio Galán —dijo Eli.

—Pero también con la habilidad para matar con total frial-dad, de forma limpia y profesional, siguiendo un plan. Con la fuerza y el entrenamiento necesarios para reducir a un guar-daespaldas —añadió Mar.

Se miraron.

—Son dos —dijo Eli.

Mar asintió.

Empezaba a salir gente de la carpa tecleando o hablando por el móvil: la noticia de la muerte del productor correría como la pólvora.

Salió del coche y Eli la siguió.

9

Se abrieron paso entre la gente estupefacta y apiñada en corrillos. Graciela intentaba poner orden en el revuelo pero na-die le hacía caso.

—Un momento... Calma...

Carlos Almonte, gritando, agarraba por las solapas al direc-tor, que intentaba zafarse de él como podía.

—Fuera todo el mundo —dijo Mar en voz alta.

Un montón de cabezas se volvieron hacia ella, las voces ce-saron pero nadie se movió.

Mar sacó la placa.

—Policía.

En cuestión de segundos todos los presentes salieron depri-sa y en silencio. Solo quedaron bajo la carpa Graciela, Flavio y Almonte.

—Usted... Usted... ¡Haga algo! ¡La policía tiene que pro-tegerme! —gritó el actor.

—Salgan ustedes también —ordenó Mar.

—No, no me dejéis solo… —lloriqueó Almonte.

—¿Es necesario? —preguntó Flavio—. No se encuentra en condiciones…

—Yo me encargo —le interrumpió Mar.

—No te quedas solo, Carlos, cariño —añadió Graciela—. Está aquí la inspectora. Y nosotros nos quedaremos fuera, ¿vale? Vamos, Flavio. La inspectora se hace cargo.

Al pasar por delante de Mar, susurró:

—Le he dado unas pastillas, le harán efecto pronto.

El director y Eli salieron tras Graciela, y la inspectora Lanza se quedó sola con el actor. Recogió una silla tirada en el suelo y le invitó a sentarse, pero él continuó de pie, dando vueltas sin ir a ningún lado y pasándose la mano por la cabeza de forma compulsiva.

—Van a matarme. Vienen a por mí, soy el siguiente… Necesito esconderme, un lugar seguro… ¡Quiero protección!

—¿Quién querría hacerte daño, Carlos?

—¡¡No quiero morir!!

Estalló en un llanto histérico, imparable.

—Por favor… Necesito ayuda.

—No te va a pasar nada —habló intentando ser persuasiva—. Pero tienes que decirme quién ha matado a Galán y a Francés.

—No lo sé… ¡¡No lo sé!! —gritó entre lágrimas y mocos. El rostro que alguna vez fue bello y perfecto convertido en una máscara arrugada y deformada—. Si lo supiera… lo diría, lo diría… Tengo miedo, mucho miedo…

—Carlos, soy policía, nadie puede hacerte daño si estoy aquí, ¿entiendes?

Asintió moviendo la cabeza arriba y abajo como si fuera un muñeco, sin saber qué hacer ni qué decir. Sin personaje.

—Pero tienes que contarme todo lo que sepas.

—¿Sobre qué? —sollozó.

—Sobre Vera Leoni.

Al escuchar el nombre cesó de moverse y la miró sin pestañear.

—¿Qué tiene que ver Vera con todo esto? Murió hace mucho…

—¿La recuerdas?

—Cómo no la voy a recordar… Podría hablar horas de ella y eso que llevo años sin hacerlo.

La pregunta de Mar obró un milagro: Carlos volvía a tener personaje, el del hombre maduro que recuerda su juventud.

—¿Cómo era?

—Un ángel. Desde el primer momento que la vi, lo supe.

—¿El qué?

—Que era una estrella. Dentro y fuera de la pantalla. La cámara la amaba, todos la amábamos. Hicimos juntos *Piel de plata*. Estábamos todos allí: Armando y Antonio, Vera y Laura. Y yo, claro.

—¿Laura? ¿Laura Santos?

—Laura Palermo, su nombre artístico.

La fotografía del estreno de *Piel de plata* en la que estaban los tres: Almonte, Vera y la belleza morena que hacía de enfermera en la película. Cuarenta años después, era una anciana enferma que tenía un palacio y la guionista de una película que había acabado costando la vida a tres personas.

—Cambiarse el nombre era normal, Vera tampoco se llamaba Vera, sino Asunción —añadió.

Mar había prescindido del cuaderno negro para crear un clima de conversación y no alarmar más a Carlos. Parecía más tranquilo, hasta se había sentado. Los tranquilizantes de Graciela estaban haciendo efecto.

—Eras su novio cuando murió.

—No. Fue un montaje.

—¿Qué quieres decir?

—En aquella época era normal: yo era popular y ella quería serlo también. Fue idea de Armando, un genio para la publicidad. Ahora no podría hacerse, las redes sociales, los móviles con cámara, la tele… Muy expuesto. Nosotros dijimos que sí porque nos queríamos mucho, nos ayudábamos en nuestras carreras… Si hasta me llamaba hermano y me contaba sus cosas: que iba con unos y con otros, nada serio. A Alfonso no le gustaba, pero tragaba.

—Alfonso es… Alfonso Herrán.

La conexión entre la *troupe* del cine y el famoso empresario era Vera.

—Tenían una relación o un lío, yo qué sé. A estar con Vera no se le podía poner nombre. Era una fuerza de la naturaleza, un espíritu libre. Cuando estabas con ella sentías esa energía. Pero libre de verdad, no como cree la gente.

—Háblame más de Herrán y de su relación con Vera.

—Eso lo viví de cerca: Vera se quejaba de que quería cortarle las alas y se reía de él, tan preocupado por las apariencias. Ya estaba casado entonces, pero ella vivía en un ático enorme que pagaba él. Cada noche montábamos una fiesta, siempre estaba lleno de gente… Todo el que no tenía un sitio en Madrid sabía que Vera le abriría sus puertas. Eso sacaba de quicio a Alfonso, que también tiene mucha personalidad, pero es que estaba loco por ella.

—Ese ático de la Castellana es el lugar donde ocurrió, desde donde ella cayó, ¿verdad?

Carlos asintió y volvió a echarse a llorar, esta vez de forma pausada, sin histerismo. Mar le sirvió un vaso de agua de una botella que encontró en la mesa de *catering* y esperó. Esperaría todo lo que hiciera falta.

—Hace años que no hablaba de Vera, ¿sabe? —confesó el actor.

—¿Por qué no?

—Aquello… me dejó destrozado. Durante mucho tiempo estuve mal, muy mal… Antonio y Armando han evitado siempre hablar de ella y de todo lo que la rodeaba, decían que me afectaba demasiado.

—¿Y Laura?

—También Laura sufrió; era su mejor amiga. Yo creo que por eso se fue de España, aunque nunca hablamos de ello. Perdimos el contacto. Era Vera quien nos unía y sin ella todo acabó. Siempre he creído que se llevó mi juventud. Mi futuro. Cuando logré levantar cabeza, me había convertido en un viejo. Me costó mucho volver a trabajar; además, el negocio había cambiado. Tampoco tenía fuerzas, estuve hundido tanto tiempo...

—¿Qué le ocurrió a Vera aquella noche? —cortó Lanza.

—No lo sé, lo juro. Llevo años preguntándomelo.

—¿Crees que fue un suicidio?

—No, de ninguna manera. No ha nacido nadie en este mundo que amase más la vida que Vera. Supongo que fue un accidente. En aquella época nos pasábamos mucho de rosca.

Lanza se dio cuenta de que ahora también estaba pasado: Carlos se había quitado la ropa de abrigo, sudaba, estaba congestionado y tenía los ojos vidriosos. Y no paraba de hablar. Quizá la jefa de Producción le había dado una medicación equivocada.

—Pero estuviste allí.

—Esa noche también hubo fiesta y me fui pronto, con un par de chicas que había conocido. Yo era joven, guapo y famoso, me sobraban mujeres, se me tiraban encima. ¿Qué iba a hacer? En aquella época follábamos a lo loco para quitarnos de encima la caspa del franquismo. Duró muy poco, el sida acabó con eso.

—¿Y los demás? ¿Estaban allí? Me refiero a Galán, a Francés... y a Herrán.

—Sí, y también Laura. Pero después de lo de Vera, riñó con Antonio y Armando.

—¿Por qué?

—Laura apoyaba a la familia de Vera. Fueron a la prensa a acusar a la policía de amañar pruebas. Antonio y Armando estaban en contra de montar escándalo, querían que la gente del mundo del cine quedara al margen de la polémica. Pero de eso me enteré mucho después, porque yo estaba ingresado... Una depresión. Y estaba el alcohol y el jaco. Es que yo era muy inocente, entonces no se tenía la información que hay ahora, ¿sabe? No creíamos que consumir tuviera consecuencias.

—¿Qué pasó con Laura?

—Ninguno volvimos a saber nada de ella hasta hace muy poco. La película es idea suya. Armando estaba entusiasmado. Pobre Armando. Siempre creyó que podía controlarlo todo. Y ahora, ahora, está muerto… Todos muertos…

Bebió más agua.

—Tengo como una opresión en el pecho. Creo que necesito un médico.

—Una cosa más: ¿cuándo y por qué colaboraste con la policía?

—Me estoy mareando…

—Contesta.

—Esos años tuve unos… problemillas. Nada grave. Las malditas drogas…, un lío en el que me metió una tía. Es que… Me acusó… Herrán tenía contactos en la policía y… me sacaron del lío. Me da vueltas la cabeza…

Herrán. Contactos. Policía. Al famoso Carlos Almonte le habían borrado los antecedentes. Y no era difícil encontrar quién lo había llevado a cabo.

—Ese contacto ¿era el comisario Pepe Castillo? —preguntó.

Carlos abrió la boca como para hablar pero no le salió ni una palabra. Boqueaba como un pez. El color rojo intenso de su rostro había pasado al amarillo, tenía la mirada perdida.

—Tranquilo, Carlos.

Mar le ayudó a poner la cabeza entre las piernas y él empezó a tener arcadas hasta que vomitó justo a sus pies; tuvo que saltar hacia atrás para evitar las salpicaduras de bilis mientras el actor se desplomaba sobre su propio vómito, inconsciente.

10

Se llevaron a Carlos Almonte en una ambulancia hacia un hospital privado de Santander.

—Lo cubre el seguro —explicó Graciela. Seguía siendo la

jefa de Producción de una película, siempre pensando en los gastos—. No le pasará nada, ¿verdad? —añadió.

Podía referirse a la amenaza de muerte que pesaba sobre todos los miembros de la película o al temor de que se hubiera pasado de la raya con la dosis de barbitúricos que dio al actor.

—Estará bien —contestó Mar—. Enviaremos una patrulla a vigilarlo en el hospital.

Lo aseguró solo para tranquilizar al equipo de la película. La vigilancia dependía de la jefa y de los efectivos disponibles. Suponía convencer a media jefatura de que Carlos Almonte se había convertido en un posible objetivo para el asesino en serie. Aunque, en realidad, no creía que estuviera en peligro. Si todo lo que el actor había contado era cierto —gracias al suero de la verdad salido del pastillero de Graciela—, habría permanecido ajeno a las andanzas de los dos muertos y Alfonso Herrán.

Había dejado de llover y el equipo al completo estaba levantando el campamento. De nuevo le recordó al ejército. Eli se acercó, pero antes de que pudiese preguntar nada, sonó su móvil: era Sañudo.

—Perdona, tengo que contestar.

Dejó atrás la fuente, lejos del barullo de gente que desmontaba y cargaba material en coches y camiones. Unos pocos paisanos se habían acercado a curiosear, vio algunas caras conocidas entre los más viejos y las esquivó yéndose a un lugar más apartado.

—¿Tienes algo? —preguntó la jefa. No podía disimular la ansiedad.

—Sí, y es importante: el asesino tiene que pertenecer al círculo de los dos cineastas muertos. Lo sé porque conocía aspectos íntimos que solo alguien muy cercano podía saber, como su relación con la fallecida Vera Leoni.

—Necesitamos una lista de sospechosos.

—Todavía es pronto para eso.

—Tengo que contar a los de arriba que la investigación avanza. Te prometo que será al más alto nivel y restringido.

—Aun así, está el riesgo de que se filtre.

—Ese riesgo lo corremos siempre.

—Hay algo más, jefa.

—Dime.

—No perseguimos a un asesino, sino al menos a dos. El individuo que ha elaborado el plan sería un cinéfilo inteligente y culto, un autor intelectual...

—Nunca mejor dicho —respondió, sarcástica, Marián.

—Y está el brazo ejecutor. Un profesional. Y hay algo muy muy bueno para nosotros: el matarife ha cometido un error imperdonable al matar al chófer, algo que estaba fuera del plan original. Posiblemente no le quedó más remedio que eliminarlo por necesidad, para poder acabar con Francés, su verdadero objetivo.

—Pues ahora que hablas del tal chófer tengo una información para ti: resulta que estuvo en nómina de la empresa de seguridad de Pepe Castillo.

Castillo: su nombre salpicaba el caso una y otra vez.

—Quizá tenga que hablar con él. Ir a Madrid.

En esta ocasión, la urgencia echaba por tierra todas las prevenciones de la jefa.

—Pues date prisa, porque esto está que arde. Si no tenemos resultados pronto, un sospechoso, un móvil, estamos fuera del caso. Tú y yo. Sé de buena tinta que el Decapitador se va a cobrar una cabeza más, la de un alto cargo del Ministerio del Interior. Empiezan los ceses, me cago en todo... Bueno, a ver... ¿Algo más?

—Manda una patrulla a la clínica donde está ingresado Carlos Almonte. Con que vea a policías allí durante un momento es suficiente, luego pueden volver a su puesto en lo que sea.

—Entonces es que Almonte sigue siendo sospechoso.

—No. Lo que quiero es que confíe en nosotros: todavía puede contar mucho.

—Copiado. Te dejo.

La *troupe* del cine se marchaba, Lanza se despidió de Graciela y Flavio. Buscó a Eli y, al no encontrarle, se dio un paseo alrededor de la plaza sin resultado. Sin embargo, su furgoneta estaba aparcada, no se había marchado con los demás. Tenía que estar en el pueblo. Recorrió las calles conocidas sin cruzarse con ningún habitante, cosa que agradeció. Y sin embargo, todavía vivía gente allí, veía las chimeneas echar humo. Parecía que se hubieran escondido de los forasteros. También Mar se había convertido en forastera.

Encontró a Eli Miller haciendo fotos al exterior de la iglesia, cerrada a cal y canto. Le resultó muy extraño verle allí, como si estuviera dentro de un sueño en el que alguien aparece en un lugar que no le corresponde.

Al verla aprovechó que tenía la cámara en la mano y sin avisar la fotografió.

—¿Me buscabas, inspectora?

—Se van. La película se ha acabado.

—Quizá no. Flavio dice que tiene suficiente material entre lo suyo y lo de Galán como para montar. Solo haría falta rodar los interiores en los decorados que ya están hechos en plató.

—¿De verdad van a seguir? Me parece increíble.

—Depende de lo que digan los socios de Francés y sus inversores. Estarán locos por estrenar.

—¿A pesar de los asesinatos? Pronto lo sabrá todo el mundo.

—Precisamente por eso. Para algunos negocios no existe la mala publicidad. De todas maneras yo ya he acabado mi trabajo, Graciela me lo ha confirmado. Si siguen será con equipo mínimo. Así que aquí me tienes, dejando el cine y retomando mi verdadera profesión. Este pueblo es más fotogénico de lo que aparenta.

—Debes de ser el único que lo piensa.

—Puede parecer feo de tan sobrio, duro, seco. Pero mantiene la cabeza alta ante esos picos nevados y el verde del bosque, como un soldado sitiado, resistiendo.

—Muy poético, pero no creo que los habitantes del lugar estén de acuerdo contigo. Sobre todo cuando se quedan aislados por culpa de la nieve.

—Ellos no pueden ver lo que veo yo. —Y señaló la cámara—. Ven, te lo enseñaré.

Resultaba irónico que quisiera enseñarle su propio pueblo.

—Además hoy han pasado muchas cosas: te vendrá bien despejarte —insistió—. Acompáñame, venga.

Se acercó y le cogió la mano con cuidado, como si fuera de cristal y pudiera hacerla añicos al apretarla. Un escalofrío le recorrió de arriba abajo, como si Eli le hubiera arrancado la coraza dejándola desnuda, vulnerable. Caminaron en silencio cogidos de la mano hasta salir del abrigo de las casas, cruzar el pueblo y llegar a campo abierto. Mar no podía pensar en el caso, tampoco en Garrido, ni siquiera en las razones por las que había huido de aquel pueblo perdido, pequeño, miserable. El viento soplaba llevándose todos sus pensamientos muy lejos.

—Se me ha ocurrido algo —dijo él—. Todavía no tiene forma, pero creo que sé por dónde puedo empezar. Algo relacionado con los lugares abandonados que en realidad siguen habitados, pero de distinta forma. Conozco muchos así, están por todas partes, en muchos países. No sé… No tiene nada que ver con lo que he hecho hasta ahora. Pero al ver este lugar ha sido, cómo te diría…, como un flechazo.

Quizás había encontrado una salida a aquella crisis creativa que le había hecho abandonar el lado artístico de su profesión, pero Mar no se atrevió a preguntar.

Al llegar a la explanada de las eras, el viento helado les golpeó con fuerza y se resguardaron en las tapias del cementerio. La cancela oxidada estaba abierta y chirriaba cada vez que una ráfaga la empujaba, como una invitación. Eli entró. Mar no se movió.

—No te pega ser supersticiosa, inspectora… Creía que había que tener más miedo a los vivos que a los muertos —dijo él desde el otro lado.

La puerta volvió a chirriar. Mar le siguió al interior del camposanto, tan pequeño que se recorría en cuatro pasos. Una docena de tumbas muy antiguas se apiñaban en el centro de los muros que lo cercaban. Eli hacía fotos a las losas cubiertas de líquenes y casi devoradas por la hierba que las rodeaba. Adosados al muro del fondo, tres hileras de nichos más modernos. La tumba de su padre no tenía lápida, había olvidado encargarla, pero estaba segura de que no le importaría descansar bajo un revoco de cemento con su nombre escrito con un clavo. Mar no sabía rezar, pero permaneció de pie delante de su tumba mientras el viento rugía sobre su cabeza.

Eli dejó de hacer fotos y bajó la cámara. Ella, sin mirarle, salió del cementerio a toda prisa. ¿Estaba llorando? Salió tras ella.

—Ven. Ven —dijo él en voz baja. O quizá no dijo nada, solo lo imaginó.

Estaba besándole el pelo, la frente, los ojos, los labios, el cuello herido. El abrazo la hacía desaparecer, ya no estaba junto a la tapia del cementerio, sino en un lugar invisible y sin nombre, donde nunca hacía frío. Solo por un momento.

Le apartó suavemente.

—Tengo que irme.

—Ya lo sé.

Pero tardaba en soltarla, le costaba. Al fin abrió los brazos como si la liberara y ella se alejó unos pasos. Eli no la seguía.

—¿No vienes?

Eli seguía apoyado en el muro del cementerio.

—Creo que voy a quedarme y hacer fotos hasta que se vaya la luz —dijo señalando la cámara.

—Bien —contestó ella.

La policía comenzó a caminar en dirección al pueblo.

—Inspectora…

Se volvió hacia él. Seguía allí, junto a la tapia.

—¿Qué?

—Ten cuidado.

PARTE 7

Sed de Mal

(Orson Welles, 1958)

2019. Valle de Campoo, Cantabria

Calor. Uno de los años más secos desde que se tenían registros. El nivel del agua del embalse del Ebro había bajado hasta límites nunca vistos. Sin la niebla, parecía un espejo. O un espejismo.

El verano se había llevado la nieve que coronaba la cordillera cantábrica. A sus pies, el mar interior de sesenta y tres kilómetros. Una obra inmensa comenzada a principios del siglo pasado y terminada tras la Guerra Civil, con el trabajo forzado de centenares de presos políticos. En el fondo del pantano quedaron sumergidos cuatro pueblos enteros con sus tierras de pasto y de cultivo; un éxodo para sus habitantes, a quienes nunca se compensó. La torre de la iglesia del pueblo hundido de Villanueva emergía como un extraño faro recordando todo aquello. Mar Lanza podía verla desde la orilla opuesta.

—Los huesos los encontró un turista —dijo uno de los dos guardias que la acompañaban—. Si hubiera sido alguien de aquí no le hubiera dado importancia. Es que se encuentran muchos huesos y calaveras porque hay un cementerio en el fondo del pantano que en tiempos sellaron malamente bajo una capa de hormigón. Debe de estar ya muy deteriorada y, pues eso, de vez en cuando salen huesos. Y ahora con la sequía, más.

El turista avisó a la Guardia Civil de su hallazgo: un trozo de cráneo humano con parte de la mandíbula y algunos molares.

—Fue allí mismo —señaló el otro guardia.

Bajaron. El lodo se había endurecido con el calor y aparecía agrietado formando dados irregulares en una imagen de sequía africana.

—Como es la parte que mayor carga genética acumula pronto sabrán si el cráneo pertenece o no a una de las niñas. Si se confirma se abriría de nuevo el caso.

Nieves y Rosi desaparecieron a pocos kilómetros de allí. No podía dejar de pensar que las habían matado esa misma noche. Que apenas unas horas después de verlas ya estaban en el fondo turbio de ese pantano.

—Entonces los buzos inspeccionaron el embalse y no encontraron nada —dijo Mar.

—Puede que fuera un fallo de la búsqueda, todos somos humanos. De todas maneras las corrientes pueden haber movido los cadáveres por esta inmensidad. —Se llenó el pecho de aire antes de añadir—: Fue duro, ¿eh? Entonces nos acusaron de no hacer nada por esas crías. Había mucho odio por aquel entonces. Todavía estaba reciente lo del 87.

Cuando Mar Lanza era niña «lo del 87», «lo de la Naval», se decía en voz baja. Reconversión industrial. Huelgas. Paros. La Guardia Civil se empleó a fondo con el beneplácito del Gobierno: helicópteros, tanquetas, un camión blindado, balas de goma, botes de humo y munición real contra los trabajadores que levantaron barricadas y se defendieron lanzando piedras, tuercas y bolas de acero con tirachinas. Cortaron la carretera y la vía férrea. Cuando la Guardia Civil ocupó Reinosa todo estalló. En un intento de controlar la situación hubo presiones para que la radio y los periódicos locales dejaran de informar sobre los sucesos o, directamente, mintieran. Hubo quince heridos graves y un muerto. Un trabajador.

Mar nunca supo muy bien lo que ocurrió porque nadie le habló de ello. En los pueblos de la comarca se seguía mirando con desconfianza a los obreros de la industrializada Reinosa. Muchos pensaban que quienes dejaban el campo para trabajar en una fábrica traicionaban sus costumbres y su modo de vida. Aunque fueran vecinos, entre ellos había una zanja abierta en la tierra.

—Ya que ha venido usted, se lo tengo que preguntar. ¿Es que la Policía Nacional anda también detrás de este asunto?

—No. Estoy aquí a título personal.

La prensa había hecho ruido sacando a la luz —como la sequía— un caso olvidado a cuenta de la noticia de los restos humanos hallados en el embalse del Ebro. Mar Lanza se plantó en su tierra de origen aunque la investigación correspondiera a la Guardia Civil. Pero había razones para estar allí aunque fuera después de veinte años: su infancia, las niñas desaparecidas, su pueblo. Aunque no tuviera intención de volver allí. Ni siquiera fue a visitar la tumba de su padre.

Se dirigió a Reinosa. Los guardias civiles le habían confirmado que los padres de Nieves seguían viviendo en su casa de siempre, no así los de Rosi, que emigraron a los pocos años de la desaparición de su hija.

No la reconocieron. Recordaban a una niña rubia y espigada, fue ella quien tuvo que presentarse: Mar Lanza, inspectora de policía. Los dos ancianos se sorprendieron mucho al verla, pero no pidieron explicaciones. Seguían teniendo esperanzas de encontrar a la hija.

—Siquiera para enterrarla como Dios manda —dijo el padre.

Nieves seguía sonriendo desde una pared, en la típica foto de primera comunión.

—¿Quieres ver su cuarto? Ven, que te enseño —dijo la madre.

La habitación estaba tal y como Nieves la había dejado el día que desapareció. Mar intentó encontrar algo de sí misma en el cuarto de cortinas rosas y muebles blancos, en las muñecas sobre la cama, en la colcha de colores alegres.

No encontró nada.

255

1

La llamada de un número desconocido.

—Diga.

—¿Señora Lanza?

—Sí.

—Soy Danilo Muñoz, el secretario de doña Laura Santos. Nos conocimos en el palacio.

El estirado mayordomo se identificaba como «secretario».

—Dígame.

—Debido a los tristes acontecimientos recientes, a doña Laura le gustaría tener un encuentro con usted. Si no tiene inconveniente.

La Santos quería saber qué ocurría de primera mano nada más enterarse de la muerte violenta de Armando Francés.

—Dígale que en cuanto me sea posible pasaré a verla.

—Muchas gracias.

El interés era mutuo: Laura Santos tendría mucho que decir sobre la vida y la muerte de Vera Leoni si era cierto que había sido su mejor amiga. Y había algo más, una cuestión que parecía menor: la presencia de Patricia en su palacio. Cineastas, escritoras, actores y quienes les rodeaban… No podía fiarse de ninguno, todos ocultaban algo. Y en el centro de todos ellos estaba Vera. ¿Víctima de un accidente? ¿Un suicidio? Su muerte había afectado no solo a sus amigos íntimos, también a la opinión pública. Y publicada. Quien más podía saber sobre aquel asunto era el periodista que firmó las polémicas crónicas sobre la muerte de Vera. Para hablar con él tendría que vencer todos sus escrúpulos, porque si había un gremio al que despreciara la inspectora Lanza, ese era el de los buitres de la prensa.

Fue fácil conseguir el contacto de J. L. Alcázar, porque a pesar de que tendría edad para estar jubilado desde hacía tiempo, seguía colaborando con varios periódicos digitales y se le consideraba una autoridad en crónica negra. Aunque se mostró encantado de responder a las preguntas que la policía considerase oportunas, por alguna razón que no explicó, se mostró reacio a darlas por teléfono, así que quedó en encontrarse con él. En Madrid.

2

Isabel se presentó en casa de Mar en cuanto supo que habían encontrado a otro muerto sin cabeza.

—No tengo mucho tiempo para hablar contigo. Me voy a Madrid.

—¿Cuándo? —preguntó Isa.

—Ahora mismo.

Metía ropa en una bolsa de viaje. Isa echó una mirada y tuvo que morderse la lengua para no meter baza: tres bragas, calcetines, dos camisetas y un cepillo de dientes no podían considerarse como equipaje para ningún viaje. Tampoco el puñado de tampones. A pesar de que se le había cortado la regla de forma brusca, volvería de improviso; tenía irregularidades desde hacía tiempo. Premenopausia, le dijo la ginecóloga. Pero ella sabía que no era así: le ocurría desde que estuvo en Afganistán.

—¿Y cuántos días piensas quedarte allí? Como llevas tan poca ropa…

—No sé, no mucho.

—Deja eso y ven, que tengo que contarte. He hablado con quien te dije, mi amigo, el que veranea en San Vicente. ¿Te acuerdas?

—El policía madrileño en activo durante la investigación de la muerte de Vera Leoni.

—El mismo —contestó la expolicía.

Fueron al salón. Isa echó un vistazo por el ventanal.

—La verdad es que tienes buenas vistas. Es lo mejor de este piso, porque lo demás, vaya… Que es un poco cutre. Si me hubieras dado más tiempo, te hubiera conseguido algo mejor.

—El piso está bien. Cuéntame qué te dijo tu colega.

—Pues… La cuestión es que se quedó muy sorprendido de que le preguntase por aquello. Como parado. Y fíjate que tenemos bastante confianza. Se puso a la defensiva, no soltaba prenda.

Isa tenía confianza con todo el mundo, si no había sacado nada de interés a su amigo, nadie podría hacerlo.

—Pero ¿qué te dijo?

—Pues nada y en realidad más de lo que él quisiera. Al principio no lo recordaba y cuando le di los detalles hizo como que caía en la cuenta. Fue muy raro. Luego se excusó: que entonces era un novato que no contaba. Que aquel asunto lo había llevado otra unidad, que si la organización de la policía en los comienzos de la Transición era un poco caótica… Estaba muy incómodo hablando de ello.

—¿Miente? —preguntó Mar.

—Por supuesto. Le cogí con la guardia baja, está claro. Y luego fue cuando empezó a preguntarme a mí. Quería saber por qué me interesaba por un caso tan antiguo como ese. Le conté una milonga, que si tenía que ver con la tertulia sobre novela negra y casos reales que organizo con las amigas del club de lectura. Entonces se echó a reír, en plan menuda gilipollez, cómo puedo haberme asustado por estas señoras tontas que juegan a la señorita Marple, y pareció tranquilizarse un poco. Pero claro, la que no se quedó tranquila fui yo.

—¿No le sacaste nada más?

—Muy poco. El asunto de la chica esta, la actriz, tiene toda la pinta de ser una cagada de las gordas y entre compañeros es mejor no remover porquería. Posiblemente se cometieron muchos errores y a quienes llevaron aquella investigación no les gusta recordarlos.

De nuevo la excusa de los errores involuntarios y los casos cerrados en falso que pesaban como losas. Le sacaba de quicio; todo aquello traía a la memoria el fracaso en el caso de las niñas desaparecidas en Reinosa.

—Mira, Mar… Ya sabes que hay asuntos feos y el de Vera Leoni tiene pinta de ser uno de ellos —insistió Isa.

—Todos son feos, Isa. Lo único que tengo para resolver este caso es la muerte de Vera, la gente con la que trabajó y sus películas —respondió.

—¿Y tú crees que unas películas pueden tener algo que ver con unos asesinatos? Es de locos. ¿Qué opina la Sañudo de eso? Ella tiene sentido común y le parecerá como a mí… Un disparate.

—La jefa me ha dado vía libre, por eso voy a Madrid: tengo una entrevista con alguien que puede darme claves sobre lo que le ocurrió a Vera.

—Madre mía, lo que hace la desesperación cuando un caso se tuerce… Y el amor al sillón.

—No te metas con ella. Le debo mucho, ya lo sabes —contestó Mar.

Isa resopló y Mar continuó sin dejarle hueco para que replicara:

—Recuerda que me felicitaste por encontrar antes que nadie el cadáver de Galán. Pues ahora te lo puedo decir: si lo logré fue porque seguí la misma pista que me ha llevado hasta el caso de Vera.

—Pero eso pasó hace más de cuarenta años. Ya me explicarás si puede tener algo que ver con los asesinatos actuales…

—No te puedo contar más. ¿Vas a confiar en mí?

—Claro que confío.

—Y no te preocupes tanto, Isa, de verdad…

Ya solo hablaron de la maleta de Mar. Por no llevarle la contraria, aceptó cargar con algunas prendas más hasta que Isa se mostró algo más satisfecha. Se marchó cargada con sus táperes vacíos y la promesa de que la llamaría en cuanto volviera de la capital.

Cuando se quedó sola, Mar sacó el cuchillo de la parte trasera de la mesilla de noche y lo metió en la funda de la tobillera. Estaba lista.

No solo iba a la capital para encontrarse con el periodista. No se lo dijo a nadie, tampoco a la jefa Sañudo, pero estaba decidida a encontrarse con Alfonso Herrán costara lo que costara. Si había alguien relacionado desde hacía años con los dos cineastas muertos y con Vera Leoni, ese era el poderoso e intocable empresario.

3

Tuvo la sensación de que el coche de Garrido la seguía desde que salió de Santander, pero no podía asegurarlo porque el tráfico intenso y el aguacero que caía con rabia dificultaban la visibilidad en la carretera. Muy bien; si aquel cafre pretendía agotarla con sustos y amenazas patéticas hasta lograr que abandonara el Cuerpo, iba a tener que emplearse a fondo: «Veremos quién se cansa antes».

Dejó de llover justo al llegar ante los muros del palacio de Numabela y se detuvo para comprobar la carretera, pero no vio nada sospechoso.

Esta vez el guardia de la finca la dejó pasar sin preguntar. La lluvia había amainado pero las nubes bajas corrían a ras de suelo arrastradas por el viento. La bruma que rodeaba el palacio se enroscaba entre las torres dándole un aspecto de castillo de cuento habitado por un dragón o una bestia encantada.

Danilo, el secretario, la condujo hasta otro salón que no conocía. Tenía forma de medialuna y techos pintados con frescos. Nada más. A diferencia del resto del palacio, en aquella habitación no había ni un cuadro, ni un mueble, como si se lo hubiera llevado todo un camión de mudanza. Salvo una estatua antigua colocada en medio del salón. Laura estaba sentada en su silla frente a la estatua, mirándola ensimismada. Mar la encontró aún más deteriorada, consumida, casi invisible. La muerte de su amigo Armando Francés debía de haberle afectado mucho.

—¿Le gusta? Es mi joya de la corona —preguntó Laura.

Mar se acercó y dio una vuelta en torno a la escultura. Sobre un pedestal, un cuerpo de mujer semidesnudo esculpido en mármol. Un finísimo velo de piedra se plegaba sobre los pechos y las piernas y caía sobre un pie desnudo. La estatua no tenía cabeza y le faltaba uno de los brazos.

—Lo siento, no entiendo de arte.

—Es de agradecer la sinceridad. Por eso me interesa más su opinión. Dígame, ¿qué ve?

—Pues… una mujer.

—Es romana. Siglo III. Una de las pocas representaciones en el mundo de una diosa romana embarazada. Fíjese.

El velo de mármol se abría a la altura del ombligo, como si el vientre estuviera hinchado.

—Durante siglos estuvo sobre un altar en una aldea de Italia y las lugareñas le rezaban como a una madona que les protegía durante el embarazo. Al final llegó un cura menos tolerante que los anteriores y, como aquello era paganismo, mandó destruirla. Menos mal que no lo consiguió: es difícil acabar con el arte. Y más aún si se convierte en leyenda.

Arte antiguo. Eso le recordó a Patricia y su presencia en el palacio.

—¿Puede explicarme de qué conoce a Patricia Mejías? Creo que incluso se aloja aquí.

La pregunta intempestiva ni siquiera descolocó a la Santos.

—Patricia ha sido la encargada de restaurar y catalogar mi colección. Una experta muy competente y brillante por sus propios méritos.

—Y la novia del fallecido Antonio Galán.

—Eso fue después. Los presenté yo. Trabajé aquí con Antonio en la última fase del guion y coincidió con Patricia. Se enamoraron. Reconozco que Antonio podía ser encantador cuando quería. Y más con una chica joven y guapa. ¿Le extraña? Puede que ponga reparos a la diferencia de edad en la pareja.

Recordó que Laura era mucho más joven que su fallecido marido. Y ella misma mayor que Eli. ¿Cómo iba a tener prejuicios? A quien ponía reparos, y muchos, era a los maltratadores de mujeres.

261

—¿Sabía que Galán maltrataba a Patricia? Por lo visto era muy celoso. Todo el equipo de rodaje presenció cómo le pegaba.

—Vaya… Me parece terrible. Pero, si le digo la verdad y aunque Patricia jamás ha mencionado ese asunto, algo sospechaba. Antonio siempre fue muy manipulador con las mujeres, un rasgo típico de algunos directores de cine, por otro lado. Quizá con Patricia… sería debido a la edad. Ya sabe cómo se ponen algunos hombres cuando… cuando no pueden probarnos que lo son. Y más si no pueden levantar un ego como el de Galán —sonrió de una manera burlona.

Otra persona le había dicho antes que Galán tomaba viagra: Eli, quien lo sabía por la propia Patricia Mejías.

—Volviendo a Patricia, yo misma la llevé al aeropuerto. Dijo que tenía prisa por volver a Madrid. Pero no lo hizo y se quedó aquí.

—Cambió de opinión mientras esperaba en la sala de embarque y me llamó. Aquí se encontraba a salvo de todo el revuelo. Tiene usted que tener en cuenta el estado de ánimo en el que se encontraba.

—¿Está aquí todavía?

—No. Ha regresado a Madrid.

Laura quería protegerla; tenían una relación más allá de lo profesional. Pero el trabajo que realizó en Numabela no aparecía en el currículum de Mejías. Mar se preguntó por ello mientras intentaba encajar la circunstancia de que Eli desconociera la relación entre su amiga y la guionista. Lo más seguro era que la desconociera y eso encerraba otra contradicción: ¿por qué Patricia la ocultaba?

Laura interrumpió su hilo de pensamiento.

—Inspectora, no le he pedido que viniera para hablar de arte ni del *shock* que ha sufrido la pobre patricia, sino de lo que está ocurriendo. Hasta ustedes en la Policía tendrán que reconocer que se enfrentan a un asesino en serie.

La expresión prohibida. Mar no hizo ningún comentario y la guionista continuó:

—Y esta vez ha cometido un nuevo crimen a pocos kilómetros de mi propia casa. Lo que significa que ese individuo sabía que Armando se alojaba aquí. Puede que hasta le siguiese al salir del palacio. Dígame, inspectora, ¿estoy yo también en peligro?

Así que para eso la había llamado. Como Carlos Almonte, Laura Santos tenía miedo de convertirse en la siguiente víctima.

—Dígamelo usted, Laura: ¿por qué cree estar en peligro?

—Me parece que está claro: sea quien sea, tiene como objetivo matar a los principales responsables de la película.

—Se refiere a *La máscara de la luna roja*.

—Claro. ¿Cuál si no?

Mar pensaba en *Piel de plata*, la película en la que habían participado las mismas personas que en *La máscara de la luna roja*. Excepto Vera Leoni, quien llevaba muerta más de cuarenta años.

—Usted estuvo con Armando Francés durante las horas previas a su asesinato. ¿Cómo se encontraba? ¿Sabe si recibió algo? ¿Algún mensaje? ¿Vio algo en el palacio que le hiciera cambiar de humor? ¿Algo que precipitara su marcha a Madrid?

—No que yo sepa.

—Parecía un hombre muy seguro de sí mismo y, sin embargo, se hacía acompañar de un guardaespaldas. Su chófer. Francés contrató a una empresa de seguridad justo después de la muerte de su amigo el director. ¿Le dijo algo al respecto? ¿Temía que le ocurriese lo mismo que a Galán? Ustedes dos hablarían sobre ello.

—No sabía lo del chófer… Pero si Armando tenía miedo, no lo parecía. Sentía mucho la muerte de Antonio, por supuesto, y estaba preocupado por ello, pero la verdad es que hablamos más de la situación de la película y de si convenía continuar la producción.

—Así que usted, una simple guionista, lo asesoraba en cuestiones empresariales. Y eso que no parecía un hombre que se dejara influir por nadie. ¿Tanto confiaba en usted?

—Armando dependía de mí, querida. Esta película la ha pagado la «simple guionista», como dice usted. Hasta el último euro.

Mar puso cara de póker y apuntó en su libreta, siempre socorrida para esquivar momentos incómodos. Si Laura era la dueña de la película, tenía delante al famoso socio inversor —¿por qué había usado siempre el masculino?— que habría sacado al endeudado Francés del atolladero en el que se había metido. El financiero que soportaba el peso de la película no sería el empresario Alfonso Herrán, sino la mujer demacrada y postrada en una silla de ruedas que tenía delante.

—Ahora entenderá mi confianza con él y la razón por la que le encontró aquí, ¿verdad? En realidad, Armando, como todos los productores, solo quería dinero. Más y más. Y esta película ha sido desde el principio un pozo sin fondo, un cúmulo de quebraderos de cabeza, pero tenía que sacarla adelante. Era mi historia, mi idea. Mi criatura. Seguramente no me entiende, ¿cómo podría? Pero eso es lo que sentimos ante nuestras obras. Le parecerá ridículo: una tonta película de terror no puede ser motivo de tanto esfuerzo. Pues le aseguro que sí.

—Entonces…

—Entonces la principal perjudicada por todo lo que está pasando soy yo. Si la película no se estrena perderé no solo los millones que he invertido en ella. También, si me deja expresarlo así…, mi obra.

Se mostraba más dolida porque su película no se llevara a cabo que por la muerte de sus amigos. ¿O quizá no lo eran? Recordó lo que le dijo el actor en su último encuentro: dejaron de hablarse después de la muerte de Vera.

—Le aseguro que hacemos todo lo posible por detener al culpable. Por eso he venido, para que usted me ayude a esclarecer unas cuantas cuestiones.

—Por supuesto, cuente conmigo en lo que pueda ayudarla.

—Usted confiaba mucho en Francés como productor y en Galán como director aunque había cortado su relación de amistad hace décadas. Según Carlos Almonte, al menos.

—Es verdad. Pero ellos eran los idóneos para llevar a cabo mi proyecto. Llevo muchos años preparándolo a pesar de que mi marido no estaba de acuerdo. Estaba muy alejado del mundo del cine.

«Y muy cerca de la Iglesia», pensó Mar.

—Cuando me quedé viuda y sin nada que hacer salvo deambular por palacios como este y coleccionar obras de arte, me di cuenta de que tenía que llevarlo a cabo.

A Lanza no le interesaban los asuntos creativos de la escritora; tenía muy claro a dónde quería llegar.

—Hábleme de Carlos Almonte. Cuando le conoció estaba en lo más alto de su carrera y de pronto se vino abajo. ¿Qué le ocurrió?

Tardó en contestar, como si hiciera esfuerzos por recordar.

—Perdóneme…, a veces tengo lagunas de memoria.

—Déjeme que la ayude, entonces. Dos meses antes de su internamiento en un psiquiátrico, su entonces novia sufrió un terrible accidente y murió.

Laura miró a la policía que estaba de pie frente a ella como si acabara de verla por primera vez. Lanza continuó:

—Para su grupo de amigos, Vera Leoni fue una persona muy importante. De una u otra manera, su muerte supuso una ruptura. Su relación con Antonio Galán y Armando Francés desapareció. ¿Por qué?

—Eso se lo habrá contado Charli, ¿no?

La policía no respondió.

—Me afectó mucho, sí. Digamos que Antonio y Armando dejaron de tener interés en mi persona. Nuestro vínculo era Vera. Sin ella, cada uno fue por su camino.

—Trabajó con Vera en *Piel de plata*: usted es Laura Palermo.

Al sonreír, reveló un destello de coquetería.

—¿Le sorprende que no lo mencionara? Laura Palermo… Ya no reconozco ese nombre, para mí es el de otra persona. Usted ya no es una jovencita, sino una mujer madura; seguro que lo entiende. ¿Recuerda sus veinticinco años? Cuando tenía todo por hacer, todos los sueños intactos, todas las posibilidades. Hasta los treinta el mundo es más intenso, tiene mejor color, olor y sabor. Yo quería triunfar como actriz, era lo único que me importaba. O eso creía. Era lista, tenía las cosas claras, no como las cabecitas locas que podían hacerme sombra. Y de pronto todo se vino abajo. Me di cuenta de que una mujer sola y sin poder no lograría tener éxito. Al menos, no el éxito con el que yo soñaba.

—Hábleme de Vera.

Le brillaron los ojos.

—Usted no puede imaginarla.

—He visto *Piel de plata*, era muy bella.

—La cámara no le hace justicia. Hay algo misterioso en una cámara, ¿sabe? Como si la habitara un espíritu enamoradizo y cruel que nos quita la vida y nos convierte en un reflejo. Ve cosas que nadie más ve. Y domina eso que ve: puede transformar a alguien vulgar en arrebatador, y a alguien encantador, hacerlo repugnante. La imagen que refleja nada tiene que ver con la belleza física, sino con una fuerza interior que solo es capaz de ver una máquina que no tiene alma.

Para la inspectora Lanza era difícil comprender lo que Laura Santos quería decir. Y ella se dio cuenta.

—No entiende nada de lo que le digo, ¿verdad? Olvídelo. Me refiero a la personalidad de Vera. Era especial. Tenía… ángel. Dicen que también lo tenía Federico.

—¿Qué Federico?

—García Lorca. Siempre he creído que él fue como Vera, también murió muy joven y de forma violenta. Quizá sea el sino de estas criaturas, no estar mucho tiempo entre nosotros.

Algo recordaba de García Lorca, del colegio. ¿Un poeta quizás? Estaba claro que Laura divagaba.

—Volvamos a su relación con Vera Leoni, si no tiene inconveniente.

—¿Por qué le interesa tanto, inspectora? Es usted la primera persona en años que me habla de ella.

—Almonte me ha dicho lo mismo.

—Comprenderá entonces la curiosidad.

Estaba negociando: si quería información de Laura Santos tendría que darle algo a cambio.

—Han aparecido algunos datos de ella durante la investigación. Creemos —el plural era necesario para darle un tono oficial— que su trágica muerte puede tener algo que ver con los asesinatos.

—¿Y por qué tendría algo que ver? —preguntó Laura.

—No estoy autorizada a revelar más detalles, lo siento.

Pareció conformarse con la explicación.

—La cuestión es que el mismo Almonte reconoce que tras esa muerte sufrió una crisis que le llevó a ser ingresado en un sanatorio psiquiátrico —continuó la inspectora—. También tuvo problemas con un asunto relacionado con tráfico de drogas. ¿Le suena un comisario llamado Pepe Castillo?

Laura miró los frescos del techo como si intentara hacer memoria.

267

—Por el ático de Vera pasaba todo tipo de gente. Un policía llamado Castillo… ¿Y dice que estaba relacionado con Almonte? No lo recuerdo.

—Olvídelo. Hábleme de la noche en que murió Vera.

—Aquello nos dejó a todos devastados.

—Con ese «todos» se refiere a Carlos Almonte, a Galán, a Francés, a Alfonso Herrán y a usted misma. Todos estuvieron con Vera la noche que murió, en aquella fiesta en su ático de la Castellana desde donde se precipitó.

Laura tenía los ojos cerrados y estaba aún más pálida.

—¿Qué ocurrió esa noche? —insistió Lanza.

—Créame que si lo supiera… lo contaría.

—He mencionado a Alfonso Herrán y a usted no le ha parecido extraño y eso que jamás hemos hablado de él. Tenía una relación con Vera, ¿no es cierto? Pagaba aquel ático y todas esas fiestas a las que acudía el artisteo de la época. ¿Pasó algo aquella noche entre Herrán y su amante?

La fragilidad de aquella mujer quedó a la vista como si le hubiera arrancado la ropa dejándola desnuda, pero Mar continuó apretando a su presa.

—Usted era su mejor amiga. ¿Cómo se encontraba? ¿Es verdad que sufría una depresión?

—La última vez que la vi era una mujer feliz.

—Eso descarta la teoría del suicidio. ¿Fue un accidente?

—Inspectora, revivir el dolor de aquella pérdida es una tortura para mí. Tengo malos recuerdos de todo lo que sucedió, incluyendo la actuación policial. Confío muy poco en la capacidad de los suyos.

La policía no replicó porque seguramente tenía razón.

—Con su sagacidad ya se habrá dado cuenta de que estoy muy enferma —añadió Laura en tono sarcástico—. Y esta larga conversación me ha agotado.

Apretó un botón en la silla de ruedas e inmediatamente entró en el salón un hombre con bata blanca, debía de estar esperando al otro lado de la puerta. Se trataba del enfermero fornido que ya vio en su primera visita.

—Ah, aquí viene Bruno, mi ángel de la guarda. No sé qué haría sin él. Entre usted y yo: detesto a las enfermeras.

Sin decir una palabra, el hombre empujó la silla de ruedas hacia la puerta. Antes de perderse por los pasillos del palacio, Laura hizo un gesto y el cuidador detuvo la silla de ruedas.

—Olvidaba darle las gracias, inspectora: no crea que no aprecio su visita. Nuestra charla ha sido muy interesante.

4

Los puertos estaban despejados, las quitanieves hacían su trabajo y llegó a Madrid en apenas cuatro horas. El hongo gris de polución sobre la ciudad había aumentado con el frío y la tormenta que descargaba en ese momento, y la cubría de una capa pegajosa con el color del cemento.

Detestaba aquella ciudad. También le fascinaba sin saber por qué. Quizá fuera el ruido perenne, el zumbido que dejabas de oír al poco de llegar; el caos de tráfico caído sobre un pueblo manchego grande y feo; el contraste de rascacielos absurdos tan cerca de la pobreza multicolor de las chabolas junto a la M-30. Pero cuando estaba allí sentía que estaba más viva y alerta, como en una zona de combate.

Convertido en un monumento al consumo y al turismo, sobre el centro urbano se levantaba un parque temático de hoteles, pisos turísticos, bares y restaurantes que no dejaban sitio para el ciudadano. Sin embargo, sus calles no eran peligrosas, al menos en comparación con otras capitales del mundo. El peligro de Madrid siempre había estado soterrado y recorría toda la ciudad y sus alrededores de punta a punta como el metro. Un río oculto de corrupción, fraude, prevaricación, dinero negro, narcotráfico, amenazas, espionaje y violencia organizada. Los delincuentes sabían que no debían cruzar esa frontera y mantenían sus actividades con discreción. A veces algún delito salía a la superficie como los restos de un naufragio arrastrados por la marea. En la playa, esperando encontrar algo de valor, esperaba una fauna distinta. Algunos eran policías. Otros, periodistas.

269

José Luis Alcázar la esperaba en el café El Parnasillo. Le sorprendió su aspecto: tendría unos setenta años, pero no lo parecía, se mantenía en buena forma. Delgado, bien vestido, sombrero que tapaba una calva digna y bufanda de colores al cuello. Y unos ojos negros agudos, inteligentes.

—Inspectora Lanza, supongo. Un placer.

Le estrechó la mano con decisión.

—¿Qué tal el viaje? Con este tiempo infernal la carretera estará imposible. Pero, por favor, dime qué vas a tomar; yo ya me he pedido una cerveza.

—Un café solo, gracias.

—Hay que pedir en la barra.

Alcázar se levantó del sillón bajísimo con agilidad para demostrar lo juvenil que se mantenía. Era hablador y eso era una ventaja: ni siquiera tendría que molestarse en sonsacarlo. En realidad parecía encantado de ser sonsacado. Volvió con el café y una sonrisa amplia.

—Es usted una autoridad en periodismo criminal, señor Alcázar —dijo la policía.

—No, por favor; de tú. No me hagas más viejo de lo que ya soy…, Mar. Llámame Jota, como hacen mis amigos.

Coqueteaba al estilo de la vieja escuela.

—Y respecto a eso… A la gente le gusta escuchar batallitas. Si están bien contadas, claro. El reporterismo, tal y como lo conocimos los de mi generación, es una reliquia del siglo pasado. Yo he tenido suerte al encontrar mucha curiosidad arqueológica en periodistas más jóvenes. Incluso en maderos que me llaman para consultarme. Como has hecho tú. Con la policía he tenido una relación de… digamos… amor-odio.

Mar bebió un sorbo de café. Quemaba.

—Entiéndeme. Tengo buenos amigos en los Cuerpos y Fuerzas de Seguridad del Estado que me ayudaron mucho en mi carrera. Siempre les cuidé: eran mis fuentes. Pero también tuve problemas. Ser un convencido de la responsabilidad social del periodismo pasa por considerar que la noticia es todo aquello que el poder no quiere que cuentes. Y vosotros sois el brazo armado del poder. —Y sonrió al decir esto.

—La muerte de Vera Leoni ¿era una de esas noticias?

—Coño, eso es ir al grano, inspectora —rio Alcázar—. Pues sí. Fue uno de mis grandes momentos como periodista, no lo voy a negar. A ver, tampoco es que fuera el Watergate. Pero aquellas crónicas tuvieron tirón no solo porque su protagonista fuera una actriz joven y guapa en el candelero, también porque hacían pupa a quienes mandaban. Entonces no había *likes* ni *bots* ni mierdas de esas: la gente compraba papel y nos pagaban como Dios manda. Porque nos la jugábamos. A vuestra generación os han vendido el mito de la Santa Transición, que fue eso, un puto mito. A finales de los setenta y principios de los ochenta el poder continuaba siendo franquista. Y eso incluye al ejército, al empresariado, gran parte de la política, los jueces. Y la poli. Lo que ocurrió con Vera fue una muestra más de que los tentáculos de la dictadura continuaban dirigiéndolo todo en este país. Poner en duda la versión policial suponía meterse en la boca del lobo.

La vieja gloria le estaba echando un discurso político y se notaba que no era la primera vez que hablaba del tema.

—Pero tú te metiste —dijo Mar.

—No del todo. No estaría aquí hablando contigo, sino criando malvas.

Seguramente el periodista exageraba el peligro corrido para darse importancia, pensó Mar.

—He leído alguno de tus artículos y en ellos hacías hincapié en las contradicciones de la investigación policial.

—¿Contradicciones? Fue una manipulación descarada. Primero lo presentaron como un suicidio y luego lo convirtieron en un accidente imposible.

—¿Por qué imposible?

—Pues porque dijeron que se había caído al regar las plantas del ático. Lo normal a las cuatro de la mañana después de un fiestón, todo muy creíble… Además resultó que la baranda de la terraza tenía una doble barra anticaídas de más de metro y medio de altura. Físicamente imposible. En cuanto al bulo del suicidio, Vera estaba embarazada y contentísima, al decir de sus amigos y familiares. Otra canallada a la que sumaron la destrucción de pruebas: la incineraron sin avisar a nadie, sin el permiso de su familia, desaparecieron objetos de la casa y de pronto se perdió el informe forense que hubiera probado el embarazo o que esa noche consumió drogas, otra de sus afirmaciones sin pruebas. En su lugar, solo una carpeta vacía. Lo vi con mis propios ojos.

—Lo que quiero saber es lo que no publicaste. Porque tú averiguaste mucho más, ¿verdad?

Como cuando su padre compraba y vendía vacas en el fe-

271

rial; el halago siempre funcionaba para conseguir que el otro se confiara.

—Por supuesto que sí. No podía contarlo todo, por mucho que quisiera. Por ejemplo, que la Leoni cayó de aquella altura sobre la cara. Un bello rostro convertido en un agujero sin ojos ni boca, sin nada, solo un amasijo de sangre y huesos machacados. El cráneo casi desaparecido, vaciado como una nuez: encontraron masa encefálica desparramada por el asfalto.

—Había fotos, entonces.

—Por supuesto. Las tuve en las manos y hasta me hicieron una oferta por ellas. Pero no las publiqué, no me dio la gana. No es que sea un puritano, pero aquellas imágenes revolvían el estómago y ese no era mi estilo. Perdía dinero porque entonces había muchas revistas que vendían en portada una tía en pelotas y reportajes de higadillos a todo color en el interior: cadáveres de guerras, de accidentes, de matanzas… Bueno, pues esas fotos del informe policial también se evaporaron. Yo las pude ver porque conocía a algunos polis con vergüenza torera. Pero eran pocos y ni pinchaban ni cortaban. Sus mandos venían de mucho antes, de cuando no había garantías democráticas y estaban acostumbrados a pasarse todo por el forro. Para más inri, ya con la democracia, se premió a quienes llevaban la represión colgada en la solapa, como una medalla.

Mar sacó su cuaderno.

—¿Te importa que tome notas?

—Qué me va a importar, es lo que hice durante más de cuarenta años. ¿Quieres otro café? Yo me voy a pasar al *gin-tonic*, que aquí lo ponen muy bien.

Mientras un barman preparaba la copa con mimo, Alcázar continuó:

—A lo que íbamos. Que me quedé muy mosca con la desaparición del expediente y empecé a tirar del hilo. Descubrí que hubo mucha gente invitada a la fiesta del ático. Entre ellos los fallecidos Antonio Galán y Armando Francés… Ya sabes.

Hizo un gesto cómplice. Era evidente que sospechaba cuál

era la causa del interés de Mar por su vieja crónica de sucesos. Pero no hizo mención a los crímenes recientes y siguió hablando:

—No soy escritor de ficción, pero he llegado a pensar que la muerte de Vera es como la tumba de Tutankamón y alguien hubiera lanzado una especie de maldición entre los que estuvieron con ella esa noche que empezó con una fiesta y acabó en tragedia.

La «película maldita», recordó Mar. Si Alcázar intentaba tirarle de la lengua sobre el caso de los cineastas asesinados, Mar no picó y guardó silencio. Él cogió la indirecta y continuó hablando:

—Las fiestas que daba Vera eran antológicas. Por allí pasaba un Madrid de postín, de papel cuché y también el otro, el de las cloacas. Aristócratas recién llegados del Club de Campo y camellos de la Gran Vía. No llegué a hablar con todos los invitados, únicamente con los que aceptaron colaborar conmigo. Hubo algunas personas, para mí las más importantes de esta historia, que se negaron a hablar.

—¿Galán y Francés?

—No, ellos se prestaron, y eso que el productor era un engreído de tomo y lomo. Al cabo de cinco minutos me sacó de su despacho de mala manera, aunque luego me enteré de que se portaba así con todo el mundo. Galán era más amable, muy consciente de que le convenía tener a la prensa de su lado. Pero ninguno de los dos me dijo nada de interés: repetían que se habían ido en medio de la fiesta, aunque otros testigos afirmaron lo contrario. Eso también quedó reflejado en el informe policial desaparecido en combate. Entonces no había cámaras en cada esquina como ahora, nunca se pudo probar si mentían.

—¿Y Alfonso Herrán?

—Vaya, Mar: veo que has llegado a donde había que llegar. Buen olfato.

—No era muy difícil llegar hasta él siendo la pareja de Vera y el dueño del ático.

273

—Un hombre de negocios entonces en ciernes, pero muy aficionado a juntarse con el famoseo. Ni podíamos sospechar que fuera a convertirse en el dueño de una de las mayores constructoras de este país. Y estaba casado. No significaba lo mismo que ahora: la ley del divorcio vino después.

—Ya era rico entonces, ¿cómo hizo su fortuna?

—Ahí está el asunto. Que no se sabía. Tampoco ahora. Se decía que Herrán era un tipo que había salido de la nada, hecho a sí mismo, a la americana. Pero yo siempre digo que todo sale de algún sitio y el dinero mucho más. Logré averiguar que su padre ya se dedicaba a la compraventa de coches para chatarra y que financió un autocine en las afueras que no funcionó y se arruinó. Un tipo ambicioso pero sin suerte. O sin contactos; porque su hijo hizo los primeros millones gracias a contratas públicas con varios ayuntamientos. En cuanto intenté meter la nariz un poco más, el portazo. Le rodeaba un muro de silencio. O de *omertà*, como la mafia. Y mira que lo intenté, sobre todo cuando contactó conmigo Laura Palermo, la mejor amiga de Vera.

Mar levantó los ojos del cuaderno y el periodista sintió sobre él la mirada verde como si quemase.

—Laura Palermo, ¿la actriz?

—Vaya, me extraña que la conozcas, ¿eres aficionada al cine? Porque era una actriz de segunda fila que se retiró al poco de todo esto.

—Ahora se hace llamar Laura Santos y es la guionista de la película del fallecido Galán.

—No jodas… ¿La Palermo ha vuelto al cine? Me dejas de piedra, oye. No sabía de ella desde hace una pila de años. Y eso que le seguí la pista un poco cuando se casó con Gaspari. Menudo personaje, me hacía gracia haber conocido a su mujer.

—¿Personaje? ¿Qué quieres decir?

—El marido de la Palermo, el tal Stefano Gaspari, fue uno de los recaudadores de la Democracia Cristina, con lo que eso significa.

—¿Y qué significa?

—Ay, estos jóvenes… ¿De verdad te interesa?

—Mucho.

—Vale, te voy a hacer un poco de arqueología. La DC fue desde 1945 el partido más importante de Italia. Un baluarte contra el Partido Comunista Italiano y la mano fuerte del Vaticano, la CIA y la mafia en ese país. Hasta principios de los noventa cuando llegó el escándalo de Tangentópoli y toda la mierda acumulada durante cincuenta años salió a la luz. Corrupción, financiación ilegal, sobornos, suicidios sospechosos, relaciones con la mafia y los asesinatos de los jueces Falcone y Borselino. La DC, el PCI y el Partido Socialista desaparecieron del mapa. De ahí salieron los italianos para meterse de cabeza en el populismo de Berlusconi. Pobre Italia, de verdad…

—¿Y qué pasó con Gaspari?

—Pues que fue uno de los más listos. Al ver que la cosa pintaba mal se convirtió en un *pentito* de la parte política y delató a muchos de sus compañeros de partido a cambio de inmunidad. Lo más seguro es que tuviera en sus cuentas a todos los que recibían mordidas, y eso es poder del bueno. Antes de eso no era rico, una repentina fortuna nacida de sus tejemanejes con la financiación ilegal de uno de los partidos políticos más corruptos de la historia. Cuando la DC cayó, Gaspari se debió encontrar con un montón de dinero negro en las manos que no podía blanquear más que a través de los socios de los democristianos. O sea, los de siempre: el crimen organizado. No fue el único, te lo aseguro. Pero es que además el tipo era calabrés y su retirada millonaria coincide en el tiempo con el ascenso de la mafia local, la 'Ndrangheta. Unos cabrones de la peor especie que llenaron el hueco de la camorra napolitana, la mafia siciliana y la Magliana romana, muy golpeadas por las operaciones antimafia tras los asesinatos de los jueces. De ser una banda de pueblo los calabreses se convirtieron en los amos y hasta hoy: venden desde opio afgano a misiles israelíes. Y hasta arte antiguo expoliado por el ISIS. Gente que mola, ¿eh?

José Luis Alcázar se lo estaba pasando en grande con la

275

lección acelerada. Mar no le interrumpió aunque tenía mucho aprendido de las andanzas del crimen organizado. Y sobre el terreno, además. Pero al viejo periodista le gustaba escucharse y mucho más cuando su público era una mujer a la que impresionar con su verborrea. Además, la información sobre Stefano Gaspari coincidía con su idea inicial de que el decapitador de cineastas pudiera ser un sicario profesional. Tendría que investigar el *modus operandi* y las señas de identidad de los clanes calabreses y encontrarse de nuevo con Laura Santos para hablar de los amigos —y enemigos— de su difunto marido. Quizá Laura, su única heredera, se había metido en líos con esos peligrosos socios. Tendría sentido ya que ella era una de las principales perjudicadas por los asesinatos y puede que también objetivo del asesino.

—Háblame de Laura, la esposa de Gaspari —ahora le interesaba aún más todo lo que pudiera recordar Alcázar.

—Fue a buscarme después de enterarse de la incineración acelerada del cuerpo de Vera. Estaba furiosa. La única persona del entorno de Vera convencida de que todo era un complot; fue ella quien me contó que su amiga estaba embarazada. Laura creía que el hijo que esperaba era de Alfonso Herrán. Pero intenté que no me influyera su versión de los hechos.

—¿Y cuál era esa versión?

—Que Herrán y su novia discutieron y que en la pelea ella cayó o él la empujó por el balcón. Le culpaba de la muerte de su amiga y también de haber comprado a la policía para que no se supiera la verdad. No digo que no ocurriera así, pero solo eran suposiciones y yo tenía que atenerme a los hechos. Me negué a escribir nada sobre Herrán y al final discutimos. Era una tía muy inteligente pero también una manipuladora de cuidado. Al menos así la recuerdo.

—Publicaste que la familia tampoco creyó en la versión policial y pleitearon para mantener abierto el caso.

—Esa es otra: el nombre real de Vera Leoni era María Asunción García Padilla.

—Lo sé.

—Pues no me fue posible encontrar ni un solo familiar suyo en España. Ni por García ni por Padilla: nadie. Tampoco su partida de nacimiento. Si hasta llegué a pensar que tampoco era su identidad real… La única que parecía conocer las intimidades de esa mujer era su amiga Laura, quien me explicó la razón del misterio: la familia vivía en Túnez y ella había nacido allí. Gente humilde que poco sabía del éxito de su pariente. La madre había muerto o estaba mayor o enferma, no me acuerdo. Estuve a punto de viajar allí a entrevistarme con ellos para hacer un perfil de la infancia de la actriz, pero Laura me lo quitó de la cabeza. Podía ser muy convincente. Fue ella quien viajó a Túnez y se ocupó de darles la noticia. Volvió con un documento firmado que la nombraba portavoz con poderes para actuar como considerase. Incluso tomar acciones legales en nombre de la familia; porque quisieron dar la batalla para esclarecer los hechos, aunque no sirvió de nada.

—Entiendo. Nunca entrevistaste a nadie de su familia.

—Nunca. Quizás hice mal mi trabajo hablando de ellos por persona interpuesta. Pero es que para entonces ya estaba un poco cansado del tema. Me aparté. Empezaba a tener problemas tontos; gente en la que confiaba me fallaba, curros que se caían sin explicaciones. Me enteré de que algunos medios me habían puesto en una lista negra… Un día entraron en mi casa y la destrozaron sin coger un papel, nada. Era un aviso. Pero me acojoné y dejé de escribir del tema.

—¿Y quién quería perjudicarte?

—¿No te lo imaginas? A alguien de la policía no le había gustado que metiera las narices en sus asuntos.

—Ya. Supongo que tú también tendrás una opinión sobre todo esto. ¿Qué crees que le pasó a Vera?

Contestó a bocajarro, sin pensarlo ni un segundo.

—A Vera Leoni se la cargaron. Siempre estuve convencido de ello.

—¿Quién?

—Primero habría que saber por qué la mataron. Llevo años preguntándomelo y no tengo la respuesta. Quizás intentó chantajear a Herrán por lo del embarazo o quizá Laura estaba en lo cierto y fue una simple pelea que terminó mal. Un accidente fatal.

«Tan fatal como la rabia de un maltratador», pensó Mar. Con una simple frase, Alcázar le había recordado el abismo generacional que existía respecto a la violencia machista.

—Resulta difícil de creer que alguien con la ambición de Herrán se jugase su futuro por quitarse de encima a una joven con un hijo ilegítimo. A no ser que estemos hablando de una persona violenta —dijo Mar.

—Tienes razón, pero debes tener en cuenta la época. Había una violencia en el ambiente que casi se podía respirar. Todo era posible, tanto lo bueno como lo malo. Ignoro si Herrán es violento como tú dices, porque nunca ha transcendido. Aunque de ser así, tampoco habría forma de saberlo. Está demasiado arriba. Su ascenso vino de ciertas conexiones políticas: siempre tuvo buenos amigos en los sitios adecuados.

—Entre esos amigos, estaba un comisario llamado Castillo, ¿verdad?

Esta vez Alcázar se puso serio y apuró de un último trago el *gin-tonic* como si hablar de aquel tipo le dejara la boca seca.

—El comisario Pepe Castillo estuvo al mando de toda la investigación relacionada con la muerte de Vera Leoni —contestó.

No hacía falta añadir más, si había alguien que podía destruir pruebas para borrar los rastros de un posible crimen era él.

—Sabrás que en la actualidad es jefe de seguridad de Alfonso Herrán —añadió la inspectora.

Se encogió de hombros.

—Claro que lo sé. Pero los asuntos de esos señores no son de mi incumbencia. Estoy retirado.

Estaba a la defensiva desde el mismo momento que mencionó a Castillo, como si su conversación le hubiera hecho viajar en el tiempo. ¿Tantos años después seguía teniendo miedo? Castillo debía mantener un poder que aún no entendía, se le escapaba. Fuera como fuese, Alcázar no iba a contarle nada más.

—Oye, Mar. Yo también he investigado un poco y sé que andas en el caso del Decapitador —dijo el periodista.

La prensa amarilla y Twitter ya habían hecho popular uno de esos nombres que ahorran palabras en los titulares.

—No hace falta que te lo diga, ¿no? Aunque esté jubilado… espero que cuando encuentres algo interesante, cuentes conmigo como yo he contado contigo. Soy famoso por cuidar bien de mis fuentes.

Y le guiñó un ojo el muy pícaro. El viejo plumilla no se retiraría nunca: era de los que morirían con las botas puestas.

5

La ciudad estaba a rebosar de turistas y en los pocos hoteles que conocía no encontró habitación. Mar Lanza había tenido que reservar en un hotelito minúsculo, carísimo y sin *parking*, que no cubría ni de lejos la dieta de 103,37 euros al día, incluyendo manutención. Se iba a dejar la mitad de las dietas en pagar el maldito *parking*, así que le convenía darse prisa. Solo tenía tres días para localizar a Alfonso Herrán y entrevistarse con él: el plazo que le había dado Sañudo para buscar esas claves que solo podía encontrar en Madrid.

Herrán tenía una oficina en el paseo del Prado y su residencia en Somosaguas, no perdía nada por intentar encontrarle en su casa. Volvió a coger el coche y se metió en el obligatorio atasco de salida del centro hasta llegar a Pozuelo, incrustada entre parques y zonas verdes, la zona residencial más exclusiva de toda España y parte de Europa. Dividida en dos urbanizaciones a cuál más famosa: La Finca, zona reservada a futbolistas y artistas millonarios; y Somosaguas o la élite de la élite: banqueros, grandes empresarios y aristócratas.

La casa del empresario no se veía desde el exterior: altísimos muros lo aislaban de las fincas vecinas. Las cámaras y el portón de entrada le recordaron al palacio de Numabela y tuvo la sensación de estar como al principio de la investigación, condenada a toparse con muros demasiado altos. Llamó al timbre del videoportero.

—¿Aló? —contestó una vocecita de mujer con acento caribeño, posiblemente dominicano.

—Inspectora Lanza, de la Policía Nacional. Vengo a ver al señor Herrán. —Y enseñó la placa a la cámara.

—No se encuentra —contestó la voz dulce. Imaginó a la dueña de esa voz con un uniforme negro, delantal y cofia blanca.

—Dígame, ¿dónde puedo localizarle?

—No lo sé, señora.

Resultaba de lo más verosímil que el empresario no informara de sus idas y venidas al servicio doméstico.

—Gracias, buenas tardes.

Le hubiera gustado sorprender a Herrán con su presencia repentina sin darle tiempo a preparar respuestas ni evasivas, pero tendría que hacer lo habitual, es decir, concertar una cita a través de su oficina y enfrentarse a un ejército de ayudantes y secretarias que le pondrían mil excusas para impedir que se acercara al jefe. Otro muro: Herrán no podía tener ningún interés en hablar con una policía de tres al cuarto.

Volvió al centro metida en un atasco aún peor que el anterior, bajo una lluvia intensa. A pesar de la crisis climática, los madrileños nunca aprenderían a conducir con lluvia. La radio avisaba de que el temporal se extendía por el país y quizá llegara a nevar en la capital a pesar de creerse protegida por su sombrero de CO_2. Cuando por fin logró aparcar y llegar al *lobby* del hotel reservado, recibió una llamada de Eli Miller. Apenas hacía un día que se habían visto y no había pensado en él, pero al leer su nombre en la pantalla sintió —otra vez— la punzante pero agradable sensación de un vuelco en el estómago.

280

—Hola, inspectora. Tengo novedades. Y es algo que puede interesarte. Mañana se celebra el funeral de Armando Francés.

—No puede ser.

Los cadáveres de las víctimas permanecían en el Instituto de Medicina Forense y mientras estuviera en curso la investigación no se moverían de allí. Además, estaba el asunto de las cabezas que no habían aparecido, por lo que varios operativos seguían buscándolas.

—Pues, ya ves. Sus hijas lo han organizado como homenaje. Me acaba de llegar la convocatoria al acto en el chat del rodaje de la película. Se celebra en el cine Callao.

—¿Vas a ir?

—Claro, está invitado todo el equipo de la película. Acabo de volver a Madrid.

—Yo también estoy aquí —confesó.

—¿De verdad? ¿Dónde te quedas?

—En un hotel.

—De eso nada: vente a mi casa y mañana vamos juntos, puedo llevar a un acompañante.

Antes de que Mar pudiera replicar, Eli añadió:

—Ya te he mandado la dirección de mi casa. Te espero aquí.

6

Mar se encontró frente a un edificio señorial en la calle Alfonso XI, frente al parque de El Retiro. Hasta el ascensor parecía de origen noble con su cabina de madera, puertas de cristal y asiento de terciopelo. En ese lugar, Eli Miller dejaba de ser el hijo de un militar norteamericano para convertirse en un Álvarez de Lara. Abrió la puerta con esa sonrisa que desarmaba y cogió su bolsa en un gesto caballeroso que parecía lógico en un entorno así. ¿Qué culpa tenía él de ser un privilegiado?

Al entrar no encontró un piso al uso, sino un espacio diáfano de metros y más metros rodeados por balcones que miraban al parque. Mar hubicra podido meter todo su apartamento en esa habitación y aún sobraría sitio. En una de las esquinas había una cocina moderna, con isla y taburetes altos. El resto del espacio se parecía a un plató. Focos, cámaras, trípodes y una gran cortina blanca que daba sensación de profundidad al espacio, como un fondo infinito. Luego se enteró de que se llamaba ciclorama.

—¿Tienes fobia a las paredes? —preguntó.

—Es el estudio, donde trabajo —contestó Eli.

—Pero ¿vives aquí?

—Sí, claro. Ven.

Una puerta y un corto pasillo conducían al interior de la casa: había otra habitación enorme con una cama de gigante. Como cabecero, muchas fotografías enmarcadas y cuadros que subían hasta el techo con molduras. Al otro lado, una librería ocupaba toda la pared junto a una mesa de trabajo y un par de sofás que parecían de juguete por culpa de las dimensiones de todo lo demás. Intentó no parecer impresionada ni extrañada, pero nunca había estado en una casa como aquella. Además, Eli la observaba.

—¿Pasa algo? —espetó.

Eli señaló un punto de la pared cubierta de fotografías. Mar miró de nuevo. Ella estaba allí. Los ojos fijos en la cámara, una mano borrosa en movimiento y una sombra en la cara, los árboles a la espalda. La foto que le hiciera en el bosque cuando fue al rodaje de *La máscara de la luna roja*, colgada junto a muchas otras imágenes de mujeres y hombres, paisajes, edificios, lugares.

—¿Te gusta?

Ella se encogió de hombros sin saber qué decir. Eli estaba disfrutando por haber conseguido llevarla hasta allí, como si hubiera logrado que el animal salvaje se acercara, por fin, a comer de su mano. Aun así, no se atrevió a hacer lo que realmente le apetecía: arrastrarla hasta la cama y follar hasta agotarla y agotarse. Era más saludable ir con cuidado si no quería recibir algún mordisco.

—Deja tus cosas donde quieras y vamos al estudio. ¿Tienes hambre? Hago una pasta muy decente.

Más que decente: se le daba bien cocinar. Mar repitió plato mientras Eli la contemplaba satisfecho. También era organizado y cuando terminaron de comer la cocina estaba tan recogida y limpia como al llegar. Todo era agradable: la casa, la comida, el cocinero y la conversación. Por primera vez no hablaron del maldito caso del Decapitador. Pero no era tan fácil olvidarlo, al menos durante mucho tiempo.

—Oye, Mar… Ya sé que no quieres oír nada de Patricia, pero me ha llamado.

Claro que quería saber de Patricia; tenía muchas preguntas sobre ella.

—Supongo que por el funeral, o lo que sea, de Armando Francés.

—Sí, bueno, no… Creo que deberías saber algo que…, bueno…, tiene relación contigo.

—¿Conmigo?

—Me preguntó por ti.

—No sé qué interés puede tener en mí, a no ser que quiera saber cómo va el caso.

—Era eso precisamente. Pero yo no le he contado que tú y yo… Vamos, que nos conocemos bien. Y ella lo dio por sentado. No sé cómo puede haberse enterado. Quizás alguien del rodaje…

—¿Qué te preguntó? —Mar había cambiado el tono: ya no estaba relajada. Demasiada gente le seguía los pasos, hasta la novia del director.

—Quería saber si tenías alguna pista sobre la autoría, decía que quería estar al tanto de la investigación. Por mucho que le aseguré que no tenía ni idea, insistió. Mucho. Estaba muy rara. Nerviosa. Cuando le dije que debía tener paciencia y dejar actuar a la policía, me contestó con cajas destempladas y me colgó. No parecía ella misma.

—Todos los que conocían a las dos víctimas y están vinculadas con esa película tienen miedo.

283

—Sería una matanza. Y a cámara lenta —dijo Eli.

—¿Sabías que Patricia y Laura Santos, la guionista, se conocían?

—¿Y eso? Nunca me dijo nada.

—Patricia trabajó para ella catalogando la colección de arte antiguo que tiene en el palacio.

—¿Arte antiguo? Es la especialidad de Patricia.

—En el palacio conoció a Galán y empezaron una relación que coincide con la preparación de la película. ¿Cuánto tiempo dura eso?

—Dependiendo del tamaño de la peli, una preproducción puede durar meses.

—Laura Santos escribía el guion con Galán y mientras tu amiga tonteaba o se acostaba con él. Después del primer asesinato, Patricia me engañó diciendo que quería volver a Madrid, pero a donde volvió en realidad fue a Numabela. Creo que está mucho más unida a Laura que a nadie. Lo que no sé es por qué.

—Ya te he dicho que no tenía ni idea de que se conocieran. Patricia nunca me habló de ella y eso que comentamos juntos el guion, por no hablar de la confianza para contarme con pelos y señales todas las movidas que tenía con Galán… No sé por qué tendría que ocultarme que conocía a la guionista.

—Exacto: por alguna razón, ha escondido todo el tiempo su vinculación con Laura Santos. Lo siento, pero tu amiga no es trigo limpio.

Eli suspiró.

—Tú eres la policía; no digo nada. ¿Podemos olvidar todo este asunto por un momento?

Le tendía la mano. Tenía razón. Además lo estaba deseando. Un segundo después, estaba apretada bajo su cuerpo sobre la isla de la cocina, la cogía de la cadera y el culo y le desabrochaba los pantalones, tiraba de ellos hasta que tocó la tobillera y se detuvo.

—¿Qué llevas ahí? He notado algo…

—No puedo decírtelo.

—Eso me pone todavía más cachondo.

Le apartó, salió del estudio hacia el baño y cerró la puerta. Rápidamente, se quitó la tobillera con la funda del cuchillo y lo escondió todo tras la cisterna del váter. Luego, se quitó toda la ropa casi a tirones y salió. Eli esperaba pacientemente sentado en el sofá del salón a que volviese. La mujer desnuda a la que vio en el vano de la puerta no se acercó a él, solo dio media vuelta en dirección a la habitación. Eli se levantó de un salto y fue tras ella.

7

Hacía años que no se celebraban grandes estrenos; el cine era un arte del siglo XX y había envejecido como una estrella que no se ha retirado a tiempo. Ya no despertaba pasiones. En realidad, casi nada lo hacía. Sin embargo, el despliegue en la plaza de Callao emulaba aquellos estrenos del pasado. Cañones reflectores móviles lanzaban haces de luz al cielo y se deslizaban por la fachada del edificio emblemático que pronto cumpliría cien años. Hasta Eli se quedó sorprendido. Mar tuvo que admitir que nunca había visto nada igual, aunque tampoco podía comparar ya que nunca había asistido a ninguno de aquellos saraos. Pero la admiración era menor que su alarma.

—Es un error.

—¿El qué?

—Este lío. No hay seguridad, cualquiera puede acercarse, incluso colarse dentro del cine con total impunidad y atentar contra alguno de los asistentes.

Eli empezó a mirar de forma aprensiva a la gente que se apiñaba junto a ellos buscando rostros de asesino.

—Joder. No lo había pensado. ¿De verdad crees que puede estar aquí? Preferiría que no me lo hubieras dicho…

Una alfombra roja llevaba a los invitados hasta el interior del cine. La entrada estaba protegida por los postes dorados de la barrera de control, pero en pocos minutos un gentío de curiosos empezó a arremolinarse en ese punto impidiendo el paso a los invitados. A esa hora, miles de personas entraban y salían de las tiendas y centros comerciales de los alrededores; a pesar del frío polar, la calle Preciados y Gran Vía rebosaban de paseantes. La policía municipal tuvo que intervenir para alejar a la gente de la entrada. Por si fuera poco, el despliegue de medios de comunicación estaba a la altura y el grupo de cámaras, focos y reporteros micro en ristre ejercía sobre la muchedumbre su poder de atracción, como una lámpara nocturna rodeada de mosquitos.

La luz blanquísima y agresiva de uno de aquellos enormes proyectores se le clavó en los ojos y los cerró antes de sentir el dolor agudo en el fondo del cerebro, dejándose llevar por Eli, que la cogía del brazo. Lograron traspasar el muro de carne y ojos ávidos de famosos y llegar a la puerta. Unas chicas uniformadas comprobaban las entradas de los asistentes al acto, y un poco más allá Graciela de Diego recibía a los invitados.

—¿Inspectora? Vaya, no esperaba encontrarla aquí. Adelante, por favor…

La mano derecha de Francés estaba radiante. Arreglada, peinada y vestida para la ocasión parecía una persona muy distinta a la mujer que vio la última vez. Saludó a Miller muy efusiva, como si no le viera desde hacía años aunque habían estado juntos unos días atrás. Estaba muy ocupada para darse cuenta de si llegaban juntos o no.

—¿Cómo habéis conseguido montar este espectáculo? —preguntó Eli.

—Lo hemos organizado en tiempo récord, incluso tenemos tráiler de la película… Todo está montado tal y como dejó especificado Armando que se hiciera en su funeral. Él siempre pensaba en todo… Creo que hasta Armando estaría orgulloso —contestó una Graciela eufórica, que les abandonó sin más para ir a saludar a otros invitados.

—¿Quién paga todo esto? —preguntó Mar—. Armando Francés estaba arruinado.

—Supongo que el gasto irá incluido en la promoción de la película, a ese hombre le encantaba la publicidad. Hay que reconocer que es toda una idea esto de darle la vuelta a la tortilla para intentar sacar ventaja de una tragedia. Van a conseguir que la película se convierta en un éxito de taquilla.

Posiblemente, quien pagaba aquel festejo, la publicidad y la película era Laura Santos. Y sin embargo no estaba allí. No había sido invitada o quizás ella misma había rechazado asistir por motivos de salud.

En el interior del cine se agolpaban rostros famosos de todas las épocas: actores, actrices, presentadores de televisión, líderes de las ondas, tertulianos y algunos políticos. En ese momento, la actriz protagonista, Mencía Rosas, se llevaba todos los *flashes* mientras posaba delante del *photocall* envuelta en un extravagante abrigo blanco con una cola que arrastraba por el suelo.

—Me parece que no voy vestida para la ocasión —dijo Mar. Llevaba puesto su plumífero, un jersey y vaqueros.

—Vas perfecta. En cambio esto… Esto es pasarse —contestó Eli haciendo un gesto hacia el *photocall*—. Parece que aquí nadie recuerda que hay tres muertos en una morgue y un asesino suelto. Y perdona por lo que te toca, inspectora.

—Te aseguro que a mí no se me olvida.

Se separaron. Mar se quedó en las cercanías del vestíbulo y Eli fue a ocupar su asiento en el palco superior con el resto de los técnicos; el patio de butacas estaba reservado para los vips.

La policía buscó un pasillo lateral con poca iluminación: sabía muy bien cómo pasar desapercibida. Desde allí vio a Tomás Satrústegui del brazo de Neus; su relación parecía haber salido del secreto y ya era oficial. También a Flavio Vázquez, que hacía unas declaraciones al reportero de una televisión. Carlos Almonte llegó acompañado de Mónica Triana y otras actrices del elenco de la película, saludaba y posaba en el *photocall*. Mar le encontró muy mejorado si se tenía en cuenta que le había dejado envuelto en vómito y camino de un hospital. Y Patricia Mejías también estaba allí. Maquillada y con un vestido elegante, destacaba por su belleza entre todas las mujeres presentes. Tampoco parecía una viuda desconsolada; como los demás, parecía estar en una fiesta, no en un funeral. Pero no era el momento de hablar con ella. Buscaba a otra persona.

Entre tal gentío le costó verlo, pero ahí estaba Alfonso Herrán. Su rostro era bien conocido, la prensa gráfica se dedicaba a hacerle fotos en ese momento. Pelo blanco y nariz aguileña, muy serio y acompañado por dos mujeres que debían de ser las hijas de Francés.

Todos entraron en la sala, el acto iba a comenzar. Mar subió hacia el palco. No pensaba sentarse, sino moverse a su antojo. No había personal de seguridad a la vista.

La sala grande del Callao recordaba a los cines de antaño, cuando el séptimo arte era el rey de los espectáculos. Frente a la pantalla blanca habían colocado un estrado y sobre él un atril con micrófono para las intervenciones. Comenzó el desfile de amigos del fallecido que le dedicaban palabras de agradecimiento y recuerdo. Mar no conocía a nadie salvo a Carlos Almonte, que se emocionó hasta las lágrimas al hablar de sus dos amigos fallecidos: el público aplaudió mucho su intervención. Otros también mencionaron a Antonio Galán, pero la estrella del día era Armando Francés: apagaron las luces y se proyectó un montaje con imágenes de las películas que había producido desde sus inicios hasta la actualidad, también *Piel de plata*, con una imagen breve de Vera Leoni besando a Laura Palermo —¿o habría que decir Laura Santos?— y después corriendo ensangrentada por un bosque.

Aquello se alargaba; también dieron discursos otros invitados y, por último, una de sus hijas. A pesar de las operaciones estéticas, incluso metida dentro de un vestido largo, negro y ajustado, Mar pudo reconocer al padre en ella, y no solo por su físico, sino por la altanería que desprendía en cada gesto. Debía de ser cosa de familia. Después de los aplausos de rigor, la hija presentó la última obra del padre y la sala se apagó para que el público pudiera ver el tráiler de *La máscara de la luna roja*.

Las imágenes brillaron en la oscuridad, misteriosas, oscuras y sangrientas. Pocos diálogos y mucha música con la tensión típica de las películas de terror. Había un silencio total en la sala, pero en cuanto finalizó la proyección y las luces se encendieron, el público se puso en pie y los aplausos retumbaron en las paredes del viejo cine. La ovación duró muchos minutos, también los abrazos, la emoción y algunas lágrimas. Se empezaron a formar grupos y corrillos, también en el vestíbulo. Mucha gente permanecía dentro de la sala saludándose y charlando.

Mar bajó desde el palco al patio de butacas: necesitaba acercarse a su objetivo. Alfonso estaba de pie en un grupo junto a las hijas de Francés y otras personas. Fue acercándose a él sorteando personas sin quitarle los ojos de encima. Hasta que una figura se interpuso entre ella y su objetivo.

—Inspectora Lanza.

Un anciano a quien no había visto nunca.

—¿Nos conocemos?

—Claro, mujer. Tú encontraste al desaparecido Antonio Galán. Bueno, a una parte de él. Hay que joderse. Enhorabuena.

De inmediato supo a quién tenía delante. Esperaba encontrar un hombre imponente y en realidad no era más que un hombre mayor, regordete y bajito. De aspecto tan anodino como cualquier abuelo jubilado que lleva a los nietos al parque. Pero no se le escapó un detalle: unas gafas polarizadas le escondían los ojos. El excomisario Castillo.

—¿Qué? ¿Avanzáis o no? Porque aquí, de parranda, poco vas a hacer para solucionar el marrón. —Hablaba con un tono desvencijado, silbante. Y metálico, como el de una grabación—. Y encima te vienes hasta aquí a dar el coñazo. Estás muy despistada, guapa. Y los metepatas no duran en tu oficio. ¿Me has entendido? No sé, pareces un poco cortita. El tema es que mue-

289

vas el culo en otra dirección y te dejes de gilipolleces. Estoy siendo legal, ¿eh? Un toque suave. Pero a este señor no te acercas, te lo juro por mis muertos, joder. No me hace falta más que una llamada, una sola, para romperte la vida. Estás fuera. ¿Lo pillas? Pues tira, paleta.

Le dio la espalda sin esperar respuesta y se dirigió a Herrán, a quien sopló algo al oído. Inmediatamente, el empresario se despidió de quienes le rodeaban e intentó salir a toda prisa del patio de butacas con Castillo a su lado, pero el río de público hacía de embudo en el pasillo central y la gente que le reconocía y le saludaba le obligaba a detenerse.

Entonces vio a Bruno, el hombre que cuidaba de Laura Santos. Estaba parado con la espalda pegada a la pared junto a la puerta. Lo reconoció aunque estaba a bastante distancia, pero estaba segura de que era él. Buscó a Laura entre la gente aunque sabía que la hubieran colocado en el pasillo central reservado a las personas en sillas de ruedas. No había venido. Entonces, ¿qué hacía allí su empleado? Le siguió con la mirada. Estaba solo y se movía lentamente, como si quisiera pasar desapercibido, con la cabeza baja y las manos metidas en los bolsillos del abrigo. De forma sospechosa hasta para un aspirante de la Academia de Policía. Tampoco le quitaba los ojos de encima a Alfonso Herrán. Se acercaba a él cada vez más rápido. El instinto tiró de ella como si fuera una soga.

—¡Eh! —gritó.

A pesar del ruido, Bruno la oyó perfectamente y buscó a su alrededor mirando con desconfianza.

—¡Bruno! —volvió a gritar. Ahora sí que se volvió hacia la inspectora Lanza y la reconoció. Algunas personas también se volvieron a mirarla, mientras el aludido, que no podía salir por la puerta central debido al barullo, dio media vuelta dirigiéndose hacia una de las salidas laterales de la sala, pero ese pasillo también estaba atestado de gente.

Desde el otro lado de la sala, también atrapada entre butacas y rodeada de personas, Mar vio cómo aquel hombre, sin ninguna razón, intentaba escapar de ella. Se alejaba hacia el estrado donde todavía formaban corrillo algunos participantes del acto. Bruno pretendía salir por detrás de la pantalla. No se lo pensó: se subió al reposabrazos de la butaca más cercana y de ahí fue saltando a toda velocidad de una butaca a otra; resbaló y estuvo a punto de caer, pero logró mantener el equilibrio. Oyó murmullos y algún grito a su espalda, pero toda su atención estaba puesta en asegurar sus pies para no caerse sin perder de vista a Bruno, que había logrado subir al escenario y de ahí hasta la pantalla, perdiéndose por un lateral. De un último salto llegó al escenario y lo siguió. Había una puerta de emergencia cerrada al fondo, pero no abría, seguramente la había bloqueado. Le dio una patada con todas sus fuerzas y saltó de cuajo el picaporte hasta que pudo abrirla de un empujón. Al otro lado, las escaleras. ¿Había subido o bajado? Se asomó al hueco y alcanzó a ver un movimiento apresurado escaleras abajo. Se lanzó tras él, saltando los escalones de tres en tres, pero ya le había perdido de vista.

291

El hombre tenía que haberse dirigido a las pequeñas minisalas donde todavía había sesiones y haber entrado en una de esas salas oscuras medio vacías. Dudó, pero no había ningún otro lugar donde esconderse. Mar entró en la primera de las salas y recorrió el pasillo central pisando palomitas y escrutando los rostros iluminados por el haz de luz de la pantalla sobre todos los asistentes. Miró incluso entre los huecos de las butacas sin ocupar: podía haberse tirado al suelo para ocultarse en la oscuridad. Pero no estaba allí. Quizás en otra sala…

«No pienses, Mar.»

Se quedó apostada junto a la puerta entreabierta de la sala y esperó. Unos pasos rápidos, alguien salía de otra sala en dirección a la salida… Abrió la puerta de golpe y corrió tras él; estaba ya al otro extremo del largo pasillo, junto a la salida.

—¡Alto! ¡Policía!

Bruno se volvió y la miró, pudo ver su cara de sorpresa al descubrir que no le apuntaba con ningún arma. La puerta se

PILAR RUIZ

cerró tras él con un portazo. Mar corrió, empujó la puerta y salió tras él. Ante ella, una muchedumbre. La plaza estaba abarrotada de paseantes, turistas, gente que volvía de hacer compras, que entraba y salía de los cines, de los bares y establecimientos de comida rápida. Intentó distinguir a Bruno entre aquel gentío, pero se rindió. Había escapado.

PARTE 8

Suspense

(Jack Clayton, 1961)

2019. Valle de Campoo, Cantabria

La Guardia Civil hizo públicos los resultados de la investigación:

> *Tras el hallazgo de los huesos humanos en el Pantano del Ebro el pasado mes de agosto, se especuló con que pudieran pertenecer a una de las dos menores cuyo rastro se perdió en el año 1994 en Reinosa. Las pruebas de ADN enviadas al Instituto Nacional de Toxicología y Ciencias Forenses de Madrid y su posterior cotejo con los datos existentes en la base del Programa Fénix de personas desaparecidas, no han arrojado ninguna coincidencia.*

Los restos encontrados en el embalse eran mucho más antiguos de lo que los expertos creyeron en un primer momento; databan de los tiempos de la Guerra Civil. Así se desvaneció la hipótesis de que pertenecieran a Rosi o a Nieves. Seguían desaparecidas.

Varias asociaciones memorialistas reclamaron los huesos anónimos para un nuevo cotejo de ADN. Los últimos estudios realizados por historiadores, arqueólogos y antropólogos forenses habían catalogado al menos ciento cincuenta fosas comunes en Cantabria. Campos, riberas de ríos, cunetas, barrancos y tapias de cementerios como patíbulos improvisados donde ajusticiar a los perdedores. Muertos viejos y olvidados. Después de casi cien años, sus parientes aún no sabían dónde estaban los cuerpos de los asesinados durante la represión. El pasado fluía como el agua del pantano: podía inundar la memoria o vaciarse y dejar a la vista secretos antiguos.

Durante semanas, la prensa desempolvó el caso sin resolver y varios programas de televisión de los que hurgan en las páginas de sucesos intentaron entrevistar a los padres de Nieves, sin éxito. Mar regresó al valle. Fue a verlos.

—Ya soy viejo. No tengo fuerzas para esto —dijo el padre.

La fotografía de Nieves vestida de primera comunión iba perdiendo los colores.

—Fuimos injustos con vosotros. Con tu padre... Bueno, ya no hay remedio —añadió el hombre de mirada cansada y cuerpo vencido. La esperanza frustrada había hecho mella en él.

Al salir Mar, la madre fue tras ella y, ya en la puerta, la cogió del brazo. Se agarraba a ella con la fuerza de un náufrago aferrándose a un tablón en medio de las olas.

—Búscalas, Mar. Tú puedes encontrarlas. Yo lo sé. Me lo dice el corazón.

1

Al otro lado del teléfono, la Sañudo casi gritó de alegría, pero la euforia desapareció en cuanto supo que el sospechoso había logrado escapar. Podía estar escondido en cualquier sitio de aquella ciudad inmensa.

Rodeada de butacas vacías, Lanza hablaba con la jefa desde el interior de la sala principal del cine Callao, desalojada por varios compañeros de la policía que patrullaban en la zona. Junto a ellos, Lanza había registrado todos los rincones del enorme cine, mientras alertaban al resto de las patrullas por si daban con el fugitivo.

—Se hace llamar Bruno y es el sanitario que cuida de Laura Santos. Sabía que esa cara la había visto en algún lado...

El retrato robot de la Guardia Civil coincide casi al cien por cien y puedo identificarlo. Unos sesenta años y metro setenta de estatura; pelo entrecano abundante y complexión fuerte. Va vestido con un abrigo oscuro.

—¿Qué ha pasado? ¿Cómo lo encontraste?

—Creo que impedí que atentara contra Alfonso Herrán en el cine Callao, hace menos de diez minutos.

—¿Alfonso Herrán? —preguntó la jefa, incrédula.

—Estaba aquí, en el homenaje a Armando Francés. El tal Bruno sabía que vendría, cosa fácil para él porque trabaja para la guionista de la película de Armando Francés. Creo que pretendía eliminarlo aprovechando el barullo de la salida del cine, posiblemente en la misma puerta o junto a su coche, y luego huir aprovechando el caos y la multitud que había en la zona. Estamos en plena Gran Vía.

—Entonces…, ¿llegó a atacarle?

—No, huyó al verme. Sabe que soy policía, me vio en el palacio en dos ocasiones. Va a ser difícil atraparle, jefa: es un profesional y comete pocos errores. Pero algo le ha obligado a cambiar su *modus operandi*, se ha vuelto indiscreto y ya no le interesa cortar cabezas. Por alguna razón tiene prisa y eso le ha hecho equivocarse.

—¿Iba armado?

—No lo sé. Supongo. Intenté seguirle pero logró salir del cine y perderse entre la gente. Hay tres patrullas de la zona buscándolo por las inmediaciones y revisando las imágenes de las cámaras de la plaza: alguna tiene que haberlo registrado.

El silencio al otro lado estaba lleno de dudas.

—Es nuestro hombre, Marián, te lo aseguro —insistió Lanza—. El mismo que se presentó en la estación de esquí con DNI falso y fue visto cerca del refugio donde apareció el primer cadáver, el de Antonio Galán. Lo conocía, también a Armando Francés. Confiaban en él por ser empleado de Laura Santos. Aprovechando esa circunstancia pudo acercarse a ellos sin despertar sospechas.

La jefa escuchaba y parecía más convencida: había que acudir de inmediato a la propiedad de Santos; como empleadora del sospechoso, la guionista se convertía en un testigo clave. Era improbable que Bruno intentara regresar al palacio, pero allí podrían recabar evidencias que le implicaran de manera definitiva.

—Necesito al menos una idea aproximada del móvil que puede tener este tío para montar todo este follón. Algo que pueda darle al juez de guardia.

La jefa tenía razón.

—No es un criminal cualquiera, sino un sicario relacionado con el crimen organizado —explicó Lanza—. Posiblemente pertenezca o haya pertenecido a la mafia calabresa, la 'Ndrangheta. Lo más seguro es que tenga antecedentes, puede que una notificación roja de la Interpol o estar huido de la justicia italiana, buscad por ahí y algo encontraréis. Eso convencerá al juez de que no andamos a ciegas, ¿no crees?

—Vale, ahora viene la pregunta del millón: ¿qué coño hace un matón de la mafia cargándose a cineastas españoles? A este juez lo conozco bien… y lo va a preguntar.

—Cuéntale que el marido de la guionista Laura Santos, un italiano ya fallecido llamado Gaspari, tuvo vínculos con la mafia. Puede que se quedara con dinero negro de la financiación ilegal de la Democracia Cristina, un partido del que fue recaudador. Seguramente la justicia italiana tenga más datos sobre él. Bruno, o como se llame en realidad el asesino, podría haber sido enviado por la mafia para cobrar una vieja deuda de Gaspari, quien quizá se quedara con unos millones que no eran suyos. Porque todos estos asesinatos parecen ideados para extorsionar a Laura Santos, su viuda. Además de guionista, es la principal inversora de la película que rodaban Galán y Francés: quien los mató sabe que la perjudica. Un plan que parece seguir los códigos del crimen organizado: cuando no pueden cobrar al interesado, paga su familia. Y otra marca de la casa sería la desaparición de las cabezas: en algunos clanes mafiosos cortan partes del cuerpo de una víctima para aterrorizar a las familias de los traidores. Un asesinato con mutilación incluida sería la mayor humillación, una venganza que va más allá de la muerte.

Faltaban otras preguntas por despejar: ¿qué podía importarle a un asesino mafioso la muerte de la actriz Vera Leoni? ¿Se trataba de una falsa pista? Estaba segura de que no era así y no dejaba de preguntárselo, pero no lo mencionó a la jefa.

—Joder, qué retorcido es todo en este puto caso... —dijo Sañudo, como si le leyera el pensamiento—. Vamos a resumir: ¿crees que el motivo del crimen sería el origen de la fortuna del difunto Stefano Gaspari?

—Sí. Y puede que Laura Santos ocultara todo esto. En cualquier caso, sabe mucho más de lo que me dijo: tenéis que ir al palacio de Numabela.

—Bien, la interrogaremos. En cuanto el juez dé el *okey*, vamos para esa casa con una orden de registro y un operativo. Te llamaré.

Después de descargar toda aquella información, Mar Lanza sintió que se quitaba de encima un enorme peso que fue inmediatamente sustituido por un vacío aún más opresivo. Al levantarse de la butaca en la que estaba sentada un dolor agudo le atravesó la rodilla derecha, como una flecha que atraviesa la carne hasta llegar al hueso. Debía de haberla forzado al dar la patada a aquella maldita puerta cerrada. Salió de la sala vacía disimulando la cojera y se despidió de los compañeros policías que esperaban en el *hall* agradeciéndoles su colaboración.

Un trueno retumbó sobre el cielo de la capital en cuanto pisó la calle. Era ya medianoche y el mal tiempo había espantado a los viandantes dejando la plaza casi vacía. El pavimento mojado y cubierto de granizo reflejaba las luces de las pantallas y los luminosos de los comercios y cines.

—Estás cojeando, inspectora —dijo Eli, con cara de frío, refugiado de la tormenta bajo la marquesina del cine. Esperándola.

Había olvidado por completo la presencia de Eli, pero se alegró de verle allí.

2

—Levanta la pierna.

Mar obedeció tumbándose en el sofá. Eli le quitó las botas y después apretó la correa de la bolsa de gel helado alrededor de la rodilla: el frío aliviaba.

—Tómate esto.

Una caja de pastillas de marca desconocida. Debía de ser un medicamento yanqui y esa gente solía tener drogas peligrosas en casa: Eli volvía a ser americano.

—Tienes un botiquín muy surtido.

—Lo que tengo son las rótulas hechas polvo. Jugué al básquet en la liga universitaria de Stanford. No era malo, pero sí demasiado bajo para la media de allí. Y a los veintitrés ya tenía más lesiones que un veterano.

Mar no respondió, seguía con el gesto crispado.

—¿Te duele? —preguntó Eli.

—Sí... No. Es que estoy cabreada. Estuve tan cerca... Ahora será muy difícil atraparlo. Puede que hasta haya salido del país.

—Entonces, ¿qué vas a hacer?

—Volver a Cantabria cuanto antes. Soy yo quien debe hablar con Laura Santos. Debería estar allí.

—Pues de momento la teletransportación sigue siendo ciencia ficción. Descansa, tienes que estar agotada.

—No tanto.

—Mar, lo que has hecho hoy... Ha sido increíble.

—¿El qué?

—Todos los que no habíamos salido del cine vimos a ese hombre corriendo hacia la pantalla y de pronto una furia rubia volando por encima de las butacas. Una persecución en vivo y en directo; mejor espectáculo que cualquier película.

—Menudo espectáculo. No pude atraparlo. Fallé.

Sonó el móvil y Mar lo cogió apresuradamente; quizá Sañudo había llegado ya al palacio. Pero la llamada era de un número desconocido.

—¿Hablo con la inspectora Mar Lanza? —preguntó la voz masculina al otro lado. Era nueva: no la había oído nunca.

—Sí. ¿Quién es?

—Alfonso Herrán.

Había conseguido su número personal muy rápido. Mar supuso que quien le había facilitado el teléfono también le habría puesto al corriente de la investigación. Influencia, el «ábrete, sésamo» que abría todas las puertas.

—Me acaban de informar de que hoy estuvo usted en mi domicilio, buscándome. Después… sucedió lo de esta noche. La vi en el cine, todos lo vimos. Me gustaría hablar con usted. Personalmente. ¿Le parece bien mañana a primera hora?

Directo, cortante. O quizá la frialdad disimulaba que estaba aterrorizado.

De cualquier manera, el muro cerrado a cal y canto también se abría.

—Dígame usted dónde podemos vernos.

—En el Casino.

—¿Qué casino?

—El de la calle Alcalá. No tiene pérdida. ¿Puede estar allí a las ocho de la mañana? Me gusta madrugar.

Esperaba encontrarse con él en su despacho o en su casa, pero prefería reunirse en un sitio público. ¿Por qué?

—Está bien —contestó.

—Allí nos vemos. Gracias y buenas noches.

Eli volvió a entrar en la habitación. No preguntaba y se comportaba con mucha discreción, como si ya no le importara el caso del Decapitador. ¿Qué era lo que le importaba en realidad? ¿Qué esperaba de ella?

—No pongas esa cara, que ya te veo las intenciones… Esta noche te quedas aquí, inspectora.

—No quiero molestar.

—No seas ridícula… Si ni siquiera puedes tenerte en pie.

Mar se mordió los labios. Si había algo a lo que tenía terror era a no poder valerse por sí misma y depender de otros. Una vaca coja. Sindo se lo había enseñado: si un animal no podía sobrevivir solo, era mejor sacrificarlo.

—Mañana estaré bien —dijo.

Intentó levantarse, pero la pierna se resistía y se quedaba pegada al sofá.

—Eso, mañana —replicó Eli.

Se inclinó sobre ella apoyándose en el sofá, con su cara tan cerca que creyó que iba a besarla, pero no lo hizo.

—Pásame el brazo por los hombros —ordenó.

Mar obedeció, él la cogió por debajo de las piernas y de un tirón la levantó en brazos.

—¿Qué haces? —preguntó Mar.

—¿Tú qué crees, cojita? Te llevo a la cama.

Una risa. Corta como el piar de un pájaro. Casi infantil.

—¿Te estás riendo? ¿He conseguido hacerte reír?

—No —contestó Mar, de nuevo muy seria.

—Está muy mal decir mentiras, no digamos si lo hace un miembro de las fuerzas del orden. Yo veo un delito de prevaricación, por lo menos…

La dejó sobre la cama, pero ella no deshizo el nudo con que le abrazaba.

—Pues denúnciame.

—Voy a hacer algo mejor.

302

<h2 style="text-align:center">3</h2>

Empezaba a nevar cuando la comitiva de coches de policía llegó a las puertas del palacio de Numabela. Al mando del operativo, Marián Sañudo se asomó por la ventanilla del primer vehículo para ordenar al empleado de seguridad que abriera el portón de entrada.

—¡Policía! ¡Abra la puerta!

El hombre obedeció de inmediato, sorprendido por el despliegue policial en medio de una nevada y a aquellas horas de la noche. La comitiva entró atravesando a toda velocidad el camino bordeado de árboles que comenzaban a cubrirse de blanco. Al llegar frente a la fachada principal, frenaron levantando gravilla de la rotonda y algunos coches aparcaron sobre el césped cuidadísimo dejando surcos de rodaduras y barro. Ya había otro vehículo frente a la escalera: una ambulancia asistencial de soporte vital con el logo de una clínica privada.

Un hombre envuelto en el abrigo con las solapas subidas hasta las orejas salió al encuentro de la policía.

—Pero… ¿Qué es lo que pasa? Dios mío, lo que faltaba… ¿Qué es lo que buscan?

—Aquí las preguntas las hago yo —soltó Sañudo—. ¿Quién es usted?

—Yo… Danilo Muñoz, secretario personal de doña Laura, pero ¿qué hacen aquí? Nadie les ha llamado.

—Traemos una orden de registro.

—¿Una orden? Y eso, ¿por qué?

—Por un triple homicidio.

El hombre soltó un grito que él mismo ahogó llevándose las manos a la boca. Marián Sañudo estaba perdiendo la paciencia.

—¿Está Laura Santos en la casa?

—Ay, Dios mío… Ay, la señora… —El secretario lloriqueaba. Estaba al borde de un ataque de nervios, le faltaban las fuerzas y tuvo que sentarse en los peldaños de piedra.

—Cálmese. Martínez, ayude a levantarse a este hombre. ¿Dónde está la señora? Responda, es urgente que hablemos con ella.

El secretario, medio desmayado, se agarraba al fornido agente Martínez, quien lo sujetaba casi en vilo, hasta que logró señalar el piso superior. Sañudo hizo un gesto y encabezó la marcha mientras el resto de los agentes entraba tras ella en el palacio. Detuvo al grupo en el vestíbulo, frente a las escaleras.

—Atención: buscamos dos cabezas humanas y cualquier cosa perteneciente al sospechoso conocido como Bruno. Interrogad al servicio y registradlo todo.

Subió las escaleras sola, sin esperar a nadie. Los agentes miraron alrededor, sobrecogidos por la orden. Tenían que registrar un palacio lleno de salas, salones, habitaciones, invernadero, trasteros, buhardillas… Por no hablar de la inmensa finca que lo rodeaba.

Al fondo del primer pasillo de la planta superior, Marián Sañudo encontró al equipo médico de la ambulancia.

—Buenas noches. Marián Sañudo, de la jefatura de policía de Cantabria. Tengo que interrogar a Laura Santos. ¿Está ahí dentro?

—Lo siento, pero no puede hablar con mi paciente. Acabo de administrarle un sedante —contestó el médico.

—Es un testigo clave en un caso de asesinato. Dígame cuándo podré hacerlo.

Varios policías subían también las escaleras hacia el piso superior. Se oían voces por todas partes.

—¿Podemos hablar en privado, por favor? —preguntó el sanitario.

Había muchas habitaciones para elegir, Sañudo abrió una de ellas y entraron.

—Usted es policía, así que creo que respetará lo que voy a decirle, ya que se trata de romper la privacidad del paciente, nuestra confidencialidad… —dijo el médico.

La jefa de policía le interrumpió sin miramientos.

—Tranquilo. Si no tiene relación con el caso, lo que diga no saldrá de estas cuatro paredes.

—Pues… la paciente…, quiero decir, doña Laura Santos, se encuentra en un estado muy grave. Padece un cáncer en estado terminal.

—¿Seguro?

—Muy seguro. El diagnóstico se confirmó hace un par de meses.

—Y ella ¿lo sabe?

—Sí. La he tratado unas pocas ocasiones, únicamente en revisiones de rutina porque vino de una clínica suiza ya diagnosticada, pero se trata de una mujer con mucho carácter. Siempre ha exigido saber a qué se enfrentaba. También rechazó todo tipo de intervención y de tratamiento de quimioterapia, aunque se lo ofrecimos, pero ya no había nada que hacer. Tampoco ha hecho uso del tratamiento paliativo a pesar de que debe de sufrir mucho dolor. Y tampoco quiere ser ingresada ni salir de esta casa. Hace unas horas me dijo que quería morir aquí.

—¿Y la ambulancia medicalizada?

—Volví a insistir en llevarla a un hospital, pero lo rechazó. Es una persona valiente… Con las ideas muy claras. Solo quería que supiera eso.

—¿Cuánto tiempo le queda?

—Es difícil de decir…

—¿Semanas? ¿Días?

—No creo que viva más de una semana. Y eso, con suerte.

—Comprendo.

—Esta noche van a quedarse con ella dos enfermeros, por eso le pido que hagan lo que tengan que hacer sin interferir en su trabajo.

—Ni ustedes en el nuestro —contestó, rápida, Sañudo.

Salió de la habitación, cogió aire y bajó las escaleras sin hacer caso de los agentes que pululaban por los pasillos, llegó a la escalinata y bajó a la rotonda ajardinada. Resopló dando vueltas como un tigre enjaulado, hasta que, enrabietada, dio unas cuantas patadas a uno de los setos cubiertos de nieve haciéndola saltar por todas partes.

—¿Jefa?

Se volvió. Martínez la miraba acojonado al pie de la escalinata de piedra.

—¿Qué pasa? —soltó ella.

—Estamos registrando la habitación del sospechoso. Y en una de las salas hay una colección de armas blancas. Son antiguas pero entre ellas podría estar el arma homicida.

—Voy. —Intentó recomponerse—. ¿Sabes si están buscando en el jardín? De noche y con la que está cayendo… Va a ser mejor esperar a que amanezca. Ah, y llama a los de los putos perros. Que vengan, que tienen trabajo.

—Mucho… La casa es enorme. Hemos encontrado hasta un cine.

—¿Cómo un cine?

—Sí… En el sótano.

4

A las siete de la mañana sonó el zumbido de su móvil y se despertó sobresaltada. En cambio, Eli siguió durmiendo en su lado de la cama inmensa.

—Oye, Mar, estamos todavía en el palacio. Llevamos aquí toda la noche y nada —dijo la jefa.

—¿Y Laura? ¿Has hablado con ella? —Hablaba en voz baja para no despertar a Eli.

—Imposible, está muy grave. ¿Sabías que está desahuciada? Ayer tuvo una crisis y la han sedado.

—¿Y el fugitivo?

La voz de Marián Sañudo se entrecortaba entre ruidos, voces y ladridos de perro, no podía entender nada de lo que decía.

—Voy para allá. Te llamo de camino —dijo Mar.

Echó un último vistazo a la espalda de Eli y su pelo sobre la almohada.

Salió sin hacer ruido. Fuera de la habitación se colocó la tobillera con el cuchillo y tras vestirse a toda prisa cogió su macuto y en un momento estuvo frente al parque de El Retiro. Llovía a cántaros, cosa antes extraña en Madrid, pero el clima había cambiado tanto que ya no se reconocía. Se echó la capucha del plumífero por encima de la cabeza.

El Casino estaba a diez minutos caminando a paso rápido, un paseo que atravesaba el barrio de los Jerónimos, la zona más señorial de la capital. Al cruzar el paseo del Prado por delante de la Cibeles y llegar a la calle de Alcalá, la ciudad le mostró su verdadera cara: sucia y caótica, rugía de atascos de tráfico y bullicio empeorado por la lluvia que no dejaba de caer.

Mar conocía el Casino de oídas, pero nunca había entrado en el lujoso edificio cercano a la Puerta del Sol. En el vestíbulo de aquel monumento a la exageración no había un alma. La policía se detuvo frente a la imponente escalera sin saber a dónde ir hasta que un hombre se le acercó. El traje no ocultaba su pinta de guardaespaldas, tampoco el bulto de la pistolera bajo la chaqueta cruzada.

—¿Inspectora Lanza?

—Soy yo.

El hombre le echó una mirada escrutadora y ella no le enseñó su identificación, tampoco él se la pidió.

—¿Lleva arma reglamentaria?

—No.

Estaba diciendo la verdad.

—Tiene que dejar aquí ese bolso. —Señaló la bolsa de viaje—. Y su móvil —añadió.

No le hacía ninguna gracia que un secuaz del excomisario Castillo tuviera su teléfono móvil, pero era el precio que tenía que pagar por entrevistarse con Herrán. Lo metió en la bolsa y la cerró. Temió que la cachease y encontrase el cuchillo pegado a su pierna, pero no lo hizo; quizá fuera excederse tratándose de una funcionaria de las Fuerzas de Seguridad del Estado.

—Sígame.

Atravesaron varios salones versallescos hasta que le abrió las puertas de la biblioteca y volvió a cerrarlas tras ella. No había más luz que la que entraba de la calle por las vidrieras iluminando las estanterías llenas de volúmenes y el mobiliario antiguo, como salido de una película de época.

Herrán estaba sentado en un sillón de cuero junto al ventanal, la luz recortaba su perfil aguileño. A pesar de la edad, mantenía un porte impecable, un tanto desfasado que hacía juego con el entorno como si también formara parte del decorado. Se levantó de la butaca al verla, educado, y le tendió una mano fría y suave.

—Aquí hablaremos tranquilos. La biblioteca no es el lugar más concurrido de este club.

Aquel hombre tan importante temía ser espiado o grabado, razón por la que la citaba en un lugar tan recóndito y por la que el guardaespaldas le había confiscado el móvil.

—Debo darle la enhorabuena por su actuación de ayer, señora Lanza. Ese hombre al que perseguía… Se trata del asesino de Armando y Antonio, ¿verdad? —dijo.

Si pretendía sonsacarle sobre el estado de la investigación, el famoso empresario había pinchado en hueso.

—Lo siento, no me está permitido contar los pormenores de una investigación en curso —contestó.

—No se preocupe, inspectora. Toda esta conversación quedará entre nosotros. Pero le adelanto que conozco el estado de esa investigación tanto como su participación en ella. Al menos todo lo que sus superiores saben.

No ocultaba hasta dónde llegaba su poder, al contrario: hacía alarde de ello.

—¿A qué fue a mi casa? ¿A avisarme de que corría peligro? —preguntó.

—Quería que me respondiera a unas preguntas.

—¿Cuáles?

—Las víctimas y usted se conocían desde hace mucho tiempo.

—Conozco a mucha gente. Más de la que me gustaría.

—Me refiero al grupo de amigos que formaba junto a Francés, Galán y el actor Carlos Almonte. Y también… Laura Santos.

Esperó a ver cómo reaccionaba al escuchar el nombre, pero se llevó una decepción: Alfonso Herrán era un hombre de carácter frío, acostumbrado a controlar sus emociones.

—Laura y yo nunca fuimos amigos.

—Pero sí de Vera Leoni.

Ni siquiera parpadeó.

—Tuve una relación con ella hace muchos años. Será más útil que nos centremos en la actualidad. Usted fue a mi casa para avisarme de que estoy en peligro, ¿verdad? —insistió.

No era del todo así, pero Mar asintió. Herrán parecía dispuesto a hablar, aunque fuera única y exclusivamente de aquello que le interesaba.

—Lo cierto es que no creí en esa posibilidad hasta ayer mismo —continuó—. Si ese sujeto no logró sus fines fue porque usted se interpuso… A pesar de que yo iba acompañado por mi personal de seguridad.

—Pues parece que fallaron.

—Lo sé.

Así que era eso. El gran hombre se había dado cuenta de que era vulnerable. «Castillo, tu perro de presa, la ha cagado.»

—Dígame cómo puedo ayudarla a atrapar a ese asesino.

—Contándome la verdad de lo que sucedió la noche en que murió Vera Leoni —insistió Lanza.

Ahora sí que logró arrancarle un gesto de extrañeza.

—¿Cree que aquella desgracia puede estar relacionada con todo esto? ¿Tiene pruebas?

—Sí.

Era un farol: en realidad, solo había visto una fotografía de Vera en el lugar en el que encontró el cadáver de Antonio Galán y eso nadie lo admitiría como prueba.

—Yo quería a Vera y sentí mucho su muerte, como todos. Si alguien me culpa de lo que le ocurrió, está muy equivocado.

—Dicen que usted era celoso y controlador con ella.

—Entiendo lo que insinúa. Pero no. Quien conoció a Vera sabe que resultaba imposible intentar controlarla. Era parte de su encanto. En cualquier caso, si el asesino cree que yo la maté, ¿por qué habría de asesinar a Galán y a Francés?

Tenía razón. De nuevo Vera jugaba con todos al gato y al ratón, incluso con Mar Lanza. Solo tenía a Bruno como pista.

—¿Y Laura Santos? ¿Cuál es ahora su relación con ella?

—Laura… La conocí como amiga de Vera, pero apenas tuvimos trato. Volví a saber de ella hace muy poco y solo por ser la guionista de la película que rodaba Galán.

—Y que producía Armando Francés, de quien usted ha sido socio durante años. Incluso en negocios ajenos al cine a través de una sociedad llamada PERMASA, ¿no es cierto?

—Ya veo que es usted una buena investigadora. Se lo aclararé. Armando y yo comenzamos juntos. Le conocía de toda la vida. Entonces me interesaba el mundo del espectáculo y me ayudó mucho, pero las cosas cambiaron con los años. Armando solía estar agobiado por las deudas y yo me convertí en una especie de colchón cuando tenía problemas económicos. Como socio era un lastre, créame, solo le ayudaba por amistad. Nunca gané nada.

—¿Sabía que Laura Santos financiaba esta última película?

—No. Primera noticia. Armando me contó que el proyecto tenía varios inversores internacionales. De hecho estaba seguro de su éxito y con las ganancias pensaba devolverme algunos millones que me debía, aunque yo no lo creí. El negocio del cine es inseguro, incierto, y las más de las veces acaba de manera desastrosa. No me interesa. Supongo que el caso de Laura es distinto, ella siempre quiso dedicarse a eso… Como Armando y el propio Galán: hay que tener vocación… a veces obsesiva.

La escasa luz y las muchas sombras marcaban arrugas y marcas profundas en el rostro del hombre, escondiéndole los ojos en unas cuencas negras.

—Parece usted una mujer muy capaz y valiosa, inspectora. Me gusta rodearme de personas así; es parte del secreto de mi éxito empresarial. Si alguna vez considera la posibilidad de abandonar el servicio público y prestar su talento a la empresa privada, no deje de comunicármelo. Estaré encantado de ofrecerle un buen puesto.

—Estoy bien donde estoy, gracias —respondió Lanza.

—¿Seguro? Hay que renovarse o morir.

—Creo que su jefe de seguridad no estaría muy contento

de oírle hablar así. Más si consideramos que son amigos desde hace mucho tiempo. Al menos desde la muerte de Vera, ¿no?

Herrán tenía que saber que Castillo manipuló las pruebas y alentó la teoría del suicidio de Vera, y se trataba de un hombre que entendía muy bien las insinuaciones.

—¿Amigo mío? —respondió como si tirara de él un resorte—. Los policías no son amigos de nadie. No pueden serlo, ¿no cree? Pepe solo es amigo de sí mismo. Y además se está haciendo viejo: no ha visto venir el peligro. En cambio usted sí, inspectora.

Castillo había perdido el favor de ese hombre tan poderoso, pero quizá fuera al revés y puede que Herrán quisiera quitárselo de encima por haberse vuelto demasiado poderoso. El excomisario Pepe Castillo tenía que saber mucho de todo y de todos.

—Por si cambia de idea, tenga mi tarjeta con mi número personal. Llámeme cuando guste, no solo para mantenerme al tanto del caso. Recuerde que puede contar conmigo. Ha sido un placer charlar con usted. —Se levantó de la butaca de piel y volvió a estrecharle la mano.

Mar observó cómo se alejaba hacia la puerta de la biblioteca. Perdía parte de su empaque al caminar. La espalda encorvada y el paso cansado revelaban que era un anciano. El hombre que una vez amó a Vera ya no parecía todopoderoso.

Al quedarse sola sacó su cuaderno negro, que no había confiscado el matón a sueldo de Pepe Castillo. Anotó algunas preguntas: ¿por qué la había citado Herrán? ¿Solo para ofrecerle un puesto de trabajo? ¿Era una manera de comprar su silencio? Quizá se había equivocado con él y en realidad no fuera el responsable de la muerte de la joven actriz. Si él no lo hizo, ¿quién, entonces? Y ¿por qué? Las interrogaciones se acumulaban sobre el papel blanco.

Salió de la biblioteca y encontró al guardaespaldas junto a la puerta. En semejante decorado y con los brazos cruzados sobre el pecho, parecía el guardián de un castillo.

—¿Dónde están mis cosas?

—Sígame —contestó.

Una puerta lateral, escaleras que conducían a la zona de servicio —vio al pasar las cocinas del restaurante— y un pasillo donde se acumulaban los cubos de la basura.

—Espere ahí dentro —señaló el guardaespaldas.

Un sótano oscuro con solo un par de sillas desportilladas y una ventana pequeña y enrejada. Entró y la puerta se cerró tras ella con ruido metálico. Intentó abrirla y no pudo. No lo había visto venir, qué estúpida. ¿Estaba secuestrada? Era imposible salir de aquella especie de calabozo a solo unos pasos de la Puerta del Sol, uno de los lugares más visitados de Europa… Si aquello era cosa de Herrán, no tenía sentido después de la conversación que habían mantenido. Intentó mantener la calma y esperar pacientemente a que su secuestrador se revelara. Al poco escuchó pasos acercándose.

Castillo entró en el almacén con su aspecto de jubilado inocente y cerró la puerta, que soltó un chirrido de óxido.

—¿Qué significa esto? ¿Se ha vuelto loco? ¿Cómo se atreve a retenerme? —dijo Mar.

—No seas exagerada, mujer, que solo quiero hablar contigo. Un poquito nada más… Porque tú y yo tenemos algo pendiente, eso lo sabes, ¿no? ¿No eras tan lista? Vamos, que como has estado interrogando a todo dios, me he puesto un pelín celoso pensando que me dabas esquinazo. Una guapetona como tú haciéndome de menos… Oye, aquí quien más quien menos tiene su corazoncito.

Se sentó en una de las sillas e hizo un gesto de invitación. Mar se sentó frente a él.

—Venga, pregunta.

Lanza no dijo una palabra.

—¿Nada? Vale, entonces pregunto yo. Me vas a decir ahora mismo todo lo que sabes del asesino este, el de los chicos del cine. Pero de verdad, eh, no esa mierda de informes que has *mandao* a la jefatura. Porque tú sabes más de lo que parece: alguien te chivó dónde encontrar el primer cadáver. Por tu cara bonita. Y también toda esa mierda de la actriz muerta, una cosa vieja que te cagas y que estás meneando solo por tocar los cojones.

Mar se sentó en la otra silla y le sostuvo la mirada oculta tras las gafas polarizadas.

—¿Es que tienes miedo de algo, Pepe? —contestó, retándolo.

Pero no era fácil enfurecer al viejo torturador, frío como una serpiente. Se echó a reír.

—¡Tiene gracia, la niña! A ver, soldadita, que me conozco tu currículum de pe a pa, hasta dónde y con quién follas me sé. Así que ya puedes ir cantando.

—Y si no, ¿qué vas a hacer?

Se levantó de la silla rápidamente y le pegó una bofetada seca y dura, de profesional. Lanza aguantó el golpe sin moverse. Había soportado cosas peores. Podría aplastar a aquel anciano con una sola mano, sin necesidad del cuchillo. Lo hubiera hecho si no fuera porque sabía que tras la puerta esperaba su matón y ese sí que iba armado. Solo lo intentaría si la cosa se ponía más fea. Castillo lanzó una mano hacia ella para sujetarle la mandíbula con dedos como pinzas de acero.

—No me obligues a ser malo, anda.

El aliento le apestaba a puro.

—No hay nada más. Lo sabes todo —contestó Mar. Castillo la soltó y, sin apartarse, le acarició la mejilla con un dedo de uña muy larga. La sensación viscosa le provocó un escalofrío. Él se apartó con un gesto burlón.

—Ya, ya…, y yo me chupo el dedo. No te hagas la inocente, que ese cuento me lo sé: aquí inocentes somos todos hasta que un juez no diga lo contrario.

—El comisario Castillo… Con lo que tú has sido y fallas en un caso como el del Decapitador. Por eso me ha llamado Herrán, pero eso ya lo sabes. Comprendo que estés cabreado… Dice que te ha llegado la hora de la jubilación y hasta me ha ofrecido tu puesto.

313

—No harás caso a ese pedazo de cabrón… Porque no puede hacer nada contra mí. Pero nada, eh… Oye, no me estarás intentando dar por culo, ¿no? Porque conmigo no se juega. Con una sola palabra que yo diga, con una sola llamada, te arruino la vida. Tú no eres nadie, pedazo de mierdecilla. Si no te portas bien, te vas a volver con las vacas, como el loco de tu padre. A recoger mierda el resto de tu puta vida. Así que deja de meter las narices en las cosas de los mayores, que nadie te ha *dao* vela en este entierro. —Fue hacia la puerta, pero antes de salir se volvió y espetó—: Vas a salir de este caso cagando leches, por las buenas o por las malas.

El matón abrió la puerta.

—Dale sus cosas a esta zorra —ordenó Castillo.

Se perdió por el pasillo y el matón le tiró su bolsa, que cogió al vuelo.

5

Al salir del Casino se dejó mojar por la lluvia sucia que caía sobre la calle de Alcalá. Madrid seguía indiferente a las cuitas de lo que ocurría en sus tripas: todos los males eran posibles mientras permanecieran ocultos. Buscó el móvil en la bolsa y al conectarlo vio que tenía un mensaje de voz de la jefa Sañudo.

«Oye, que tenías razón: vamos detrás de una pieza de caza mayor. Apunta esto: Salvatore Arcángelo, alias Totó, alias Bruno, del clan de los Commisso, está buscado por la Interpol. Varias condenadas por tráfico de drogas, asalto y tentativa de asesinato, emitidas por un tribunal de Bolonia entre 1986 y 2002. La Fiscalía italiana le reclama para cumplir una pena de catorce años de prisión. Eso, para los delitos probados, pero hay más… Según los *carabinieri*, fue enlace internacional de la *'Ndrangheta* para el tráfico de sustancias estupefacientes desde Marruecos, Países Bajos y República Dominicana. Un chico para todo, porque también aparece relacionado con la Logia P2 y sus *vendettas* de los ochenta. Un verdadero bicho. Ya hemos activado todas las alertas, así que tú también ándate con cuidado. Porque ahora queda cazarle, claro. En el palacio de marras no hemos encontrado ni rastro de él, ni siquiera ha dejado huellas, el *jodío*. Muy profesional. También es verdad que el sitio es como el castillo de irás y no volverás, ni con veinte agentes podemos registrar en condiciones. Aquello es enorme. Hay hasta un cine, no te digo más… Y encima Laura Santos sigue muy grave, no me dejan acercarme a ella. De todas maneras no creo que al tal Bruno se le ocurra volver por allí, estaría loco si lo hiciera. De momento, no hay más. Llámame cuando salgas de Madrid.»

A saber dónde estaría ahora un tipo como Bruno con contactos y experiencia suficiente como para desaparecer durante décadas. Intentó ponerse en contacto con la jefa pero no lo consiguió y solo pudo dejarle otro mensaje:

«Voy para allá. Llámame si hay novedades».

La relación de Bruno/Salvatore Arcángelo con Laura Santos era clave para despejar el móvil del sicario. Pero estaba segura de que aunque lo cogieran no le sacarían nada: conociendo a aquellos tipos del crimen organizado, antes de hablar era capaz de chuparse años de cárcel. Un tipo así nunca actuaría por su cuenta, era solo un mandado. En cambio Laura… Era dudoso que ignorara la relación con la mafia de su marido; se trataba de una mujer demasiado inteligente. Pero ¿sabía que Bruno era un sicario? ¿Acaso lo había admitido en su casa por chantaje? ¿Qué debía Stefano Gaspari para que su mujer hubiera aceptado una situación así? A pesar de los empeños de Laura por desligar a su marido de las víctimas —había dicho que nunca llegaron a conocerse—, estas pudieron relacionarse con Gaspari y sus negocios. Como Francés, siempre endeudado, quien había implicado a Herrán a través de PERMASA… Todos ellos podían haber estado metidos en el mismo negocio sucio y en el punto de mira de la mafia. ¿Había pruebas de ello? Ninguna. Todavía quedaban demasiadas incógnitas por despejar.

Salir de Madrid tampoco era fácil: un laberinto de atascos que el GPS apenas podía sortear. Además, la DGT avisaba a los conductores de evitar desplazamientos por zonas de montaña, especialmente en el norte de España. La previsión era de fuertes nevadas y temporales con vientos de hasta cien kilómetros por hora en toda la cornisa cantábrica con granizadas intensas en la zona costera.

La primera prueba de que los meteorólogos no se habían equivocado la tuvo al salir por la autovía del Norte y llegar a Somosierra. Sobre la A-1 caía ya una intensa nevada que ralentizaba el tráfico y varios camiones habían quedado varados en la cuneta. Llevaba cadenas en el maletero, pero estaba acostumbrada a conducir en esas condiciones. Pisó el acelerador en cuanto llegó a las explanadas castellanas. La radio recomendaba el uso de cadenas en los puertos de montaña de El Escudo, San Glorio y Los Tornos: Cantabria estaba prácticamente aislada del resto del país. Cuando comenzó a subir el puerto de Pozazal, un remolino de copos grandes y apretados le dio la bienvenida a la región. El asfalto se cubría de blanco a toda velocidad, la carretera se vaciaba de tráfico y apenas se cruzó con otros vehículos. Hasta que apareció la Guardia Civil. Un uniformado le hacía señas para que parase. ¿Era el sargento Salcines? Pues sí.

—¿Otra vez tú, Salcines? A ver si descansas un poco, hombre.

El sargento, abrigado hasta las cejas, la saludó con una sonrisa en la cara y la mano en la teresiana.

—Ya ves, echo más horas que el reloj de una estación. Otra vez de operativo y esta vez se juntan dos cosas: el mal tiempo y vigilar por si aparece el Decapitador. Oye, ¿es verdad que casi lo pillas?

—Casi.

—Y en Madrid, para que se enteren los de la capital de cómo nos las gastamos los de aquí —dijo, orgulloso—. Pues esta mañana llegó al cuartel el aviso de que el tipejo andaba huido y estamos ojo avizor por si vuelve a la región, que tendría cojones, el tío. ¿Tú vas para Santander?

—Sí.

—Hemos cortado el tráfico de camiones y está la carretera casi vacía. ¿Tienes cadenas?

—Las llevo atrás. ¿Crees que me harán falta? Llevo prisa.

—Ahora pasas sin problema, pero igual se pone peor: están las quitanieves preparadas en Reinosa. Anda con cuidado.

—A la orden, mi sargento.

—A mandar, inspectora.

Aceleró. No le daban miedo ni la nieve ni el hielo, sabía cómo se las gastaba el invierno norteño. A la altura de Valderredible el cielo se juntó con el suelo en una esfera blanca que se tragó el paisaje. El termómetro bajaba a toda velocidad, como las varillas del limpiaparabrisas moviéndose como locas, acumulando nieve en los laterales de la luna. Redujo la velocidad: no se veía nada más allá de diez metros. Pasó cerca de Reinosa sin distinguir ni un solo edificio de la ciudad, tapada por una nube espesa y blanquecina. También desaparecieron las rodaduras de la autovía: estaba sola en la carretera.

En cuanto comenzara a bajar de la montaña hacia la costa las condiciones mejorarían, no quedaban más que una veintena de kilómetros para salir de entre valles. La peor parte estaba en los viaductos, donde se acumulaba el hielo por su menor inercia térmica. Como en el puente de Montabliz, el más alto de España con 198 metros de altura. Mar no podía ver la caída impresionante sobre el bosque de hayas y robles y el río Bisueña tragados por el temporal, solo prestar atención a la carretera sin perder de vista el carril de la autovía.

La tormenta de nieve que la rodeaba tampoco le dejó ver la camioneta hasta que la tuvo pegada a su trasera. Debía de haber salido de alguno de los pueblos que rodeaban la autovía, como Bárcena de Pie de Concha o Pesquera. La enorme *pick-up* se aprovechaba de que el utilitario de Mar abría ca-

317

mino siguiendo sus rodaduras. De pronto, la camioneta dio un acelerón. Miró por el retrovisor: se estaba acercando mucho. Demasiado.

El golpe la sacó del carril, dio un volantazo y su coche culeó, perdió el control y se estrelló un par de veces contra la mediana que la separaba del sentido contrario hasta que consiguió maniobrar para separarse y detener la inercia del coche, que quedó atravesado en medio de dos carriles.

Miró a su alrededor… ¿Dónde estaba la *pick-up*? No podía verla bajo la nieve.

Surgió de pronto, abriéndose paso en el blanco de nieve a toda velocidad, dirigiéndose hacia ella como un proyectil.

Tuvo la impresión de que el coche quedaba suspendido en el aire y que todo lo que había en su interior flotaba a su alrededor, incluso los cristales de la ventanilla que se habían hecho añicos y parecían ingrávidos copos de nieve. El tiempo quedó congelado hasta que el coche volcó sobre la carretera, se deslizó por la vía hasta que golpeó algo que rechinó con estrépito. No sintió el impacto. Le invadió una especie de modorra, como si todo su cuerpo se hubiera relajado repentinamente. Pero hizo un esfuerzo; tenía que mantenerse despierta.

«No te duermas, abre los ojos… Ábrelos.»

6

Salió del coche por el hueco de la ventanilla rota, clavándose en las manos y en los brazos los cristales caídos a su alrededor, y se arrastró por el asfalto, frío y negro bajo la nieve. El cuerpo no le respondía, no logró ponerse en pie.

Al levantar la cabeza vio un coche blanco detenido más adelante, en la carretera. Esperando. Lo reconoció. Nieves y Rosi pasan a su lado, ríen y la llaman. El eco de sus voces resuena en el silencio. Nieves se vuelve hacia ella.

—¿No vas a venir? Tú te lo pierdes —dice.

Intenta responder pero no puede, quiere decirles algo, pero no sabe qué, como si lo hubiera olvidado. Siente la lengua paralizada dentro de la boca. Las dos niñas corren con su ropa de verano, de fiesta, aunque está nevando. Van hacia el auto blanco, hablan con alguien en su interior y luego suben, arranca y desaparece dentro de la nube de nieve.

No hay nada. Está sola. Como en el desierto. Un desierto donde hace mucho frío. Empieza a temblar. La claridad le hace entrecerrar los ojos para distinguir la mancha que se acerca a ella hasta formar una figura. Al principio no la reconoce, su rostro se funde con la nieve. La mujer es joven, muy bella. Pisa sin miedo la nieve aunque está descalza. También lleva un vestido de verano de un color azul muy claro. Es Vera. Ella no tiene frío pero Mar tiembla.

—¿Me buscas? Aquí estoy. Siempre he estado aquí. Levántate, vamos… Ven conmigo.

Le coge la mano. Está muy fría, como la de un muerto. Se da cuenta de que tiene la mano hundida en la nieve. Los copos se le meten en los ojos y en la boca, saben a arena. No puede respirar.

Vera ha desaparecido pero en su lugar se inclinan sobre ella dos sombras borrosas, que se afilan hasta formar caras pintadas de sangre que gotea sobre la capa de nieve. Rojo sobre blanco. Mar no es Mar, es el cuerpo de una niña pequeña y muerta, desangrada por los disparos de unos soldados que están derrotados mucho antes de llegar al desierto y no son capaces de salvar a nadie.

Al levantar la cabeza ve las sombras que la rodean: son las mujeres de *La máscara de la luna roja*. Envueltas en pieles de animales salvajes, han salido de la película que ha visto rodar para encontrarse con ella.

—¿Quieres morir? ¿Para eso has venido? —le pregunta la más joven.

—Es una venganza. ¿No lo ves? ¿No? Mira mejor. Míranos —dice la más vieja.

319

—Míranos —repite la joven.

Sus voces se pierden en un eco blando. Ya no están. Deja caer la cabeza, y lo último que ve antes de cerrar los ojos es su propia sangre sobre la nieve.

7

Una luz se abrió paso en la oscuridad hasta hacerla desaparecer. A su lado estaba Isabel y de pie, frente a ella, Marián Sañudo. La jefa hablaba pero su voz le llegaba amortiguada y lejana.

—… No ha sido muy grave, solo unas contusiones y un par de costillas rotas. El susto ha sido por la conmoción cerebral y el tiempo que pasaste tirada en la nieve. Principio de hipotermia.

—Y que tienes el cuerpo duro, que si no… —añadió Isa.

—¿Quién ha sido? ¿Lo viste? —preguntó Sañudo.

Mar negó con la cabeza. Le costaba hablar y sentía una tremenda opresión en el pecho, quizá fueran las costillas rotas.

—¿Cuánto tiempo llevo aquí? —preguntó, sin reconocer su voz, ronca y apagada.

—Casi un día.

Si hubiera tenido fuerzas, hubiera gritado. No podía perder tanto tiempo.

—¿Te importa salir, Isabel? —preguntó Marián.

—No, claro.

La policía jubilada sabía que si hablaban del caso ella no podía estar allí.

—¿Te traigo algo? —preguntó a Mar.

—Coca-Cola.

—Si no te gusta.

—Ya. No sé. Me apetece —insistió.

Esperaron a que Isa saliera de la habitación.

—¿Cómo está Laura Santos?

—Ahí sigue. Está consciente, pero los médicos dicen que

en muy malas condiciones, puede que no dure ni días. No ha habido forma de tomarle declaración.

Se sentó junto a ella en la única butaca de la habitación doble. Mar miró a su alrededor: la otra cama estaba vacía.

—Te hemos puesto sola por precaución. También tienes fuera a un compañero haciendo guardia. Has sufrido un atentado, Mar. Porque lo que te ha pasado no fue un accidente. Lo hemos comprobado. Tu coche sufrió varios impactos del otro vehículo, que se dio a la fuga. Quería sacarte de la carretera y puede que tirarte viaducto abajo. Por suerte, los refuerzos del puente lo impidieron. Andamos buscando ese vehículo, ¿recuerdas algo?

—Era una *pick-up* grande, oscura. Azul o negra. Poco más, fue muy rápido y había poca visibilidad por la nevada.

—¿Quién crees que pudo ser? ¿El Decapitador?

—No lo sé. Pero apostaría que quien está detrás es el excomisario Castillo.

—¿Castillo? ¿Por qué?

—Me tuvo encerrada un rato después de que hablara con Herrán.

—¿A una policía nacional? Qué huevazos tiene el tío.

—Pero está acojonado. El asunto del Decapitador le ha sacado de quicio. Herrán quiere prescindir de sus servicios porque no pudo protegerle.

—Y Castillo, ¿qué quería de ti?

—Cree que sé más de lo que parece. Pienso que también anda detrás del asesino. Como me negué a decirle nada sobre el caso, amenazó con sacarme del Cuerpo tirando de sus influencias. Me dijo que lo haría por las buenas o por las malas.

—Te dije que Herrán era peligroso, pero quizá Castillo lo sea mucho más. Está moviendo sus hilos, también contra mí. Ya me han hecho saber que pedirán mi cabeza si no encontramos a Bruno. Pero no te preocupes, de momento nadie te puede sacar del caso ni de la policía así como así.

—Casi me saca de la carretera.

321

—Pues por eso. Ahora mejórate y déjanos encontrar al Decapitador. Sabemos quién es, está acorralado.

—Pero tiene a toda una organización criminal protegiéndole, ya estará escondido en alguna montaña calabresa.

—No te creas…

—¿Qué quieres decir?

—Mira que no quería venirte con esto ahora, pero bueno, te lo cuento para que te quedes tranquila. Resulta que hemos arañado en su historial y también podría estar huido de la mafia. Los italianos nos han pasado documentación sobre una guerra de clanes y el tal Arcángelo recibió una estatuilla quemada de san Miguel.

La figura del jefe de los ejércitos de Dios era sagrada para los clanes calabreses. Quien recibía la efigie quemada del santo estaba sentenciado a muerte.

—Es un paria entre su propia gente, debió de liarla gordísima. Seguramente por eso huyó a España.

—Posiblemente Stefano Gaspari fuera el único dispuesto a ayudarle o puede que se viera obligado a ello por antiguos compromisos y códigos de silencio. Gaspari era un corrupto.

—A saber con esta gente y su código de honor decimonónico. En todo caso, Bruno Arcángelo salió de Italia y al poco su madre y su hermana fueron asesinadas. *Vendetta*, ya sabes. No puede volver a asomarse por Italia o se expone a que sean sus antiguos jefes quienes le corten en trozos a él. La 'Ndrangheta no olvida. Así que se habría convertido en un lobo solitario que se subasta al mejor postor. Eso, aunque no lo parezca, nos pone mucho más fácil su captura.

Las policías italiana, francesa y española tenían confidentes que reportaban todo lo que a la mafia le interesaba comunicar: colaboraban con las fuerzas del orden no pocas veces. Incautaciones de alijos, detenciones de capos, información sobre terrorismo… Muchos éxitos policiales se debían a una vinculación que se ocultaba a la ciudadanía, pero que Mar Lanza conocía muy bien. Si Bruno estaba en el punto de mira de su propia gente, caería antes o después. Y más ahora, con la *'Ndrangheta* actuando con total libertad por el territorio español. Su capo, Domenico Paviglianiti, había sido detenido apenas unos meses atrás en Madrid.

—Bruno es un profesional. Quien lo contrató es alguien que tiene cuentas que saldar con los muertos o con Gaspari y su viuda.

—Venga, se acabó —cortó Marián—. Déjanoslo a nosotros, anda, que no estás para mucho trote.

Isabel no llamó a la puerta antes de entrar, abrió sin más.

—Mar, ha venido un amigo tuyo.

Estaba en la puerta, con un ramo de flores en la mano. La Sañudo le echó un vistazo de arriba abajo y lo identificó de inmediato como aquel confidente del cine de quien Mar le había hablado. Se despidió y, discretamente, salió de la habitación.

Mar estaba sorprendida por la aparición y porque en toda su vida no le habían regalado flores. Isa cogió el ramo de las manos de Eli y al dejar la Coca-Cola en la mesilla le susurró al oído:

—Qué guapo…

—¿Cómo estás, inspectora? —dijo Eli.

—Bien. Seguro que me dan el alta hoy.

La policía tenía la cara amoratada e hinchada y los puntos de la frente le llegaban a la sien izquierda.

—Pero tiene por delante una semana de reposo —aclaró Isa.

—¿Qué? Imposible —saltó Mar.

—Bueno… Voy a ver si encuentro algo donde poner las flores. —Isa cogió el ramo y salió de nuevo de la habitación.

—¿Cómo te has enterado? —preguntó Mar.

—Te llamé varias veces hasta que Isabel respondió y me contó lo que ha sucedido. Estaba preocupado por ti. ¿Te parece mal que haya venido?

Se incorporó un poco en la cama, agitada. No se quitaba de la cabeza la amenaza de Castillo: «Sé hasta con quién follas».

—Eli, no podemos vernos más.

323

—Ya. ¿Por eso te fuiste de mi casa sin despedirte?

Mar no contestó. Lo había hecho antes de conocer la amenaza del excomisario.

—Eso de dejar de vernos ¿forma parte del caso o no? —insistió él.

—No puedo decirte más, de verdad. Lo siento.

Eli miraba por la ventana de la planta de trauma del Hospital Marqués de Valdecilla, aunque las vistas no fueran muy interesantes, mientras pensaba su respuesta.

—El poli de la puerta me ha parado y no me hubiera dejado entrar aquí si no es por Isabel. ¿Así de mal están las cosas?

Mar no respondió pero él entendió perfectamente el mensaje.

—En realidad no he venido de Madrid solo por ti, inspectora. ¿Recuerdas que te hablé de mi proyecto fotográfico? Voy a retratar la zona del pantano, los pueblos sumergidos, las aldeas abandonadas de ese valle. Es solo el comienzo. Luego iré a otros lugares, pero quiero empezar por aquí y me parece que para eso no necesito tu permiso.

—Te deseo suerte.

Mar no sabía dónde podía estar Eli más seguro, si en Madrid o solo en medio del campo. En realidad en ningún sitio si Castillo seguía relacionándolo con ella. Deseó que volviera a Estados Unidos, al menos durante un tiempo, pero no tenía derecho a sugerirlo. Él era libre incluso para correr riesgos.

—Seguramente tienes razón. Verte en un hospital… herida así, por mucho que te empeñes en que estás bien… Es demasiado para mí.

Intentó acercarse a ella pero no pudo: algo se lo impedía.

—¿Crees que soy un cobarde?

En su voz había miedo y angustia.

—No.

—Yo no estoy tan seguro.

Dio un par de pasos hacia la puerta y se detuvo. Por un momento pareció dudar.

—Ha sido un placer conocerte, inspectora —dijo, por fin.

—Lo mismo digo, señor Miller.

Estuvo un rato mirando la puerta por la que había salido sin poder apartar los ojos. Un pequeño resquicio de sí misma deseaba que volviese, que la abrazara. Pero él no lo hizo y sintió alivio.

8

Salió del hospital esa misma tarde prometiendo que seguiría las prescripciones de los médicos. Como siempre que tenía una herida física, Mar Lanza se sentía vulnerable, pero intentó que Isa no se diera cuenta: sus cuidados y atenciones le empezaban a resultar insoportables. Tampoco quería protección policial: no era probable que volvieran a intentar eliminarla y le pidió a Sañudo que retirara la vigilancia. Aunque refunfuñó un poco, la jefa aceptó porque en ese momento necesitaba a todos sus efectivos. Seguían buscando a Bruno por todas partes: estaban convencidos de que no había podido salir del país.

Pasó las horas poniéndose hielo en las costillas y haciendo ejercicios de respiración profunda para prevenir una neumonía. El frío del hielo sobre la piel le recordó a Eli, a su casa, los besos en el sofá, cuando le puso aquella bolsa helada sobre su pierna dolorida. Tuvo unas irresistibles ganas de llamarle, pero no lo hizo.

Intentó repasar el caso, pero le dolía la cabeza. Además, había algo que le ocupaba el pensamiento desde que despertó en el hospital: lo que había visto durante el tiempo que estuvo tirada en la nieve. Un delirio fruto de la conmoción cerebral, sin duda. Entonces, ¿por qué lo recordaba con tanta intensidad? En la carretera, junto a ella, estaban sus amigas de la infancia. Aparecían como en sus sueños recurrentes pero con mucha más claridad. Nieves y Rosi y luego Vera, cogiéndole la mano. ¿Qué había dicho? ¿Que la buscara? ¿No era eso lo que llevaba haciendo desde que conoció su existencia? Pero no había encontrado nada, solo más preguntas. Lo que les sucedió a Nieves y a Rosi se parecía a la historia de Vera, casi una niña también. Estaban juntas en su mente, solas frente a la muerte. Y luego las mujeres salvajes salidas de una película: *La máscara de la luna roja*. Pero ¿qué relación podían tener las personas reales con unos personajes de ficción? Ellas estaban allí también, dentro de su alucinación, las mujeres con la cara pintada de sangre ¿qué querían? ¿Asustarla? Pero no había sentido miedo al verlas, todo lo contrario.

Era absurdo pensar en ello. No era más que un sueño.

Sentía la cabeza espesa por culpa de los medicamentos; mañana mismo dejaría de tomarlos. Podía soportar el dolor, lo prefería, pero entre esas cuatro paredes se ahogaba, la angustia le crecía en el pecho, necesitaba respirar al aire libre, sentir el viento con olor a mar. Aunque tenía prohibida terminantemente la práctica deportiva, no aguantaba tantas horas encerradas en casa y decidió salir, dar un paseo aunque fuera desobedeciendo a los médicos. Antes de salir de la casa, escondió al amigo afilado bajo la pernera del pantalón. Ya no podía pasar sin él.

Los alrededores de La Maruca estaban desiertos. Hacía un frío glacial, el viento del norte cortaba como una navaja espantando a todos los seres vivientes lejos de la costa. Al acercarse al pequeño paseo junto a las rocas, el viento le abofeteó las mejillas hasta que casi no sintió la cara, entumecida por el frío. Un nuevo temporal llegaba a la costa: pronto sería peligroso pasear tan cerca del mar. Pero respirar aquel aire furioso le sentaba mejor que cualquier medicamento.

Al pasar cerca del club de remo vio a Terio de camino al bar de su primo Lin y lo saludó desde lejos: no tenía ganas de hablar con nadie. Seguía alerta. Aunque estuvo atenta a cualquiera que se acercara a ella, no se cruzó con nadie más. Volvió al apartamento cuando ya anochecía y, tras dar mil vueltas en la cama, cayó en un sueño profundo, agotada por el dolor.

A la mañana siguiente, el timbre de la puerta la sacó de un sopor desagradable. Se levantó con dolores por las magulladuras, la boca pastosa y la garganta seca. No le sorprendió ver al otro lado a dos policías: quizá Sañudo había cambiado de opinión y de nuevo le mandaba escoltas para su protección.

—¿Inspectora Lanza?

—Soy yo.

—Policía judicial. Tiene que acompañarnos.

PARTE 9

Que el cielo la juzgue

(John M. Sthal, 1945)

1

*E*l cadáver de Garrido había aparecido en la ría de San Pedro, entre las rocas picudas de la bajamar. Una muerte violenta: los cortes defensivos en las manos certificaban que se había resistido todo lo que pudo antes de morir estrangulado mediante la técnica del lazo.

La inspectora Lanza negó tener ninguna relación con la muerte de Alejo Garrido. Los dos policías que la interrogaron conocían todos los pormenores sobre su disputa, incluso que habían mantenido una relación sexual en el pasado. Lo reconoció, también que tuvo un encontronazo con él hacía poco tiempo. Cuando preguntaron dónde y cuándo estuvo durante la noche en que sucedió la muerte de Garrido, respondió que había estado sola en su casa, descansando después de salir del hospital. Luego dio un corto paseo por la costa y regresó porque todavía tenía secuelas del accidente. Mientras hablaba, los dos compañeros escribían en libretas oscuras muy similares a la que ella misma utilizaba. Luego se fueron y ella esperó la llegada de la jefa. Al cabo de cinco minutos, Marián Sañudo entró en la sala como un huracán, con la voz ronca y unas ojeras profundas como cuevas.

—Ahora sí que estás metida en un buen lío —soltó.

—¿Crees que yo lo maté? —preguntó Mar.

—Por supuesto que no, pero lo que yo crea no tiene importancia. Tienes en contra todo el asunto del acoso sexual, ¿recuerdas? Y más de uno quiere complicarte la vida. Ahora se lo has puesto en bandeja. Además, los de la judicial han averiguado que Garrido te seguía y que fue él quien entró en tu casa.

—¿Cómo lo han sabido?

—Encontraron parte de tu documentación robada en un pisito muy coqueto del Sardinero que Garrido tenía alquilado. Con vistas al mar y todo: el tío manejaba pasta. ¿Sabías que cogió una excedencia hace menos de un mes?

—No.

—Yo tampoco. Seguramente llevaba años trabajando desde dentro para esa empresa de seguridad.

—Que casualmente pertenece a un excomisario llamado Pepe Castillo. ¿Me equivoco?

A Marián le torció la boca una sonrisa sarcástica.

—Estaba *cantao*… En lo que te equivocaste fue en ocultar que tuviste un encontronazo con Garrido hace unos días, muy cerca de donde han encontrado el cadáver. ¿Se puede saber por qué no me lo dijiste?

—No me pareció importante, solo una amenaza de las suyas. Además, tú misma recomendaste que lo olvidara para centrarme en el caso del Decapitador.

La jefa se levantó, abrió la ventana y encendió un pitillo aunque estaba terminantemente prohibido fumar en las dependencias de la jefatura de policía.

—Hay más —dijo con el cigarro colgándole de la boca—. Hace unas horas encontraron la camioneta *pick-up* que te llevó por delante en la autovía. Detrás de una casa abandonada, cerca de Torrelavega. Para que no quede duda, está llena de abollones. Estaba a nombre de Solmyt, la misma empresa del otro coche, el A8 que te estuvo siguiendo.

—Entonces fue Garrido quien me atacó en la carretera.

—Casi le sale bien. Pero ahora está en una mesa de autopsias, las vueltas que da la vida. Y mientras, tú aquí, vivita y coleando, acusada de su muerte.

—La empresa propietaria de esos vehículos, Solmyt... También pertenece a Castillo, ¿verdad?

La jefa asintió mientras echaba una bocanada de humo por la ventana.

—Estuve echando un vistazo a los negocios del excomisario. *Off the record*, claro. Tiene muchos clientes y un entramado de empresas. Está forrado, el cabrón; es probable que tenga millones. Y claro que Garrido trabajaba para él. No es que sea una sorpresa porque ya sabíamos que Castillo tenía en nómina a mucha gente, no solo en la Policía Nacional.

—Castillo le encargó deshacerse de mí después de que no pudiera sacarme nada en Madrid.

—Un encargo que seguro que le supo a gloria, al muy gilipollas. Y eso nos lleva a lo que nos importa: te has convertido en la principal sospechosa de su muerte.

—Eso es absurdo.

—Tenías un móvil: la venganza. La oportunidad: porque no tienes coartada. Y también la capacidad: eres una persona adiestrada para matar.

Esto lo dijo sin mirarla a la cara, como si le costara reconocer la crudeza de lo que acababa de decir. Intentó quitarle hierro al asunto:

—Aunque hay que tener en cuenta que Garrido no era precisamente un tío que fuera haciendo amigos y son muchos los que querrían ajustarle las cuentas... Más teniendo en cuenta que estaba a sueldo de una empresa privada. Los investigadores también están en ello. Así que no te desanimes. Esto quedará en nada, pero es mejor que no llames la atención durante unos días. Y por supuesto, olvídate de seguir en el caso.

—Mierda.

—Sí, una puta mierda. Ese cabrón de Garrido nos jode hasta después de muerto. A ver... Los análisis forenses aseguran que le dieron matarile entre las diez y las doce de la noche. ¿Seguro que no tienes coartada?

—Ya les dije a los investigadores que estuve sola y en casa

toda la noche. Por la tarde sí que estuve cerca de la ría de San Pedro pero me fui antes de que llegara a anochecer del todo, alrededor de las siete. Y solo me crucé con Terio.

—¿Quién es ese Terio?

—Emeterio Cajigas, el encargado del club de remo. Me conoce. Les dije a los investigadores que me vio allí.

—Pues ya estarán hablando con él para que lo confirme…

Las dos mujeres se quedaron en silencio, pensativas. Hasta que Mar rompió el silencio:

—Esta nueva muerte… Es la misma técnica… Demasiada casualidad —dijo.

—Yo también lo he pensado. Puede que el tal Bruno o Salvatore Arcángelo o como se llame sea el autor de su muerte. De todas formas, da igual; el asesino te ha apartado de su camino de una manera muy sutil y retorcida. Lo de cargarse a Garrido es como echarte el muerto encima.

Mar se levantó y fue a asomarse a la ventana junto a Marián.

—No. Me está protegiendo —dijo, en voz baja.

La Sañudo la miró con los ojos como platos.

—Sí, ya sé que parece una locura, pero ¿por qué iba a matar a Garrido? No tiene nada que ver con su plan. Nada que ver con el cine, no está conectado con el resto de las víctimas. Solo conmigo. Si conocía toda la historia con él, las acusaciones de abuso sexual y su acoso… Su muerte me beneficia.

—Das miedo, joder. El golpe en la cabeza te ha chalado… Ni se te ocurra decir esto a nadie, que bastante pringada estás ya, solo faltaría.

—Estoy segura de que el asesino sabía que Garrido iba a por mí.

—Claro, claro, tiene todo el sentido… O sea, que los mafiosos van deshaciéndose de los violadores y los policías corruptos porque son así de caballeros… Si el asesino fuera una mujer, todavía podría creerte.

—¿Una mujer? ¿Por qué dices eso?

—¡Coño, porque yo misma he tenido ganas de romperle el alma a más de un Garrido! ¿Qué te crees? ¿Que eres la única que se ha comido estos marrones de mierda? Aquí todas hemos aguantado de todo. No sabes la de cosas que podría contarte… Pero si quieres tener una carrera en el Cuerpo, no queda otra que tener la boca cerrada y esperar, intentar subir a pesar de todo… Hasta que llegue el momento de tomarte la revancha.

—Yo denuncié.

—Y te admiro por ello, pero no todas han podido hacer lo mismo. Porque eran otros tiempos, porque tenían pareja, hijos o querían subir en el escalafón o conseguir una mejor pensión. Porque la mayoría hemos tragado con mucho sacrificio personal. Pero eso no quita que sueñe con ver muerto a más de uno. Y por las mismas razones que tú.

Miró incrédula a Marián Sañudo, como si no la reconociera.

—Nunca he querido ver muerto a Garrido.

—¡Porque creías que ganarías, coño! Convencida de que la policía o la justicia te darían la razón. Ay, Mar, qué inocente eres…

Su móvil comenzó a sonar y a reptar sobre la mesa por el modo vibración. Marián lo cogió.

—¿Qué pasa, Martínez?

Escuchó la parrafada de Martínez y luego miró a Mar con una sonrisa cómplice.

—¿Qué pasa?

—Pasa que ha venido a verte la Virgen.

2

«Emeterio Cajigas Gándara —apodado Terio—, de sesenta y cuatro años, natural de Soto de la Marina, declara que estando junto a José Manuel Gándara Gómez —apodado Lin—, de sesenta y dos años, natural de Hoz de Anero y propietario del bar-restaurant La Marea, también conocido como bar de Lin, vieron sobre las diez y media de la noche a un hombre desconocido en las inmediaciones del lugar donde se encuentra el club de remo de La Maruca y el susodicho Emeterio Cajigas trabaja como encargado de mantenimiento. Esta declaración fue confirmada por el anteriormente citado José Manuel Gándara, primo del anterior. Esa noche, estando ambos en el interior del bar La Marea vieron a un hombre en actitud sospechosa cerca del paseo que bordea la ría de San Pedro, en la zona de La Maruca. Como la actitud del individuo les resultara sospechosa, salieron del bar donde se encontraban efectuando su cierre. Según los dos testigos, cuando el desconocido se vio sorprendido salió corriendo, perdiéndose de vista en dirección a la zona de la ensenada. Al señalar el lugar donde ocurrieron los hechos, se comprueba que el sospechoso fue visto a menos de cincuenta metros del lugar donde pocas horas después se halló el cuerpo sin vida del subcomisario Alejo Garrido. Describen al sospechoso como un hombre bajo y fuerte. No pueden dar más datos por estar la zona muy oscura al no haber farolas y estar poco habitada. Revisada el área, se comprueba que tampoco existen cámaras que puedan haber registrado la actividad o el aspecto del individuo. También son preguntados los testigos por la posibilidad de que el sujeto al que vieron fuera una mujer. Al mostrar la fotografía de la inspectora de policía Mar Lanza, ambos la reconocen por ser usuaria del club de remo y haber visitado el bar-restaurant propiedad de José Manuel Gándara, negando ambos con rotundidad que correspondiera a la descripción física del sospechoso. Incluso añadieron y en sus palabras: "¿La rubia esa que está tan buena? Como para confundirla con un tío."

—Madre mía, vaya declaración —dijo la Sañudo después de leer en alto el atestado de los investigadores—. Pero esto lo cambia todo.

Habían esperado a tener el informe en mano para mayor seguridad: Marián ya no se fiaba de nadie.

—Las sospechas sobre ti acaban de irse a la mierda —añadió—. Pero no dejo de pensar que hay demasiada gente que

quiere buscarte problemas. En fin, esta vez les ha salido mal.
—Tiró el atestado sobre la pila de papeles de su mesa.

—La descripción del sospechoso… ¿Te das cuenta? Es Bruno —dijo Mar.

—O cualquier otro, no te obsesiones con eso. Además, tenemos lanzada la alerta de búsqueda y ese criminal no puede pasearse por donde le venga en gana así como así.

A pesar de las palabras de la jefa, no iba a descartar la posibilidad de que Bruno hubiera regresado desde Madrid. Pero ¿por qué? Y sobre todo, ¿para qué? ¿Para matar a Garrido? Era improbable. Tenía que conseguir entrevistarse con Laura: solo ella podía dar respuesta a la razón de los crímenes del sicario. Si estaba en lo cierto y la guionista estaba siendo extorsionada por una organización criminal, el mismo Bruno y quienes lo enviaban tendrían prisa en conseguir que Laura Santos devolviera cuanto antes el dinero sustraído por su marido. Si fallecía, sería para ellos mucho más difícil recuperar esos millones. Todas esas muertes a su alrededor habrían sido provocadas por la terquedad de la Santos, su negativa a aceptar el chantaje mafioso, algo que casaba perfectamente con su personalidad. Y su obsesión, el empeño en llevar a cabo la película por encima de todo incluso gastando un dinero que no le pertenecía, habría lanzado a sus deudores a una extorsión sangrienta. Y aun así no habían logrado que aquella mujer mayor y enferma cediera a sus pretensiones… ¿Por eso había vuelto Bruno a Cantabria? ¿Para cumplir un último mandato de sus amos?

—Tengo que ver a Laura.

—El agente que dejamos allí dice que está consciente y ha mejorado, pero su médico insiste en mantenerla aislada a causa de la debilidad y sus dificultades para respirar sin ventilación asistida. Pero la verdad, me suena a excusa.

—Conmigo hablará.

Al levantarse bruscamente de la silla sintió una punzada penetrante en las costillas y se le escapó un gesto de dolor que no pasó desapercibido al ojo perspicaz de la Sañudo.

337

—A donde vas es a casa, que menuda tralla llevas. No todos los días la acusan a una de haber cometido un crimen y llevas horas aquí, acabas de salir de un hospital… He hablado con Isa para tranquilizarla y le he prometido que te mandaría a casa: tienes que recuperarte. Te necesito en plena forma, así que no me jodas y obedece.

Y antes de que la inspectora pudiera replicar, añadió:

—Respecto a Laura, recuerda que vive en un maldito búnker. Además, he dejado a un agente vigilando y no va a moverse de su puerta; está segura. Yo tampoco tengo ningún interés en que la Santos se vaya al otro mundo sin contarnos todo lo que sabe de todo este asunto.

3

Al salir del edificio de la jefatura le golpeó una ráfaga de viento helado que aspiró llenándose los pulmones: era más libre que cuando entró. A pesar de las recomendaciones de Marián Sañudo, no tenía intención de dirigirse a casa, sino al club de remo: Terio tenía algunas cosas que explicar sobre su declaración respecto al sospechoso de la muerte de Garrido.

Encontró el casetón del club de nuevo cerrado a cal y canto por el mal tiempo, pero sabía dónde estaría el encargado de mantenimiento a esas horas. Porque el bar de Lin —o José Manuel Gándara según el atestado policial— sí que estaba abierto y lleno hasta la bandera de gente comiendo y haciendo la sobremesa.

—Anda, mira quién está aquí —dijo Lin desde la barra.

Su primo Terio se volvió para saludar a la policía y Mar se sentó en el taburete a su lado con cuidado de no moverse de forma brusca para que las costillas rotas no le mandaran otro aviso.

—Ponle aquí un aperitivo, Lin.

El primo puso delante de ella un plato con un enorme y jugoso pincho de tortilla y le enseñó una botella de vino abierta.

—¿Un *cacharru* o te quedas a comer? —preguntó.

—Agua, nada más, gracias. Y vosotros, ¿qué? ¿No tenéis nada que contarme?

—¿Lo del muerto? Menuda se ha *liao* —contestó Terio.

—Lo del muerto, sí. Dicen que visteis a un sospechoso andar por aquí esa misma noche. Y ahora me lo vais a contar a mí, pero con pelos y señales.

—Si ya les contamos a tus colegas… Poco hay.

—A esos colegas míos les habéis tomado por tontos.

—Eh, para el carro… Que nosotros siempre hemos *respetao* a la *autoridá* competente, cago en sos. ¿Verdad, Lin?

Lin asintió mientras sacaba brillo a los vasos con un trapo.

—A ver, ¿visteis al tío ese o es un invento? —soltó la policía antes de comerse un trozo dorado de tortilla perfecta.

—¿Y por qué íbamos a inventarlo? Eso es delito, porque mentir a la pasma es delito. ¿A que sí, Lin?

Lin estaba más callado que de costumbre: la conversación le incomodaba.

—No me cuentes tu vida, Terio, que hablamos en un bar y nadie te va a acusar de nada —replicó Mar.

El aludido resopló y Mar siguió apretando al testigo.

—¿Y qué me dices del muerto? Me parece a mí que a ese lo viste antes. ¿A que sí?

Una mirada fría se clavó en Terio mientras su primo disimulaba como si el asunto no fuera con él, pero sin perder ripio.

—No. Bueno, un poco… De lejos.

—Lo viste conmigo, ¿verdad?

—Un mal hombre era ese —respondió.

Estaba claro: Terio había visto a Garrido atacándola en el aparcamiento y lo fichó desde entonces. Además, aquella misma mañana había aparecido la foto del policía asesinado en todos los periódicos locales y pudo reconocerlo. Luego, con sus preguntas, los agentes le informaron de que la inspectora Lanza estaba siendo investigada como sospechosa de esa muerte. Terio de tonto no tenía un pelo a pesar de lo que creyeran los de la policía judicial y no era difícil atar cabos: había mentido a los investigadores intentando proteger a Mar. El viejo marinero no les contó lo que había presenciado entre ella y el muerto cuando todavía estaba vivo sin saber que aquello sí lo había declarado otro testigo.

Terio miraba la superficie de la barra con cara de perro apaleado.

—Tranquilo, hombre, que no pasa nada.

Le dio unas palmaditas en la espalda encorvada y el hombre se bebió el vaso de vino del tirón. Su primo lo volvió a llenar sin decir palabra.

—Entonces, ¿visteis al sospechoso o es un cuento?

—Te juro que yo sí, coño. Pero este no —dijo Terio señalando a Lin, que puso cara de póker.

—¿Qué hizo?

—Vi a un fulano que andaba rápido y lejos de las farolas. Nada raro… Si no llegan a encontrar después al muerto justo en ese sitio.

También había exagerado la presencia del merodeador, algo muy conveniente para alejar las sospechas sobre Mar Lanza.

—¿Le viste la cara, algo que lo pueda identificar? —insistió ella.

—Qué va. Iba con *cuidao* y se movía como un gato viejo, el tío. De esos que viven en la calle y les falta un ojo a los muy cabrones. Quien va así por la calle no tiene buenas intenciones, si lo sabré yo.

Ese caminar rápido y felino sí que coincidía con el de Bruno: en el cine Callao se le había escurrido entre las manos.

—¿Y tú? —preguntó al primo.

—Yo, lo que diga este —contestó Lin encogiéndose de hombros.

—Ya —contestó Mar metiéndose en la boca otro trozo de tortilla. Puede que la palabra del tabernero no tuviera valor, pero sí su tortilla, que estaba riquísima. Hacía rato que le llamaban de varias mesas, pero el viejo Lin seguía en la barra, sin moverse. Sabía todos los trucos para ignorar a los clientes y hoy mostraba un desprecio aún más exagerado; ni siquiera bajó la voz para decirle a la inspectora lo que pensaba de ellos.

—¿Te puedes creer que todos estos han venido a ver el sitio donde encontraron el muerto? Se ha *llenao* el restorán. Cómo es la gente, la madre que los parió.

4

El guion estaba sobre la mesa, frente al ventanal que daba al mar. El temporal se acercaba a la costa, una enorme boca negra que amenazaba con devorarla.

Mar Lanza había vuelto al apartamento con una sensación incómoda. Las conocidas vocecillas le saltaban en el pecho. ¿Qué querían decir? Algo estaba mal, no cuadraba, chillaban los duendes que vivían en algún lugar recóndito de su mente, el mismo lugar del que había salido la alucinación tras el golpe en la carretera. Había intentado convencerse de que aquella pesadilla era consecuencia de la conmoción sin lograr convencerse a sí misma. La visión volvía una y otra vez con una nitidez sorprendente.

De nuevo observó el montón de páginas encuadernadas. Llevaba días allí, sobre la mesa. El guion de *La máscara de la luna roja*. El principio.

Al explicarle quién era quién en el rodaje de aquella película maldita, Eli le había señalado la similitud de la historia con el argumento de *Piel de plata*, el film protagonizado por Vera Leoni en 1975. En esa película habían participado Antonio Galán, Armando Francés, Carlos Almonte y Laura Santos. Y puede que Alfonso Herrán como socio de Francés. Incluso aquel animal de Pepe Castillo aparecía vinculado a la película a través de sus manejos tras la muerte de Vera, la protagonista. Todos estaban allí, todos habían participado… Menos el asesino. Bruno nunca había tenido relación alguna con Vera, probablemente ni siquiera sabía de la existencia de aquella actriz muerta en misteriosas circunstancias. Resultaba lógico pensar que tampoco la conocieron los supuestos mafiosos que lo habían contratado para cobrarse una deuda. En ese pasado que caía como una sombra sobre las víctimas del Decapitador, Laura no conocía todavía a Stefano Gaspari ni sus vinculaciones con la financiación ilegal de un partido político y el crimen organizado. No había relación, no podía haberla. Sin embargo Vera había estado allí siempre.

Abrió el portátil y buscó cortes de vídeo de *Piel de plata*. Algún fan nostálgico había hecho un montaje de imágenes de la actriz en todo su esplendor. Encontró la escena de cama con Carlos y Laura; la carrera por el bosque con una escopeta en la mano y la melena rubia sucia de sangre después de cometer la matanza.

«*Piel de plata*, una película de Antonio Galán.»

«Guion de Armando Francés y Antonio Galán.»

Los dos firmaban el guion de *Piel de plata* pero no el de *La máscara de la luna roja*, cuya única guionista era Laura Santos. Buscó el tráiler: durante el homenaje en el cine Callao no había podido verlo con atención porque estuvo vigilando al público. Ya estaba colgado en la red y pinchó el *play*.

«Armando Francés Producciones Cinematográficas.»

Un corte a la primera imagen: montes y picos nevados. La niebla se desliza por el fondo de un valle boscoso mientras suena una música lenta y extraña y una voz femenina canta en un idioma ininteligible.

Aparece una mujer muy joven abrigada para soportar el frío, se presenta ante el grupo de senderistas.

—Soy Ana.

Corte y un fondo negro con letras en blanco: «Una mujer asesinada. Un bosque de secretos». La música se hace más grave, la percusión recuerda el sonido de los latidos de un corazón. Los caracteres se acercan lentamente a la mirada del público, un efecto visual los aumenta de tamaño, los deforma y disuelve en el propio fondo como si fuera una corriente de agua negra.

Un corte brusco a un bosque verde oscuro, las ramas de los árboles agitadas por un viento violento que arranca las hojas y las arrastra por el suelo mullido. Botas de montañero pisan las hojas, el grupo de senderistas avanza por el bosque. Ana se detiene y levanta la cabeza para admirar la belleza de la cascada que cae desde una garganta a muchos metros sobre ella. Alguien la llama.

—¡Ana!

Ella se vuelve hacia quien la llama: el grupo está esperándola.

—Ten cuidado, es fácil perderse —dice una de las mujeres que integran el grupo.

Es de noche y un plano cenital muestra al grupo alrededor de una hoguera en medio del monte, junto a unas tiendas de campaña tipo iglú. Los excursionistas, iluminados por la luz de la hoguera, ríen y beben de una cantimplora que debe contener alcohol. Ana no ríe, observa con atención a quienes la rodean.

Es de día y Ana está sola en el bosque, se aleja del campamento donde están instaladas las tiendas de campaña. A lo lejos surge una figura humana, quieta como una estatua. La vislumbra a través de los troncos de los árboles y el follaje, pero al acercarse más, la figura desaparece. La música acelera los golpes del tambor, un sonido cada vez más distorsionado.

—¿Dónde estabas cuando ella murió? —pregunta la voz de Ana en *off*.

Manchas difusas se van transformando en rostros pintados de un rojo sangriento como pinturas de guerra parecidas a las de los indios. La música se convierte en un sonido agudo y chirriante. Los rostros desaparecen de golpe y Ana corre a través del bosque entre los árboles como si alguien la persiguiera.

Desde el fondo de la garganta se ve a uno de los senderistas en el borde del precipicio. Alguien empuja al hombre, que cae, gritando, hasta estrellarse contra las rocas, su cuerpo rebota hasta caer al río, la corriente le arrastra entre remolinos hasta que se hunde.

Un hacha cae con fuerza y se incrusta en el cráneo de otro de los excursionistas; tiene la cabeza casi partida en dos, pero los ojos continúan fijos mirando a su asesino en un gesto de sorpresa.

Huellas de pisadas sobre una fina capa de nieve recién caída, pequeñas gotas de sangre sobre ellas.

Una mano armada con un cuchillo de caza, pegada a un cuerpo que camina con decisión.

Un detalle del corte del cuchillo sobre la piel; la sangre salta en un chorro negruzco.

Un cuerpo mutilado se balancea colgado de un árbol mientras unos mirlos le picotean los ojos.

Una cabeza cortada descansa sobre un mullido lecho de musgo.

El rostro de Ana cubierto de sangre. La imagen va a negro y aparece la cartela en la que se lee:

En la montaña de un dios caníbal, una mujer.
Una venganza.

Como colofón, el título ocupa la pantalla de lado a lado:

La máscara de la luna roja

Mar volvió a verlo varias veces hasta que aprendió cada plano de memoria. La fuerza de las imágenes era obvia, mientras que las pocas frases que se insertaban parecían las típicamente publicitarias para atrapar la atención del público o sugerir el tono de la película. Solo las palabras de Ana, «¿Dónde estabas cuando ella murió?», parecían importantes aunque no revelaran nada del argumento. Eli Miller se lo había contado muy resumido, pero Mar lo recordaba bien: toda la película trataba de la venganza de Ana contra sus compañeros de excursión, convencida de que son los responsables de la muerte de su mejor amiga.

«Cuando ella murió.» ¿Quién? ¿El personaje de la amiga que nunca aparecía en la película? ¿O Vera Leoni?

El guion de la película contaba la historia antes de que todo sucediese, lo que iba a ocurrir y por qué. Laura lo firmaba: era suyo de principio a fin.

Se levantó de un salto, cogió el plumífero y salió de casa sin perder ni un segundo.

5

Desde el coche llamó a la jefa, pero esta vez no respondió y solo pudo dejarle el mensaje:

—Marián, voy ahora mismo hacia el palacio de Numabela. Es importante: creo que tengo algo. Llámame en cuanto oigas esto.

Por el espejo retrovisor podía ver el temporal siguiéndola, acorralándola. En cuanto entró en el valle, comenzó a nevar. Recorrió los kilómetros que la separaban de Numabela saltándose todos los límites de velocidad.

El portón estaba cerrado y nadie abría. El guardia no respondió: mala señal. Llamó a la jefatura para pedir que le pusieran en contacto con el agente que Marián Sañudo había dejado en el palacio para proteger a Laura Santos y esperó.

—Inspectora... No consigo que el compañero responda a la llamada —la voz del compañero sonaba preocupada—. Nos han avisado de que es una zona aislada. ¿Puede haber una incidencia de cobertura?

—No lo creo, estoy llamando desde muy cerca y sin problema. Puede que haya una emergencia. Avise a la jefa Marián Sañudo, localícela cuanto antes y dígale que envíe un operativo.

—A la orden.

Mar aparcó su coche junto al muro. Cerró la cremallera del plumífero hasta el mentón y se cubrió con la capucha. Dejó el móvil en modo vibración dentro del bolsillo y salió. Copos planos como trapos caían lentamente, no corría ni un soplo de viento y había una luz de plata.

El muro se alzaba por encima de su cabeza, la parte superior cubierta de nieve como un glaseado. Buscó un sitio accesible para escalar hasta que lo encontró. Aseguró los pies entre las piedras salientes y los agujeros del desgaste centenario. Llegó arriba agarrándose como pudo, hasta en una de las cámaras de seguridad. En otras circunstancias hubiera saltado esos metros con facilidad, pero lo descartó; no podía arriesgarse a una mala caída con el cuerpo tan magullado. Descendió un par de metros con dificultad, perdió el equilibrio y se dejó caer sobre un seto cubierto de nieve que crecía a sus pies. A pesar de que el arbusto atenuó el impacto, el dolor le atravesó el costado y ahogó un quejido mordiéndose los labios. Se levantó sacudiéndose la nieve recién caída que le cubría la cara, los ojos, escupiendo la que se le había metido en la boca.

No se oía nada. Entre los árboles que rodeaban el muro, distinguió el edificio principal. Dentro no se veía ningún movimiento, ni siquiera una luz, como si el castillo estuviera embrujado y todos permanecieran dormidos bajo un hechizo. Tenía que llegar a la casa atravesando la enorme finca y no podía hacerlo por la avenida o la verían desde cualquier ventana.

Dio un rodeo atravesando el jardín inglés. Magnolios, tilos, robles descarnados por el invierno formaban espirales enredadas, apretadas como un nudo en torno a la capilla construida con forma de templo romano. Aquella extravagancia daba al lugar un aspecto aún más extraño, como salido de un sueño. Mar avanzó sin correr pero a buen paso hasta llegar a la parte posterior de la casa, donde se encontraban las antiguas caballerizas.

La puerta de las caballerizas estaba abierta. Nunca había entrado a ese anexo del palacio, pero estaba segura de que desde allí se llegaría a alguna parte del interior del edificio principal. Algo le obligó a detenerse en seco: una luz se deslizaba por entre los postigos de una ventana. Había alguien dentro, aunque dudaba mucho de que se tratara del personal de servicio; el guardia de la entrada no había aparecido.

Siguió la dirección de la luz y encontró una puerta estrecha iluminada por un farolillo —el origen de la luz— que iluminaba un almacén con material de jardinería. Al fondo había otra puerta abierta que conducía a un largo y estrecho pasillo. La oscuridad del interior era casi total: sacó su pequeña linterna del bolsillo. No había recorrido ni diez metros cuando el círculo amarillo proyectado por la linterna iluminó un bulto caído en el suelo, casi tropezó con él. Era un hombre apoyado en una esquina del pasillo como si lo hubieran arrastrado y colocado allí para retirarlo del paso. Con mucha precaución, le dio una pequeña patada, pero no se movió. Al iluminarle el rostro reconoció al guardaespaldas de Herrán, el matón de Castillo, el mismo que la había encerrado en el calabozo de los interiores del lujoso Casino madrileño. El hombre tenía los ojos y la boca desmesuradamente abiertos. Al examinarle comprobó que tenía una marca de laceración alrededor del cuello: había muerto estrangulado. A simple vista, de la misma manera que las víctimas del Decapitador. Un escalofrío le sacudió de arriba abajo. Apagó la linterna y pegó la espalda a la pared oscura.

Estaba allí, en el palacio. Había vuelto.

La alarma de su cuerpo saltó, la reconocía. El corazón bombeaba más lentamente y la sangre se ralentizaba en las venas. A su alrededor el aire se detenía, el espacio se ampliaba. Podía sentir con claridad todo lo que la rodeaba: los sonidos, los objetos, las manchas en las paredes, la luz, la sombra, como si la realidad se hubiera detenido. Registró el cadáver buscando su pistola: había visto el bulto bajo su chaqueta en el Casino, pero encontró la sobaquera vacía.

Avanzó con cuidado de no hacer ningún ruido y entró en una especie de despensa: olía a aceite, a pimentón y a madera antigua. Allí no había nadie, volvió a salir. Más puertas cerradas. ¿Por dónde salir? Estaba considerando todas las opciones cuando oyó un ruido. Prestó atención: se repetía. Llegaba del fondo del largo pasillo, tras otra puerta cerrada. Parecía un murmullo o una queja.

Cerró los ojos para proyectar en la mente el lugar de donde surgía la amenaza, sus dimensiones, puertas, ventanas y el nú-

347

mero de personas que podía haber en él. Al abrirlos vio una línea de luz colándose por debajo de la puerta. Recorrió esos metros de pasillo hasta que pisó la raya de luz. La puerta no tenía cerradura, solo un picaporte. Levantó la pernera del pantalón y sacó con suavidad el cuchillo de su funda. Lo empuñó, cogió aire y gritó.

—¡Policía! ¡Salgan con las manos en alto!

Nadie respondió pero la raya de luz desapareció bajó sus pies: alguien la había apagado en el interior del cuarto. Su mano se cerró sobre el picaporte y empujó la puerta de golpe.

Una tiniebla casi absoluta la rodeaba. No podía ver nada pero escuchó el quejido y la respiración entrecortada. No estaba sola. Buscó la pared para tener la espalda cubierta. Sintió en la cara la corriente de aire y luego un chirrido al otro lado de la oscuridad: una leve claridad mostró un bulto que se movía y oyó pasos suaves y rápidos que se alejaban.

Escapaba.

Encendió la linterna: el círculo amarillo voló por cada rincón de la habitación hasta pasar por encima de una mancha roja. La buscó de nuevo y fijó la linterna sobre la mancha: un rostro ensangrentado, irreconocible. Las cuencas de los ojos vaciadas, dos agujeros sanguinolentos.

—¿Castillo? —susurró.

El expolicía intentaba hablar pero lo único que salió de su boca fue un cuajarón de sangre. La inspectora Lanza había visto cosas horribles a lo largo de su vida, pero nunca un cuerpo torturado como aquel. Pisó algo pequeño, jugoso y húmedo. No miró al suelo, no hacía falta: a Castillo le habían arrancado los ojos. Estaba atado a una silla y cubierto de sangre hasta formar un charco alrededor, el pegajoso olor a óxido de la sangre se le metió en la nariz. Todavía estaba vivo, quizá Mar había sorprendido al asesino cuando se disponía a acabar con él. El autor de aquella carnicería había escapado por un corredor desde donde entraba la claridad de nieve del exterior. Registró a Castillo: estaba segura de que había llegado a Numabela armado pero, al igual que el guardaespaldas, alguien había vaciado su sobaquera. Al hacerlo se manchó los guantes con la sangre del policía, tenía una puñalada profunda en el costado. Agonizaba, ya no podía prestarle auxilio: tenía que seguir.

Al salir al corredor reconoció el lugar donde se encontraba: la galería del invernadero donde se había entrevistado con Laura y con Francés la primera vez que llegó al palacio. Las cristaleras disimulaban una puerta al jardín. Había salido por allí: al otro lado, la nieve recién caída revelaba la marca de las pisadas que se perdían hacia el bosque de abetos. Quizás el perseguido pretendía huir de la finca llegando hasta la carretera, pero lo dudaba: Bruno, el asesino del lazo, el Decapitador, conocía perfectamente el lugar, esa era su ventaja. Lo que pretendía en realidad era alejarla del palacio. Y de Laura.

Vibró el móvil: la jefa llamaba, pero cuando metió la mano en el bolsillo del plumífero para responder, le vio. Una sombra quieta bajo la copa de dos altísimos abetos. Las ramas gruesas erizadas de agujas, blancas de nieve, parecían los largos brazos de un fantasma. Estaba a menos de cien metros. Si Mar hubiera estado en plenas condiciones físicas, de una carrera le hubiera alcanzado, pero no con las secuelas del golpe en la carretera provocado por Garrido. Recordó que Bruno tendría en su poder al menos dos armas: las pistolas de Castillo y del guardaespaldas. Podía disparar desde donde se encontraba; por muy mal tirador que fuera al menos conseguiría mantener a raya a su perseguidora. Pero la sombra no hizo ni tan siquiera el ademán. Si llevaba una pistola, no pretendía usarla.

El ocaso, la hora bruja. El crepúsculo brilló un instante con un azul intenso, un último estertor. La noche cayó como un telón y le perdió de vista.

6

Corrió hacia el bosque de abetos pero solo encontró sus pisadas sobre la nieve, la blancura se resistía a ser tragada por la oscuridad. El móvil que llevaba en el bolsillo volvió a vibrar pero no iba a cogerlo: la Sañudo, avisada, estaría ya de camino junto con los refuerzos, podrían llegar al cabo de media hora al palacio, quizá menos si en la jefatura respondieron pronto a la alerta. Pero ahora estaba sola y cada minuto que pasaba allí con Bruno acechando en la oscuridad podía hacerse eterno.

Como si alguien hubiera leído sus pensamientos, se encendieron de una vez todas las luminarias del jardín; estaban programadas. Las pequeñas farolas de forja estilo inglés apenas iluminaban los senderos y la avenida principal con bombillas led, pero a Lanza le pareció como si hubieran encendido uno de esos enormes focos que había visto en el rodaje de la película. La oscuridad ya no les protegía ni a ella ni a su enemigo. El halo de las lámparas mostraba una bruma temblorosa. Un viento gélido ululaba entre los árboles levantando torbellinos de nieve a su alrededor y tuvo que protegerse los ojos con una mano. Siguió las pisadas bajo la luz fría de los farolillos; Bruno no se molestaba en ocultarlas.

La inspectora Lanza dejó atrás el estanque central rodeado de sauces pelados que lanzaban sombras y llegó al camino que conducía a las fuentes. Lo atravesó sintiéndose vigilada por las esculturas, cuerpos desnudos cubiertos de nieve. Las huellas se perdían en el interior de una cueva artificial hecha de rocalla que nunca había visto y dudó si entrar o no. Podía tener una salida, pero no podía distinguirlo. Si no la había, Bruno estaría en su interior, esperando en la oscuridad. Decidió rodear el montículo de grava, conchas y rocas marinas y encontró la salida, allí. Distinguió un revoltijo de huellas, pisadas y marcas de un peso arrastrado sobre la nieve. Se detuvo al escuchar un sonido humano, como un sollozo. Una llamada de auxilio: alguien pedía ayuda. Mar corrió hacia el sonido y encontró a Alfonso Herrán de rodillas y con las manos atadas a la espalda. Miraba aterrado a la mujer que llevaba un cuchillo en la mano. Estaba tan conmocionado que no la reconoció, chilló mientras cortaba las ataduras.

—¿Dónde está? —preguntó Lanza.

No podía contestar, gemía, lloriqueaba y se había meado y cagado encima. El hombre todopoderoso convertido en una ruina pisoteada, un pobre anciano tembloroso tirado sobre la nieve. Intentó levantarlo pero las piernas no le respondían, volvía a caer una y otra vez.

—No puede quedarse aquí. Intente llegar a la puerta de entrada, el resto de los policías llegará pronto.

El hombre la agarraba con las fuerzas que le quedaban, balbuceando. Mar tuvo que desembarazarse de las manos que la sujetaban como garfios y señalarle el muro que se veía desde allí.

—Tranquilícese y vaya en esa dirección. No se quede quieto, va a congelarse, ¿entiende? ¡Márchese!

Comprobó que Alfonso Herrán la obedecía, aunque con dificultad, resbalando y trastabillando, sujetándose en los troncos de los árboles. Al fin y al cabo, el empresario tenía instinto de supervivencia.

Bruno la estaba esperando. Estaba en la entrada del laberinto vegetal. Un hombre fuerte, bajo, el pelo hirsuto le nacía casi en las cejas, bajo ellas había dos ojos muy pequeños, negros. Sin expresión. Le recordó a un viejo jabalí, como los que temía encontrar de niña en el monte. Llevaba un artefacto rodeándole la cabeza: una cinta elástica negra sujetaba sobre su frente una de esas pequeñas cámaras de vídeo muy compactas y ligeras, utilizadas para grabar vídeos deportivos. Lo que hubiera dado un aspecto grotesco en otra persona, a él le hacía parecer aún más amenazador: Bruno era una cámara humana que solo grababa la muerte. Ahora la lente de esa cámara registraba la figura de mujer que avanzaba hacia él pisando con fuerza la nieve, la cara pálida rodeada por la melena azotada por la ventisca. Cada vez más cerca.

Dándole la espalda, sin prisa, Bruno entró en el laberinto. Una invitación que Mar aceptó.

El farolillo que iluminaba la entrada mostraba una bifurcación en forma de i griega. Él conocía ese laberinto, por eso la había atraído hacia allí, como una araña a su red: la policía estaba en desventaja. Miró a derecha e izquierda, no había rastro de Bruno. Tampoco podía seguir sus huellas: los farolillos proyectaban fantasmagóricas sombras ocultando las pisadas del perseguido. Pegada a los setos, rozando las hojas perennes del laurel que salpicaban nieve y hielo, avanzó por el pasillo vegetal. En dos ocasiones se topó con un camino sin salida y tuvo que desandar lo andado. Iba a ciegas: ya no sabía dónde estaba y Bruno no aparecía por ningún lado, puede que hubiera vuelto sobre sus pasos y escapado.

Respiró hondo. Intentó recordar la fotografía aérea que había visto varias veces en la información sobre el palacio. «El laberinto no es tan grande como parece desde dentro, no es más que un juego infantil.» El recorrido del laberinto apareció claramente grabado en su mente. Izquierda, derecha, derecha. A los pocos segundos consiguió llegar al centro. En medio había una fuente y sobre ella una escultura de piedra. Una mujer. No tenía cabeza. ¿La había visto antes? ¿Dónde?

A su espalda. Sintió que se acercaba fracciones de segundos antes de que el hilo rodeara su cuello. Su cuchillo fue más rápido y el hilo chocó contra él protegiendo su garganta. Un tirón. El filo no cortó el cable de acero a pesar de la tremenda fuerza con que Bruno apretaba. El hombre a su espalda se le echó encima intentando desequilibrarla con su peso, pero Mar era ágil y se zafó mientras le golpeaba con los codos, pero ni se movió: era como una roca. El hilo seguía presionando contra la hoja afilada buscando su cuello, cada vez más y más cerca, no podía aguantar más. En un último esfuerzo, Mar gritó al hacer presión sobre el cuchillo con las dos manos y el cable saltó cortado en dos, perdió el equilibrio, salió despedida hacia el suelo y el cuchillo saltó de su mano. Bruno seguía unos pocos metros a su espalda, oía el crujir de sus pisadas cada vez más cerca. Se arrastró: tenía que alcanzar el cuchillo medio enterrado en la nieve, lo tocaba con los dedos, él estaba casi encima, podía oír su respiración. Se empujó con todo el cuerpo para alcanzar y empuñar el cuchillo, se volvió sobre su espalda: Bruno estaba inclinado sobre ella y la miraba fijamente. La hoja brilló, seccionó la yugular y la carótida de un solo tajo, un chorro de sangre le salpicó la cara y se le metió en los ojos. Bruno se llevó una mano a la garganta con un estertor y cayó hacia atrás.

Tumbada boca arriba, Mar soltó el cuchillo y abrió la boca para meter en sus pulmones el aire que le faltaba mientras los copos caían sobre ella. Sin levantarse, cogió un puñado de nieve con la mano y se limpió la sangre de Bruno de la cara. Lentamente, se levantó sin dejar de observar el cuerpo del hombre que agonizaba. Limpió el cuchillo en la nieve y lo secó en la manga del plumífero antes de volver a colocarlo en la funda de la pierna.

Bajo la tenue luz del farol, el charco de sangre parecía negro. Bruno estaba tendido boca arriba, a los pies de la estatua sin cabeza, con la cámara sobre la frente. El piloto parpadeaba con una luz roja.

Mar le arrancó la cámara de un tirón.

—Hola, Laura —dijo, mirando al fondo de la lente.

7

En el palacio había un cine, eso había dicho la Sañudo. Un ascensor llevaba directamente desde los pisos superiores al sótano, convertido en una pequeña sala con una decena de butacas frente a una pantalla que ocupaba toda la pared del fondo.

El proyector lanzaba un haz de luz sobre la pantalla blanca. Laura estaba en el pasillo central sentada en la silla de ruedas, mirando hacia la pantalla. Junto a ella, un concentrador de oxígeno portátil. Mar Lanza se acercó hasta llegar a su altura y ella se quitó la mascarilla de oxígeno.

—Inspectora… Ya está usted aquí.

Le tendió la cámara. Laura la cogió entre las manos.

—Ah, estas cámaras son una maravilla. Excelente definición, un buen sonido… Y no solo graban, también hacen vídeos en directo. La tecnología ha avanzado mucho.

—Incluso para ver la muerte de un asesino en directo.

—Un buen final.

—No para Bruno.

—No tenía otra opción, ya había perdido la partida. En realidad la perdió hace mucho tiempo. El personaje estaba destinado a acabar así. Y él lo sabía.

¿Para ella Bruno era un personaje? ¿Podía Laura distinguir entre la realidad y la ficción?

—Pero sin él no podría haber llevado a cabo mi plan. Una mujer puede tener las ideas, pero al final es un hombre el que las lleva a cabo… Es la historia de mi vida. —Su rostro se contrajo en un gesto de dolor, pero siguió hablando—. Bruno tiene, o, mejor dicho, tenía, la fuerza y la habilidad necesarias para vaciar los ojos de las órbitas a un hombre, para arrancarle la cabeza o cortarle un dedo tras otro sin que le temblara el pulso. Y lo más importante: era fiel.

—¿Por qué? ¿Qué te debía?

—Su vida. También la del resto de su familia. Sin Stefano y sin mí estarían todos muertos o en la miseria. Y sin honor, algo que le importaba mucho… Extraño en un asesino profesional, ¿verdad? Cosas de los hombres. Siempre me ha parecido una solemne estupidez eso del honor, quizá porque las mujeres carecemos de él: nos quitaron esa carga para cargarnos con otras muchas.

Hablaba con esfuerzo. El rostro de color de cera, el cuerpo consumido. No le quedaba mucho tiempo.

—Pero siéntate, querida. —Señaló una de las butacas del cine—. Tenemos mucho de que hablar antes de que lleguen tus compañeros. Porque deben de estar de camino, ¿verdad?

Mar se sentó en la butaca más cercana sin responder.

—Por cierto, has olvidado darme las gracias por ordenar a Bruno que te quitara de encima a ese sujeto que te seguía.

—¿Garrido?

354

—Ese violador. Porque era un violador, ¿verdad? No les tenemos cariño. Te siguió hasta aquí, incluso habló conmigo: quería saber de tus avances en el caso, supongo que para boicotearlos. Como policía era un poco torpe, ¿no crees? Al fisgar en nuestros asuntos se metió él solo en la boca del lobo. Bruno, mi querido y fiel lobo... No tendré tiempo de echarlo de menos.

No había podido imaginar que el asesinato de Garrido fuera por orden de Laura. Aunque quizá lo había tenido delante todo el tiempo, incluso la jefa lo había adivinado : «Si fuera una mujer, lo entendería». Pero Mar había sido incapaz de verlo, cegada por sus propios prejuicios. Una mujer anciana, enferma y apenada por su amiga muerta... Siempre vio a la víctima, no al culpable.

—A estas alturas te habrás dado cuenta de lo mucho que teníais en común Bruno y tú —continuó Laura.

—No sé a qué se refiere.

—Tutéame, querida, que ya nos conocemos. Me refería a lo que tienen en común vuestros oficios... Y sus efectos indeseados. A Bruno no le gustaban nada las armas de fuego, como te ocurre a ti. Tenía sus razones para odiarlas, igual que tú.

—Sabes mucho sobre mí.

—Por supuesto. No creo que a estas alturas te sorprenda lo que puede comprar el dinero, y la información es valiosa, como bien sabes... Porque para eso has venido hasta aquí. Tú también quieres una historia.

Tenía razón.

—Voy a mostrarte algo.

Apretó el botón de un mando a distancia: un ordenador estaba conectado a la pantalla de cine. La imagen proyectada mostró el escritorio del ordenador con los iconos de varios archivos numerados. Laura abrió uno de ellos y la pantalla se llenó con el rostro en primer plano de Carlos Almonte, quien ya no parecía el galán de las películas: los golpes le habían saltado varios dientes, la sangre le corría por la boca y las fosas nasales, tenía la cara hinchada y amoratada. Temblaba. El plano subjetivo convertía al espectador en torturador. Antes de hablar, Carlos abría y cerraba la boca como si fuera un pez fuera del agua.

—Estaba allí, pero no lo vi, yo no lo vi, lo juro... —balbuceaba—. Hubiera intentado impedirlo, de verdad, no lo hubiera permitido. Pero él iba armado, era policía y tuve miedo. Solo llegué a oír el grito, entonces me volví y... No podía creerlo, estaba borracho y drogado y pensé que era una pesadilla, no podía ser verdad. Los demás tampoco se lo esperaban, lo sé, Alfonso se vomitó encima, y Galán intentó bajar a ver qué había sido de ella, pero Castillo se lo impidió, nos miraba como si fuéramos los siguientes. Dijo que era necesario porque Vera había escuchado lo que no debía, que todos estábamos en el mismo barco... y no sé cuántas cosas más que no recuerdo, yo estaba medio desmayado...

Fuera de campo, un murmullo con acento italiano interroga al hombre apaleado y maniatado.

—¿Qué vio ella?

—¿Vera?... Yo no la vi pero Castillo sí, la descubrió no sé cómo, en el salón estaban hablaban con el Turco de... de sus negocios, de lo que estaban haciendo con la heroína.

—Mientes —murmura la voz con acento.

—¡Es la verdad! Fue Castillo quien llenó Madrid de jaco: sus propios policías hacían de camellos por los barrios y en poco tiempo se hizo rico. Los demás... Alfonso empezó siendo su testaferro, blanqueando el dinero en negocios inmobiliarios, no solo él... Armando también montó su productora gracias a ese dinero, la droga pagó las películas de Antonio... Pero yo, yo solo traficaba entre la profesión, un menudeo. Quería dejarlo, pero estaba enganchado y gastaba mucho dinero, tenía deudas... Castillo era policía y todo iba bien hasta esa noche, cuando tiró a Vera por el balcón. Entonces nos dimos cuenta de que podía hacer lo que quisiera con nosotros, sí, lo hizo para acojonarnos, para demostrar su poder, tenernos en un puño... Desde entonces y todos estos años...

Laura pulsó el mando y cerró el archivo. La imagen de Almonte desapareció.

—¿Carlos Almonte también está muerto? —preguntó Mar.

—Oh, no. Llegamos a un acuerdo: Bruno le perdonaría la vida si decía la verdad. No tengo nada contra Charli, todos estos años vivió aterrorizado por las amenazas de Castillo. Pero quería a Vera de verdad. Su muerte lo destrozó casi tanto como a mí.

—Todo esto lo has hecho por ella. Por Vera.

—Y también por mí. Por las dos, querida, por las dos.

—¿Y los demás archivos?

—Son menos interesantes desde el punto de vista narrativo, aunque como piezas cinematográficas pueden tener su público. ¿Quieres verlos? Lo comprendo, al fin y al cabo eres policía y estos vídeos son pruebas de cargo.

Abrió otro archivo. La *suite* de la Torre de Isar. Antonio Galán entra en cuadro mirando unos papeles.

—Estas son las correcciones, dile a Laura que he cambiado algunos diálogos y…

Se interrumpe al ver la cámara.

—¿Qué llevas ahí? ¿Una cámara GoPro? ¿Qué significa esto?

El primer plano muestra su rostro sorprendido y luego aterrado: el hilo le rodea el cuello y cae al suelo debatiéndose inútilmente.

Laura cerró el archivo.

—Todo empezó cuando Galán encontró el retrato de Vera en el refugio donde después apareció muerto —dijo Mar.

—Fue Patricia quien puso el retrato de Vera en el set de rodaje. Hizo otras cosas para sacarle de quicio. Luz de gas, ¿sabes? Ella lo hizo con gusto porque le odiaba.

—Si le odiaba, obligaste a Patricia a acostarse con él. En cierta forma, la prostituiste.

—De ninguna manera… Inspectora, ¿cómo se te ocurre? Eso hubiera sido como convertirme en uno de ellos. Nada más lejos de mi intención. Antonio sufría de impotencia desde muy joven, en nuestro entorno sabíamos que había acudido a muchas clínicas sin resultado. Su placer era pasearse con chicas guapas y que todo el mundo creyera que era un donjuán. Pero claro, al poco tiempo se convertía en un maltratador y ellas salían escapadas. Su relación con las actrices siempre fue violenta y complicada, ¿no has visto sus películas? Se regodea en la muerte de mujeres excitantes: proyectaba su misoginia a la pantalla. Patricia tuvo que aguantarle hasta cierto punto, cuando empezó a maltratarla ya estaba en marcha mi plan.

—¿Cómo aceptó Patricia ese trato? Algo ganaría a cambio…

—Por supuesto. Será la directora de la Fundación Stefano Gaspari para la conservación de nuestra colección artística. En otras palabras: a mi muerte se quedará con este palacio y todo lo que contiene. Podrá hacer lo que quiera, hasta vender las piezas. Un buen precio por aguantar unos meses a ese desgraciado.

—Patricia es tu cómplice y tendrá que pagar por ello.

—Bruno era muy eficiente, no necesitaba a esa muchachita para llevar a cabo el plan. Y la autora intelectual soy yo y nadie más que yo. La forma en que Bruno mató a Galán nada tiene que ver con Patricia, que no sabía hasta dónde íbamos a llegar: fue él mismo quien le abrió la puerta de la habitación del hotel porque estaba esperando unas correcciones de escenas que yo tenía que enviarle. Bruno también hacía mis recados urgentes y Antonio lo sabía. No pudo sospechar nada.

Durante años, Laura había alimentado su odio como un incendio devastador que se extendía quemando todo a su paso. Hasta abrasar su mente. Hasta la locura. Bruno solo había sido el ejecutor, quien había puesto en marcha toda aquella siniestra maquinación era ella.

La verdadera asesina abrió otro archivo: la imagen de un bosque invernal bajo la lluvia. Monte arriba, entre los árboles, corre un hombre intentando escapar. Mira hacia atrás para mostrar un rostro aterrorizado: es Armando Francés. Su perseguidor le alcanza.

—¡No! ¡Por favor! ¡No! —grita, mirando al objetivo.

Se gira en el preciso momento en que el cable le rodea el cuello como en un último intento de huir no de la muerte, sino de la cámara.

Laura lo cerró y pasó a otro archivo: el de Castillo. Una navaja afilada se clava, aprieta, un chorro de sangre cae por la cara del excomisario hasta que el globo ocular salta de la cuenca y queda colgando del nervio óptico. El viejo policía lanza alaridos de dolor y de horror. Una mano entra en cuadro y arranca el ojo.

—No hace falta que me enseñes más… —dijo Lanza.

—Me sorprenden esos remilgos, pero está bien.

Cerró el archivo y la imagen desapareció de la pantalla. La luz fantasmal del proyector sobre la pared blanca volvió a iluminar a las dos mujeres.

—¿Por qué vino Castillo? —preguntó Lanza—. Era meterse en la boca del lobo. Y más si lo hacía acompañado por Alfonso Herrán después del intento de Bruno de acabar con él en el cine Callao.

—Hay muchas filtraciones en la policía, inspectora. Y muy arriba. En cuanto Castillo supo por sus contactos que habías identificado a Bruno, comprendió lo que ocurría. Era listo. Utilizó a Herrán diciéndole que podíamos negociar. Y le obligó a venir, acompañado de su matón. Tenía la absurda idea de deshacerse de mí. Pepe Castillo no era un hombre al que le gustara dejar cabos sueltos. Yo acepté: no esperaban encontrarse con Bruno, ninguno de ellos era rival para él. Tú sí.

—Herrán ha escapado.

—Lo lamento. Esa serpiente tenía que pagar por lo que hizo, como todos los demás. Pero supongo que no se puede ganar siempre.

—Dime, Laura, ¿qué es lo que has ganado?

—No tenía nada que perder. Te parece absurdo, ya lo veo. Pero qué quieres, siempre he sido competitiva. Estuve en guerra toda mi vida y tengo derecho a morir en paz. A dejar de ver al fantasma de Vera. Me ha perseguido todos estos años,

359

recordándome lo que no pudo hacer, la vida que le arrebataron. ¿Sabes que hicieron fotos de su cadáver? Desaparecieron con las demás pruebas, pero sé que su cabeza quedó hecha un amasijo de huesos y sangre con el impacto. La belleza destrozada, salpicando la calle. El resto del cuerpo solo tenía arañazos. Volvió a la calle, que reclamaba algo que había salido de ella, que le pertenecía.

—¿Quién era en realidad?

Se encogió de hombros.

—La encontré una noche allí, en la calle. Se acercó a mí y me sonrió. Pedía dinero para coger un autobús. «¿A dónde vas?», le pregunté. «Todavía no lo sé», respondió. Me di cuenta de que era una niña que había huido de su casa. Yo tenía veinte años, estudiaba interpretación y me ganaba la vida como modelo. Hasta conseguía pequeños papeles en el cine; creía que eso era el éxito… Qué tontería. Y entonces conocí a Vera. Hasta su nombre lo inventé yo. No solo el artístico, también su supuesto nombre real. Cuando la encontré era menor, no llevaba ni carné y hablaba con un acento extraño, como algunas personas bilingües. Nunca me contó de dónde era ni de qué había huido. Para ella era mejor: una página en blanco que podía escribir como quisiera. Fue idea suya. «Quiero ser otra, alguien parecido a ti», decía. Le enseñé a hablar, a moverse, a vestirse. A posar y a interpretar. En realidad no le hacía falta, Vera tenía un talento natural delante de una cámara. Me acompañó a aquella prueba, ella no tenía experiencia, no había hecho nada, la vieron y les deslumbró. Un papel pequeño, pero con solo quince años… Enseguida me di cuenta de que yo nunca llegaría a ser una estrella, en cambio ella lo tenía todo para conseguirlo. No, nunca supe quién era. ¿A quién le importaba? Solo importaba quién podía llegar a ser, mejor dicho: quién debía ser. Puse el mundo a sus pies, ella era mi verdadera obra de arte. Pero de eso me di cuenta mucho después. Cuando ya no estaba.

—Se publicó que su familia intentaba desmontar la versión policial.

—¿La familia? Ah, sí, lo de Túnez. Me lo inventé, como todo lo demás. Es increíble la facilidad con que la gente cree lo que quiere creer. En algún momento hasta yo misma creí mis propias mentiras sobre Vera. Sobre todo después de su muerte.

Su muerte. Mar necesitaba oír su versión.

—Cuéntame qué pasó —rogó.

Laura sonrió: al fin y al cabo era una narradora y se debía al público.

—Tienes que imaginar las fiestas de Vera: la gente más bella y más a la moda, los espíritus más subversivos, inteligentes, divertidos… Glamur y músicos tocando hasta las tantas. En realidad era yo quien organizaba todo mientras que a ella le divertía el papel de anfitriona, lo hacía muy bien. Ambas sabíamos que era necesario explotar su carisma si quería convertirse en una estrella. A ese ático venía todo tipo de gente, también policías como Castillo y no nos sorprendió cuando apareció el Turco, creímos que se trataba de uno más de aquellos personajes exóticos que pululaban entre la *jet* de Marbella. El tipo se relacionaba con lo más granado de la alta sociedad, no sospeché que estuviera relacionado con Castillo, pero luego empecé a oír rumores, sobre todo después de la detención de Carlos Almonte por tráfico de drogas. El Turco le suministraba el material y él lo repartía por toda la profesión. Para Carlos —Charli entonces—, que nunca ha tenido muchas luces, era como un juego que le traía dinero fácil y le abría todas las puertas, le daban papeles, hasta grabó discos gracias a esos contactos. Pero cometió el principal error del camello: meterse lo que vende. También era confidente del comisario Castillo, por eso no cumplió condena, pero eso lo supe después.

—Y Vera ¿qué sabía de todo esto? Según la confesión de Almonte, Castillo la mató por escuchar lo que no debía.

—No. La mató porque podía, para demostrar su impunidad y su fuerza sobre todos los demás. Con su asesinato, Castillo se convirtió en el amo y ellos en esclavos. Vera sabía algo de los trapicheos de Carlos, pero nada más: estaba muy ocupada con su carrera y después apareció Alfonso Herrán. Al principio era uno más de los muchos admiradores que la rondaban. Pero a diferencia de los otros él tenía dinero y lo gastaba a manos llenas. Esa noche, en la fiesta, Vera me dijo que estaba harta de él, ya no lo aguantaba más. Y que estaba embarazada. Pretendía criar a su bebé sola, sin que ningún hombre le dijese lo que tenía o no que hacer. Le pedí que le abandonara, dejara el ático y se viniera a casa. Salimos de allí, estábamos riendo y bailando en una discoteca y entonces algo pasó. Se fue sin avisar. No me asusté, ella era así. Aparecía y desaparecía, no le gustaba dar explicaciones, ni siquiera a mí. Eso a sus amantes les sacaba de quicio. Durante todos estos años estuve convencida de que volvió al ático y que allí Herrán la mató por despecho cuando quiso abandonarle. Castillo habría tapado la investigación impidiendo que pagara ante la justicia… Yo también era demasiado joven para darme cuenta de lo que significa el poder real, no lo entendí hasta mucho tiempo después: Stefano me lo enseñó.

362

—Fue Castillo quien empujó a Vera por el balcón —dijo Mar—. ¿Qué pasó con el Turco?

—El Turco, sí… No te preocupes: él y su organización fueron suprimidos hace años. Stefano me contó cómo los calabreses habían acabado con sus negocios en España. No eran enemigos para los italianos. Sin embargo Castillo sí que representaba un verdadero enemigo. Ha tenido un final a su altura. Un torturador, corrupto y asesino, ha muerto torturado. ¿No te parece una bonita coda para su final? Justicia poética, lo llaman. Y desde el punto de vista estético, los finales circulares remiten a la tragedia clásica, al inapelable destino.

—¿Y Francés y Galán? Enviaste a Bruno contra ellos solo por estar allí, por ocultar lo que sabían de la muerte de Vera.

—Por supuesto. Pero no solo. Esos dos canallas me engañaron, me manipularon, me humillaron. Se aprovecharon de que yo era joven y quería triunfar como actriz para quedarse con mi guion de *Piel de plata*.

—Entonces esa película también era tuya.

—¿Reconociste el estilo? En aquel entonces había ganado un par de premios literarios muy pequeños pero que me animaron a seguir escribiendo. No pensaba que tuviera que decidirme por nada, tenía curiosidad por todo. El cine me fascinaba y aprendí a contar mis relatos en forma de guion. Gracias a Vera conseguí que Antonio se leyera un argumento y al poco tiempo estaba trabajando con él y Armando. Estuvimos reunidos meses, hablábamos y luego yo reescribía una y otra vez. Puede que supieran mejor que yo cómo levantar una película, pero la idea era mía, cada letra, cada frase, cada imagen, eran mías… Justo antes de empezar a rodar me presionaron para que no apareciera en créditos como autora del argumento original ni como guionista. Por lo visto, eso perjudicaría mi carrera de actriz. Una chica bonita como yo no podía permitirse el lujo de aparecer como una intelectual más lista que nadie: eso espantaría a los productores y directores. Tienes que entender que en aquellos tiempos había muy pocas mujeres cineastas, muy pocas guionistas. Algunas hasta firmaban con pseudónimos masculinos para que las tomaran en serio. Una actriz de veintitrés años, ¿escritora? Yo discutí mucho, pero me amenazaron: si quería interpretar la película, no podía firmar el guion. Renuncié. Pero desde entonces no pude soportarlos, nos declaramos una guerra fría que Vera no entendía. Para ella no existían las autorías, creía que el cine era un trabajo de equipo y que todos nos beneficiábamos del trabajo de todos… Tenía una idea romántica de nuestro oficio. La verdad es que después de *Piel de plata* me apartaron, me cerraron las puertas. Hasta me tildaron de loca mentirosa cuando contaba a alguien que el guion era mío. Antonio Galán y Armando Francés hicieron correr el rumor de que era una persona problemática y poco profesional con la que era imposible trabajar. Una campaña en mi contra que tuvo sus frutos: antes de que Vera muriese nadie quería darme papeles teatrales ni trabajo en ninguna película. Después de su muerte, no me quedaba nada en este país y me fui.

—A Italia. Y allí conociste a Stefano Gaspari con su fortuna conseguida a través de la mafia.

—Cuando le conocí no era millonario. Stefano tuvo mucho valor para hacer lo que hizo. Entre la clase alta la corrupción no está tan mal vista como crees, solo se necesita coraje y buenos contactos. Cuando Stefano murió recibí el pésame de grandes empresarios, políticos y jueces. Hasta del Vaticano. Lo nombraron Caballero de Justicia de la Orden de Malta y podía llevar capa y espada, una cosa graciosísima… En fin, si el mundo cree que fue un gran hombre, no debemos llevarle la contraria.

Su cinismo producía escalofríos. Y sin embargo, hablaba con tal convencimiento que casi le hacía dudar de sus propias convicciones.

—También hay algo que debes saber, inspectora: quien me puso en la pista de Pepe Castillo fuiste tú. Había algo que no cuadraba en mis sospechas sobre Herrán: era caprichoso y dominante, acostumbrado a salirse con la suya, pero ¿un asesino? Estaba ciega: solo al hablar contigo conseguí que la trama encajara.

Escuchando a Laura parecía que todo lo ocurrido no fuera más que ficción, una historia escrita sobre un papel. Un guion.

—¿Por qué lo hiciste, Laura?

—¿No lo has entendido? Era mi proyecto, el último.

—¿Solo por venganza?

—Venganza… Esa palabra suena fatal, hasta ridícula… Aunque la tolero en italiano, *vendetta* tiene algo grande, operístico. El pobre Stefano quería quitarme la idea de la cabeza, en sus últimos años se volvió muy temeroso de las llamas del infierno. Era muy católico: nadie es perfecto. Yo creo que el infierno está aquí, la prueba es que los malvados suelen ganar, muy pocas veces hay castigo para ellos. Pero seguro que tú sabes mucho de eso… Estuviste en el ejército y lo abandonaste. ¿Qué viste allí, Mar Lanza? ¿Tienes pesadillas por las noches? ¿Y tus amigas? Esas niñas que desaparecieron… ¿Sueñas con ellas?

Mar no contestó, pero no hacía falta: Laura parecía leer en su mente.

—Yo también tuve pesadillas con la muerte de Vera. Pero desde hace unos meses, ya no. ¿Ves? Encontré la solución. Es una cuestión de carácter, qué le voy a hacer… La injusticia me subleva, como a ti. Pero tuve que esperar toda una vida a que llegara el momento propicio. Siempre he sido muy paciente, una de mis grandes virtudes. Aunque tuve que acelerar el plan por culpa de mi enfermedad, ya sabes. Es un contratiempo esto de tener que morirse… Pero en el cine estamos acostumbrados a bregar con los imprevistos. Imaginación y rabia. Sí, esa rabia me ha mantenido con vida. Gracias a ella he sobrevivido estos meses a pesar de la opinión de los médicos. ¿Conoces al actor Kirk Douglas? Vivió más de cien años. Según él, la rabia lo mantenía vivo. Soy una gran admiradora. Esa energía… Maravilloso. Ahí tienes la clave, hazme caso, porque tú y yo somos iguales. También tienes tu obsesión, tu justicia y tu venganza por delante, Mar Lanza. Sé quién eres y a estas alturas también me conozco a mí misma: sería muy patético morir sin haberse llegado a conocer. Recuerda que somos el único territorio que tenemos a nuestro alcance. El resto, los demás… *terra incognita*.

Ya no era una mujer anciana que agonizaba. Bajo la luz plateada que reflejaba la pantalla blanca, resplandecía.

—Hay algo que no me has contado, Laura. ¿Y las cabezas? ¿Por qué Bruno las cortó y se las llevó? ¿Qué significa?

—Querida inspectora, el arte no está obligado a tener un significado. Siempre hay que dejar algo a la imaginación del público.

8

Laura Santos murió tres días después de su conversación con la inspectora Lanza. Antes de ello, le hizo llegar una larga declaración en la que reconocía haber planeado los asesinatos cometidos por el Decapitador, explicando con todo detalle cómo los había llevado a cabo en colaboración con Salvatore Arcángelo, alias Bruno. Su intención era que todo el mundo conociera el motivo de sus crímenes y señalar a los culpables de la muerte violenta de Vera Leoni. Acusaba a varios miembros destacados del mundo de la cultura como cómplices de un asesinato y descubría el origen sucio de la fortuna de un gran empresario. También revelaba que un policía considerado ejemplar era, en realidad, un criminal, un asesino y jefe de una red mafiosa que introdujo la heroína en muchos lugares de España durante los años de la Transición y principios de la década de los ochenta. Desde la sombra, el excomisario Pepe Castillo había logrado extender los tentáculos de su poder hasta la actualidad. Al denunciarlo, Laura Santos pretendía provocar un escándalo capaz de conmover los cimientos de una sociedad entera.

La clínica privada no parecía un hospital: los grandes ventanales y la terraza con vistas al mar, la habitación con salón. Lo encontró envuelto en una bata de seda y mucho más avejentado. La última vez que lo había visto fue cuando se lo llevaban del palacio de Numabela en una camilla, en estado de *shock* y al borde de la hipotermia. Esta vez Alfonso Herrán no se movió del sillón al entrar la inspectora Lanza.

—Perdone que no me levante. Aún no me he recuperado del todo.

—Lo comprendo —contestó Lanza.

—Espero que sea igual de comprensiva con lo que voy a anunciarle.

Sin rodeos: Herrán siempre iba al grano. Pero hablaba con calculada indiferencia, como si estuviese dando órdenes al servicio.

—Tome asiento.

—Estoy bien así.

—Como quiera. Creo que usted mejor que nadie entiende que un asunto tan terrible no debe salir a la luz. Todo lo ocurrido representa una vergüenza tanto para la policía como para las familias de los afectados y la sociedad en general. El buen nombre de mucha gente está en entredicho.

—Sobre todo el suyo.

—También el mío, sí. Ya le habrán notificado sus superiores que no puedo ser mencionado en el informe policial. Tampoco el excomisario Castillo. Ni nada relacionado con la muerte de Vera Leoni.

Mar no respondió.

—Confío en su discreción —insistió Herrán.

Siguió en silencio, pero eso no pareció molestar al empresario.

—Pero como sé que en esta vida todo tiene un precio, estoy en disposición de ser generoso —continuó Herrán—. Quiero renovar mi oferta.

—Ya. Trabajar para usted. Convertirme en su nueva Castillo.

—En absoluto. Ya se lo dije: usted ha demostrado ser una investigadora brillante y una policía valiente y resolutiva. No quiero perjudicar su carrera, nada más lejos de mi intención. Además, los métodos y el carácter de Castillo estaban anclados en el pasado; también el mundo de los negocios ha cambiado y debemos ponernos al día. Otros tiempos exigen nuevos retos; la ciberseguridad y el *big data*, por ejemplo. Voy a darle a todas mis empresas una división tecnológica. Y usted ¿qué me dice? ¿No le gustaría convertirse en emprendedora? Podemos hacer negocios juntos, yo sería su principal cliente. Le estoy ofreciendo el futuro.

Aquel anciano decrépito estaba convencido de que viviría para siempre, quizá creía que con todo su dinero podría comprar a la mismísima Muerte.

—Le conviene mucho ser mi aliada, Lanza.

La última frase ya no sonó como una oferta, sino como una amenaza.

—En este momento no estoy en condiciones de responder.

367

Este caso ha sido demasiado… exigente. Además, yo también me estoy recuperando de un accidente —dijo Mar.

—Lo encuentro muy natural. Pero hágase un favor y piénselo.

—Lo haré.

Le tendió la mano para despedirse. Un breve apretón, la piel fría y suave, de reptil. Salió de la clínica con una náusea dándole mordiscos en el estómago.

9

El informe plagado de omisiones escamoteaba los hechos de principio a fin. Exactamente igual que el informe policial que había mentido durante cuarenta años sobre el asesinato de Vera Leoni.

—Ya sé que te habrá costado un mundo escribir esta sarta de gilipolleces —dijo la jefa después de leerlo en silencio.

Marián lo tiró sobre su mesa atestada de papeles, con asco, como si pringara los dedos al tocarlo.

—Pero es que además no sirve para nada.

Abrió un cajón y le tendió otro documento.

—Este es el definitivo. Al dictado de Herrán y sus muy influyentes amigos, como imaginarás. Pero tú tranquila, que no sales mal parada. Me han llamado hace un rato: te van a otorgar la Medalla de Plata al Mérito Policial.

Una distinción importante que daría mucho lustre a su currículum. La Orden del Mérito Policial por una «actuación ejemplar y extraordinaria, con destacado valor, capacidad o eficacia reiterada en el cumplimiento de importantes servicios con prestigio para el Cuerpo».

—No la merezco.

—Mira: no digas gilipolleces. Si alguien la merece, esa eres tú. No puedes rechazarla. Y por si tienes algún escrúpulo, que sepas que le van a dar la medalla de oro a Garrido.

A pesar de su oscura carrera y de trabajar para el excomisario Castillo, Alejo Garrido no había sido expedientado como agresor sexual —nunca habría juicio contra él— y mucho menos como responsable del intento de homicidio contra la inspectora Lanza en plena carretera, accidente que se achacó al mal tiempo y a un conductor desconocido que se dio a la fuga. La muerte de Garrido a manos del Decapitador se había solventado de la manera más conveniente y se le rindieron los máximos honores por muerte en acto de servicio. Es más, se llegó a decir que gracias a él y a su investigación se había podido atrapar al asesino. Quien peor llevó aquellos honores fue Isa.

—¡Es una vergüenza! ¡Un insulto! ¡Un escupitajo al honor del Cuerpo! —gritaba como loca, a punto de darle un síncope. Ni siquiera la medalla, las felicitaciones de todos los mandos y la admiración que los compañeros mostraron a Lanza por su coraje al enfrentarse con un peligroso asesino le quitaron a la policía jubilada el mal sabor de boca—. Y a ti te dan la de plata… Si es que pasan cosas que… ¡que le dan a una ganas de salir a quemar cajeros!

Mar no podía imaginar a nadie más respetuosa con la ley y el orden que Isabel Ramos, así que aquella amenaza no llegaría a nada, pero nunca había visto ni volvería a ver a su amiga tan indignada. Y sin embargo, Isa no sabía que la vergüenza aún podía ser mayor. En el informe oficial que había escrito Sañudo «al dictado de Herrán», como ella decía, no solo se había borrado la presencia del empresario. También la del excomisario y el guardaespaldas. Se publicó que Pepe Castillo, muy conocido, había muerto de un infarto fulminante y se le enterró de tapadillo en Madrid. También se manipularon las declaraciones del guardia de seguridad de Numabela, del secretario Danilo Muñoz y del policía encargado de su custodia. Los tres aseguraban haber sido sorprendidos por un mismo hombre armado y cubierto con un pasamontañas, que les encerró en distintas dependencias del palacio, dejándolos maniatados y amordazados. La descripción del hombre alto, joven y musculoso coincidía con la del guardaespaldas de Castillo, pero el secuestro de los dos empleados y del agente policial también se achacó a Bruno, a pesar de que el secretario había descartado por completo que se tratara del italiano, a quien conocía muy bien. El informe afirmaba que Bruno habría vuelto al lugar para deshacerse de pruebas incriminatorias, más concretamente el cuchillo de caza antiguo que había usado para cortar la cabeza a su primera víctima, Antonio Galán. Un arma blanca de mucho valor perteneciente a la colección de objetos artísticos del palacio de Numabela. La recientemente fallecida Laura Santos no tenía ninguna participación en los hechos: había sido engañada y utilizada por su enfermero para acercarse a sus víctimas y quedaba al margen de las actividades criminales de su empleado.

El informe continuaba relatando que el asesino fue sorprendido por la inspectora Lanza, quien habría acudido al palacio de Numabela para proteger a Laura Santos como posible próxima víctima del Decapitador. Lanza se enfrentó con él con gran riesgo personal y lo abatió. Así se comunicó a todos los medios de comunicación.

Pero lo más grave de todo fue lo ocurrido con los vídeos de los asesinatos grabados por Bruno. De un día para otro desaparecieron del registro, lo mismo que las pistolas de Castillo y su hombre encontradas en el fondo del estanque de Numabela. Aquellas pruebas dejaron de existir y el caso del Decapitador se cerró con un solo culpable: Salvatore Arcángelo alias Bruno. Definido como un psicópata aficionado al cine con ansias de notoriedad, pasó a engrosar el catálogo de asesinos en serie más famosos de la historia criminal.

La resolución del caso fue publicada con todo detalle y muy comentada en las televisiones; una cadena especializada en sensacionalismo y vísceras programó un especial sobre el caso del Decapitador. El periodista José Luis Alcázar llamó de manera insistente a la inspectora Lanza para que le diera una entrevista, pero no respondió a sus mensajes. Patricia Mejías, como Laura predijo, no fue acusada de nada. Tras la muerte de su benefactora se había hecho cargo de la colección de arte de Numabela y de la Fundación Gaspari-Santos. Con apoyo y financiación de varias Administraciones, iba a convertir el palacio en museo abierto al público.

10

Sonó la voz de Eli Miller al otro lado del teléfono.

—¿Estás bien? He leído la prensa y cómo acabó todo… De todas maneras, enhorabuena.

—Gracias.

Si sospechaba que la versión oficial no correspondía con la investigación de Mar, Eli no hizo ninguna mención a ello. Hablaron de su proyecto fotográfico: estaba recorriendo medio mundo buscando lugares abandonados.

—Quería invitarte a la exposición. Será en Roma, el otoño próximo.

—¿En Roma?

—Ya sé que tienes obligaciones, por eso te aviso con meses de antelación. Me gustaría mucho que vinieras. Este proyecto tiene mucho que ver contigo… Quiero decir, con conocerte.

—No sé…

—Al menos, piénsalo. ¿Lo prometes?

—Lo prometo.

No volvieron a hablar, pero de vez en cuando Mar recibía fotografías de pueblos y aldeas de España o de otros países. Casas y calles en ruinas, pueblos inundados por pantanos, lugares deshabitados. También gente, rostros y vidas lejanas que sin embargo Mar sentía como cercanas y conocidas, como un reflejo de sí misma. Descubrió que disfrutaba viendo esas imágenes y llegó a esperarlas como si fueran un mensaje, una de esas cartas que se enviaba la gente en el siglo pasado.

Hasta que recibió una fotografía diferente. La Gran Vía de Madrid, de noche, con el cine Callao iluminado, una muchedumbre rodeando la puerta y en una enorme pantalla el cartel anunciador de *La máscara de la luna roja*. La foto iba acompañada de una sola frase: «En el estreno».

Esta vez fue ella quien llamó a Eli.

—¿Estás ahí? ¿Ahora?

—Sí, he vuelto para el estreno de la película. ¿Lo oyes?

El ruido de fondo del tráfico y el gentío de la Gran Vía se colaban en la conversación.

—¿Han ido todos? Quiero decir… el equipo.

—Claro. Solo faltas tú —contestó.

Mar reconoció la sonrisa de Eli en el tono de su voz. Le hubiera gustado estar allí para verla.

—Oye, Mar, tengo que preguntarte algo. Aunque, no sé… Quizá no puedas contar nada. Pero no dejo de pensar en ello, mucho más aquí, ahora, con la película ya en los cines. No es que sea importante, supongo, pero me gustaría que tú, si pudieras responderme…

—Pregunta.

—¿Qué pasó con las cabezas?

Las cabezas nunca aparecieron.

372

Epílogo

2024. *Cantabria*

*E*l programa de televisión que había emitido el reportaje del caso sin resolver de las llamadas «niñas de Reinosa» tuvo un éxito inesperado y mucha difusión en las redes sociales. La historia que había permanecido olvidada durante décadas se convirtió en un suceso mediático. Y entonces ocurrió. Una mujer que había visto el programa declaró haber sido víctima de una agresión unos meses antes de que Rosi y Nieves desaparecieran. M. P. G. era una adolescente que regresaba a su casa al salir de una discoteca. Como muchas otras de las niñas que vivían en los pueblos, volvía sola. Reconoció que había bebido un poco, no estaba acostumbrada y se sentía mareada. Salió a la carretera y echó a andar sin saber cómo llegar desde la discoteca hasta Villacarriedo, el pueblo donde vivía y que estaba a una media hora en coche. No hizo falta que hiciera autoestop porque a los cinco minutos paró a su lado un Seat Ibiza blanco. Dos hombres jóvenes se ofrecieron a llevarla porque iban en la misma dirección. Recorrieron unos kilómetros hasta que se dio cuenta de que el coche se desviaba de la carretera. Al preguntarles por la razón, los jóvenes no respondieron. Ese silencio la alarmó de tal manera que abrió la puerta de atrás y se tiró del coche en marcha. Aunque al caer se hizo heridas en las piernas y las manos, la muchacha se levantó y corrió hacia la oscuridad de la cuneta y de allí se internó en el bosque que rodeaba la carretera, donde estuvo escondida durante horas por miedo a que regresaran a buscarla. Pudo regresar a casa al amanecer y mintió a sus padres diciendo que se le había hecho tan tarde que tuvo que dormir en casa de una amiga. No recordaba el caso de las niñas de Reinosa y no pudo relacionarlo con lo que a ella le había ocurrido. Hasta que muchos años después, vio aquel programa de televisión.

El mismo coche. El mismo objetivo: mujeres jóvenes o casi niñas. ¿Los mismos hombres? Y a solo treinta y cinco kilómetros del lugar donde Mar había visto por última vez a Nieves y a Rosi. ¿Por qué esa chica no habló entonces? ¿Por miedo? ¿Por vergüenza? Quizá temía a la gente y sus comentarios, al reproche por volver a casa sola, bebida y en autoestop, por ser una inconsciente, una irresponsable, por querer estar un rato más con las amigas en la discoteca. Igual que Nieves y Rosi. Un juez reabrió el caso.

Mar Lanza está enfrente de la casa encaramada a la montaña, rodeada de un prado verde donde pastan las vacas. Tiene la fachada blanca y una solana con geranios rojos. Huele a hierba segada y a lluvia y a boñiga de vaca.

Llama al timbre de la puerta y abre una mujer. Espigada, de rostro colorado, tienes más de cuarenta pero parece más joven de lo que es.

—¿María Peña?

La mujer asiente.

—Soy la inspectora Mar Lanza. Hemos hablado por teléfono.

María abre la puerta y la policía entra en la casa.

La búsqueda no ha terminado. Está más cerca.

OTROS TÍTULOS DE LA AUTORA

PILAR RUIZ

EL JARDÍN DE LOS ESPEJOS

Tres mujeres. Tres épocas. Un solo lugar.
Una poderosa novela ambientada
en la Cantabria más misteriosa.

Rocaeditorial •

A pesar del tiempo que las separa, Inés, Amalia y Elisa están destinadas a encontrarse en el espejo que refleja un paisaje de leyenda: el valle poblado de fantasmas, brujas y druidas, el monte magnético de las cuevas pintadas, un balneario junto al río Pas y una casa que llaman El Jardín del Alemán.

En la actualidad, Inés viaja a Cantabria en busca de un cineasta maldito desaparecido hace años: un misterio conectado con sus propios secretos.

En 1949, Amalia llega al mismo lugar para escapar de una sombra oscura, de sí misma y de su deseo.

Y en 1919, Elisa espera el regreso de un hombre desaparecido en la Gran Guerra: ella es «la mujer del alemán».

Una fotografía, un cuadro y unas imágenes grabadas que parecen tener vida propia revelan una brecha en el tiempo: quienes se internen en ella serán capaces de vencer a la oscuridad y al olvido.

Este libro utiliza el tipo Aldus, que toma su nombre
del vanguardista impresor del Renacimiento
italiano, Aldus Manutius. Hermann Zapf
diseñó el tipo Aldus para la imprenta
Stempel en 1954, como una réplica
más ligera y elegante del
popular tipo
Palatino

La virgen sin cabeza se acabó
de imprimir un día de otoño de 2022,
en los talleres gráficos de Liberdúplex, s. l. u.
Crta. BV-2249, km 7,4. Pol. Ind. Torrentfondo
Sant Llorenç d'Hortons (Barcelona)